M. H. Steinmetz

666

666

ROMAN

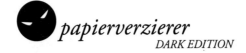

papierverzierer
DARK EDITION

666 ist auch als E-Book (ISBN: 978-3-95962-313-1)
auf vielen Plattformen erhältlich.

ISBN 978-3-95962-312-4

www.papierverzierer.de

Bibliografische Information der Deutschen Nationalbibliothek
Die Deutsche Nationalbibliothek verzeichnet diese Publikation
in der Deutschen Nationalbibliografie; detaillierte bibliografische
Daten sind im Internet über http://dnb.dnb.de abrufbar.

»Ich glaube an die Fans. Ich glaube an den Metal, mehr als jeder andere, den du je getroffen hast. Und noch etwas: Ich bin bereit, für den Metal zu sterben. Du auch?«

Zitat von Unbekannt

PROLOG

»Verdammt, Lucy! Komm endlich nach unten, das Essen steht auf dem Tisch!«

Das Gekreische ihrer Mutter ging Lucy auf die Nerven. Sie saß in ihrem dunklen Zimmer auf dem Bett, sah aus dem Fenster und träumte. Ihre Finger spielten mit ihrem rabenschwarzen Haar, das glänzend wie Rabenfedern bis zu ihren Hüften fiel. Lucys Körper wirkte zart, fast zerbrechlich. Ihre Haut war weiß wie Elfenbein und ihre Augen groß und finster wie bodenlose Brunnen, die eine Tiefe hatten, in der man hoffnungslos versinken konnte.

»Hab keinen Hunger!«, schrie Lucy durch die geschlossene Tür und verzog genervt ihr Gesicht. Sie wusste, in genau sechzig Sekunden würde Esther in ihr Zimmer stürmen und ihr eine Moralpredigt halten. Wenn man es genau nahm, war Esther gar nicht ihre Mutter, sondern nur die Frau des selbstgefälligen puritanischen Möchtegernpredigers Allan, der auch nicht ihr Vater war. Man hatte sie von Amts wegen in eine Pflegefamilie gesteckt, nachdem ihre Mutter an Lucys sechzehntem Geburtstag in die Irrenanstalt eingeliefert wurde, weil sie in ihrem religiösen Wahn einen rothaarigen, irischen Jungen aus der Nachbarschaft umgebracht hatte und ihr Vater vor etwas mehr als einem Jahr sturzbetrunken mit dem Auto in den Lake Michigan gerast und dabei wie ein Hund ersoffen war.

Das Gericht bezeichnete Lucy damals als schwer erziehbar, eine aus der Bahn geratene Jugendliche, die den Halt verloren hatte und nicht unerheblich die Schuld daran trug, dass ihre Familie aus den Fugen geraten war. Ganz aus der Luft gegriffen war das nicht. Während die anderen Mädchen rosa Kleidchen trugen und in die Mähnen ihrer Ponys bunte Bänder einflochten, war Lucy schon als kleines Kind der Finsternis verfallen, denn tief in ihrem Innern wusste sie schon immer: Die morbide Schönheit des Vergänglichen war von Grund auf ehrlich und war gerade deswegen so anders als die Welt, in der sie lebte. Der Tod kannte keine

Lügen, er musste sich nicht verstellen und niemandes Liebling sein. So wurde er zu einem Teil ihrer selbst, ohne den sie nicht leben konnte und entfachte dabei ein unbändiges Verlangen, hinter den dunklen Vorhang zu blicken, um mehr zu erfahren. Dorthin, wo sie die Finsternis bereits abgrundtief und seltsam vertraut erwartete. Sie sehnte das Monster herbei, das unter der Kellertreppe auf sie lauerte, allzeit bereit, sie mit seinen kalten Klauen zu packen, wenn sie in den Keller lief.

Es war daher nicht verwunderlich, dass Lucy so gar nicht in das kleinbürgerliche Erscheinungsbild der Kleinstadt Manitowok im Bundesstaat Wisconsin passte, aus der sie stammte, und auch nicht in das puritanische Greenbay, in dem sie jetzt bei ihren Pflegeeltern lebte. Esther und Allan Baker hatten sich dazu bereiterklärt, Lucy in ihre Familie aufzunehmen, um ihr den Kopf geradezurücken und sie zum Glauben an das Licht des Herrn zurückzuführen. Seither lebte Lucy in einem weiß gestrichenen Vorstadthaus und fühlte sich wie eine verfluchte Cinderella im schwarzen Kleid, dazu verdammt, am Sonntag stundenlang auf Knien in der Kirche auszuharren und mit gefalteten Händen Gebete zu sprechen, deren Sinn sie nicht verstand. Aber auch dafür hatten Esther und Allan eine Lösung. Sie steckten Lucy nach der Schule in Bibelstunden, in denen erneut gebetet, gesungen und getanzt wurde. Die volle Packung Frohsinn im Zentrum der Gemeinde, nur dass Lucy keinen Grund hatte, fröhlich zu sein. Daran konnten selbst die endlosen Stunden nichts ändern, in denen sie in der Schule nachsitzen musste, um unter dem strengen Blick ihrer Lehrerin Strafaufsätze über die positiven Dinge des Lebens zu schreiben. Man zwang Lucy in ein Leben, presste sie in eine Form, die ihr nicht passen wollte. Das Resultat war eine unbändige Wut, die mit jedem Tag anwuchs und nach einem Ventil suchte, um sich zu entladen.

In der Schule nannten sie die anderen Jugendlichen *Wednesday*, wie das Mädchen aus der Fernsehserie *Adams Family*, nur weil sie sich ihr rabenschwarzes Haar zu dicken Zöpfen flocht. Dabei war Lucy längst kein Mädchen mehr, denn in dieser Nacht würde Lucy ihren siebzehnten Geburtstag feiern.

Die Minute war um und Esther kam wie erwartet die Treppe hinaufgepoltert. Allein diese Mühe würde ihr schon ausreichen, Lucy nach dem Essen für Stunden, wenn nicht sogar die ganze Nacht, in die Ecke zu befehlen. Lucy sprang vom Bett und schaltete ihre kleine Nachttischlampe ein, denn sie wollte Esther nicht im Dunkeln gegenüberstehen. Sie griff sich eines ihrer Schulbücher und schlug es auf, einfach um etwas in der Hand zu halten und beschäftigt zu wirken.

Schon flog die Tür auf und Esther stürmte ungehalten ins Zimmer. »Um Gottes willen, Lucy! Kannst du nicht einfach eine artige Tochter sein und nach unten kommen? Dein Vater ist auch schon da und würde sehr gerne mit dem Essen anfangen, bevor es ganz kalt ist!«

Lucy blinzelte sie unschuldig an und strich sich eine Strähne aus dem Gesicht. »Ich muss noch lernen, wir schreiben doch morgen diesen Test«, versuchte Lucy, die aufgebrachte Frau zu besänftigen.

»Du kannst mich nicht hinters Licht führen«, keifte Esther mit ihrer schrillen, aufgebrachten Stimme. »Glaubst du etwa, wir bemerken nicht, was du nachts manchmal treibst? Dass du dich aus dem Haus stiehlst wie eine Diebin? … Mein Gott, Kind, was findest du nur an diesen unheimlichen Dingen … sieh dich nur an, deine Kleidung, die Haare, wo soll das nur hinführen.«

Lucy hatte tatsächlich einen Weg gefunden, diesem gutbürgerlichen Wahnsinn zumindest zeitweise zu entkommen. Sie kletterte nachts aus ihrem Fenster und entfloh der heilen Welt. Ihre Ausbruchsversuche führten sie an die dunklen Orte der Stadt, an denen sie ungestört sein konnte. An Orte, die von den anderen Menschen gemieden wurden. Auf dem Friedhof zum Beispiel fand sie Gehör bei den Toten, denen sie ihr Leid klagen konnte, ohne unterbrochen oder verbessert zu werden. Sie hatte das Gefühl, dass ihr die verlorenen Seelen Verständnis entgegenbrachten. In einem verlassenen Schlachthof beobachtete sie die von der Decke baumelnden Ketten, die sich leise klirrend im Wind wiegten. Lucy stellte sich vor, selbst an einem der Haken zu hängen und auszubluten, wie sie es oft bei den Schweinen ihres Vaters gesehen hatte. Oder einst im Sommer, da besuchte sie im nahe gelegenen Wald wochenlang den Kadaver eines Kaninchens und beobachtete, wie er langsam zerfiel.

»Esther, bitte! … Ich«, versuchte Lucy einzulenken, doch Esther winkte mit enttäuschter Mine ab.

»Wir opfern uns für dich auf, mein Kind. Wir tun alles, damit aus dir etwas Anständiges wird. Aber du, du dankst es uns mit dieser ungeheuerlichen Art, mit dieser aberwitzigen Flucht ins Dunkel. Schwarz ist die Farbe des Teufels, mein Kind! Entscheide dich nicht für das Böse in dir!«

Wenn gar nichts mehr ging, besorgte sie sich diese dunkle, leicht bitter schmeckende Schokolade, die sie über alles liebte. Wenn der zarte Schmelz auf ihrer Zunge zerlief und der Geschmack den gesamten Mundraum ausfüllte, schloss sie die Augen und vergaß alles, was um sie herum geschah. Ihr Vater hatte ihr einst eine Tafel davon während eines Tankstopps gekauft, da war sie zehn Jahre alt gewesen. Sie waren zu einer Schlachterei in Milwaukee unterwegs, in der es ganz besondere, mit Kastanien aufgezogene Schweine gab. Er hatte sie voller Liebe angelächelt, als sie neben ihm in der Kühlhalle stand und die Schokolade verzehrte, während er sich einige der schwarzweiß gefleckten Tiere aussuchte. Ja, es war echte Liebe in seinem Blick gewesen. Ihr Vater William war ein grobschlächtiger Bastard mit einfachem, dafür aber sehr impulsivem Gemüt, der nie einem handfesten Streit aus dem Weg ging. Ein Schweinehund der ersten Sorte, der sich nach und nach seinen Verstand versoff und dessen Gefühle sich zumeist darauf beschränkten, ihrer Mutter Samstag abends fünf Minuten schnelles Glück zu bescheren. In dem Augenblick, als er auf sie herablächelte, genau in dem Moment hatte Lucy gespürt, dass er sie liebte. Die bittere Schokolade war die Bindung zu ihm, die niemals zerreißen würde. Jetzt war so ein Moment, in dem sie sich diese besondere Schokolade herbeisehnte.

»Ich möchte euch nicht enttäuschen … Es ist nur … es ist nur so unglaublich schwer für mich … das mit meinen Eltern, euer strenger Glaube, die Züchtigungen.«

Vor allem die Züchtigungen, denn die heile Welt, in die man Lucy hineingezwungen hatte, hielt noch andere Überraschungen für sie bereit. Überraschungen, die ihr späteres Leben massiv prägen sollten.

»Du stellst meine Geduld in letzter Zeit etwas zu oft auf die Probe, kleines Fräulein«, keifte Esther ungehalten. »Du gehst auf der Stelle nach unten. Oder muss ich erst das Seil holen?«

Mit dem Seil hatte es seine ganz besondere Bewandtnis. Mr. und Mrs. Baker waren der Ansicht, dass man Läuterung nicht ausschließlich durch das Wort, sondern bei anhaltender Widerspenstigkeit vor allem durch die Rute erfahren musste. Nur durch den Schmerz konnte man nachhaltig zum rechten Glauben finden. Und Lucy gab ihnen jeden verdammten Tag tausend Gründe, ihr diesen Grundsatz einzubläuen. Die Bakers gingen in ihrer peniblen Art auf recht unterschiedliche Weise vor.

Mrs. Baker stellte Lucy gerne in strammer, aufrechter Haltung mit dem Gesicht zur Wand in die Ecke zwischen Kühlschrank und Vorratsregal. Geknebelt und mit straff auf den Rücken gefesselten Händen musste sie in dieser Position oft stundenlang ausharren. Ein einziger Fehler, sei es nur eine Bewegung oder das Bitten um Wasser, genügte der kräftigen und überaus resoluten Frau, sie mit einigen handfesten Ohrfeigen davon zu überzeugen, dass es besser war, ihren Anweisungen nachzukommen. Die Frau fand, das käme den Lektionen der alten französischen Schule ziemlich nahe, was immer sie auch damit meinte.

Lucy lachte spöttisch auf. »Ich habe keine Angst vor deinem lächerlichen Seil ... willst doch nur deinem Mann zuvorkommen, hm? Hast Angst, dass ihm mein straffer Hintern besser gefällt als dein in die Jahre gekommener Arsch.« Sie wusste genau, wie sie Esther aus der Reserve locken konnte, denn Mr. Baker bevorzugte die klassische Schulmädchenvariante. Ungeachtet ihres Alters legte er Lucy mit blankem Hintern übers Knie und züchtigte sie ungehemmt mit dem Rohrstock, bis ihre Haut nur noch eine rot geschwollene, von Striemen überzogene und ziemlich wunde Stelle war. Seine großen Hände legten sich auf ihren Körper und betatschten ihr unzüchtiges, viel zu helles Fleisch, wie Mr. Baker es nannte. Nach den Schlägen musste sie sich mit ihrem mit bloßem Hinterteil auf einen ungepolsterten Holzstuhl setzen, die Hände falten und Gebete sprechen.

Lucy hatte sich damit abgefunden und entwickelte einen morbiden Gefallen an den täglichen Lektionen, denn wenn sie die Augen schloss und sich den Schmerzen hingab, öffnete sich ihr Geist in die finsteren Tiefen ihrer Gedanken. So konnte sie in eine andere, in ihre Welt entkommen.

Lucy kassierte die schallende Ohrfeige mit einem Lächeln auf den Lippen. Energisch reckte sie ihr Kinn nach vorne. »Schlag ruhig zu … das ist doch das Einzige, was du kannst … Du bist nicht meine Mutter und verdammt noch mal, der da unten ist nicht mein Vater! Ihr seid es jetzt nicht und ihr werdet es niemals sein, verstehst du? … Wann geht das endlich in eure puritanischen Köpfe, hä?«

Mindestens fünfzig Stockhiebe und vier Stunden in der Ecke, womöglich den Käfig für die Nacht, dachte sich Lucy. Der Käfig war eine neue Idee von Allan. Ein Würfel mit einer Kantenlänge von exakt einem Meter, gefertigt aus massiven, geschweißten Eisenstäben. Er hing an einer dicken Kette im Keller und …

»Lucy! Du redest nicht in diesem Ton mit mir, hörst du?«

»Anders verstehst du es ja nicht«, begehrte Lucy verzweifelt auf. »Und jetzt lass mich allein, ich muss mich noch fertig anziehen, danach komm ich runter.«

Esther kam ihr ganz nah. Mühsam unterdrückter Zorn funkelte in ihren Augen. »Da gebe ich dir recht, denn in diesen Sachen wirst du gewiss nicht am Tisch erscheinen.« Mit dem Zeigefinger tippte sie Lucy auf die Brust. »Wir werden uns nach dem Essen noch eingehend über dein Verhalten unterhalten, Fräulein.« Sie drehte sich um und rauschte aus dem Zimmer.

Lucy atmete erleichtert aus. Sie zitterte am ganzen Körper, denn sie hatte soeben eine Grenze überschritten. Sie konnte kaum glauben, dass sie Esther die Stirn geboten hatte. Lucy zeigte der Tür den ausgestreckten Mittelfinger und schloss ab. Sie schlüpfte in ihre alte, schwarze Lederjacke und zog den gepackten Rucksack unter dem Bett hervor, um ihn unter das Fenster zu legen. Voller Sehnsucht sah sie nach draußen, wo die von Bäumen und Vorgärten gesäumte Avenue verlief, an deren Rand die Mülleimer auf ihre Leerung in den frühen Morgenstunden warteten. Auf der Straße stand die verrostete 75er-Corvette, in der Bacon bereits auf sie wartete. Heute würden die Bakers ohne sie zu Abend essen müssen.

Bacon kam wie Lucy aus Manitowok und war der einzige Mensch, dem sie blind vertraute. Er war der große Bruder, den sie sich immer gewünscht hatte. Vor gut einer Woche, als sie einen nächtlichen Ausflug auf den Friedhof gemacht hatte, war er plötzlich wieder aufgetaucht, einfach so. Er wusste noch immer, wo er sie finden konnte. Sie hatten sich fast ein Jahr lang nicht gesehen, weil er wegen Autodiebstahls in der Jackson Correctional Institution zwölf Monate absitzen musste. Er stand einfach da und lächelte sie an, untersetzt, kräftig, in seinen zerrissenen Jeans und denselben Boots, die er auch schon getragen hatte, als sie sich das letzte Mal gesehen hatten. Seine braunen Haare waren etwas länger geworden, reichten ihm bis zu den Schultern. Lucy, *ich bring dich hier weg*, hatte er gesagt. *Wir werden immer zusammenbleiben*, lautete sein Versprechen. Alles war plötzlich wie früher.

Lucy griff erneut unters Bett und tastete umher. Was sie suchte, lag noch genau dort, wo sie es in den frühen Morgenstunden hingelegt hatte, Peggy Andersons lebloser Körper. Peggy lebte am anderen Ende der Stadt bei ihrer Großmutter. Die alte Dame hatte Demenz und war wegen zahlreicher Gebrechen an den Rollstuhl gefesselt. Sie war auf Peggy angewiesen, da sie sich keine professionelle Hilfe leisten konnte. Sie würde einfach dasitzen und auf Peggys Rückkehr warten, doch Peggy würde nicht kommen. Sie würde sich in die Hosen machen, Durst und Hunger bekommen und schließlich einen einsamen, gemeinen Tod sterben.

Lucy wuchtete den kalten Körper auf das Bett. Er war schwerer als erwartet. Endlich lag Peggy mit geschlossenen Augen auf der geblümten Tagesdecke, die Hände auf dem Bauch gefaltet, als würde sie friedlich schlafen.

Peggy würde jedoch nicht aufwachen, weil Peggy letzte Nacht an einer Überdosis Schlaftabletten gestorben war. Die Mädchen befreundet zu nennen, wäre übertrieben gewesen. Peggy war sicher nicht der hellste Stern unter Gottes strahlender Sonne, vielmehr war es so, dass sich Peggy an Lucy geklammert hatte, um Schutz in ihrem Schatten zu finden. In der rosaroten Cheerleaderwelt war Lucy ihre schwarze

Ikone, die anders war als jedes Mädchen, das sie kannte. Lucy hatte sich Peggys Freundschaft bis letzte Nacht verweigert, um das schwächlich wirkende Mädchen nicht in den Strudel ihrer eigenen, kaputten Welt hinabzuziehen. Mit Bacons Rückkehr wurde alles anders. Um ihr Ziel zu erreichen, hatte Lucy ein Werkzeug gebraucht und dieses Werkzeug war Peggy. Wie Lucy hatte sich Peggy in dem Dilemma befunden, in einem Leben gefangen zu sein, aus dem es kein Entkommen gab. Sie hatten weder das Geld noch die Perspektiven, denn sie waren lebenslange Insassen im Alcatraz des amerikanischen Mittelstandes, der nicht verstehen wollte, dass es Menschen gab, die anders waren. Es sein denn, jemand würde sterben. Ihr eigener Tod war der einzige und ultimative Ausweg, ein Zeichen zu setzen und die heile Welt mit einem dunklen Schleier zu durchziehen. Es war beängstigend leicht gewesen, das Mädchen von dieser Notwendigkeit zu überzeugen. Peggy war viel schwächer als Lucy und sog diesen Gedanken wie ein trockener Schwamm in sich auf. Offenbar dachte sie, wenn sie Lucy schon nicht als Freundin gewinnen konnte, wollte sie wenigstens im Tod mit ihr vereint sein – anders konnte sich Lucy nicht erklären, wie sie Peggy so schnell von ihrem angeblichen Plan hatte überzeugen können. Also hatten sie sich Schlaftabletten besorgt und dazu eine Flasche billigen Whiskey und hatten sich letzte Nacht bei Lucy aufs Bett gelegt. Sie hatten die Röhrchen mit den Tabletten geöffnet und deren Inhalt in die Whiskeyflasche geleert und zugesehen, wie sie sich in kleinen, weißen Wölkchen auflösten und die goldgelbe Flüssigkeit trüb wurde. Auf dem Rücken liegend nahmen sie abwechselnd große Schlucke und warteten darauf, dass die Wirkung des Medikaments einsetzte. Nur dass Lucy kaum etwas davon trank, denn Lucy hatte einen ganz anderen Plan als den, von dem Peggy wusste. Sie konnte sich noch an Peggys letzten, leicht verklärten Blick erinnern, bevor sich die Augen des Mädchens für immer schlossen.

Wenn du etwas erreichen willst, wenn du etwas wirklich willst, musst du bereit sein, alles zu geben, ganz egal, was es ist, erinnerte sich Lucy an die Worte ihres Vaters. *Sie ist mein Schlüssel aus dieser Hölle, Cinderellas verdammter gläserner Schuh.*

Peggy hatte die gleiche Größe und die gleiche Statur wie Lucy. Sie würde mit ihrem Opfer dazu beitragen, dass Lucy ihre Flucht aus diesem Horrorhaus gelang, und Allan würde keine Notwendigkeit darin sehen, sich auf ihre Spur zu setzen, so wie er es ihr angedroht hatte, sollte sie ausreißen. Lucy holte einen zwanzig-Liter-Kanister voll hochoktanigem Benzin aus dem Schrank und leerte ihn über Peggy aus. Auf der Fensterbank sitzend blickte Lucy ein letztes Mal zurück.

»Ich bin dir was schuldig, Peggy ...« Sie zog ein billiges Zippo aus dem Walmart aus der Jacke und schnippte es an. »Und für euch, Esther und Allen: Fahrt zur Hölle!«

Binnen Sekunden wurde ihr Zimmer von den Flammen verschlungen, aber da saß Lucy schon auf dem Beifahrersitz von Bacons Corvette, die mit aufheulendem Motor die Straße hinunterraste.

WIE BRÜCHIGER GIPS

Lucy starrte schon seit einer halben Stunde in den fleckigen Spiegel und musterte ihr Gesicht. Sie blinzelte, machte ihren Mund auf und zu, schnitt Grimassen, um die Zeit, bis es endlich losging, totzuschlagen.

Draußen hämmerte Gothic-Metal aus den überdimensionalen Lautsprecherboxen des Clubs. Ohne ihren Blick vom Spiegel abzuwenden, holte sich Lucy die Flasche Jack Daniels von der Garderobe und nahm einen großen Schluck der goldbraunen Flüssigkeit. Der Geschmack nach Honig, rauchigem Holz und Sehnsucht erfüllte ihren Mund. Lucy genoss das leicht brennende Gefühl, als der Whiskey ihre Kehle hinunterrann und sich in ihrem Bauch warm ausbreitete. Es war, wie nach Hause kommen. Zurück in dieses Dreckskaff Namens Manitowok in Wisconsin, das ihr Zuhause, aber nie ihre Heimat gewesen war. *Scheiß drauf*, dachte sie. *Nur diese eine Nacht zählt, nichts weiter.*

Die Musik verstummte mit einem lauten Knall und die im Club versammelte Menge johlte. Das waren die magischen fünf Minuten vor dem Auftritt. Gleich würde die Tür auffliegen und Leatherface in die Garderobe stürmen. Auf diesen Augenblick hatte sie lange gewartet. *Hell's Abyss* würde heute Abend die Bühne des *Archeron* in Brooklyn rocken, New Yorks heißestem Metal- und Gothic-Club. Und der Laden war brechend voll. Das war der Augenblick, für den sie und die Jungs von der Band all die Jahre hart gearbeitet hatten, für den sie sich die Finger wund gespielt und die Kehlen heiser geschrien hatten.

Heute war ihr eigener, persönlicher Höhepunkt. Lucy schenkte sich selbst ein letztes Lächeln und war mehr als zufrieden mit dem, was ihr der Spiegel zeigte. Sie war bereit. Das Landei aus Wisconsin würde es heute Nacht den Yankees zeigen. In New York machte man sich gerne über die Bleichgesichter vom Lake Michigan lustig, doch sie war stolz auf ihren hellen Teint, der perfekt zu ihren hüftlangen Haaren passte. Bis auf ihre Haut war alles an ihr schwarz. Ihre Lippen, die superengen Lederhosen und das geschnürte Korsett. Selbst ihre Fingernägel glänzten in der Farbe der Nacht.

Die fünf Minuten waren um und wie erwartet stürmte Leatherface in den Raum.

»Heilige Scheiße, Lucy, es geht gleich los!«, sprudelte es aus dem schlanken Mann heraus. Und: »Siehst so was von rattenscharf aus!«

Lucy lachte und stemmte ihre Hand neckisch in die Hüfte, erwiderte aber nichts.

»Du hast die Flasche immer noch nicht leer? Na, her damit, ich zeig dir, wie man das macht«, grinste Leatherface und streckte seine Hand aus, um die Flasche entgegenzunehmen. Lucy wusste, dass der Leadgitarrist von *Hell's Abyss* auf sie stand. Spielerisch lockte sie ihn an, zog aber im letzten Moment die Flasche weg.

»Komm doch her, Babyleatherface, hol sie dir, wenn du kannst!«

Leatherface hieß eigentlich Jason und kam aus Chicago. Nach einem ziemlich misslungenen Gig in Fort Wayne hatte er vor dem Bandbus gestanden und ihnen auf einem grottenschlechten Miniverstärker gezeigt, was er mit der Gitarre drauf hatte. Genauer gesagt, er spielte wie der Teufel. Am nächsten Tag feuerten sie ihren alten Gitarristen und Leatherface war geboren. Und der Tick mit der Ledermaske war wirklich abgefahren. Die Maske war sein persönlicher Schutz der eigenen Identität und Ausdruck seiner Persönlichkeit, wie er oft und gerne kundtat. Nötig hatte er es jedenfalls nicht, denn unter dem Leder steckte ein äußerst gut aussehendes Gesicht mit hohen Wangenknochen und langem, dunklen Haar. Natürlich trug der verrückte Typ die Maske, die er der von dem wahnsinnigen Mörder aus dem Film *Texas Chainsaw Massacre* nachempfunden hatte.

Jason versuchte erneut, nach der Flasche zu greifen, doch Lucy war schneller. Sie schnalzte aufreizend mit der Zunge.

»Heute Abend bin ich so was von heiß, könntest dich verbrennen, hm?«

Leatherface zog sie zu sich heran und fuhr mit seiner Hand über ihren festen, kleinen Hintern. »Soll ich dich gleich hier flachlegen, in der verdammten Garderobe? Willst du das?«

Lucy lachte auf und griff ihm in den Schritt, fühlte seine Männlichkeit und wusste, dass seine Aufforderung keine leere Versprechung war.

»Spar dir deine Energie lieber für die Show auf und lass uns diese verfluchte Bühne rocken, nichts anderes zählt heute Nacht. Los, komm schon, ich will die Bude brennen sehen!« Mit der Jack Daniels-Flasche in der Hand stürmte sie nach draußen, dem fordernden Geschrei ihrer Fans entgegen.

»Darauf kannst du einen lassen, kleines Miststück!«, knurrte Leatherface in gespielter Wut, griff sich seine *Gibson Flying V* und folgte der Sängerin von *Hell's Abyss* auf die Bühne.

Lucy stand schon mit weit gespreizten Beinen hinter dem Mikrofon und hob die Whiskeyflasche hoch über ihren Kopf. Das war genau das, was die Fans sehen wollten. Die Meute tobte und forderte ihren Tribut. Sie wollten toben, schwitzen, ausrasten, bis sie nicht mehr wussten, wer sie waren. Und genau das würde ihnen *Hell's Abyss* geben.

Bacon hieb bereits wie ein Verrückter im Takt auf seine Drums. Lucy kannte den stämmigen Schlagzeuger von Kindesbeinen an. Seit er sie in diesem Dreckskaff namens Greenbay aus dem Würgegriff ihrer Pflegeeltern befreit hatte, folgten sie ihrer gemeinsamen Vision, Musik zu machen, wie sie noch nie zuvor jemand gemacht hatte.

Mit einem klapprigen, gebrauchten Schlagzeug und einem Kassettenrekordermikrofon hatten sie im Keller von Bacons Bude in einem Vorort von Chicago angefangen. Sie hatten in den dreckigsten Clubs gespielt, hatten viele Musiker kommen und gehen sehen. Sie hatten ihren Kram selbst auf die Bühnen geschleppt und die übelsten Jobs angenommen, um sich davon gebrauchte Instrumente zu kaufen, die kein anderer mehr haben wollte. All die Strapazen, der steinige Weg, all das war vergessen, als sie die Bühne betraten. Heute Abend, auf den Tag sechs Jahre später, würde sich ihre Vision endlich erfüllen.

Die Luft in dem kleinen Konzertsaal kochte, das *Archeron* wurde seinem Ruf als heißester Club des Big Apple mehr als gerecht. Hinter der Bühne prangte ein riesiges Pentagramm auf dem schwarzen Vorhang, davor hing ein überdimensionaler Widderschädel mit großen gedrehten Hörnern und starrte mit leeren Augenhöhlen ins Publikum. Düsen zischten und Nebel stieg auf, verwirbelt von großen Ventilatoren. Am Bühnenrand befand sich ein weiteres wichtiges Utensil: ein massives schwarz lackiertes Andreaskreuz. Während des Höhepunktes der Show würden zwei halbnackte Schönheiten in Lederstiefeln, Tanga und mit gekreuzten Klebestreifen auf den Brüsten Ironmask auf die Bühne zerren und ihn dort anketten. Lucy würde sich eine Handschleifmaschine nehmen und die Maske mit der Trennscheibe bearbeiten, dass die Funken über die Bühne flogen.

Ironmask, ein muskelbepackter Hüne aus den Sümpfen Louisianas, trug ein Nichts von einem String auf seinem eingeölten Körper und eben diese kantige, verrostete und von tiefen Furchen überzogene Eisenmaske, in der sein kahl rasierter Kopf steckte. Nicht einmal Lucy wusste, wer Ironmask wirklich war. Er war eines Tages während eines Gigs in Ohio auf die Bühne gestürmt und hatte Lucy auf Knien allein durch seine Gestik klar gemacht, dass sie ihn auspeitschen solle. Genau in dem Outfit, das er gerade trug. Und das in Ohio, das war schon eine recht gewagte Nummer. Ironmask war stumm, soviel hatten sie herausgefunden. Oder er wollte schlicht und einfach nicht sprechen. Die Band fand es lustig, sich vorzustellen, dass er ein wahnsinniger Serienkiller war, der aus einer Anstalt abgehauen war und sich ihnen in der Absicht, sie irgendwann in einem schäbigen Hotelzimmer abzuschlachten, angeschlossen hatte. Die Band stellte keine Fragen und hatte beschlossen, ihn so zu nehmen, wie er war. Das war das Gesetz des Rock'n'Roll. Sei du selbst und beuge dich nicht dem Willen der anderen.

Abgerundet wurde die Freakshow durch Calvin, den Mann am Bass. Vermutlich war dieser spindeldürre Typ aus Las Vegas, der grundsätzlich schwarze Anzüge und weiße Hemden trug, der Verrückteste von allen. Bevor er mit der Musik angefangen hatte, hatte er bei einem Leichenbestatter gearbeitet. Calvin meinte, dass es wunderbar sei, mit den still daliegenden, friedlichen Körpern zu arbeiten. Er hatte die morbide Angewohnheit, in jedem Kaff, in dem sie spielten, zum örtlichen Leichenbestatter zu gehen und ihm eine Nacht lang beim Waschen und Herrichten der toten Körper zur Hand zu gehen. Das war Calvins Art, sich zu entspannen.

Die Flasche war inzwischen geleert. Demonstrativ feuerte Lucy sie auf die Bretter und stürmte mit ausgestreckten Mittelfingern nach vorne zum Bühnenrand, um *The Lost Children* anzustimmen. Das war das Zeichen. Die Show ging los und formte eine Wand aus den für den Gothic-Metal typischen kreischenden Gitarrenriffs und dem apokalyptischen Gesang, der erbarmungslos auf ihre Fans niederging. Das *Archeron* kochte innerhalb weniger Augenblicke.

Kaum jemand nahm Notiz von dem schwarz gekleideten Pärchen an der Bar. Und dennoch hoben sie sich, stilvoller gekleidet und älter als die meisten Gäste des *Archeron*, von der Masse ab. Die Frau schlug gelangweilt ihre langen Beine übereinander und strich sich eine Strähne ihres weißblonden Haars aus dem Gesicht. Das hautenge Lederkleid schmiegte sich wie eine zweite Haut an ihren perfekten Körper.

»Dort oben steht das Produkt unserer Arbeit, ist dir das eigentlich bewusst?«

Ihr Gegenüber, ein Mann mittleren Alters in schwarzer Lederjacke, lächelte. »Wie könnte ich das vergessen, mein Engel … Nicht mehr lange und sie wird soweit sein. Auch wenn mir widerstrebt, das zu akzeptieren.« Sein schmales Gesicht schimmerte hell in den zuckenden Lichtern des Clubs, wirkte unwirklich und entrückt, aber dennoch stark. Seine zu einem dicken Zopf geflochtenen Haare unterstrichen das Bild eines Mannes, der es gewohnt war, die *Dinge* nach seinem Willen zu regeln.

Seine Begleiterin legte ihre Hand auf seine. »Genau, wie er es wollte, nicht wahr?« Ihre Stimme klang unsicher.

Er nickte und fuhr ihr mit einem Finger sanft über das Gesicht. »Mach dir keine Sorgen, wir haben alles richtig gemacht. Er wird zufrieden sein.«

»Du solltest mich nicht berühren.«

Der Mann ließ enttäuscht seine Hand sinken und nippte an der klaren Flüssigkeit in seinem Glas. Er bewunderte die winzigen Eiskristalle, die auf der kühlen Oberfläche schimmerten. »Es tut mir leid, ich kann mich nicht dagegen wehren. Es fühlt sich so … so gut an, ich …«

»Hör auf damit! Du weißt, dass es verboten ist! Es lenkt uns nur vom Ziel ab. Und außerdem …« Ihr Blick war ernst, bestimmend. »Außerdem ist es wider unsere Natur!«

Sie drehten sich wieder zur Bühne, auf der Lucy mit gespreizten Beinen, das Mikrofon fest umklammert, dastand und einen ihrer Songs stöhnte.

»Ich kann ihre Präsenz förmlich spüren. Schau nur, wie die Leute vor der Bühne sie vergöttern.«

Die Frau leckte sich über die Lippen. »Vergöttern? Nein! Sie ist überaus blasphemisch in ihren Worten und zieht damit diese verruchten Kinder in ihren Bann. Sie webt ein simples Muster, das schon in der Antike funktioniert hat … aber ich muss zugeben, sie hat Talent.«

Zwei Stunden später war alles vorbei. Nach einigen Zugaben verließ *Hell's Abyss* die Bühne. Zurück blieb ein tobender Hexenkessel, der sich in die After-Show-Party ergoss. Das *Archeron* war wirklich der Hammer.

Lucy war verschwitzt und fertig. Ein Konzert wie dieses hatte sie noch nie erlebt, zumindest nicht, wenn sie selbst auf der Bühne stand. Der Anblick der wogenden Menge war ziemlich erregend, all die Arme, die sich ihr entgegenreckten, um sie zu berühren.

Sie war dreiundzwanzig Jahre alt und seit sechs Jahren Sängerin der Band. Mit siebzehn war sie mit einem heißen Gruß aus der Hölle von ihren Pflegeeltern abgehauen und hatte den Bergen Wisconsins für immer den Rücken gekehrt. Hinter ihr lagen harte Jahre, in denen sie sich für nichts zu schade gewesen war.

Lucy erinnerte sich noch gut an ihren unerlaubten *Ausflug* nach New York. Gerade mal fünfzehn, war sie mit Bacon per Anhalter zu einem Konzert der *Sisters of Mercy* gefahren. So war sie das erste Mal ins *Archeron* gekommen. Seither war es ihr größter Wunsch gewesen, selbst hier aufzutreten. Vergiss den *Madison Square Garden*, vergiss all die Megafestivals. Das *Archeron* musste es sein und nichts anderes.

Einer der Helfer drückte ihr eine volle Flasche Jack Daniels in die Hand, die sie sich sofort an die Lippen setzte. Sie hatte unglaublichen Durst und das Ritual schrieb vor, die nächste halbe Stunde mit der Band zu verbringen und mindestens eine hochprozentige Flasche leeren. Danach würde sie sich in die Party dort draußen stürzen und sich was Nettes für die Nacht suchen.

Das war nur eines der vielen kleinen Rituale der Band, wie Calvin oft und gerne betonte, auch wenn er selbst niemals etwas mit einem Groupie anfangen würde. Sex spielte keine besonders große Rolle für den spindeldürren Bassisten. Ihm stand der Sinn nach ganz anderen Dingen. Calvin hatte heute Abend noch ein Date mit der Pathologin des *Mercy Seat Hospitals*. Er hatte sie vor einigen Tagen bei einem Vortrag über Sezierungsmethoden des angehenden neunzehnten Jahrhunderts in der Columbia University kennengelernt. Nach dem Vortrag waren sie ins Gespräch gekommen und sie hatten festgestellt, dass sie auf gleicher Wellenlänge waren. Die Pathologin machte ihm ein Angebot, das er nicht ablehnen konnte. Sie würden heute Nacht nach unten in die Leichenhalle gehen und sich eine Jane Doe vornehmen, eine nicht identifizierte weibliche Leiche, denn davon gab es in der Millionenstadt immer reichlich.

Der Weg zur Garderobe war gesäumt von unzähligen Glückwünschen und Händedrücken. Die Roadies waren sich sogar sicher, dass es das beste Konzert der Tour gewesen sei. Jedenfalls trieben sich eine Menge Leute in dem schmalen Gang hinter der Bühne herum. Es war feucht, eng und heiß und viele suchten direkten Körperkontakt. Lucy stand auf Körperkontakt, besonders, wenn sie nach zwei Stunden auf der Bühne heiß war. Heute Nacht wallte jedoch eine besondere Hitze in ihrem Körper. Wenn sie oben auf der Bühne stand, war das purer Sex. Verschwitzt, dreckig und ohne Kompromisse. Es war das Vorspiel auf das, was sie nach dem Auftritt brauchte.

Sie zündete sich eine Zigarette an und sog den Rauch ein. Während der Show musste sie wegen ihrer Stimme darauf verzichten, aber danach war sie von der Kette. Mit der Kippe im Mundwinkel kritzelte sie ihren Namen auf Plattencover und Bilder der Band. Lucy war verdammt stolz auf diese kleine, sehr treue Fangemeinde. Alles Leute aus der Szene und viele von ihnen kannte sie bereits. Schon setzte sie ihren Stift auf das nächste Papier.

Urplötzlich änderte sich alles. Für einen Augenblick schien die Zeit stehenzubleiben. Als würde sie sich eine Line schlechtes Koks reinziehen, fuhr ihr wie ein glühender Stachel ein bestialischer Schmerz durch die Nase und mitten ins Gehirn. Tausend hungrige Würmer jagten tastend durch die kleinen grauen Windungen und grelle Blitze explodierten hinter ihren Augen, entfachten im Zentrum ihres Kopfes ein wahres Fegefeuer und brachten ihr Gehirn zum Kochen. Wie in einem Dampfkessel entstand Druck und presste von innen gegen ihre Schädeldecke, gegen die Augen, entlud sich durch Nase und Ohren nach draußen, zermatschte ihr Hirn und presste es breiartig durch die Öffnungen ihres Schädels hervor, wo es sich wie ein grauer Sprühregen auf die entsetzten Gesichter der Umstehenden ergoss. Der Schädelknochen knackte, bekam Risse und gab schließlich nach wie brüchiger Gips. Die Skala hatte den roten Bereich längst überschritten, doch der Druck hinter ihrer Stirn stieg weiter an. Lucys Augen platzten wie Popcorn aus dem Kopf, rissen die Seenerven mit heraus und schwirrten wie blutige Würmer durch die Luft. Ihr Schädel zerbarst.

DENN DAS ERSTE IST VERGANGEN

Mit einem gellenden Schrei schnellte Lucy nach oben und riss die Augen auf. Gedämpftes Sonnenlicht flutete durch die Schlitze des schäbigen Rollos, das schräg in seiner Halterung vor dem Fenster hing. Von draußen drangen gedämpfte Straßengeräusche in den Raum. Sirenen, Hupen, irgendwo lief ein lautes Radio mit mexikanischer Musik. Und es regnete. Sie konnte hören, wie Tropfen auf Metallteile prasselten und eine Melodie aus klickenden Lauten spielten. Blinzelnd versuchte sie, sich zu orientieren.

Die Luft in dem Raum war stickig und es stank nach einem Cocktail aus Schweiß, Sex, Jack Daniels und Nikotin. Und es roch nach frischem Fleisch. Sie kannte diesen Geruch, der sich in ihren Geist eingebrannt hatte. Sie kannte ihn genau, konnte ihn von tausend anderen Gerüchen unterscheiden.

Das lag daran, dass ihr Vater oft Schweine geschlachtet hatte. Er war jedoch kein Metzger, sondern Holzarbeiter, baute Häuser und reparierte Dächer oder Veranden. Die Industrie zog sich immer mehr aus dem kleinen Ort am Ufer des Lake Michigan zurück, schließlich verlor ihre Mutter auch noch ihren Job, als die Werkstatt schloss, in der sie als Bürohilfe gearbeitet hatte. Also hatte ihr Vater damit angefangen, in einer Bretterbude am rückwärtigen Ende ihres Grundstücks illegal Schweine zu schlachten, um sein spärliches Einkommen aufzubessern. Die Kundschaft war groß, denn niemand hatte viel Geld in der Kasse und es war eine billige Möglichkeit, an frisches Fleisch zu kommen und dabei, so ganz nebenbei, noch ordentlich einen zu heben.

Schnell wurde aus der Notwendigkeit eine neue Passion ihres Vaters. Beim Schlachten konnte er mit seinen Freunden rauchen, trinken und derbe Witze reißen. Es verlieh ihm die Macht, die er im normalen Job nie hatte.

Er band sich dazu seine fleckige, mit Narben überzogene Lederschürze um und wetzte mit einem entrückten Lächeln im Gesicht die langen, silbrig glänzenden Messer. Die Messer waren sein kleines Heiligtum, niemand außer ihm selbst durfte sie auch nur berühren. Mit einer Kippe im Mundwinkel und ausdruckslosem Gesicht hatte er die armen Tiere an den Hinterbeinen aufgehängt und ihnen mit einer tausendfach geübten Bewegung den Hals durchgeschnitten, damit sie in die alte Blechwanne ausbluten konnten, in der Lucy als kleines Kind immer gebadet hatte. Oft zappelten die Tiere noch minutenlang an den Ketten und spritzten ihr Blut an die rauen Bretterwände des Schuppens, während die Männer rauchend und Bier trinkend danebenstanden und mit ihren heiseren Stimmen die besagten derben Witze rissen. Da hatte es genauso gerochen. Süßlich metallisch und elektrisierend, gepaart mit der Macht über Leben und Tod.

Vermutlich befand sich in der Nähe eine Metzgerei oder ein Schlachthof und der Mief zog durch das Fenster herein.

Das Zimmer war ziemlich heruntergekommen. An den Wänden Nikotintapeten und auf dem Boden ein brauner Brandlochteppich, auf dem ihre Klamotten lagen. Das verschaffte ihr die Erkenntnis, dass sie nackt war. Und sie hatte gevögelt, das bestätigte ihr der Geruch ihrer verschwitzten Haut und ein benutztes Kondom auf dem Laken neben ihr. Auf der Suche nach einem klärenden Gedanken ließ sie ihre Hand zwischen ihre Schenkel gleiten und spielte unbewusst mit ihren Piercings, drei winzig kleinen Ringen aus Edelstahl, deren Mitte jeweils von einer Kugel geziert wurde. Abgesehen von hämmernden Kopfschmerzen, die in heißen Wellen durch ihren Schädel jagten, konnte sie sich nicht erinnern, was nach dem Konzert geschehen war. Lucy wusste nicht, wo sie war und wie sie dort hingekommen war. Die andere Hälfte des zerwühlten Bettes war leer. Das konnte nur bedeuten, dass sie sich auf der Party noch einen Kerl aufgerissen und sich mit ihm in dieses schäbige Hotelzimmer abgesetzt hatte. So einen Filmriss wie diesen hatte sie noch nie gehabt. Sobald Lucy versuchte, sich an die letzte Nacht zu erinnern, fand sie nur Leere in ihrem Kopf. Außer der Feuchtigkeit zwischen ihren Beinen zeigte ihr Körper allerdings keinerlei Spuren einer heftigen Nacht.

Lucy stand auf harten Sex und Rollenspiele im Bett, je heftiger, desto besser. Oft zierten am Morgen danach Striemen ihre Haut und manchmal sogar Schnitte. Aber dieses Mal Fehlanzeige. Wie es aussah, war der Mistkerl einfach abgehauen und das machte Lucy sauer, denn das war *verdammt noch mal* ihre Rolle.

Im Laufe der Jahre war sie mit der Band quer durch die Staaten getourt und hatte all die miesen Absteigen und billigen Hotelketten kennengelernt. Dieses Zimmer hier war unterste Schiene. Vermutlich Super 8 oder noch schlimmer. Selbst der Fernseher auf der wackligen Kommode war alt. Sie konnte vom Bett aus den Schmierfilm erkennen, der den Bildschirm wie eine streifige Haut bedeckte. Die Kiste war eingeschaltet. Ohne Ton mühte sich irgendein Prediger auf dem flimmernden Bild ab, seine Gemeinde zu bekehren. Sein Mund schrie tonlose Worte aus einem von Grimm verzerrten Gesicht. Alle standen auf und klatschten im Takt in die Hände. Heilige Scheiße, das war zu viel. Wenn sie eins nicht mochte, dann war das diese Art von schwachsinnigem Fanatismus. Der gleiche Fanatismus, der ihre Mutter in den Wahnsinn getrieben hatte. Ihr Feldzug gegen das Böse hatte sie zur Mörderin gemacht und das Schlimmste war, dass sie Lucy auch noch die Schuld daran gab, denn ihre eigene Tochter war für sie die Reinkarnation des Bösen. Für sie war Lucy die Schlange, die mit dem Apfel die Arglosen ins Verderben lockte. Lucy sah sich selbst als Produkt der Umstände, in die man sie hineingezwungen hatte. Sie war anders, ohne Frage, aber war sie deswegen schlecht?

Die Sache in Greenbay wäre niemals passiert, wenn ihre Mutter ihr wenigstens ein bisschen Liebe geschenkt hätte, wenn sie Lucy akzeptiert hätte, wie sie war.

Lucy stand auf und fischte sich eine zerdrückte Zigarettenschachtel aus ihrer Lederjacke. Im Raum herrschte ein gedämpftes Zwielicht, das ihr dennoch in den Augen schmerzte. Sie suchte ihre Sonnenbrille und fand sie ordentlich auf dem Nachttisch abgelegt. Erst als sie die Brille aufsetzte, ließ der Druck hinter ihrer Stirn etwas nach. Anschließend zündete sie sich eine Zigarette an und streckte sich, bis ihre Gelenke knackten. Sie musste in der letzten Nacht wirklich viel getrunken haben, anders konnte sie sich das nicht erklären. Lucy schnüffelte an sich und verzog angewidert das Gesicht, sie brauchte unbedingt eine Dusche. Das würde ihr helfen, zur Besinnung zu kommen und sich zu erinnern, was geschehen war. Kaltes und ausgiebiges Duschen half immer.

Die Tür zum Badezimmer hatte jemand im unteren Drittel notdürftig mit Klebeband zusammengeflickt. Anscheinend hatte ein Gast seine Anerkennung für das großartige Zimmer daran in Form eines kräftigen Trittes hinterlassen. Was war das nur für eine Absteige? In Gedanken versunken betrat Lucy das Badezimmer. Sie trat in etwas Feuchtes, Klebriges, das den Badezimmerboden bedeckte. Bevor sie es verhindern konnte, glitt sie aus. Sie sah den Waschbeckenrand vor ihrem Gesicht zu einem gigantischen weißen Klotz anwachsen. Einen Wimpernschlag später detonierte die Keramik an ihrem Schädel und ein greller Schmerz, gleich einem elektrischen Schlag, fuhr durch ihren Kopf. Es gab ein Geräusch, das sich wie ein weit entfernter tibetischer Gong anhörte. Linkisch versuchte sie, sich noch am Rand des Waschbeckens abzufangen, aber es war zu spät. Wie ein nasser Sack klatschte sie auf die Fliesen. Lucy stöhnte auf und sah Rot. Es war nicht das dunkle, fast schwarze Rot, das ihr aus der Platzwunde an der Stirn in die Augen lief. Das gesamte Badezimmer war in ein grelles Rot getaucht. Es war einfach überall. Lucy wusste sofort, dass es Blut war. Der ganze Boden schwamm, der Duschvorhang, ja sogar die Wände waren damit beschmiert. Panisch strampelte Lucy in der klebrigen Masse herum und versuchte, aus dem Badezimmer zu kriechen. Doch sie schaffte es kaum, bei Bewusstsein zu bleiben. Endlich fand sie auf Knien und Händen dasitzend Halt. Noch immer verursachten Lichtblitze ein Gewitter vor ihren Augen.

Lucy hob stöhnend den Kopf und sah sich in dem surrealen Szenario um. Intensiver Fleischgeruch summierte sich in einem Duftcocktail des Wahnsinns. Hinter dem Duschvorhang zeichneten sich menschliche Umrisse ab. Lucy wusste instinktiv, um wen es sich handelte. Sie musste Gewissheit haben. Zitternd griff sie, während sie noch immer auf dem

Boden saß, nach dem widerlichen Vorhang und zog daran. Sie musste es mit eigenen Augen sehen, musste Klarheit über das erlangen, was sich in dieser Nacht abgespielt hatte, obwohl sie die grausame Wahrheit schon kannte. Ein Ring nach dem anderen löste sich aus seiner Halterung und offenbarte ihr ein Bild des Grauens. In der Duschwanne hing ihr nächtlicher Lover, am Bauch aufgebrochen wie ein Stück Vieh, das ausgeweidet worden war. Seine Gedärme waren ihm um den Hals geschlungen und jetzt hing er daran aufgeknüpft am Duschkopf.

Wie eins der Schweine meines Vaters, dachte Lucy verstört. Sie hatte ihren Vater vor Augen, wie er sich seine schmutzigen Hände an der Lederschürze abwischte und sie angrinste, das lange, blutige Schlachtermesser noch in der Hand. Eine Zigarette hing ihm feucht im Mundwinkel, an deren vorderen Ende sich ein langer Aschewurm gebildet hatte. Das Bild verblasste.

Der rechte Arm ihres Liebhabers lag unten in der Duschwanne, in seinem Bizeps steckte ein Springmesser mit schwarzem Ebenholzgriff.

Sie erinnerte sich an ihre Flucht aus Greenbay. Bacon hatte ihr dieses Messer an dem Tag geschenkt, als sie abgehauen waren. Er legte einen Tankstopp ein und Lucy war vorausgegangen, um in einem Diner etwas Essbares zu besorgen. Mit einem Lächeln im Gesicht hatte er ihr das Messer zugeschoben. In seinem Griff aus Ebenholz war ein silbernes Pentagramm eingelassen. *Das soll das Symbol deiner gewonnenen Freiheit sein*, hatte er gesagt. *Nie wieder sollen andere über dich bestimmen!*

Es steckte im abgetrennten Arm der Leiche. Lucy sah sich den am Duschkopf hängenden Körper genauer an. Die Zunge hing dem Leichnam dick und lang aus dem weit geöffneten Mund. Raschelnd schwebte das Plastik des Vorhanges auf die Fliesen. Die Hand des abgetrennten Arms ragte mahnend unter der Folie hervor. Würgend griff Lucy nach dem Türrahmen und zog sich daran nach oben. Alles drehte sich, verschwamm vor ihren Augen, wurde wieder klar, nur um erneut zu verschwimmen. Lucy sah an sich herunter und musste an die verrückte Carrie in dem Film aus den Achtzigern denken, wie sie auf der Bühne stand und von ihren Mitschülerinnen mit Schweineblut übergossen wurde. Im Gegensatz zu Carrie war sie jedoch splitternackt und mit Blut beschmiert. Sie sah aus wie ein Dämon aus dem Siebten Kreis der Hölle. Zitternd lehnte sie im Türrahmen und sah verwundert auf ihre Hände. Schwarze Fingernägel schimmerten durch ein frisches Rot. Lucy verstand sich selbst nicht mehr. Warum zur Hölle schrie sie nicht, warum kotzte sie sich bei diesem Anblick nicht die Seele aus dem Leib oder fing wenigstens an zu wimmern oder zu heulen? Was war nur los mit ihr, dass sie so kalt, fast gleichgültig hier stehen konnte? Die glühenden Nadeln peinigten sie erneut, verursachten hämmernde Kopfschmerzen, die sie fast in den Wahnsinn trieben.

Bilder zuckten Blitzlichtern gleich durch ihren Geist und Lucy erinnerte sich. An der Bar des *Archeron* hatte sie einen jungen, recht gut aussehender Typ, einen Biker, gekleidet in schwarze Ledersachen mit einem Totenkopf auf dem Rücken und starken, tätowierten Armen kennengelernt. Genauer gesagt den Typ, der am Duschkopf hing, ausgeblutet und mit leerem Blick. Seine Ledersachen lagen auf einem Haufen neben der Toilette, achtlos wie Müll hingeworfen.

»Fuck!«

Zu mehr war Lucy nicht imstande.

»Fuck … Fuck … Fuck … Fuck!«

Wie ein aufgeregtes Schulmädchen rannte sie durch das Zimmer und hinterließ feuchte Spuren auf dem Teppichboden.

»Fuck, verdammter.«

Immer, wenn der Schmerz in ihrem Kopf wiederkehrte, schlug sie sich mit den Handballen gegen die Schläfen.

»Ich bin so was von erledigt.«

Sie ging ins Badezimmer, hob die Plane an und rannte wieder ins Zimmer.

»Falsch. Ich bin am Arsch, am Ende … Das war's, meine Liebe!«

Der Tote war immer noch da und starrte sie aus aufgerissenen Augen vorwurfsvoll an.

»Blöde Kuh, denk nach, denk verflucht noch mal nach!«

So ging das eine ganze Weile. Lucy rannte hin und her und verteilte das Blut überall im Zimmer. Selbst die Laken zeigten die blutigen, wenn auch wohlgeformten, Abdrücke ihrer Arschbacken. Irgendwann kam sie zur Besinnung. Ihr war klar, dass sie hier nicht einfach rausspazieren und zur Polizei gehen konnte. Die würden sie sofort festnehmen, denn es war offensichtlich, dass sie den Typen getötet hatte. Eine irre Außenseiterin, die den Verstand verloren hatte. Wie die Mutter, so die Tochter, das würden die Menschen denken. *Muss an den Genen liegen,* würde die Erklärung lauten.

»Du kannst das niemals vertuschen. Die werden dich hochnehmen und zu deiner Mutter in die Irrenanstalt stecken.«

Der Schmerz packte sie, ihre Muskeln krampften. Lucy dachte darüber nach, ob man im Staat New York die Todesstrafe verhängte, konnte sich aber nicht daran erinnern. Fahrig kaute sie an ihren Fingernägeln und spuckte angewidert aus, als sie Blut schmeckte. Es war gut möglich, dass sie ihn gar nicht umgebracht hatte, schließlich konnte sie sich nicht daran erinnern. Außerdem, wie hätte sie es schaffen sollen, den schweren, kräftigen Typen erst abzuschlachten und anschließend am Duschkopf hochzuziehen? Der war mindestens doppelt so schwer wie sie selbst. Womöglich hatte man sie betäubt, damit es aussah, als wäre sie durchgedreht.

Am meisten machte ihr jedoch Angst, dass sie sich nur um sich selbst sorgte. Sie dachte an den Toten und fühlte nichts. Lucy massierte sich die Schläfen und beschloss, abzuhauen. Sie musste nachdenken, mit jemandem reden. Vorher musste sie jedoch die Spuren verwischen, denn jemandem wie ihr würde man nicht glauben.

Zuerst musste sie das Messer holen. Im Badezimmer warf sie ein Handtuch auf den Boden und ging darauf bis zur Duschwanne, kniete sich hin. Vorsichtig zog sie den Duschvorhang zur Seite, ignorierte das schmatzende Geräusch. Der Arm lag in der Wanne und das Messer ragte wie ein Gipfelkreuz aus dem gut ausgeprägten Muskel. Etwas stimmte nicht mit dem Arm. Lucy beugte sich weiter nach vorne, um sich das tote Fleisch genauer anzusehen. Dort wo das Messer steckte, fehlte ein großes Stück. Die Wundränder waren glatt, fast rechteckig, und reichten bis auf den blanken Knochen. Filetiert. Das Fleischstück lag neben dem Arm in der Wanne, doch auch damit stimmte etwas nicht. Es entsprach nicht dem Schnittmuster im Arm. Es sah aus, als ob es durchgekaut worden wäre. Sie wusste, wie so etwas aussah, denn ihr Vater hatte es beim Schweineschlachten oft getan, weil er der Ansicht war, dass es gesund sei, das warme, noch blutige Fleisch zu essen. Lucy sprang auf und taumelte benommen aus dem Badezimmer, weg von der Leiche. Hatte sie etwa …?

Auf keinen Fall, das war vollkommen unmöglich. Sie hatte schon viel probiert und sicherlich so manche Grenze überschritten, aber das ging zu weit. Unfähig, weiter darüber nachzudenken, hielt sie sich die Hand vor den Mund und atmete mehrmals auf ihre Handfläche. Sie schnüffelte daran und wiederholte den Vorgang. Ihr Atem roch dumpf, metallisch, blutig. War das nur Einbildung oder hatte sie das wirklich getan?

Noch immer stellten sich keine Gewissensbisse ein, keine Reue, da war einfach nichts außer einer fremden, dunklen Zufriedenheit, die Abscheu erweckte.

Ihre Mutter hatte recht gehabt, als sie sie ein böses Kind genannt hatte, das mehr Gefallen am Tod als am Leben fand. Lucys innere Stimme zwang sie dazu, weiterzumachen. Sie musste hier weg und einen Platz finden, an dem sie nachdenken konnte. Aber zuerst musste sie sich sauber machen und etwas mit der Leiche anstellen. Lucy dachte an Feuer, denn was einmal funktioniert hatte, würde auch ein weiteres Mal funktionieren.

Mit der Erkenntnis, dass sie ein gottverdammter Kannibale war, machte sie sich an die Arbeit. Zuerst zog sie das Messer aus dem Arm. Den warf sie aus der Wanne. Sie schnitt das Stück Darm durch, an dem der Leichnam hing. Wie ein toter Aal glitt der Kadaver aus der Wanne. Lucy warf den Duschvorhang über das menschliche Desaster, drehte das Wasser auf und stellte sich in die Duschwanne. Sie drehte den Regler auf »Heiß« und fing an, ihre Haut mit der alten haarigen Wurzelbürste von der Fensterbank abzuschrubben, bis sie sauber war. Das Wasser spritzte aus der Dusche und vermischte sich mit dem Blut, bildete Schlieren und Blasen, aber das war ihr egal. Sie griff sich das letzte saubere Handtuch und rubbelte sich trocken. Im beschlagenen Spiegel musterte sie ihre verzerrte Silhouette. Dünn sah sie aus und weiß wie Schnee. Die Platzwunde auf ihrer Stirn hatte längst aufgehört zu bluten. Lucy stieg aus der Wanne und ging ins Zimmer, um sich anzuziehen. Noch immer plärrte die Tex-Mex Musik aus dem Radio von gegenüber und auf der Straße stritten mehrere Personen in einer Sprache, die sie nicht verstand. Wasser rauschte auf den Straßen, wenn Autos vorbeifuhren. Jetzt kam der schwierige Teil. Sie musste die Leiche aus dem Badezimmer schaffen. Also packte sie den Kerl an den Füßen. Schwer wie er war, zerrte sie ihn bis vor das Bett. Weiter kam sie nicht. Das musste reichen. Hastig zog sie die Laken ab und bedeckte damit den aufgebrochenen Körper. Sie ging zur Minibar und nahm die kleinen Fläschchen mit den hoch-prozentigen Drinks heraus. Bis auf die winzige Jack Daniels Flasche goss sie alle über den Laken aus. Den Jackie leerte sie direkt in ihren Mund. Lucy setzte sich ihre Sonnenbrille auf und spähte durch die Jalousie aus dem Fenster. Bingo, es gab eine Feuertreppe, die in eine schmale, mit Mülltonnen vollgestellte Gasse führte. Es goss in Strömen. Das Metall glänzte feucht und war bestimmt rutschig. Noch immer tat ihr das trübe Licht in den Augen weh, aber darauf konnte sie keine Rücksicht nehmen. Lucy griff sich die alte, zerfled-derte Bibel aus der Kommode und riss die Seiten heraus und verteilte sie auf dem Leichnam. Der Schmerz in ihrem Kopf verhinderte noch immer jedes Denken. Sie wusste nur, dass es falsch war, was sie da gerade tat, und fuhr trotzdem mit ihrem Tun fort. Dumpf starrte sie auf eine Seite der Offenbarung.

<< und Gott wird abwischen alle Tränen von ihren Augen und der Tod wird nicht mehr sein, noch Leid noch Geschrei noch Schmerz wird mehr sein, denn das Erste ist vergangen>>

Lucy faltete die Seite und steckte sie ein. Fahrig zog sie ihr Zippo aus der Tasche, zündete einige der Seiten an und warf sie auf den großen Haufen. Mit etwas Glück würde das Zimmer ausbrennen, bevor der Feuermelder Alarm schlug. Einen letzten Blick über die Schulter werfend, öffnete sie das Fenster und kletterte hinaus. Der plötzliche Luftstrom fachte das Feuer an, das sich fauchend im ganzen Zimmer ausbreitete. Von einem Moment zum nächsten wurde die Hitze in dem Raum unerträglich. Das Bild des Predigers im Fernsehgerät verzerrte sich zu einer abscheulichen Fratze, bevor die Röhre des alten Gerätes mit einem lauten Knall explodierte.

WIE DER VATER, SO DIE TOCHTER

Feuerwehrwagen rasten mit heulenden Sirenen an dem heruntergekommenen Loch vorbei, das sich Bar nannte. Drinnen war es düster und die Stimmung war schwermütig. Ein paar ältere Semester, vorwiegend schwarzer Hautfarbe, hingen in dem schlauchförmigen Raum an der langen, polierten Bar herum, lauschten dem schwermütigen Blues und sahen sich in dem riesigen Spiegel selbst beim Trinken zu. Wer hier um diese Zeit – die große Standuhr zeigte zwölf Uhr mittags – seinen Drink nahm, hatte keine Eile. Träge drehten sich die Ventilatoren und rührten die abgestandene Luft um wie in einen dicken Brei.

Lucy saß völlig durchnässt am hinteren Ende der Bar, weit weg von der Tür, den Kragen ihrer Lederjacke hochgeschlagen und die Augen hinter der Sonnenbrille versteckt. Winzige Wassertröpfchen glänzten auf den dunklen Gläsern. Sie hatte nicht die geringste Ahnung, wie sie hergekommen war, jedenfalls stand vor ihr eine halbvolle Flasche Bourbon Whiskey und ein dickwandiges Glas, gefüllt mit der goldgelben Flüssigkeit. Der *Hangman*, so nannte sich dieses Loch laut eines Schriftzugs über dem Eingang, lag mitten in Brooklyn, gerade mal zwei Blocks von der Absteige entfernt, in der sie heute Nacht ihren Liebhaber geschlachtet hatte. Lucy schüttelte über ihre Gedanken den Kopf und leerte den Inhalt des Glases. Sie hatte ihn nicht nur geschlachtet, sondern auch noch angefressen. Die ganze Situation war einfach nur grotesk. Lucy zweifelte an ihrem Verstand und hätte es gerne als schlechten Traum abgetan, als Wahnvorstellung, doch die Sirenen auf der Straße spielten eine andere Melodie und das brennende Hotel ebenfalls. Mörderin, Kannibalin, Brandstifterin auf der Flucht – so würden es bald die News berichten, und wenn sie Pech hatte, mit ihrem Konterfei rechts oben im

Bildrand. *Sängerin einer Gothic-Metal-Band dreht durch und ermordet einen unschuldigen Fan auf bestialische Weise. Waren satanische Rituale im Spiel?*

Mit ihrem letzten Quarter hatte sie Bacon angerufen, damit er sie aus dem Loch hier rausholte. Anfangs hatte er wie ein Rohrspatz geflucht, aber als er den ernsten Unterton in Lucys Stimme hörte, hatte er sich sofort auf den Weg gemacht. Leatherface war der schärfste Typ in der Band, wenn es jedoch um etwas wirklich Wichtiges ging, wenn man jemanden brauchte, auf den man sich hundertprozentig verlassen konnte, dann war Bacon der Mann. Mit Bacon hatte sie schon im Sandkasten gespielt und in der Schule war er ihr einziger Verbündeter gewesen. Bacon war der einzige richtige Freund, den sie hatte.

Was letzte Nacht vorgefallen war, hatte sie ihm allerdings verschwiegen. Der alte Barkeeper wischte vor ihr die Theke ab und schenkte nach. »Na, Mädchen, was machste denn um diese gottverdammte Zeit hier im Hangman, hm? Siehst aus, als hätte dich einer vor die Tür gesetzt, nass, wie du bist. Hast Liebeskummer, hm, ist es nicht so?«

Weit jenseits der Sechzig hoben sich die schlohweißen gekräuselten Haare von seiner mit Furchen überzogenen tiefschwarzen Haut ab. Lucy drehte das Glas in ihren Händen. Es wollte schnell geleert werden, doch sie zögerte.

»Liebeskummer?«

Sie dachte über die Bedeutung dieses Wortes nach.

»Nicht wirklich. Wohl eher eine ziemlich abrupte Art, eine Beziehung zu beenden, die sich rein aufs Fleischliche bezogen hatte.« Lucy stockte. Hatte sie das eben wirklich gesagt? Hatte sie eben tatsächlich diesen Mist von sich gegeben?

Der alte Mann stützte sich auf den polierten Messingrand der Theke.

»Kommst nicht von hier, was? Tippe auf Norden, weit oben, von der kanadischen Grenze.« Er zuckte mit seinen Schultern. »Aber he, mach dir nichts draus, bist doch ein hübsches Mädel und hast ne gute Stimme, das kann ich hören. Die taugt für den Blues. Also hör auf einen alten Mann und lass den Kopf nicht hängen, du wirst nicht lange allein bleiben.«

Lucy nippte an ihrem Glas und runzelte die Stirn. »Was?«

»Ja verdammt. Morgen hast du den Kerl schon vergessen. Und, na ja, ein Mädchen wie du, für so eins stehen die Kerle doch heutzutage Schlange. Und das mit deiner Stimme hab ich übrigens ernst gemeint. Singen solltest du!«

Lucy sah auf ihre Hände. Die Hände einer Mörderin der übelsten Sorte. Und sie zitterten. »Ich hoffe nicht, dass einer auf mich wartet, denn ich würde ihm kein Glück bringen. Besser, ich bleibe allein.«

Sie hatte mit ihren eigenen Händen sein Leben ausgelöscht, wie wertlos es auch immer gewesen sein mochte. *Brandstifterin, Mörderin, Kannibalin.* Das waren die Worte, die ihren Geist zermarterten. Sie brannten sich wie glühendes Eisen in ihren Kopf. Der nach Altersheim stinkende Säufer auf dem Hocker neben ihr mischte sich in das Gespräch ein.

»Hank, ich sag dir was. Das ist das Problem mit den jungen Leuten heutzutage. Jeden Tag was Neues im Bett und ja nichts von Dauer. Nur keine Verantwortung übernehmen. Und wenn es doch mal was Echtes wird, laufen sie einfach weg.«

Hank grunzte komisch und sah zwischen dem Säufer und Lucy ein paar Mal hin und her. »Das sagst ausgerechnet du. Hängst hier den ganzen Tag rum, um deiner Alten aus dem Weg zu gehen. Bist nicht gerade ein gutes Beispiel.«

Die alten Männer lachten kratzig. Hank lachte sogar so laut, dass er husten musste.

»Nichts für ungut, Mädchen. Versuche nur dich ein wenig aufzuheitern, verstehst du? Ich wische hier die Theke ab und spiele nebenbei den Sozialarbeiter. Höre mir den ganzen Mist an, vom Bodensatz der Welt und so. Das ist es, was ich mache.«

Lucy nickte. »Schon klar. Der Penner neben mir hat verdammt noch mal recht, so ist das mit den jungen Leuten heutzutage. So und nicht anders!«

Draußen raste ein weiterer Einsatzwagen vorbei und Lucy zog den Kopf ein. *Brandstifterin, Mörderin, Kannibalin,* schrien die Sirenen. Hank runzelte die Stirn, sagte aber nichts weiter. Lucy fühlte sich schlecht, denn langsam realisierte sie die Tragweite dessen, was sie getan hatte. Und ihr Schädel schmerzte immer noch, als wolle er bersten.

Sie hob das Glas, versuchte den Schmerz zu betäuben und das Geschehene wegzuspülen. Genau wie das Blut in der Wanne. Der *Hangman* drehte sich plötzlich vor ihren Augen und Hanks Gesicht zerlief wie flüssiges Wachs.

Lucy sprang auf und stürmte zur Toilette. Gerade noch rechtzeitig hing sie dort ihren Kopf über das dreckige Klo und kotzte sich die Seele aus dem Leib. Die Kloschüssel färbte sich braun und später, als ihr Magen längst leer war, in dunkles Rot. Rot wie Blut. Lucy würgte weiter und es kam noch mehr Blut. Sie war sicher, dass etwas in ihr kaputt war, und bekam Angst. Als endlich nichts mehr kam, zog sie an der Spülung und sah zu, wie das Erbrochene in einem wilden Strudel den Abfluss hinunterrauschte. Ihr wurde abwechselnd heiß und kalt. Zitternd setzte sie sich auf die Klobrille und stütze ihr Gesicht in die Hände. Ihr Magen rebellierte noch immer und ihre Gedärme krampften, glühende Blitze gleißten durch ihren Kopf. Lucy wimmerte und presste sich die Hände auf den Bauch. Der Schmerz trieb ihr Tränen in die Augen und Rotz lief ihr aus der Nase. Der Mistkerl musste ihr heute Nacht Drogen verabreicht haben, anders konnte das nicht sein. Womöglich dieses selbstgepanschte Zeug aus einer Hinterhofdrogenküche, das einem die Schleimhäute verätzte. Das waren Schmerzen, auf die sie überhaupt nicht stand. Es wäre durchaus denkbar, dass sie in dieser verdreckten Toilette am Ende noch sterben würde.

Sie konnte die Schlagzeilen förmlich vor sich sehen: *Sängerin der Gothic-Metal-Band Hell's Abyss wurde auf der Toilette des* Hangman *tot aufgefunden. Todesursache vermutlich Überdosis. Die Polizei verdächtigt sie des bestialischen Mordes an einem bisher noch nicht identifizierten Mann.*

Eine Ewigkeit später ging es ihr etwas besser. Ihr Puls hatte sich beruhigt und die Schmerzen hatten nachgelassen. Und sie war noch am Leben, das war die positive Nachricht. Benommen taumelte sie aus der Kabine und drehte am Waschbecken das kalte Wasser auf, wusch sich das Gesicht, wieder und wieder. Die Idee, einen Arzt aufzusuchen, war sicher nicht verkehrt, doch Lucy hatte Angst. Was war, wenn man Drogen in ihrem Blut fand? Oder schlimmer noch, wenn sie dadurch mit dem Mord in Verbindung gebracht werden würde? In dieser Beziehung war Lucy ziemlich feige und zog es vor, davonzulaufen, anstatt sich den Tatsachen zu stellen. Diese verdammten CSI-Ermittler fanden doch jede noch so winzige Kleinigkeit. Lange schwarze Haare im Abfluss der Dusche zum Beispiel oder ihr Blut an einem der Handtücher. Womöglich hatte sie der Hotelportier gesehen, wie sie mit dem namenlosen Typen eingecheckt hatte, doch im Zimmer gab es nur eine verbrannte Leiche und keine zwei. Eine verbrannte, zerstückelte und angefressene Leiche. Lucy trocknete sich das Gesicht mit einem Papierhandtuch aus dem verbeulten Spender und musterte sich im Spiegel. Blass und müde sah sie aus, mit dunklen Ringen unter den Augen, ungeschminkt. Wie ein verdammter Junkie. Das Ebenbild dessen, was ihre Mutter immer in ihr gesehen hatte. Ein Monster. Lucy bemerkte verwundert, dass ihr Blut aus der Nase lief und ins Waschbecken tropfte. Fahrig fasste sie in die dunkelrote, fast schwarze Flüssigkeit und zerrieb einen der Tropfen zwischen den Fingern.

Die Erinnerung traf sie wie ein Faustschlag. Sie saß auf dem Bett, den Körper weit nach hinten gebogen, gestreckt wie eine gespannte Bogensehne. Unter ihr ein nackter junger Mann, den sie nicht kannte. Seine Hände hatten ihre Hüften umfasst. Sie konnte ihn in sich spüren, wie er sich bewegte, wie er sich ihr bedingungslos hingab, weil er nicht anders konnte und schließlich in ihr explodierte.

Etwas später ging sie ins Badezimmer, nackt und verschwitzt. Der junge Mann folgte ihr. Er lachte noch, als sie spielerisch das Messer in ihrer Hand aufschnappen ließ. Er hatte wohl nicht damit gerechnet, dass sie es ernst meinte. Der Schnitt kam ansatzlos und schnell, schlitzte seine Bauchdecke auf, von links nach rechts, als ob sie noch nie etwas anderes gemacht hätte. Sie lachte und beobachtete, wie er versuchte, seine Gedärme daran zu hindern, aus seinem Körper zu fallen. Mit einer Hand packte sie seine Kehle und drückte den stammelnden Mann gegen die kalten Fliesen in der Dusche. Mit der anderen riss sie ihm den Darm aus dem Leib, schlang ihn um seinen Hals und zog ihn am Duschkopf nach oben, so schnell, dass er zu keiner Gegenwehr fähig war. Seine Füße schlugen gegen die Fliesen, ungleichmäßig, zuckend, während sie schon das Messer ansetze, um ihm den Arm abzutrennen. Sie zerschnitt erst die Haut und die Fettschicht darunter, danach die Muskelstränge und Sehnen, schließlich drehte sie mit einem hässlichen Krachen den Knochen aus dem Gelenk, genau so, wie sie es als Kind immer bei ihrem Vater gesehen hatte, wenn er Schweine zerlegte. *Du musst deine Schnitte schnell und präzise führen, eine Schicht nach der anderen. Aber das Wichtigste ist: Du musst es tun, bevor das Blut stockt,* hatte er erklärt und ihr später sogar gezeigt, wie man es richtig machte.

Lächelnd kniete sie am Boden und schnitt sich ein großes Stück Muskelfleisch aus dem Arm, stopfte es in den Mund und kaute genüsslich darauf herum. Sie biss sich kleine Stückchen des faserig zähen Fleisches ab und schluckte sie hinunter. Wie der Vater, so die Tochter.

Lucy presste sich die Hände auf ihre Schläfen, knirschte mit den Zähnen, sah ihre aufgerissenen Augen im Spiegel und die Tränen, die über ihre Wangen liefen. Das konnte nicht sein, das war nicht richtig. Das war nur eine Nachwirkung der Drogen, die ihr dieser Typ verabreicht hatte, nichts weiter. Das war die Erklärung. Und dennoch, die Erinnerungen waren fürchterlich real, intensiv, verführerisch und ziemlich antörnend. Lucy tastete nach dem Papier und wischte sich die Tränen aus dem Gesicht. Jetzt war keine Zeit zum Heulen, erst musste sie mit sich selbst klarkommen, musste herausfinden, was mit ihr nicht stimmte. Oder wie ihre Mutter sagen würde, warum sie sich wie ein Monster verhielt. Sie zog ihre Sonnenbrille auf und fuhr sich mit den Fingern durch ihr nachtschwarzes Haar, atmete ein paar Mal tief durch und ging in die Bar.

Bacon saß am Tresen und unterhielt sich mit Hank. Beide hielten Whiskygläser in den Händen. Wortlos setzte sie sich neben ihren Freund auf den Hocker und griff nach ihrem Glas. Sie spürte seinen vorwurfsvollen Blick.

»Fuck, Lucy, du bist echt bescheuert. Haust einfach ab, ohne uns Bescheid zu sagen. Findest du das okay oder was?«

Lucy zog die Nase hoch und schüttelte den Kopf, ohne Bacon anzusehen. Bacon war noch lange nicht fertig. Er war stinksauer.

»Hast du dich mal im Spiegel angesehen? Hast du ne

Ahnung, wie du aussiehst? Scheiße, wir spielen bald unseren zweiten Gig und du gehst hier dermaßen ab. Kapierst du überhaupt, was ich dir damit sagen will?«

Seine Stimme klang gleichzeitig gereizt und besorgt. Wenn sie einen fremden Typen abschleppte oder sich einfach nur zudröhnte, das machte ihn fertig, weil er Angst um sie hatte. Bacon war für sie wie ein großer Bruder, der immer da war, wenn sie ihn brauchte, und der sich für sie verantwortlich fühlte. Lucy schob ihr Glas von sich, ohne daraus zu trinken.

»Keine Ahnung, ehrlich, Mann. Da war so ein Typ, mit dem bin ich um die Häuser gezogen. Wahrscheinlich hat der mir was in den Drink getan oder so. Ich kann mich jedenfalls an nichts mehr erinnern.«

Bacon schnaubte. »Das ist Bullshit und das weißt du genau. Als ob dir jemand was vormachen könnte. Du hast unsere heiligen Regeln gebrochen, die wir aufgestellt haben, damit genau so etwas nicht passiert. Das war ganz großer Mist, Lucy, das hätte böse enden können. Willst du etwa aufgeschlitzt in ner Gasse enden, vergewaltigt oder so? Ist es das, was du willst?«

Lucy verkroch sich in ihrer Lederjacke. Die Schmerzen kamen wieder, ihr Magen krampfte. Bacon hatte vollkommen recht, sie hatte einen großen Fehler begangen, denn sie hatte einen Menschen ermordet. Schlimmer noch: Sie hatte ihn aufgeschlitzt und von ihm gegessen. So und nicht anders sah es aus. Bacon sollte nicht sie vor der Welt, sondern die Welt vor ihr schützen.

»Bacon, ich weiß auch nicht, was mit mir los war. Tut mir echt leid, Mann, kommt nicht wieder vor!«

Hank mischte sich in das Gespräch ein. Seine Stimme klang warm und mitfühlend.

»Sei nicht so streng mit ihr, Bruder. Sieh dir das arme Ding doch an, wie fertig sie ist.«

Wie zur Bestätigung seiner Worte wimmerte Lucy auf und presste sich die Hand auf den Bauch. Vor Schmerzen gekrümmt langte sie nach ihrem Glas, doch Bacon nahm es ihr weg.

»Lass bloß die Finger von dem Zeug. Ich bring dich ins Hotel. Dort kannst du deinen Rausch ausschlafen!«

Lucy konnte vor Schmerzen nicht antworten, also beschränkte sie sich auf ein knappes, bestätigendes Nicken. Wie Starkstrom fuhr es ihr durch den Körper, zerschmetterte ihre Glieder, ließ ihren Schädel bersten. Es fühlte sich an, als würde sich ihr Innerstes verändern, sich verformen, um ihrer neuen Rolle als Monster gerecht zu werden. *Brandstifterin, Junkie, Mörderin, Kannibalin.* Dunkelheit. Tod.

<< New York Citylife News Ticker >>
Laut NYPD kam es in einem Hotel in Brooklyn gegen 04:00 zu einem Zimmerbrand, bei dem ein Gast ums Leben kam. Bisher gibt es noch keine Stellungnahme über die Hintergründe seitens des NYPD. Unser Reporterteam sprach vor Ort mit dem Nachtportier. Anscheinend wurde das Zimmer von einem jungen Pärchen aus der so genannten schwarzen Szene angemietet. NYCNT hält Sie auf dem Laufenden!

DAS ZEICHEN AN DER TÜR

Andrew schnellte schweißgebadet nach oben, die Augen weit aufgerissen. Das Handy auf dem Nachttisch plärrte in schrillem Ton und rotierte auf der polierten Oberfläche um sich selbst. Fahrig tastete er nach dem Handy und hielt es sich vor das Gesicht. Er musste mehrmals blinzeln, um die verschwommenen Zahlen auf dem zerkratzten Display lesen zu können. Andrew kannte die Nummer. Das New York Police Department verlangte nach ihm. Sein Daumen betätigte die Taste mit dem Symbol des Telefonhörers. »Ja?«

»Eldritch, sind Sie das?«

Die Stimme am anderen Ende gehörte Leutnant Lucas, seinem Vorgesetztem.

»Wer zur Hölle soll sonst an mein Telefon gehen, hm?«

»Warum hat das so gottverdammt lange gedauert?«

»Keine Ahnung. Kann es daran liegen, dass ich die ganze Nacht Dienst geschoben habe und mich erst vor«, Andrew beugte sich nach vorne und sah auf die rote Ziffernanzeige seines Weckers, »drei Stunden aufs Ohr gehauen habe?«

Die Worte krochen ihm träge aus dem Mund, sein Körper fühlte sich schwer und taub an und sein Mund war trocken.

»Stehen Sie auf und machen Sie sich fertig, duschen Sie, wenn nötig. In fünfzehn Minuten holt Sie Martinez ab, bis dahin müssen Sie hellwach sein!«, fuhr Lucas unbeeindruckt fort. Martinez war sein Partner bei der Mordkommission.

»Hören Sie, ich hatte eine verdammt harte Nacht, ich …«, begehrte Eldritch auf, doch Lucas schnitt ihm das Wort ab.

»Ich rufe Sie nicht ohne Grund an. Wir haben einen Mord, der, hm, sagen wir mal, von der Norm abweicht. Beringer ist vor Ort und meinte, das würde in Ihren Bereich fallen.«

Andrew kratzte sich am Kinn. Wenn Beringer, der Gerichtsmediziner, so etwas sagte, musste es einen triftigen Grund geben. Eldritch und Martinez waren Spezialisten für die besonderen, außergewöhnlichen Fälle. In New York wurde täglich gemordet. Wenn sich einer dieser Todesfälle von der dumpfen Masse abhob, wenn etwas anders war als gewohnt, läutete das Telefon bei ihm.

»In Ordnung, ich warte auf Martinez.«

Andrew legte auf, bevor Lucas etwas darauf erwidern konnte.

Nur mit einer Pyjamahose bekleidet stand er auf, ging zum Fenster und zog den Rollo nach oben. Ihm offenbarte sich das gleiche trostlose Grau, das er auch schon beim Schließen des Rollos gesehen hatte. Es regnete noch immer in Strömen, man konnte fast den Eindruck haben, dass Gott diese durch und durch verderbte Stadt vom Antlitz der Erde waschen wollte. Die kleine Wohnung befand sich in der fünften Etage eines Backsteingebäudes einer ehemaligen Näherei in der Lower Eastside. Hier wurde schon lange nicht mehr investiert und das sah man dem Gebäude an. Die Feuertreppe war rostig und schief, von den Fenstern blätterte bereits die Farbe ab und der Aufzug war schon seit Jahren außer Betrieb. Dennoch mochte Andrew das alte Gebäude und das nicht nur, weil er sich in New York wohl nichts anderes leisten konnte. Wenn es die Witterung zuließ, hatte er von seinem Fenster aus einen wundervollen Blick auf die Williamsburg Bridge. Am meisten mochte er, dass die Wohnung eine Seele hatte, die über viele Jahrzehnte hinweg gewachsen war. Man konnte es spüren, wenn man mit der Hand über die rauen Backsteine strich oder den Luftzug spürte, der durch die undichten Fenster wehte. Oft saßen Tauben unter der Feuertreppe und suchten Schutz vor dem Regen.

In zehn Minuten würde Martinez vor der Tür stehen. Andrew musste sich beeilen. Er stellte sich unter die Dusche und drehte das kalte Wasser auf. Das war die beste Methode, um schnell auf Touren zu kommen. Drei Minuten später kramte er bereits frische Sachen aus dem Schrank. Während die älteren Ermittler zumeist die schlecht sitzenden Billiganzüge trugen, bevorzugte er dunkle Jeans und Lederjacke. Er war ein sportlicher, hochgewachsener Mann, der seinem Ruf als harter Cop schon durch seine Erscheinung gerecht wurde. Auf den Straßen New Yorks hatte er schnell gelernt, dass es oftmals besser war, erst zu handeln und danach Fragen zu stellen, sofern es noch notwendig war. Ein markantes Gesicht mit wachen, aufmerksamen Augen und kurze, dunkle Haare rundeten das Bild ab. Routiniert überprüfte er das Magazin seiner Dienstwaffe und steckte sie in das Gürtelholster. Andrew schätzte geregelte Abläufe, besonders wenn er morgens aus dem Schlaf gerissen wurde. Er achtete penibel darauf, dass alles in seiner Wohnung seinen festen, angestammten Platz hatte.

Nicht nur in dieser Beziehung unterschied er sich von den meisten Großstadtcops, die ihr gescheitertes Junggesellendasein in heruntergekommenen Buden fristeten und sich keinen Deut um ihr Aussehen scherten. Andrew war in einem soliden Elternhaus in Madison, Alabama aufgewachsen. In der Kleinstadt zählten noch die alten Werte wie Familie und gegenseitige Achtung. In seinem Viertel ging man am Sonntag in die Kirche, um ein Schwätzchen mit den Nachbarn zu halten, und nahm den Hut ab, wenn der Sheriff an einem vorüberging. Das hatte ihn so sehr beeindruckt, dass er beschloss, selbst Sheriff zu werden. An den Wochenenden fuhr man zum Jagen in die Wälder oder brannte Moonshine, den man aus dickwandigen Einmachgläsern trank. Sie hatten nie viel Geld besessen, dennoch führten sie ein glückliches, zufriedenes Leben. Nach der Highschool ging er zu den Marines nach Florence, Alabama und wurde vom Kind zum Mann. Wenn es sein Dienstplan erlaubte, kam er an den Wochenenden nach Hause und half seinem Vater in der Werkstatt. Uncle Sam schickte ihn nach Afghanistan und er ging für sein Land durch die Hölle. Seine Illusion vom glorreichen Kampf gegen den Terror zerplatzte wie eine Seifenblase. Desillusioniert kehrte Andrew der Kleinstadt Madison den Rücken, denn er konnte nicht ertragen, dass sein Vater in ihm einen Helden sah, während er sich selbst als Mörder fühlte, der Kinder und Frauen nur eines Verdachts wegen erschossen hatte. Das Wohl der Truppe galt mehr als das Wohl der Menschen. Er musste Abstand gewinnen und ging nach New York, wollte etwas bewirken und wurde Cop. Der Big Apple war anders als alles, was er je gesehen hatte. Der Big Apple brachte ihn wieder auf die Beine.

Es blieb gerade noch Zeit, um sich das halbe Sandwich von gestern in den Mund zu stopfen, bevor es läutete. Martinez stand vor der Tür und streckte Andrew einen Becher Kaffee entgegen. »Hier, genau wie du ihn magst, schwarz wie die Nacht. Und sorry, dass dich der Alte rausgeklingelt hat.«

Andrew nickte, nahm sich dankbar den Kaffee, schloss seine Wohnungstür und ging mit Martinez durch das Treppenhaus. Wie immer hatte ihm sein Partner die extra stark geröstete Kaffeevariante mitgebracht, während Martinez selbst seinen Kaffee mit viel Zucker und Milch bevorzugte. Er war der Ansicht, das trage zur gesunden Tönung seiner Haut bei.

Andrew nippte an seinem Becher und verzog das Gesicht, weil das Zeug brühheiß war. »Hey. Kein Problem, ist ja nicht deine Schuld. Wie geht's Mariesol und dem Kleinen?«

»Ach, was soll ich sagen? Sie war nicht gerade glücklich darüber, dass ich an meinem freien Tag nen neuen Fall bekomme. Sie beschwerte sich, was denn eigentlich die andere Schicht treibe, warum sie keine Zeit haben, und meinte, sie hätte ein mieses Gefühl bei der Sache.«

Andrew waren solche Probleme fremd. Seit Jahren lebte er nun schon allein und fuhr verdammt gut damit. In der wenigen Zeit, die ihm neben seinem Job blieb, konnte er tun und lassen, was er wollte. Es kam schon vor, dass er Frauen kennenlernte. Sobald sie herausfanden, dass er ein Cop war, gingen die meisten auf Abstand. Also beließ er es lieber bei lockeren One-Night-Stands und genoss seine Freiheit.

»Kannst du mir schon was sagen?«

Martinez schüttelte den Kopf. Der Ermittler hispanischer Abstammung unterschied sich in vielerlei Hinsicht von seinem Partner. Er war einen Kopf kleiner als Eldritch und stämmig wie ein Preisboxer, aber mit freundlichen dunklen Augen. Und er war ein absoluter Familienmensch. Kein Wunder, denn Mariesol war eine schwarzäugige Schönheit und sein Söhnchen ein Traum. Im Sommer trafen sie sich oft am Wochenende in Martinez' Garten zum Barbecue, tranken kaltes mexikanisches Bier und unterhielten sich über Baseballergebnisse. Und zudem, Mariesol machte einen unvergleichlichen Apfelkuchen.

Martinez' Vorliebe für bunte Hemden trat auch heute in einer auffälligen Kreation aus Rot und Gelb zutage. Er war in ihrem Team der gute Bulle, einer der immer einen Ausweg suchte, der jedem gerecht wurde. Das hatte mit seinem stark ausgeprägten Glauben zu tun, Martinez war überzeugter Christ. Anders als Andrew besuchte er regelmäßig die heilige Messe und betete, bevor er aß. Er glaubte an die Macht der Zeichen und befolgte in strikter Manier seine unzähligen kleinen Rituale. Gerade diese Gegensätze machten die Männer zu einem erfolgreichen Team, das keine Fragen offen ließ.

Andrew fluchte, als sie im strömenden Regen irgendwo in Brooklyn vor einem heruntergekommenen Hotel ausstiegen und ihm das Wasser in die Schuhe lief. Streifenwagen standen mit blinkenden Lichtern vor dem Gebäude und riegelten die Straße ab. Selbst bei diesem Wetter drängten sich Schaulustige an den Absperrungen. Sogar ein Übertragungswagen eines Fernsehsenders war da, die Satellitenschüsseln hoch aufgerichtet. Reporter standen vor laufenden Kameras im Regen und gaben ihr Statement ab.

Wenn es weiterhin so goss, würde New York untergehen, davon war er felsenfest überzeugt. So wie vor ein paar Jahren, als es wegen des großen Sturms tagelang geregnet hatte und das Wasser zwanzig Zentimeter hoch in den Straßen stand. Die Kaffeebecher in der Hand suchten die Detectives unter der schäbigen Markise über dem Hoteleingang Zuflucht vor dem Regen. Dort standen bereits einige Cops und Feuerwehrleute. Andrew kannte die meisten von ihnen, alles altbewährte Jungs, die so schnell nichts aus der Ruhe bringen konnte. Er merkte sofort, dass etwas nicht stimmte. Normalerweise unterhielten sie sich über Footballergebnisse oder die nächste Runde des NYPD-Bowlingturniers. Heute standen sie einfach nur da, tranken Kaffee und rauchten. Aufmunternd nickten die Ermittler den Männern zu. »Hey. Verdammtes Ostküstenwetter.«

Einer der Cops nickte bestätigend. »Yeah. Soll allerdings noch übler werden. Die haben für die nächsten Tage von der Seeseite her nen Orkan gemeldet, der drückt uns das ganze Wasser in die Straßen. Sie rechnen sogar mit nem Jahrhundertsturm!«

Einer der Feuerwehrmänner, sein Gesicht war noch mit Ruß verschmiert, nickte ebenfalls. »Und wir sind die Idioten, die rund um die Uhr Keller auspumpen dürfen und den Leuten erklären sollen, warum wir die U-Bahn dichtmachen müssen, wenn es hart auf hart kommt. Scheiße noch mal, hab da echt keinen Bock drauf.«

Martinez grinste. »Hast es dir doch selbst ausgesucht, Kumpel. Erzähl uns lieber mal, was uns erwartet.«

Der Feuerwehrmann hob seine Schulter. »Ne ganz üble Sache ist das dort oben. Wir wurden wegen nem Zimmerbrand gerufen. Der Portier meinte, in dem Zimmer sollten noch zwei Leute sein, so ein komisches junges Pärchen.«

Der Mann nahm einen Schluck aus seinem Kaffeebecher.

»Gefunden haben wir allerdings nur eine Person. Aber das soll euch Beringer erzählen, der ist noch in dem Zimmer mit den Superhelden von der Spurensicherung zugange.«

Das ganze Hotel stank nach Rauch und Löschwasser. Oben wartete Beringer vor der Zimmertür bereits auf sie. Er trug den obligatorischen weißen Papieranzug, der jetzt allerdings eher schwarz von der feuchten Asche war. Carl Beringer war der Gerichtsmediziner des Departments, ein dürrer Mann jenseits der Fünfzig, sein Haar war licht und sein Verhalten recht altmodisch, aber er war einer der genialsten Männer, die Andrew je kennen gelernt hatte.

»Martinez, Eldritch, meine Herren, Sie haben sich Zeit gelassen!«

Mit tadelndem Blick sah er den Detectives entgegen. Das war Beringers Art, hallo zu sagen. Andrew ignorierte die Spitze und nickte dem Mediziner zu.

»Kommen wir gleich zur Sache. Ich habe noch nichts gefrühstückt und möchte die Sache schnell hinter mich bringen. Also, was haben Sie für uns?«

Beringer führte sie in das ausgebrannte Hotelzimmer.

»Vorsicht meine Herren, der Boden ist vom Wasser ziemlich rutschig.«

Er hatte nicht übertrieben. Selbst von der Decke tropfte

es. Martinez bedachte die Männer mit einem zweifelnden Blick. »Sagen Sie nicht, dass es hier noch brauchbare Spuren gibt. Also abgesehen von dem Toten hier.«

Beringer kniete sich neben die Brandleiche. Der krustige Körper lag lang ausgestreckt auf dem Boden vor dem Gerippe des verbrannten Bettes.

»Oh, hier sind noch überall Spuren, meine Herren, man muss nur die Augen aufmachen. Fangen wir mit dem Opfer an!«

Der Mediziner tippte mit dem Finger auf die Bauchgegend der Leiche. »Der Mann war längst tot, bevor er verbrannt ist! Sein Bauch wurde mit einem scharfen Gegenstand über die gesamte Breite aufgeschlitzt. Der Mörder hat ihm die Gedärme aus dem Körper entnommen. Wir wissen das, weil wir einen Teil davon im Badezimmer gefunden haben. Das wäre die erste der möglichen Todesursachen.«

Martinez bekreuzigte sich mehrmals, hustete.

»Kommen wir zu Todesursache Nummer zwei. Der rechte Arm des Opfers wurde fachmännisch vom Körper abgetrennt. Ein glatter Schnitt mit einem sehr scharfen Messer oder Skalpell.«

Andrew sah den Mediziner entnervt an. »Kommen Sie endlich zum Punkt, Beringer!«

Der Gerichtsmediziner mochte es nicht, wenn man ihn unterbrach.

»Schließlich wurde das Opfer im Badezimmer am Duschkopf an seinen eigenen Gedärmen erhängt. Im Vergleich zu den beiden anderen Möglichkeiten ist es eine recht langsame Art, jemanden zu töten, aber dennoch sollten wir diesen Umstand nicht außer Acht lassen.«

Martinez blies die Backen auf. »Welch ein grausamer, unbarmherziger Tod!« Er ging ins Badezimmer, wo noch immer ein langes Stück Darm am Duschkopf hing. *Wie die Haut einer langen, bösen Schlange*, dachte Martinez und ging ins Zimmer zurück.

Andrew schüttelte den Kopf. »Da wollte wohl jemand sichergehen, dass der Typ wirklich tot ist. Dreifach sicher, sozusagen … Was gibt es noch?«

Beringer zeigte auf eine verschrumpelte Motorradjacke.

»Das Opfer gehörte anscheinend zu einer Bikergang. Zudem war er nackt. Der Mord geschah wie bereits erwähnt im Badezimmer, dort gibt es noch einige recht brauchbare Spuren.«

»Los Muertos«, murmelte Andrew.

»Was?« Martinez sah ihn fragend an.

»Na ›Los Muertos‹, die Toten. Eine Gang von hier, allerdings aus krimineller Sicht eher ein gemäßigtes Kaliber, zumindest was Gewalt angeht. Hängen oft auf Friedhöfen rum und treiben ziemlich morbides Zeug.«

Martinez sah Andrew erstaunt an. »Woher weißt du das alles?«

Andrew grinste. »Na ja, da war diese Kleine von der Dienststelle für Bandenkriminalität, die hat …«

Martinez winkte ab.

»Was denn?«, sagte Andrew.

Martinez schüttelte nur den Kopf.

»Da war nichts, ehrlich Mann«, beteuerte Andrew grinsend. Beringer räusperte sich.

»Ich würde gerne fortfahren, meine Herren, es gibt noch mehr sehr interessante Spuren, die Sie interessieren dürften.«

»Entschuldigung, sprechen Sie weiter!«

Martinez nickte dem Mediziner auffordernd zu.

»Sehr schön. Wir haben Spuren gefunden, die von der Zimmertür *zum* Fenster führen. Sie stammen von zwei Personen, die den Raum erst betreten haben, nachdem das Feuer schon brannte!«

Andrew runzelte die Stirn. »Jemand, der den Brand löschen wollte. Wäre das möglich?«

»Das dachten wir anfangs auch. Die Zimmertür war allerdings geschlossen, als die Feuerwehr eintraf. Jedenfalls führen die Spuren zum Fenster, aber nicht mehr ins Zimmer zurück.«

»Die Feuertreppe«, stellte Martinez trocken fest.

»Ich gehe nach unten und spreche mit dem Portier, vielleicht hat er noch etwas gesehen.«

Martinez war froh, aus dem nach Feuer stinkenden Raum rauszukommen. Beringer hatte allerdings noch was zu sagen.

»Kommen Sie bitte mit vor die Tür. Ich möchte Ihnen etwas zeigen, was mich ehrlich gesagt, nun, sagen wir einmal, beunruhigt.«

Was er ihm zeigen wollte, befand sich draußen im Flur, direkt neben der Zimmertür.

»Hier, sehen Sie sich das an. Das ist der eigentliche Grund, weswegen ich Sie gerufen habe!«

Neben dem Türrahmen hatte jemand etwas auf die Wand gekritzelt. Auf den ersten Blick sah es aus wie eine der Schmierereien, die man oft in Hotels dieser Art fand. Erst als sich Andrew nach vorne beugte, konnte er erkennen, was die Zeichnung darstellen sollte. Ein mit schwarzem Stift hastig gezeichnetes Pentagramm, überlagert von einem Widderschädel, gekrönt von großen, gedrehten Hörnern und umgeben von winzigen Schriftzeichen. Nichts, was man hastig hinschmieren konnte.

»Das könnte Zufall sein, könnte schon lange hier an der Wand stehen. Könnte schlichtweg nichts mit der Sache im Zimmer zu tun haben.«

Beringer schüttelte den Kopf. »Der Portier schwört Stein und Bein, dass dieses Zeichen gestern Abend noch nicht an der Wand gewesen ist!«

»Zugegeben, einiges passt. Die Los Muertos, die grausame Ausführung des Mordes, das Zeichen an der Tür. Könnte sich durchaus um eine Gangangelegenheit handeln. Hören wir uns an, was Martinez herausgefunden hat, bevor wir voreilige Schlüsse ziehen.«

Als sie unten ankamen, wartete Martinez bereits in der Lobby auf sie. »Ich habe die Aussage des Portiers. Das Zimmer wurde letzte Nacht von diesem Pärchen angemietet. Der Typ war in Begleitung einer jungen Frau zwischen fünfundzwanzig und dreißig. Groß, schlank, dunkles langes Haar. Er meinte, sie sei ein Mädchen aus der schwarzen Szene gewesen, Gothics oder wie die sich nennen. Passt jedenfalls zu unserem Opfer.«

Andrew nickte knapp. »Sehe ich auch so. Hat er die Frau näher beschrieben?«

Martinez schüttelte den Kopf. »Leider nicht. Die Haare hingen ihr vor dem Gesicht, vermutlich wollte sie nicht erkannt werden. Er meinte nur, dass sie ne Wahnsinnsfigur hatte und er war sich sicher, dass sie keine Nutte war. Weiter meinte er noch, dass die beiden gestern Abend kurz nach dem Konzert im *Archeron* aufgetaucht wären, das ist dieser Club, nur ein paar Blocks von hier.«

»Ist die Frau noch mal bei ihm vorbeigekommen?«

Martinez schüttelte den Kopf. »Die hat sich vermutlich über die Feuertreppe abgesetzt. Was die Fußspuren betrifft: Er meint, dass nach dem Pärchen niemand mehr ins Hotel gekommen ist oder es verlassen hat.«

»Also waren die schon vorher da. Womöglich war das ne abgekartete Sache, ne alte Rechnung oder etwas in der Art«, schlussfolgerte Andrew.

Die Frau hatte den Biker abgeschleppt, womöglich mit Drogen vollgepumpt. Die anderen beiden kamen dazu, um den Typen fertigzumachen. Am Ende haben sie alles angezündet und sind über die Feuertreppe abgehauen. So könnte es gewesen sein. Aber da war noch dieses Zeichen am Türrahmen, das noch nicht in sein Puzzle passte.

»Martinez, ich denke, wir sollten diesem *Archeron* einen Besuch abstatten und uns dort ein bisschen umsehen. Heute Abend schon was vor?«

»Die haben erst morgen Abend geöffnet. Hab dort schon angerufen und mit dem Besitzer gesprochen. Er trifft sich in dreißig Minuten mit uns im Club!«

Das *Archeron* befand sich nur wenige Blocks vom Tatort entfernt in einer Seitenstraße. Martinez und Eldritch gingen zu Fuß, vorbei an alten Backsteinmauern, die mit Plakaten von Bands beklebt waren, die im *Archeron* auftraten. Martinez schüttelte den Kopf, als er sich die Tourplakate im Vorbeilaufen ansah.

»Was stimmt nur mit diesen Kids nicht? Was veranlasst sie dazu, diese Musik zu hören, die von Tod, Gewalt, ja sogar vom Untergang der Welt handelt …«

Als Andrew nicht antwortete, stockte Martinez. Sein Partner war vor einem der Plakate stehen geblieben und starrte es an. Martinez ging zu ihm zurück.

»Was ist los? Hast du eben den Leibhaftigen gesehen?«

Andrew tippte mit dem Finger auf das Bild.

»So was in der Art. Schau dir mal das Symbol auf dem Plakat da an!«

Martinez tat, was Eldritch wollte und staunte nicht schlecht. »Das glaub ich ja wohl nicht!«

Das Plakat, tiefschwarz gehalten, zeigte in seinem Zentrum genau das Zeichen, das er neben dem Türrahmen im Hotel gesehen hatte. Ein Pentagramm, davor ein Widderschädel mit gewundenem Gehörn und umgeben von mystischen Symbolen. Der Name der Band, *Hell's Abyss*, prangte in übergroßen blutroten Lettern am oberen Rand des Plakats. Die Daten ihrer *Born in Hell*-Tour führten die Band quer durch die Staaten. Und wie der Zufall es wollte, hatte die Band gestern Abend im *Archeron* gespielt.

»Höllenfeuer, Pentagramme, Widderschädel – ich denke, wir sollten mal mit dieser Band sprechen!«

DU HAST KEINE AHNUNG, WORAUF DU DICH DA EINLÄSST

Das Duffs war eine der angesagtesten Bars der schwarzen Szene. Für die Normalos war dieses fensterlose, dunkle Loch zu schmutzig, zu morbid, mit all den alten Bildern, Kreuzen und den flackernden Kerzen im Nosferatuschrein in der Ecke gleich neben dem Eingang. Nicht für Lucy, sie mochte den alten Kitsch, den aufrecht stehenden Sarg und all die kleinen Artefakte, die den Tod zu etwas Mystischem, Schönem verklärten. In dieser Art von Dunkelheit fühlte sie sich geborgen. An der Theke aus dunklem, alkoholgetränktem Holz hatte sie die meisten Songs für *Hell's Abyss* geschrieben.

Heute saß Lucy jedoch in einer der dunklen Nischen. Bis die Leute von der Band kommen würden, blieb ihr noch ein wenig Zeit, um über die Ereignisse der letzten Nacht nachzudenken.

Bacon hatte Wort gehalten, sie ins Bett gesteckt und ihr Tabletten gegeben, damit sie einschlafen konnte. Doch kaum hatte er ihr Zimmer verlassen, war sie aufgesprungen und zur Toilette gerannt, um die bitteren Tabletten auszuspucken. Bacon meinte es gut mit ihr, aber Lucy wollte nicht schlafen. Sie hatte große Angst vor den Träumen und vor dem, was geschehen konnte, während sie schlief. Was letzte Nacht passiert war, durfte sich nicht wiederholen. Wie ein Tiger wanderte sie durch ihr Zimmer, immer von einer Wand zur anderen und zermarterte sich ihren Kopf. Nur wenn die Schmerzen kamen, die ihr noch immer durch

Mark und Bein fuhren, hing sie mit dem Kopf über der Toilette, doch es kam nichts. Ihr Körper war längst leer, nur noch eine ausgekotzte, zitternde Hülle. Sie stand auf und wanderte weiter, zum Fenster, zur Tür, zur Wand, zum Bett. Erst nach Stunden hatte sie es nicht mehr ausgehalten, sich ihre Lederjacke geschnappt, die schweren Stiefel angezogen und war ins Duffs gegangen, in ihre Denkhöhle, wie sie es gerne nannte.

Selbst der gute alte Jack, der in dem schweren Glas vor ihr goldbraun schimmerte, konnte ihr nicht weiterhelfen und das war ziemlich ungewöhnlich.

Womöglich wäre es eine gute Idee, einfach die Cops zu rufen und sich zu stellen, ging ihr durch den Kopf. Sie konnte behaupten, dass sie sich an nichts mehr erinnern würde, was ja in gewisser Weise auch stimmte. Lucy war sich sicher, dass ihr die Cops kein Wort glauben würden. Sie war eine von der Sorte, der man von vorneherein Lügen unterstellte, weil sie anders war. Die Cops würden mit ihr hart ins Gericht gehen, denn Personen aus der Szene waren für die ein gefundenes Fressen. Vermutlich würde sie ziemlich schnell unter der Befragung zusammenbrechen und alles gestehen, was die Cops hören wollten.

Lucy musste das alles loswerden. Sie brauchte jemanden zum Reden. Jemanden, dem sie vertrauen konnte. *Unter Umständen Bacon*, dachte sie. *Nein, ganz sicher Bacon.* Er würde ihr zuhören, ohne sie zu unterbrechen und wenn sie fertig war, würde er über alles eine ganze Weile nachdenken. Vermutlich würde er zu dem Schluss kommen, dass sie den Typen gar nicht umgebracht haben konnte. Gut, sie war in dem gleichen Zimmer und die Tatwaffe stammte aus ihrer Jacke. Lucy hätte niemals die Kraft, einen ausgewachsenen Bullen an seinen eigenen Gedärmen an einem Duschkopf aufzuhängen, geschweige denn, ihm den Arm abzutrennen.

Vermutlich hätte Bacon damit sogar recht. Lucy war alles andere als kräftig. Sie hatte nie Sport getrieben und kam schon ins Schwitzen, wenn sie ihre Mikrofone auf die Bühne schleppte. Je länger sie darüber nachdachte, desto mehr zog sie die Möglichkeit in Betracht, dass sie nicht die Mörderin war.

Doch sogleich stellte sich ihr eine andere Frage: Wenn nicht sie, wer hatte den Typen dann umgebracht?

Warum hatte der Mörder, für Lucy war es klar, dass es ein Mann war, sie verschont?

Und noch etwas: War es am Ende gar nicht sie gewesen, die von seinem Fleisch gegessen hatte?

Selbst die Übelkeit und die Schmerzen konnte sie auf den Schock zurückführen, ein wenig auch auf die Nachwirkungen des Alkohols, den sie am Konzertabend getrunken hatte. Womöglich hatte ihr der Täter auch etwas eingeflößt, wer konnte das schon sagen. Lucy gefiel dieser Gedankengang, denn er erleichterte ihre Seele. Sie spann den Gedanken weiter. Angenommen, der Typ, mit dem sie rumgemacht hatte, hatte von Anfang an vorgehabt, noch einen Freund hinzuzuziehen. Zuerst hatte er sie betäubt und anschließend seinem Komplizen die Tür geöffnet. Doch das Blatt hatte sich gewendet und ihr nächtlicher Lover war selbst zum Opfer geworden. Vielleicht war es auch ne Gangsache, denn sie erinnerte sich an das Totenkopfsymbol und einen Schriftzug auf seiner Jacke, wusste aber nicht mehr, was genau dort gestanden hatte.

Erleichtert nippte Lucy an ihrem Glas, trank es schließlich ganz aus und hob es in die Luft, damit der Barkeeper wusste, dass sie Nachschub brauchte. Dennoch, sie musste herausfinden, wer dafür verantwortlich war und außerdem, was die Kerle ursprünglich mit ihr vorgehabt hatten. Sobald sie das herausgefunden hatte, würde sie zur Polizei gehen und ihnen die komplette Geschichte liefern. Sie beschloss, Bacon alles erzählen, am besten heute Abend noch, sobald sich eine ruhige Minute bot. Sie hatte damit schon viel zu lange gewartet.

Der Barkeeper kam an ihren Tisch und lächelte sie an, als er ihr nachschenkte.

»Hey Lucy, alles klar mit dir? Kenn das gar nicht, dass du dich weit weg von der Bar in ner dunklen Ecke verkriechst.«

Lucy lächelte den bärtigen Glatzkopf an.

»Mach dir keinen Kopf, Tim. Hab nur ein bisschen Zeit für mich gebraucht. Weißt schon, zum Nachdenken, klar sehen und so. Kennst das bestimmt, hm?«

Lucy beschloss, vorsichtig zu sein. Wenn der Biker die

Aktion letzte Nacht geplant hatte, war es schwer zu sagen, wer noch in der Sache mit drinhing.

Mittlerweile war es elf Uhr am Abend und im Duffs wurde es lauter. Ihre Bandkollegen waren da und hatten noch ein paar Freunde aus der Szene mitgebracht. Nur Ironmask war nicht gekommen, aber das war nichts Neues. Ironmask zog es in aller Regel vor, in seinem Hotelzimmer zu bleiben und das zu tun, was er eben immer tat, wenn er allein war und von dem keiner genau wusste, was es war. Jetzt standen alle an der Theke und versuchten, mit ihren Stimmen die lärmende Musik zu übertönen.

Bacon drehte sein eiskaltes Bier in der Hand und grinste Lucy breit an. »Hey du!«

Lucy knuffte dem Drummer von *Hell's Abyss* freundlich in die Seite.

»Eigentlich sollte ich stinksauer auf dich sein«, sagte er mit besorgter Miene. »Wollte vorhin bei dir nach dem Rechten sehen, doch da war keine Lucy in dem verdammten Hotelzimmer. Komisch, nicht wahr?«

Er setzte sein Bier an den Mund und ließ sie nicht aus den Augen. Lucy hätte ihm am liebsten sofort, direkt hier an der Bar, alles gesagt, doch es waren zu viele Leute da, denen sie nicht trauten konnte.

Das wird hier noch zu ner ausgewachsenen Paranoia, dachte sie. Es war zu laut, zu voll, zu stickig, nur um ein paar Ausflüchte zu nennen, damit sie nicht über ihre Gedanken reden musste. *Du bist feige*, schalt sie ihre innere Stimme.

»Tut mir leid, Bacon, ich musste raus … Weißt du, seit einigen Tagen stimmt was nicht mit mir …«

Bacon verschluckte sich fast an seinem Bier, hustete. »Hä, was soll denn … oh halt, warte … jetzt sag nicht, dass du … dass du, na du weißt schon!«

Lucy musste lachen. »Nein, Quatsch, ich bin nicht schwanger. Es ist was anderes.«

Bacon fiel ein Stein vom Herzen.

Calvin hing plötzlich an ihm. »Was'n los, Leute? Hab ich eben ›schwanger‹ gehört? Bacon, du Hundesohn, hast du etwa …?«

Bacon schüttelte ihn ab und lachte. »Nein, Mann, hab ich nicht. Und jetzt verpiss dich und lass uns in Ruhe reden, hörst du! Geh tanzen oder in eins deiner Leichenschauhäuser, was weiß ich … Mach irgendwas, nur nicht hier!«

Calvin trollte sich in gespielt beleidigter Manier und verschwand zwischen den dicht gedrängten Leuten. Bacon nahm Lucys Hand. Mit ernstem Blick sah er ihr in die Augen.

»Und nun erzählst du mir, wo dich der Schuh drückt, kleine Prinzessin!«

Lucy schenkte ihm ein dankbares Lächeln. Das war genau der Grund, weswegen sie Bacon mochte. »Also, ich denke, dass ich … Nein, ich *weiß*, dass ich von jemandem gestalkt werde!«

Das war nicht abwegig, wenn sie von ihrer Theorie einer vorsätzlichen Tat im Hotelzimmer ausging. Bacon sah sie in seiner Unwissenheit ungläubig an.

»Gestalkt? Bist du dir sicher? Ich meine …«

»Ich bin mir sogar hundertprozentig sicher«, sagte Lucy. Sie kramte einen Kajalstift aus der Tasche und zeichnete etwas auf eine der weißen Servierten, die auf dem Tresen lagen. Sie hielt Bacon die Skizze eines ganz speziellen Totenkopfes unter die Nase.

»Sagt dir das was? Hast du jemanden gesehen, der so ein Zeichen auf seiner Lederjacke trägt? Nen Fan oder Biker?«

Bacon nahm seine Flasche und zeigte mit ausgestrecktem Finger auf die Zeichnung.

»Das ist ein beschissener Totenkopf, Lucy. Sieh dich doch mal hier um, die Dinger siehst du überall. Hast du nichts Besseres, als …«

Plötzlich beugte sich Tim, der Barkeeper, über die Theke und nahm Lucy das Papier aus der Hand.

»Das ist nicht irgendein verdammter Totenschädel, das ist das Zeichen der Los Muertos, Mädchen!«

Lucy sah den Barkeeper verblüfft an.

»Los Muertos? Die Toten? Was zur Hölle …«

»Ja genau, was zur Hölle, das trifft es ziemlich gut. Also von denen solltest du besser die Finger lassen. Ist ne Art Bikergang. Nicht, wie du dir das sicher vorstellst. Sie sind, na ja, *anders.*«

Lucys Blick wurde noch verwunderter. Tim wischte die Theke ab und sprach weiter.

»Ich hatte mal ne Freundin, deren Bruder bei denen

Member war. Das sind abgefahrene Todesfreaks. Hängen auf Friedhöfen rum und experimentieren mit Drogen, um, wie sie es nennen, Todeserfahrungen zu sammeln!«

»Wow«, sagte Lucy und nippte an ihrem Whiskey. Das würde zumindest erklären, warum dieser Typ auf ihrem Konzert gewesen war.

»Einige behaupten sogar, dass die mit dem Teufel einen Pakt geschlossen haben, damit er sie auferstehen lässt, wenn sie bei einem ihrer verrückten Experimente draufgehen.«

Bacon schob ihm mit aufforderndem Blick die leere Flasche entgegen. »Du meinst wie beschissene Zombies?«

Tim zuckte mit den Schultern, füllte Lucys Glas und reichte Bacon eine volle Flasche.

»Keine Ahnung, hab noch keinen gesehen und lege auch ehrlich gesagt keinen gesteigerten Wert darauf. Hier kommen die nur recht selten rein, ist nicht deren Gebiet.«

»Und was ist deren Gebiet?«, wollte Lucy wissen. *Vielleicht war das im Hotel ja eines dieser abgedrehten Todesexperimente*, dachte sie.

»*Hell's Kitchen*, das ist ihr Revier. Wenn du sie sehen willst, geh dorthin, aber sag später nicht, ich hätte dich nicht gewarnt!«

Bevor Lucy etwas erwidern konnte, war Tim bereits wieder mit anderen Gästen beschäftigt. *Todeserfahrung hin oder her, damit habe ich nichts zu schaffen*, dachte sich Lucy.

Gedankenverloren drehte sie ihr Glas zwischen den Fingern und sah den Eiswürfeln dabei zu, wie sie zerschmolzen. Sie hätte fast ihr Glas von der Theke gefegt, als neben ihrem Ohr jemand mit den Fingern schnippte. Lucy sah erschrocken nach oben, direkt in Rafaels grinsendes Gesicht.

»Verdammt, musst du dich so anschleichen? Ich hätte dir fast eine verpasst!«, fauchte Lucy den Mann genervt an. Rafael hob beschwichtigend die Hände.

»Sorry, wusste nicht, dass ich so abstoßend bin«, erwiderte Rafael mit gespieltem Entsetzen. Er fuhr sich mit der Hand durch seine halblangen weißblonden Haare und lächelte Lucy gewinnend an. Rafael war groß, hatte ein nettes Gesicht mit strahlenden, blauen Augen und war er auch noch gut gebaut. Rafael war arrogant und selbstsüchtig, er zeigte den Menschen gerne, dass es ihm an nichts mangelte, und das war eine Eigenschaft, auf die Lucy gar nicht stand. Trotzdem erwiderte sie sein Lächeln.

»Tut mir leid, war in Gedanken. Hatte heute ein bisschen viel um die Ohren.«

Rafael setzte ein mitleidiges Lächeln auf. Lucy kannte ihn nun schon einige Zeit, war sich aber immer noch nicht schlüssig, ob sie ihn trotz seiner Art mögen oder verachten sollte. Vermutlich lag es an dem schmalen Gesicht und den tief liegenden Augen, die sie gar nicht mochte. Sie konnte sich einfach nicht entscheiden.

Nach einem Gig in New Jersey war er mit seiner Freundin Carla, einer rothaarigen Schönheit mit den grünen Augen einer Hexe, im Backstagebereich aufgetaucht. Sie waren mit Leib und Seele Kinder der schwarzen Szene. Kinder, die sehr viel Geld hatten. Nicht nur deswegen unterschieden sie sich von den meisten Anhängern von *Hell's Abyss*. Anfangs konnte Lucy mit dem Pärchen nur wenig anfangen. Er, der akkurat in Schwarz gekleidete Gentleman mit stets beherrschter Stimme, und sie, stummer Zierrat mit gesenktem Blick, immer an seiner Seite. Carla sprach, wenn er es wollte. Sie trank, was er ihr bestellte, und sie trug die Kleidung, die er ihr kaufte. Erst dachte Lucy, dass die beiden ihr ganz spezielles Spiel abzogen, er der Herr und sie die Sklavin. Das war in der Gothicszene nicht außergewöhnlich. Ein Spiel, das man in Clubs spielte oder mit Handschellen und Knebel im Bett. Lucy war da nicht viel anders. Guter Sex bedeutete für sie Spuren auf der Haut am nächsten Morgen. Das hatte nichts mit Selbstaufgabe zu tun, sondern ausschließlich mit purer Lust am Schmerz und Unterwerfung auf Zeit.

Bei Rafael und Carla war es anders. Die vielen kleinen Gesten, Carlas scheuer Blick, die zögerlichen Bewegungen, das alles war echt. Sie erzitterte unter Rafaels strengem Blick, wenn sie ein Getränk verschüttete oder erwischt wurde, wenn sie einem anderen hinterherschaute. Carla war Rafael nicht nur untertan, sie war sein Besitz und das bereits seit vielen Jahren, lange bevor SM durch das eher zahme *Shades of Grey* thematisiert worden war. Genau so hatte sie es Lucy erklärt. Sie meinte, dass sie Rafael auf diese Art ihre absolute Hingabe zeigen würde, ein Zeichen ihrer bedingungslosen Liebe.

Lucy hatte das nie richtig verstanden und dennoch übte es einen starken Reiz auf sie aus. Wenn Carla fiel, war Rafael da, um sie aufzufangen, auch wenn der Preis hoch war, den Carla dafür zahlen musste. Lucy saß auf dem alten Barhocker im Duffs und stellte sich die Frage, wer sie auffangen würde, wenn sie stürzte.

»Also wenn du nicht mit uns reden willst, ist das okay, musst es nur sagen.«

Rafaels leise Stimme holte Lucy aus ihrer Gedankenwelt. »Du, ich bin nicht gut drauf heute. Mir geht einiges durch den Kopf.«

Der Mann nickte wissend. »Also wenn du reden möchtest, dann …«

»Dann rede ich mit den Leuten von der Band«, schnitt ihm Lucy das Wort ab. Sie sah, wie sein Auge zuckte. Rafael ging es gegen den Strich, vor Carlas Augen zurechtgewiesen zu werden.

»Wie du willst. Du sollst wissen, dass ich da bin, wenn du mich brauchst. Wir sind alle für dich da, jederzeit«, stellte Rafael mit mühsam beherrschter Stimme fest. Dann, an Carla gewandt: »Carla, bleibst du mal eben bei Lucy? Ich bin gleich wieder da.«

Er berührte sie sanft an der Wange und schenkte ihr einen langen, innigen Blick. Er verschwand im Gedränge des Duffs. Unsicher hob Carla ihren Kopf und lächelte Lucy an. Die Blicke der Frauen verschmolzen.

Lucy stöhnte auf, Schmerzen überrollten sie wie eine heiße Woge. Wie Feuer rasten sie durch ihre Gedärme und nach oben, direkt in ihren Kopf. Weißes Licht explodierte in Lucys Schädel und kochte ihr Gehirn. So mussten sich die Todeskandidaten auf dem Mercy Seat, dem elektrischen Stuhl, fühlen, wenn der große Schalter umgelegt wurde. Das Gehirn löste sich in heißen Dampf auf und löschte alles aus, was den Menschen einst ausgemacht hatte. Die Augäpfel zerplatzten, weil sich die Flüssigkeit in ihrem Innern ausdehnte. Das Blut schlug Blasen und kochte. Schließlich zog sich der große Lebensmuskel zu einem unansehnlichen dunklen Klumpen zusammen.

Lucy presste die Hände auf die Ohren und schrie sich die Seele aus dem Leib. Sie saß nicht mehr auf dem Barhocker, sie befand sich nicht einmal mehr im verdammten Duffs. Ganz in der Nähe ertönte das röhrende Hupen einer schweren Amtrak Lok. Etwas klackerte in einem ungleichmäßigen Takt. Lucy blinzelte und versuchte, im Zwielicht etwas zu erkennen. Unter ihrer tastenden Hand fühlte sie nasses Gras und Erde. Plötzlich wusste sie, was los war. Sie lag auf dem Rücken und starrte in den schwarzen Himmel, aus dem Regen in ihr Gesicht prasselte. Die Taubheit in ihren Gliedern wich nur zögerlich, denn ihr Körper war ausgekühlt. Jetzt wusste sie auch, woher dieses Klackern kam. Es waren ihre Zähne. Sie fror erbärmlich und ihre Zähne klapperten aufeinander. Da war noch etwas anders, das seine Bestätigung fand, als Lucy sich auf den Ellbogen aufstützte und an sich herunter sah. Sie lag nackt auf einem verwilderten Grundstück im Dreck, dessen Grenzen von dornigem Gestrüpp gesäumt waren, in dem sich Plastiktüten und Papierreste verfangen hatten.

Sie lag vor den brüchigen Stufen eines heruntergekommenen Trailers, auf dem in verblassten Lettern der Schriftzug eines Zirkus' aufgemalt war, den es schon lange nicht mehr gab. Lucy stand auf und schlang sich die Arme um ihren zitternden Körper. Ihre Haare klebten nass in ihrem Gesicht und ein kalter Wind ließ sie erschauern. Erneut ertönte das Horn des Amtrak. Schwere Maschinen wummerten in der Ferne, kaltes Scheinwerferlicht schimmerte zwischen den dornigen Ästen des Buschwerks hindurch. Lucy hatte nicht die geringste Ahnung, wo sie sich befand.

Das ist doch ein gottverdammter Witz, dachte Lucy verstört. Ihr Körper war, abgesehen von etwas feuchtem Boden, unversehrt und sauber. Ihre Haut schimmerte bläulich weiß in der vorherrschenden Dunkelheit. Die Tür des Trailers war nur angelehnt, dahinter Finsternis.

Bitte, nicht schon wieder, war der einzige Gedanke, der Lucy durch den Kopf ging. Das Gras war satt vom Regen und Wasser quoll zwischen ihren Zehen hervor. Lucy fühlte sich verletzlich. Sie musste sich abtrocknen, ihre Sachen finden und sich anziehen, bevor sie sich hier den Tod holte. Die Trailertür bewegte sich leicht im Wind, sprach ihre stumme Einladung aus und Lucy nahm sie entgegen. Das Holz der Stufen fühlte sich rau an. Vorsichtig legte sie eine Hand auf den Messingknauf und öffnete die Tür.

»Hallo?«

Sie erschrak, als hinter ihr der Amtrak brüllte, fast hätte sie sogar kehrt gemacht und Reißaus genommen. Lucy schlug das Herz bis zum Hals.

»Hallo? Ist jemand da?«

Nachdem sie die Worte ausgesprochen hatte, kam sie sich albern vor. Natürlich war niemand da. Im Trailer brannte kein Licht und zudem, wäre es anders gewesen, hätte man sie wohl kaum draußen im Regen liegen lassen. *Es sei denn …*

Lucy verwarf den Gedanken. Der kalte Wind trieb sie in die Dunkelheit des Trailers, sie spürte weichen Teppichboden unter ihren Füßen. Instinktiv tastete Lucy am Türrahmen herum und fand den Lichtschalter, doch sie zögerte. Das Licht würde schonungslos den vollen Umfang der Wahrheit enthüllen. Ein schwerer Geruch nach kaltem Tabakrauch, Schnaps und Sex hing in der Luft.

Scheiß drauf, dachte sie. Es klickte und das Innere des Trailers erstrahlte im Licht einiger altmodischer Stehlampen. Was sie sah, war nüchtern gesagt, ziemlich enttäuschend und entsprach überhaupt nicht ihrem Stil. Abgewetzte Ledersessel paarten sich um einen schweren Tisch aus dunklem Holz. Auf der Tischplatte standen eine halbleere Flasche Jack Daniels, zwei dickbauchige, leere Gläser und ein Aschenbecher, aus dem die Zigarettenstummel herausquollen. Eins der Gläser zeigte am Rand dunklen Lippenstift. Also hatte sie hier in den Polstern gesessen und Jack getrunken. Zwischen den Gläsern lag ein Autoschlüssel, auf dem ein goldsilbernes, in die Breite gezogenes Kreuz abgebildet war. Eindeutig das Logo von Chevrolet.

Auf der anderen Seite gab es eine schäbige Küchenzeile, in deren Spüle sich schmutziges Geschirr türmte. Auf den Speiseresten hatte sich bereits ein grüner Flaum gebildet.

Lucy durchquerte den Raum, nahm sich eins der fleckigen Küchenhandtücher und trocknete notdürftig ihren ausgekühlten Körper.

Neben dem Sessel lagen ihre Lederjacke und ihre Stiefel ein Stück weiter, dort wo es in den hinteren Bereich des Trailers ging, auf dem Boden. Hinter der geschlossenen Tür musste sich das Schlafzimmer befinden. Draußen schrie das heisere Horn des Amtrak.

Sieh nach, Lucy, sieh nach!

Lucy ging zum Tisch und trank einen großen Schluck Whiskey. Der Alkohol puschte ihren Puls weiter nach oben. Sie war bereit für das Schlafzimmer. Lucy drehte am Knauf und riss die Tür bis zum Anschlag auf.

Der rote Vorhang fiel und die Erinnerung traf sie wie ein Fastschlag, mitten ins Gesicht.

Steven knallte das leere Glas auf die Tischplatte und grinste Lucy auffordernd an.

»Du bist ein verdammtes Biest, aber so will ich dich! Ich werde dir heute Nacht die Seele aus dem Leib vögeln!«

Lucy grinste anzüglich und warf dem großen, athletisch gebauten Mann einen Blick zu, der ihm die Erfüllung seiner geheimsten Wünsche versprach.

»Du hast keine Ahnung, auf was du dich da einlässt!«

Sie schlug ihre Beine übereinander und gestattete Steven einen kurzen Blick auf das schwarze Nichts unter dem kurzen Lederrock.

Steven stand auf und packte Lucys Arm. Er konnte nicht mehr länger warten.

Als er sie im Duffs gesehen hatte, wie sie mit übergeschlagenen Beinen in ihrem kurzen Lederrock auf dem Hocker an der Bar saß und mit dem Strohhalm gelangweilt in ihrem Drink herumstocherte, war für ihn klar gewesen, dass er diese Frau haben musste. Dazu reichte ein einziger, flüchtiger Blick von ihr, ein Augenaufschlag, der sich in seinen Kopf brannte und ihm den Verstand raubte. Normalerweise war er nicht der Typ, der Frauen anmachte, aber in diesem Fall hatte er einfach keine andere Wahl. Er musste an sich halten, um sie nicht direkt im Duffs auf die Toilette zu zerren und dort stehend an die Wand gepresst in einer der engen Kabinen zu vögeln. Steven hatte mit zitternden Fingern bei Tim einen Drink bestellt und kam sich wie ein Teenager vor, als er sie ansprach. Ihre Blicke trafen sich erneut, die Umgebung versank in einem dunklen Brei aus Lauten und Lichtern, alles wurde zur Nebensache. Lucy nahm seinen Drink an und lächelte ihn schüchtern an. Steven spürte, dass sie mehr als bereit für ihn war, sie war vermutlich so heiß, dass man sich leicht die Finger an ihr verbrennen konnte. Es war witzig, schon nach den ersten Sätzen sprachen sie über Sex und das mit einer solchen Offenheit, die Steven bisher noch nicht erlebt hatte. Alles an ihr war ein Versprechen. Ihre Bewegungen, wie sie mit ihren schlanken Fingern das Glas berührte, wie sie ihre langen Beine übereinanderschlug und sich die Haut ihrer Schenkel berührte, ihr Mund, der sich leicht öffnete, so dass er ihre Zungenspitze sehen konnte, all das zog ihn in einen Bann, aus dem es kein Entkommen gab. Steven wollte ihr keineswegs entkommen, nicht heute Nacht. Ihr Gespräch drehte sich in einer unerwarteten Offenheit darum, welche Plätze sie für guten Sex bevorzugten und welche sie mieden. Während er nicht sonderlich wählerisch war, machte sie ihm klar, dass sie nicht der Typ Frau sei, der sich direkt hier im Club flachlegen lassen würde, auch nicht in der Gasse nebenan oder gar im Auto. Sie brauchte Platz zum Spielen, das waren ihre Worte.

Steven packte sie im Genick. »Komm schon, verdammt. Verlieren wir keine Zeit mehr.«

Im Trailer schlüpfte Lucy aus ihrer Lederjacke und warf sie von sich. Offensichtlich wollte sie keine Zeit verlieren. Sie beugte sich nach vorne und öffnete langsam ihre kniehohen Stiefel. Ihr Blick hielt während der ganzen Zeit den des nervösen Mannes gefangen. Als sie die Stiefel endlich abgelegt hatte, fuhr sie sich mit den Fingerspitzen über die Beine. Die Luft war plötzlich voller Spannung, knisterte.

»Hol mich, wenn du mich wirklich willst«, hauchte Lucy mit vor Erregung vibrierender Stimme.

Steven strich sich seine langen Haare aus dem Gesicht, nahm Lucys Hände und zog sie an sich. Schnell fanden sich ihre geöffneten Lippen, die Zungen wanden sich elektrisiert umeinander, trieben ihren Puls nach oben. Lucys Hand fuhr nach unten und spürte Stevens Männlichkeit in den engen Lederhosen. Er war mehr als bereit. Mit einer spielerischen Geste stieß sie ihn von sich.

»Eins sollte dir klar sein: Wenn du mich vögelst, überschreitest du eine unsichtbare Grenze. Von da an gibt es kein Zurück mehr!«

Steven lächelte wissend.

»Baby, was glaubst du, weswegen wir hier sind, hm?«, sagte er mit heiserer Stimme. Er wollte dieser Frau auch gar nicht widerstehen, weil er es nicht konnte. Ohne eine Antwort abzuwarten, packte er Lucy bei der Hand und zerrte sie hinter sich her.

»Nicht, dass ich dich nicht gewarnt hätte«, flüsterte sie.

Kaum im Schlafzimmer packte er Lucy im Genick und drückte sie an die kühle Wand. Sie spürte, wie sich ihre Nippel unter dem engen Trägershirt aufstellten, und legte den Kopf in den Nacken. Steven riss ihr das Kleidungsstück vom Leib und fuhr mit den Fingerspitzen an ihrer Wirbelsäule entlang nach unten. Aufstöhnend stützte sie sich mit den Händen an der Wand ab. Stevens Hand glitt unter ihren kurzen Rock. Er spürte, dass sie bereit für ihn war. Mit beiden Händen packte er sie an den Hüften und zog sie an sich, bis sie mit durchgedrücktem Rücken und nach oben gereckten Armen an der Wand stand.

Lucy hörte das metallische Geräusch, mit dem er seinen Gürtel aus den Schlaufen zog, und atmete schneller.

»Gib mir das verdammte Leder, du Hurensohn!«, raunte sie ihn mit heiserer Stimme an.

Steven trat einen Schritt und lächelte. Das Leder zischte durch die Luft und klatschte auf Lucys blanken Rücken. Sofort bildete sich ein blutunterlaufener, roter Striemen auf ihrer makellosen hellen Haut. Lucy schrie lustvoll auf, als der Schmerz in heißen Wellen durch ihren Körper jagte.

Steven schwang das Leder erneut, ein weiterer Striemen zeichnete ein bizarres Muster auf Lucys Rücken.

Lucy stöhnte und drückte sich enger an die Wand. Schon nach den ersten Schlägen war ihr Körper von Schweiß überströmt und entwickelte eine Hitze, die kaum auszuhalten war. Wo sich die Striemen kreuzten, lief Blut über die sensibilisierte Haut.

Steven wollte mehr. Er schlang den Ledergürtel um Lucys Hals, zog das Leder durch die Schließe, bis Lucy keine Luft mehr bekam.

Lucy wollte schreien, doch sie konnte nicht. Sie wollte mehr, wollte endlich zur Sache kommen. Steven folgte seinen animalischen Trieben, er drückte ihre Beine auseinander und drang prall und tief in sie ein. Gleichzeitig zog er das lange Ende des Gürtels straff zurück und bog Lucys Körper nach hinten durch. Erhitzt pressten sich ihre schweißnassen Körper aneinander. Angespannt wie eine Bogensehne war sie kaum in der Lage, seinen harten Stößen auszuweichen. Die Schlinge zog sich mit jedem Stoß fester. Lucy wollte atmen, wollte schreien, wollte sich wehren, doch sie konnte nicht. Stattdessen zuckte ihr Körper unkontrolliert, weil ihm der Sauerstoff fehlte. Alles versank in einem dumpfen Wust aus Gefühlen, die sich allesamt zwischen ihren Beinen fokussierten. Ihre Nägel krallten sich in die Wand und rissen die nikotingeschwängerte Tapete in Fetzen.

Endlich war es so weit. Steven explodierte in ihrer Tiefe und presste sie mit seiner ganzen Kraft gegen die Wand. In heißen Wellen durchströmte eine unstillbare Lust ihren Körper, ließ ihn ekstatisch erzittern. Sie hörte sein Keuchen an ihrem Ohr. Schließlich lockerte er erschöpft den Knebel in ihrem Mund. Lucy war ebenfalls gekommen, doch sie wollte mehr. Voller Lust stöhnte sie auf und schob sich ihm fordernd entgegen. Die plötzliche Zufuhr von Sauerstoff gab ihrem Körper einen zusätzlichen Flash.

Als er seinen Körper wieder unter Kontrolle hatte, stieß sich Steven von der Wand ab und löste sich von Lucy. Er hatte Durst, musste unbedingt trinken.

Lucy lehnte an der kühlen Tapete und schnappte keuchend nach Luft. Ihr Rücken brannte wie Feuer und trotzdem fühlte sie sich verdammt gut. Sie nahm ihre Umgebung in scharfen Umrissen wahr, alles war auf einmal sehr intensiv. Mit zitternden Fingern zog sie sich aus. Bei dem, was sie vorhatte, wollte sie nackt sein.

Sie hörte, wie Steven im Wohnzimmer aus der Flasche trank und ins Badezimmer am anderen Ende des Trailers ging, um zu pissen, hörte, wie der Wind an den schiefen Rollos zerrte und der Regen auf das Dach des Trailers prasselte.

Lucy schob das auf ein gefühlsmäßiges Nachbeben der letzten Minuten. Steven war verdammt gut gewesen, hatte ihr genau das gegeben, was sie gefordert hatte und dennoch war ihre Lust nicht gestillt. Für sie war es nur ein Vorspiel gewesen, nichts weiter. Lucy war nervös, heiß, und überzeugt davon, dass Steven ihr geben würde, wonach sie verlangte. Als er sie im Duffs angesprochen hatte, hatte er unbewusst eine Endscheidung getroffen, die weit über das hinausging, was sie eben getan hatten.

Lucy leckte sich über die Lippen.

»Steven! Ich möchte, dass du herkommst! Hast du mich gehört, Steven?«

Steven drehte das Wasser zu und grinste breit.

»An mir soll es nicht liegen, Baby.«

Er nahm noch einen Schluck aus der Whiskeyflasche und ging grinsend ins Schlafzimmer, wo ihn Lucy bereits breitbeinig vor dem Bett stehend erwartete. Für Steven war diese Nacht wie ein Jackpot im Lotto. Nicht nur, dass die Frau absolut scharf war, sie war auch noch die Sängerin einer verdammt guten Band. Rafael hatte ihm nicht zu viel versprochen.

Ihr tiefgründiges Lächeln törnte ihn nur noch mehr an. Lucy legte den Kopf schief und lächelte.

»Komm her, kleines Schweinchen. Komm zu mir und lass uns schlimme Dinge tun …«

»Schlimme und schmutzige Dinge«, erwiderte Steven. *Du wirst morgen früh kaum laufen können*, dachte er noch.

Lucy kam ihm mit einem spöttischen Lächeln entgegen. Ihre schwarzen Haare standen in scharfem Kontrast zu ihrer hellen Haut und brachten die blutroten, spöttisch lächelnden Lippen nur noch mehr zur Geltung.

»Du siehst aus wie eine dunkle Göttin«, flüsterte Steven mit atemloser Stimme.

Er sah das Knie nicht kommen, das ihn mit voller Wucht zwischen den Beinen traf. Steven war vollkommen überrumpelt. Sein Schrei war hell und ziemlich schrill.

»Du verdammte … verdam … aaarrgghhh!«

Er brach in die Knie und kippte wimmernd nach vorne, doch Lucy packte ihn an den Haaren, riss seinen Kopf mit brutaler Gewalt zurück und schlug ihm mit der geballten Faust gegen die Schläfe und ins Gesicht. Seine Nase brach wie altes Holz. Tränen liefen aus seinen Augen. Stevens

Kopf dröhnte von den unerwartet hart geführten Schlägen, härter, als er es jemals von einer Frau wie Lucy erwartet hätte.

Lucy ging neben dem stöhnenden Mann in die Hocke und lächelte. Mit zusammengebissenen Zähnen presste er sich die Hände auf seine Männlichkeit und versuchte aufzustehen, doch seine Beine gehorchten ihm nicht.

»Sag nicht, dass ich dich nicht gewarnt hätte!«

Spielerisch fuhr sie ihm mit den Fingerspitzen über seinen starken Bizeps.

»Ich bin noch nicht fertig mit dir, Steven. Ich bin noch lange nicht fertig. Du hast mich heißgemacht, angetörnt!«

Lucy hob den Ledergürtel vom Boden auf und schlang ihn um Stevens Hände, bevor er wieder bei Sinnen war. Mit einer schnellen Bewegung zog sie das Leder durch die Schließe, bis es nicht mehr weiter ging und der Dorn in einem der Löcher einrastete.

»Lucy, ich … was zur Hölle … ich … du«, stammelte Steven und bäumte sich auf. Lucy drückte ihn nach hinten, als wäre er ein Kind und kein Mann, dessen Körpermasse gut das Doppelte von Lucy sein dürfte. Er verstand überhaupt nichts mehr. Die Nacht hatte sich in einen Albtraum verwandelt und aus dem Jackpot war eine verdammte Niete geworden. Mit verschwommenem Blick sah er, wie Lucy den Raum verließ und kurz darauf mit einem langen, silbern glänzenden Gegenstand in der Hand zurückkam. Sie hatte ihr Springmesser geholt. Lucy griff in Stevens Haare und zog ihn wie einen Sack hinter sich her, erst zum Bett und dann nach oben auf die unbefleckten, weißen Laken.

»Liebster, es tut mir in der Seele weh, dich leiden zu sehen … aber keine Angst, ich werde dich erlösen.«

Mit diesen Worten rammte sie ihm das Messer bis zum Heft in den Bauch und führte einen langen, tiefen Schnitt durch, von links nach rechts. Steven schrie gurgelnd auf, krümmte sich, versuchte sich vom Bett zu rollen, doch Lucy hielt ihn zurück. Blut sprudelte aus der Wunde, strömte über seinen schweißgebadeten Körper und auf das Laken, wo es rorschachartige Muster bildete.

Steven bäumte sich in einem Akt der Verzweiflung auf, doch er hatte keine Chance. Lucy schnitt ihm mit einem eiskalten Lächeln den Hals durch, durchtrennte seine Halsschlagader und verletzte seine Luftröhre. Auf einmal war alles mit Blut besudelt. Es lief ihm aus dem Bauch und schoss pulsierend aus seinem Hals, es spritzte sogar an die Wand.

Der Tod ereilte ihn innerhalb von Sekunden. Die Blutzufuhr zum Gehirn war unterbrochen, was binnen zehn Sekunden zur Bewusstlosigkeit führte. Dann lief der rote Saft gurgelnd in seine Lunge und füllte die winzigen Bläschen, bis sie platzten. Lucy bettete seinen Kopf sanft in ihren Schoß, küsste seine Stirn und wartete. Das warme Blut vermischte sich mit ihrer Feuchtigkeit, als seine Augen ihren Glanz verloren und Ruhe einkehrte.

Lucy beugte sich weit nach vorne und gab ihm den letzten Kuss. Mit einem leisen Seufzer entwich sein letzter Atem und strich über Lucys weit geöffneten Lippen. Das war der magische Moment, in dem sich die Essenz vom Körper löste. Sie schloss die Augen und atmete tief ein, nahm alles in sich auf. Ein wohliger Schauer durchströmte ihren Körper und die feinen Härchen auf ihrer Haut stellten sich elektrisiert auf. Lucy legte ihren Kopf in den Nacken und stieß ungehemmte Schreie aus. Der Schauer steigerte sich in unermessliche Lust, sie bemerkte kaum, wie ihre blutbeschmierte Hand zwischen ihre Beine glitt und die Stelle berührte, an der sich ihre aufgewühlten Gefühle in einem infernalischen Orgasmus vereinten, der ihr Blut zum Kochen brachte. Lucys Körper wand sich in Zuckungen, ihre Muskeln krampften, ihr Herz drohte zu bersten. Ihre animalischen Schreie übertönten den prasselnden Regen auf dem Dach des Trailers.

Dann war alles vorbei. Die Essenz des sterbenden Mannes war vollständig in ihr aufgegangen. Es dauerte jedoch noch geraume Zeit, bis sie sich beruhigt hatte. Um Atem ringend lag sie neben dem toten Mann und wartete, bis sich ihr Puls beruhigt hatte. Sanft strich sie Steven eine Strähne aus dem blutüberströmten Gesicht.

»Ich sagte dir doch, dass du nicht lange leiden wirst.«

Stevens Blut erstarrte bereits. Lucy leckte die Klinge ihres Messers sauber und genoss den süßlichen Geschmack nach Kupfer. Das Töten war eine notwendige Nebensache, um an die Essenz zu gelangen, von der sie keine Ahnung hatte, um was es sich dabei handelte. Sie wusste nicht, warum sie das tat, sondern nur, dass es ihr eine vollkommene Befriedigung verschaffte, der sie sich nicht verweigern konnte. Es passierte einfach.

Es war noch nicht vorbei. Ihr Magen knurrte, sie hatte Hunger. Ihre Seele war zufrieden mit dem, was sie bekommen hatte, jetzt war ihr Leib an der Reihe, Forderungen zu stellen. Lucy strich mit der Messerspitze über Stevens Körper und verharrte schließlich auf seiner Brust. Das Herz war seit jeher der Sitz der Seele, des Mutes und der Leidenschaft. Die Ägypter beließen aus diesem Grund das Herz als einziges inneres Organ im Körper der Einbalsamierten. Die Azteken schnitten ihren Gefangenen das Herz sogar bei lebendigem Leib heraus und opferten es der Sonne, damit sie an Kraft gewann. Lucy hatte keine Ahnung, woher sie das wusste, doch die Entscheidung war gefallen. Heute würde es Herz geben.

Der Faden der Erinnerung riss und Lucy fand sich auf Knien sitzend im Schlafzimmer wieder. Der fremde Mann lag mit ausgebreiteten Armen im Bett und starrte mit stumpfem Blick ins Nichts. Sein Körper war aufgebrochen und offenbarte ein wüstes Stillleben aus inneren Organen und halbgeronnenen Körperflüssigkeiten. Taumelnd kam Lucy auf die Beine. Im selben Moment kam der Schmerz und bohrte sich wie eine Lanze in ihren Leib. Lucy biss die Zähne zusammen und richtete sich auf. Der Schmerz musste warten, jetzt galt es, herauszufinden, ob ihre Vision die Erinnerung an eine schreckliche Wahrheit war. Das rot verfärbte Chaos im Schlafzimmer übte eine morbide Faszination auf sie aus. Unsicher betrat sie den Raum und klaubte ihre Sachen vom Boden. Im fleckigen Spiegel eines Schrankes sah sie blutunterlaufenen Striemen auf ihrem Rücken, am Hals dunkel verfärbte Würgemale. *Das ist nicht nur ein verfluchter Albtraum*, dachte sie verzweifelt.

Hastig schlüpfte sie in ihre Sachen, an denen noch der Geruch der letzten Stunden haftete. Alles drängte sie dazu, sich die Autoschlüssel zu schnappen und abzuhauen, aber es gab noch eine Sache, die sie wissen musste. Zitternd näherte sie sich dem Leichnam und beugte sich über den zerstörten Körper. Sie überwand ihren Ekel und suchte in dem wilden Wust aus Innereien nach einem ganz bestimmten Organ. Es war nicht da, wo es sein sollte. Es lag auch nicht am Boden oder unter dem Bett. Es war einfach nicht mehr da. Lucy war sich plötzlich sicher, dass sie das Herz gegessen hatte. Sie spürte den bitteren Geschmack von Galle in ihrem Mund und musste würgen. Es stieg heiß in ihr auf, doch es kam nichts.

In aller Hast zog sie sich Stiefel und Lederjacke an. Die Whiskeyflasche, die zwei Gläser und den Aschenbecher stopfte sie in eine Plastiktüte aus dem Küchenschrank. Mit dem fleckigen Geschirrtuch wischte sie fahrig über Türgriffe, Sitzmöbel und die Tischplatte. Erneut verwischte sie ihre Spuren. *Scheiße, was machst du da eigentlich?*, fuhr es Lucy durch den Kopf. *Wer bist du?*

Ihr Straftatenregister nahm bedrohliche Ausmaße an. *Brandstifterin, Serienmörderin, Kannibalin. Was kommt noch?*

Sie nahm sich die Autoschlüssel vom Tisch und verließ den Trailer, ohne ein weiteres Mal ins Schlafzimmer zu blicken. Sofort überquerte sie mit hochgeschlagenem Kragen das Grundstück. Der Regen war so stark, dass sie schon nach wenigen Metern durchnässt war. Neben dem rostigen Tor an der Grundstücksgrenze stand ein schwarzer 67ger Chevrolet Impala. Lucy sah auf die Autoschlüssel in ihrer Hand und nickte. Das war Stevens Wagen. Froh, aus dem Mistwetter rauszukommen, schwang sie sich auf das weiße Leder des Fahrersitzes und steckte den Schlüssel ins Schloss. *Jetzt klaue ich der armen Seele auch noch das Auto*, meldete sich ihr schlechtes Gewissen. *Der braucht die Karre sowieso nicht mehr, also nimm sie und hau ab*, sprach ihre andere Seite. Am Rückspiegel hing ein Rosenkranz. Lucy nahm ihn ab und ließ die Perlen durch ihre Finger gleiten. Sie suchte nach einer Spur von Trauer, Mitleid, sogar nach ihrer üblichen Selbstverachtung, doch da war nichts dergleichen. Ihre Erinnerungen hatten im Trailer eine blutige Bestätigung gefunden, hatte sie Steven vorsätzlich abgeschleppt und wie ein Schwein abgeschlachtet.

Sie spürte das kühle Kreuz auf ihrer Handfläche und dachte an ihre Mutter. Teufelskind hatte sie sie genannt, Ausgeburt der Hölle. Lucy wurde das Gefühl nicht los, dass ihre Mutter mehr wusste. Vielleicht wäre es eine gute Idee, sie zu besuchen und mit ihr zu sprechen. Lucy drehte den Zündschlüssel und der V8 erwachte blubbernd zum Leben. Sie hängte sich den Rosenkranz um den Hals und beschloss, erstmal ins Hotel zu fahren. Der Regen trommelte sein Stakkato auf das Blech des Autodachs, als sie den Wagen auf die Straße lenkte und beschleunigte.

<< *New York Citylife News Ticker* >>
In Sachen Hotelzimmerbrand in Brooklyn gibt es eine dramatische Wendung. Anscheinend versuchte man auf diesem Weg, einen Mord zu verschleiern, so ein Sprecher des NYPD. Das männliche Opfer ist einer New Yorker Bikergang namens »Los Muertos« zuzuordnen. Ob es sich um Streitigkeiten rivalisierender Gangs handelte, wurde weder bestätigt noch dementiert. Das NYPD fahndet nach einer jungen Frau, 20-30 Jahre alt, dunkelhaarig, die in die Tat verwickelt sein soll. Anhand von Zeugenaussagen sei sie der Gothicszene zuzuordnen. Am Tatort wurde ein mit einem Widderschädel verziertes Pentagramm vorgefunden. Das NYPD hofft auf Hinweise aus der Bevölkerung. Auf der Straße werden erste Stimmen laut, die von einem Pentagrammkiller sprechen. NYCNT versorgt Sie in Echtzeit mit den aktuellen News!

INSGEHEIM WAR ES GENAU DAS, WAS LUCY BRAUCHTE

Andrew saß hinter dem Steuer und nippte an dem brühhei-ßen Kaffee, den Martinez vor wenigen Minuten eine Ecke weiter besorgt hatte. Er genoss das würzige Aroma des schwarzen Goldes.

Martinez schüttelte den Kopf. »Mir ist es nach wie vor ein Rätsel, wie du dieses bittere Zeug trinken kannst, das dein Herz zum Rasen bringt.«

»Ist wie der Spiegel deiner Seele. Ich bin als harter Cop gezwungen, meinen Kaffee schwarz zu trinken, während du eher der Diplomatische bist und immer schön geschmei-dig. Daher deine Vorliebe für Milch und Zucker.«

Martinez schnaubte belustigt. »Spiegel der Seele, du hast sie ja nicht mehr alle. Hör mal: Da wo ich herkomme, trinkt man jedes Getränk gesüßt, also abgesehen von Wasser, wobei Wasser kein richtiges Getränk ist. Also … trinke ich meinen Kaffee mit Zucker, so wie es sein muss.«

»Mit verdammt viel Zucker … solltest da echt weniger von nehmen, sonst zieht er dir irgendwann noch die Schuhe aus«, stellte Andrew fest und konzentrierte sich auf das, was sich auf der Straße abspielte.

Sie saßen schon seit Stunden in dem Wagen, den sie gegenüber vom *Archeron* geparkt hatten, und beobachte-ten die Szeneleute, die trotz des strömenden Regens brav in einer langen Schlange anstanden. Heute Abend spielte dort irgendeine unbekannte Band, deren Namen er vergessen hatte.

»Ich denke, wir sollten reingehen und uns ein wenig umsehen«, brummte Martinez schlecht gelaunt. Er hatte sich mit Mariesol gestritten, weil er eine Extraschicht schob, um mit den Besuchern des Clubs zu sprechen. Sie meinte, er würde seine Familie vernachlässigen, und hatte verdammt noch mal recht damit. Andererseits wollte er Eldritch nicht im Stich lassen. Sie waren Partner und daran gab es nichts zu rütteln.

»Wir werden auffallen wie die bunten Hunde«, sagte Andrew. »Schau dir die Kids da drüben doch an, alle in Schwarz gekleidet, als würden sie auf ne verdammte Beerdigung gehen.« Er wischte mit dem Ärmel die angelaufenen Scheiben sauber.

»Rein statistisch gesehen kommen die wenigsten Straftäter aus dieser Art der Jugendkultur«, dozierte Martinez und brachte Andrew zum Grinsen.

»Na, seit der Sache im Hotel gibt es mindestens einen, der den Schnitt versaut.«

Er zog den Zündschlüssel ab und nickte seinem Partner zu.

»Also los, sehen wir uns den Laden mal an.«

Ihre Marken verschafften ihnen kostenlosen Eintritt und vernichtende Blicke der Anstehenden.

»Um Gottes willen«, stöhnte Martinez.

In dem Club schlug ihnen feuchtwarme Luft entgegen. Von der Tanzfläche stöhnte Gitane Demone einen schwermütigen Song aus den mächtigen Boxen. Es war laut und brechend voll. Andrew bahnte sich seinen Weg durch die schwitzende Menge, um zur Bar zu kommen.

»Gütiger Himmel, so gut wie jede Frau passt in unser Bild der Verdächtigen. Sollen wir alle festnehmen und hoffen, dass die Frau vom Hotel dabei ist?«, brummte Martinez und bestellte beim Barkeeper zwei Drinks.

»Der Himmel hilft dir hier auch nicht weiter.«

Andrew winkte den Barkeeper herbei und schob ihm auf dem klebrigen Tresen ein Foto mit dem Symbol der Hoteltür entgegen. »So etwas schon mal gesehen, mein Freund?«

Der Keeper rieb mit einem Handtuch ein Glas sauber und musterte das Bild, nickte. »Klar. Das ist das Logo von *Hell's Abyss*. Die haben erst vorgestern hier gespielt. Ist ein echt abgefahrener Scheiß, den die machen … Aber he, ich mag diese Art von Scheiß.«

»Abgefahrener Scheiß, sagst du? Wie meinst du das?«, sprang Andrew an.

Der Barkeeper sah ihn misstrauisch an. »Privatschnüffler oder Bulle?«

Andrew grinste breit und hielt ihm seine Marke unter die Nase. »Wenn schon, dann Cop. Und jetzt erzähl mir was, während ich meinen Drink nehme!«

Der Barkeeper stellte das polierte Glas zur Seite und stützte sich auf den Tresen. »Kennst du die Genitorturers?«

Andrew runzelte die Stirn und der Barkeeper grinste breit. »Natürlich nicht. Dachte ich mir … Na, jedenfalls standen die hier schon oft auf der Bühne. Die gelten als Mitbegründer der SM-Musikszene!«

Andrew sah den Barkeeper ausdruckslos an. Der grinste nur noch breiter. »Okay, ist wohl nicht unbedingt der Background von euch Cops, aber egal. *Hell's Abyss* kamen vor kurzem aus Wisconsin zu uns runter, die fahren auf genau dieser Schiene, nur eben mehr in Richtung Gothic-Metal.«

Martinez schnaubte. »Hör mal gut zu, mein Freund. Ich bin weder tätowiert noch trage ich irgendwelche Piercings. Ich gehe sonntags in die Kirche und trage gerne auffällige Hemden in freundlichen Farben. Also erklär mir das doch bitte in einer Sprache, die ich verstehen kann!«

Andrew sah Martinez an, dass er sich in dem Club unter all den schwarz gekleideten Leuten nicht wohl fühlte.

Der Barkeeper beugte sich nach vorne, weil er keine Lust hatte, gegen die laute Musik anzuschreien. »Immer locker bleiben, ich erkläre es gerne noch mal. Es geht um Sex, Gewalt und harten Gothic-Metal. Allerdings nicht die Blümchenvariante, die ihr kennt, denn die Band steht eher auf die harten, schmerzhaften Sachen. Eben auf genau das, wofür Bands wie Celtic Frost oder Christina Death stehen. Das sind Legenden, Mann!«

»Christian Death, so ein Unsinn.« Martinez schüttelte ungläubig den Kopf.

Andrew winkte ab. »Ja klar, die sind absolut hart. Und sagst du mir auch, wo ich jemanden von der Band finde?«

»Du hast verdammtes Glück … Dort hinten, in der Ecke

am anderen Ende der Theke, wo es am dunkelsten ist, sitzt die Sängerin von *Hell's Abyss*.«

Lucy bemerkte nicht, dass sich jemand neben sie setzte. Das ganze *Archeron* war im Nebel ihrer Gedanken versunken. Ein Nebel, in dem sie sich hoffnungslos verlaufen hatte. Sie saß schon Stunden am selben Platz, bewegungslos und schweigend, ein Glas Jack gedankenverloren zwischen den Fingern drehend, und dachte über den Horror der letzten Nächte nach. Wobei das Grundsätzliche gar nicht so schwer zu begreifen war. Sie hatte zwei ziemlich heißen Typen bestialisch das Leben genommen. Mit jedem hatte sie geschlafen, von jedem hatte sie anscheinend gegessen und von keinem wusste sie, wer er eigentlich war. Jedes Mal erwachte sie nackt und fand ein Szenario des Grauens vor. Ihre Erinnerungen fielen wie schreckliche Visionen über sie her und gaukelten ihr Erinnerungsfetzen dessen vor, was passiert war. Lucy fühlte sich wie ein Zaungast in ihrem eigenen Leben.

Sie sah auf, als ihr ein Fremder einen Drink zuschob. Groß, gutaussehend, dunkles, zurückgekämmtes Haar, Lederjacke.

Mach besser nen großen Bogen um mich, mein Hübscher. Ich bringe dir kein Glück.

Für eine Sekunde lächelte sie sogar, schob den Drink jedoch wieder zurück. »Danke, ich hab, was ich brauche. Und jetzt zisch ab!«

Der Mann versuchte es mit dem Glas erneut, dieses Mal zusammen mit seiner Dienstmarke. Lucy sah sich die glänzende Plakette gelangweilt an und nippte an ihrem Whiskey. »Ein Cop im *Archeron*? ... Sie sind bestimmt nicht hier, um mir nen Strafzettel zu verpassen.«

»Ich bin Detective Eldritch und der Mann hinter Ihnen ist Detective Martinez. Wir ermitteln in einem Fall, der sich hier in der Nähe zugetragen hat, und hätten ein paar Fragen an Sie.«

Lucy blinzelte den Mann unschuldig an. »Ein Fall sagen Sie? Hier in Brooklyn? Das ist jetzt nicht gerade überraschend. Um was geht es denn genau und vor allem, was habe ich damit zu tun?«

»Sehen Sie sich bitte das Bild an und erzählen Sie mir, was Ihnen dazu einfällt.«

Andrew legte das Bild mit dem Widderschädel neben ihr Glas. Er schätzte sie auf dreiundzwanzig, höchstens sechsundzwanzig Jahre. Der Barkeeper hatte, was ihr Aussehen betraf, nicht übertrieben. Sie trug hohe Lederstiefel und ein enganliegendes, hochgeschlossenes Kleid, darüber ein bodenlanger schwarzer Ledermantel. Ihr Haar umspielte ihr Gesicht wie die Federn eines Raben. Er fühlte sich an Schneewittchen erinnert. An eine gefährliche, fatale Version von Schneewittchen.

Lucy sah sich die Fotografie an und nickte. »Sieht aus wie unser Bandlogo. Was hat es damit auf sich?«

Andrew tippte mit dem Finger auf das Foto. »Fanden wir am Tatort. Jemand hatte es an den Türrahmen gemalt. Und jetzt fragen wir uns natürlich, warum man ausgerechnet das Logo Ihrer Band an einem Tatort verewigen sollte.«

Lucy versuchte, Zeit zu schinden. Sie nahm ihre Flasche und goss sich nach. »Was weiß ich. Es gibt Fans, die lassen sich unser Zeichen sogar auf die Haut stechen … Alles ist möglich … Da kann es doch sein, dass wir einen Mörder unter unseren Fans haben, das wär doch mal was …«

»Ich hatte nichts von einem Mord erwähnt«, sagte Andrew. Sein Instinkt sagte ihm, dass die Frau etwas wusste. Er erinnerte sich an die Beschreibung des Hotelportiers. »Sicher können Sie mir sagen, wo Sie sich vorletzte Nacht zwischen null und drei Uhr aufgehalten haben?«

Lucy setzte das unschuldigste Lächeln auf, zu dem sie in der Lage war. »Ich habe geschlafen. Allein. Ohne Zeugen. Ohne Alibi.«

Auffordernd streckte sie ihm ihre Hände entgegen. »Detective, wollten Sie mir nicht gleich die Handschellen umlegen? Sperren Sie mich ein, befragen Sie mich, was immer Sie wollen. Aber was Sie auch machen, tun Sie es nachdrücklich, wenn Sie verstehen, was ich meine!«

Andrew schüttelte den Kopf. Im Club vermischten sich tausend Gerüche zu einem abstoßenden Brei aus Schweiß, Alkohol, kaltem Rauch und feuchter Kleidung, dennoch konnte er Lucy riechen, als sie sich ihm in auffordernd unterwürfiger Weise entgegenbeugte. Sie verströmte einen

Geruch, den er schon lange nicht mehr gerochen hatte. Das letzte Mal, als er mit einer Frau eine sehr intime Begegnung in seinem Schlafzimmer während einer lauen Sommernacht hatte, da hatte es genauso gerochen, nach erhitzten Körpern, die sich eng umschlungen liebten. Andrew stand nicht auf die Art Frau, die Lucy verkörperte. Er stand nicht auf den Stil, in dem sie sich kleidete, und dennoch lag in ihrer Art, sich zu bewegen, etwas Anmutiges. Es fiel ihm schwer, sich ihrer Ausstrahlung zu entziehen. Es lag an ihren Augen und wie sie ihn von unten herauf ansah, an ihren schlanken Fingern, die sich Halt suchend ineinander schlangen, an ihren leicht geöffneten Lippen vielleicht. Andrew räusperte sich und nippte an seinem Glas. Der Alkohol würde ihn zur Besinnung bringen.

»Meine Frage war vollkommen ernst gemeint. Also: Wo waren Sie zu besagter Zeit?«

Jetzt wäre ein guter Zeitpunkt, die Wahrheit zu sagen, dachte Lucy. Sie war nach wie vor davon überzeugt, dass sie den Kerl im Hotel nicht umgebracht hatte und bei diesem Steven war sie sich auch nicht sicher. Es war seltsam, dass sie in zwei aufeinanderfolgenden Nächten Blackouts hatte und danach jemand tot war. Jedes Mal fehlten ihr mehrere Stunden. Lucy zweifelte daran, dass der Detective ihr glauben würde. Viel wahrscheinlicher war, dass er ihr Handschellen anlegen und sie auf das Revier schleppen würde. Er würde sie in einen dieser Verhörräume setzen und stundenlang mit Fragen löchern, während andere Cops hinter der großen Spiegelscheibe standen und ihre derben Witze rissen. Lucy log nicht gerne, doch im Moment war es das Beste.

»Wir hatten an dem Abend nen richtig guten Gig hier im *Archeron*, das kann ihnen der Barkeeper bestätigen. Danach bin ich mit ner flüchtigen Bekanntschaft um die Blocks gezogen. Wir haben ziemlich viel getrunken, und, na ja, das ist mir jetzt ein bisschen peinlich … ich war betrunken, wissen Sie … ich wollte es eigentlich, aber der Typ war so süß.«

Sie versuchte, ihm mit ihrer Unschuldsmine und dem hilflosen Lächeln das naive Mädchen vom Land vorzuspielen, das keine Ahnung hatte, wie es in der Großstadt lief.

»Okay, vergessen wir also Ihre erste Behauptung, Sie hätten die Nacht alleine verbracht … Diese Bekanntschaft, die war nicht zufällig von den Los Muertos und hatte einen Namen?«

»Los Muertos? Keine Ahnung, was Sie damit meinen. Er hieß Greg und kam aus Queens. Groß, breitschultrig, Glatze. Er hat mir in dieser Nacht das gegeben, was ich wollte. Morgens haben wir uns verabschiedet und gingen auseinander. Das war alles.«

Lucy schlug die Augen nieder und faltete die Hände, als wären ihr ihre Worte und das damit verbundene Verhalten peinlich. Eine Geste, die sie bei Carla oft gesehen und die eine ganz besondere Wirkung auf Männer hatte. Sie mimte das unschuldige, naive Wesen, schutzbedürftig und schwach, das sich nach einer starken, führenden Männerhand sehnte. Insgeheim war es genau das, was Lucy wirklich brauchte, eine Schulter, an der sie sich ausweinen konnte, ohne die Angst haben zu müssen, ihr Gesicht zu verlieren. Das ging bei Bacon nicht. Er gehörte der Szene an, in der sie sich bewegte, ihm gegenüber musste sie die starke Frontfrau der Band mimen. In der Geschichte, die sie dem Detective auftischte, steckte allerdings auch eine bittere Wahrheit. Der Fremde hatte ihr tatsächlich gegeben, was sie wollte. Das wurde ihr in diesem Augenblick bewusst.

Lucy stürzte. Sie befand sich nicht mehr im *Archeron*, sondern stand nackt in einem blutbeschmierten Badezimmer. Ein Mann hing mit aufgeschlitztem Bauch, an den eigenen Gedärmen am Hals aufgehängt, am Duschkopf. Sein Atem war kaum mehr als ein schwaches Pfeifen. Ihre Hand war tief in seinem geöffneten Bauch vergraben. Umhüllt von der Hitze seines Körpers fühlte sie die schleimigen Häute der Organe. Leber, Magen, Milz, Nieren sogar. Sie tat es mit dem Interesse eines kleinen Kindes, das herausfinden wollte, wie es denn im Innern eines Menschen aussah. Der Blick des Mannes nahm einen verklärten, fragenden Ausdruck an. Jenseits aller Schmerzen und ohne Hoffnung auf ein Überleben schnappte er nach Luft. Vor wenigen Minuten hatten sie sich noch auf den Laken des Hotelbettes geliebt. Da war er noch im Vollbesitz seiner Kräfte gewesen. Er hatte sie auf den Bauch gedreht, um sie auf allen Vieren hart von hinten zu nehmen, sie an den Haaren gepackt und ihren Kopf nach hinten gezogen, bis Lucy vor wilder Lust laut aufschrie. Doch damit war es ein für alle Mal vorbei.

Lucy spürte, dass der entscheidende Moment bald kommen würde. Aufgeregt näherten sich ihre leicht geöffneten Lippen seinem Mund. In ihr wallte eine Erregung auf, die ihren Körper in heißen Wellen durchlief. Endlich schmiegten sich ihre Lippen sanft auf die seinen, spürten, wie sich sein Mund bewegte und die lautlose Frage nach dem *Warum* formte. Ein letztes verzweifeltes Aufbäumen, schließlich erschlaffte sein muskulöser Körper. Lucy war aufgeregt, presste ihren Mund auf den seinen.

Ein letzter Hauch entwich den weit geöffneten Lippen und Lucy konnte fühlen, wie die Essenz in ihre Lungen strömte und von dort in ihr aufgewühltes Blut gelangte. Elektrisiert und verwundert schrie sie ekstatisch auf. Die Essenz durchströmte rasend schnell ihren Körper, einer Schockwelle gleich, die vor nichts Halt machte und sie mit brachialer Wucht von den Füßen holte. Ihr Körper bäumte sich auf, bog und spannte sich, bis die Knochen in den Gelenken knackten. Ihrem Mund entwichen heisere, abgehakte Schreie unbeschreiblicher Lust. Ohne Rücksicht brandete die Essenz weiter hinab und entlud sich zwischen ihren Beinen in einem kolossalen Höhepunkt, der ihr das Bewusstsein raubte.

Lucy blinzelte. Sie stellte verwundert fest, dass sie in den Armen des Detectives lag. Die brachiale Musik im *Archeron* drosch brutal auf ihre Ohren ein. Mit einem erstickten Aufschrei stieß sie den Ermittler von sich, der beschwichtigend die Hände hob und sie mit einem erschrockenen Blick ansah.

»Wowowow, immer langsam«, versuchte Andrew, sie zu beruhigen. Lucy verlor die Kontrolle über ihren Körper, wollte sich noch an der Bar festhalten, aber ihre Beine knickten unter ihr weg. Martinez fing sie in letzter Sekunde auf und half ihr wieder auf den Hocker.

»Sie haben die Augen verdreht und sind nach vorne übergekippt, genau in meine Arme. Es kam mir vor wie ein … wie ein epileptischer Anfall … konnte Sie gerade noch auffangen«, erklärte Andrew mit ernsthaft besorgter Stimme. Lucy schüttelte Martinez' Hände ab und stützte sich mit den Ellbogen auf den Tresen. Ihr Glas lag umgestürzt auf dem polierten Holz, der Whiskey rann zwischen ihren Fingern hindurch und tropfte auf den Boden, Stevens Rosenkranz baumelte vor ihrem Gesicht. Sie konnte die Jesusfigur auf dem silbernen Kreuz überdeutlich erkennen, dessen winziges Gesicht sie mit einem mahnenden Blick anstarrte.

»Sollten wir nicht besser einen Arzt nach Ihnen sehen lassen, hm?« Andrew hatte so etwas noch nie erlebt. Eben hatte sich die Frau noch mit ihm unterhalten, dann hatte er nur noch das Weiße in ihren Augen gesehen und sie war ihm direkt in die Arme gefallen.

Martinez war die Sache ebenfalls nicht geheuer. Sein Blick war besorgt. »Eldritch, das ist nicht normal«, sagte er mit belegter Stimme und bekreuzigte sich.

Vor vielen Jahren hatte Martinez so etwas schon einmal erlebt, allerdings in einem vollkommen anderen Zusammenhang. Er war damals als Beirat einer christlichen Gemeinde tätig gewesen, als er vom Gemeindepfarrer in die Wohnung einer jungen Frau gerufen wurde, der es schon seit Tagen nicht gut ging. Davon ausgehend, dass er einfach nur einer Kranken helfen sollte, hatte er ihr Zimmer betreten und ein Bild des Schreckens vorgefunden. Als er eintrat, hatte man ihm eine Aspergile in die Hand gedrückt. Der Priester stand vor dem Bett, an dessen Pfosten man die Arme und Beine der armen Frau gefesselt hatte. Und das hatte seinen guten Grund, wie sich etwas später herausstellen sollte. In seiner rechten Hand hielt der Mann Gottes seinen Rosenkranz, in der linken eine aufgeschlagene, zerfledderte Bibel.

Indem er Verse aufsagte, redete er auf die Frau ein, die sich mit angsterfülltem Blick in ihren Fesseln wand. »Im Namen des Vaters, des Sohnes und des Heiligen Geistes!«

Martinez wollte schon zu ihr stürzen und die Fesseln lösen, die dem armen Ding so tief in die Haut schnitten, dass bereits Blut lief. Plötzlich bäumte sich ihr Körper wie von einer unsichtbaren Faust getroffen auf. So heftig, dass ihre Knochen in den Gelenken knackten. Ihre Augen rollten, bis sie weiß waren, anschließend sank ihr Körper besinnungslos in sich zusammen. Die Sache war damit noch längst nicht erledigt. Es war der Beginn einer verstörenden Erfahrung, die in den nächsten Stunden Martinez' Glauben auf den Prüfstand stellen sollte.

Die Frau erwachte. Ihre Augen, schwefelgelb mit glühend roter Pupille, fixierten den betenden Priester. Ihr Gesicht verzog sich zu einer bösen Grimasse. Sie öffnete den Mund und spie den Priester an. Ihre Spucke verätzte zischend seine Haut. Er schrie, wurde aus dem Konzept gebracht und taumelte Schutz suchend nach hinten. Genau darauf hatte der Dämon gewartet. Der besessene Körper spannte sich in den straffen Seilen, das Nachthemd rutschte von einer vollen, runden Brust. Sie wälzte sich solange umher, bis es nach oben rutschte und ihre unbehaarte Scham offenbarte. Voller Hohn sah sie Martinez ins Gesicht und spie ihm ihre schmutzigen Worte förmlich entgegen. »Schau dir das geile Fleisch nur an. Betatsche es mit deinen Händen ... Du kannst es haben, ich schenke es dir!«

»Schweig, Teufel!«, stammelte Martinez verstört.

Doch der Dämon lachte nur. »Ah, ich kann es riechen, wie du dieses junge Fleisch begehrst. Hol deinen Schwanz aus der Hose und fick mich endlich durch ... oder noch besser, steck ihn mir in den Mund ... Dring in mich ein und huldige dem Gott der Fleischeslust!«

Ihre Stimme sprach mit tausend Zungen, einige davon in Sprachen, die Martinez noch nie gehörte hatte. Martinez wusste sich nicht anders zu helfen, als den sündigen Körper vor lauter Angst mit Weihwasser zu besprengen. Der Dämon schrie von Schmerzen gepeinigt auf. Wo die Tropfen die Haut berührten, schlug sie Blasen und löste sich zischend vom Fleisch.

Das Gesicht des Priesters dampfte noch immer, seine Wange war verätzt. Mit blutunterlaufenen Augen nahm er seine ursprüngliche Position am Fußende des Bettes ein, hob Kreuz und Bibel und fuhr mit seinem Exorzismus fort.

»Im Namen und in der Kraft unseres Herrn Jesu Christi beschwören wir dich, jeglicher unreine Geist, jegliche satanische Macht, jegliche feindliche Sturmschar der Hölle, jegliche teuflische Legion, Horde und Bande!«

Der Priester nickte Martinez zu, der die Aufforderung richtig deutete und die Aspergile ein weiteres Mal schwang.

Das Gebrüll des Dämons steigerte sich zu einem tosenden Heulen. Der Priester fuhr unbeeindruckt mit seiner Litanei fort.

»Ihr werdet ausgerissen und hinausgetrieben aus der Kirche Gottes, von den Seelen, die nach Gottes Ebenbild erschaffen und durch das kostbare Blut des göttlichen Lammes erlöst wurden!«

»Geschwafel, alles nur Geschwafel … ich werde nicht weichen«, tobte der Dämon.

»Wage es nicht länger, hinterlistige Schlange, das Menschengeschlecht zu täuschen, die Kirche Gottes zu verfolgen und die Auserwählten Gottes zu schütteln und zu sieben wie Weizen!«

Das alte Holz des Bettes knackte, als sich der Körper der Besessenen erneut aufbäumte. Der Dämon spuckte Blut und kotzte seinen Mageninhalt auf das entblößte Fleisch.

»Weiche, Satan, Erfinder und Lehrmeister jeglicher Falschheit, Feind des menschlichen Heils!«, schrie ihm der Priester mit fester Stimme entgegen. Martinez stand schweißgebadet und vor Angst zitternd daneben und machte von der Aspergile Gebrauch, sobald er dazu aufgefordert wurde.

»Ich werde siegen … ich werde immer siegen …«, keifte der Dämon und spuckte. Seine gelben Augen fixierten Martinez. »Ich werde dich holen … deine Seele fressen … sie hinabzerren, ins Fegefeuer!«

Der Priester versuchte mit erhobener Stimme, der Rede des Dämons Einhalt zu gebieten. »Beuge dich demütig unter die mächtige Hand Gottes. Zittere und ergreife die Flucht, während wir den heiligen und schrecklichen Namen Jesu anrufen, vor dem die Hölle bebt, dem die Mächte der Himmel und die Gewalten und Herrschaften untergeben sind!«

Der Priester trat an den sich windenden Körper heran und presste ihm das Kreuz des Rosenkranzes auf die Stirn.

»Den die Cherubim und Seraphim unaufhörlich preisen mit den Worten: Heilig, heilig, heilig ist der Herr, der Gott der Heerscharen!«

Sie mussten die Litanei bis zum frühen Morgen wiederholen. Die Qualen der Besessenen steigerten sich ins Unerträgliche, bis der Dämon endlich aufgab und bei den ersten Sonnenstrahlen des anbrechenden Tages aus dem völlig entkräfteten Körper der jungen Frau ausfuhr.

Später hatte ihm der Priester erzählt, dass es in den letzten Monaten immer häufiger zu Fällen von Besessenheit kam. Er war überzeugt davon, dass sich etwas Großes anbahnte. Bevor Martinez weiter in die Materie einsteigen konnte, brach der Kontakt zu dem Mann ab.

Die Familie der Frau zog einen Arzt hinzu, der dem Priester ein grob fahrlässiges Handeln unterstellte. Sein Gutachten besagte, dass die Frau einfach nur krank gewesen sei. Der Priester wurde daraufhin in eine andere Gemeinde versetzt.

Ein Jahr später ging dasselbe Mädchen in die Kirche und erschoss den neuen Priester, alle Messdiener und einige Mitglieder der Gemeinde. Danach zog sie sich aus, legte sich auf den Altar und befriedigte sich selbst. Das war in einer anderen Stadt gewesen und schon Jahre her, doch Martinez hatte die düstere Prophezeiung des Dämons nie vergessen. Im Blick des besessenen Mädchens hatte er etwas gesehen, das ihn bis ans Ende seiner Tage verfolgen würde. Es war das abgrundtief Böse gewesen, das am Ende über das verzweifelte Tun des Priesters triumphiert hatte und Martinez des Nachts in Albträumen heimsuchte, um ihn in seinem Glauben zu verhöhnten. Und heute Abend, vor wenigen Augenblicken und nur für den Bruchteil einer Sekunde, hatte er diesen Blick erneut gesehen.

Martinez sah seinen Partner mit flehendem Blick an. »Wir sollten gehen.«

Andrew sah unentschlossen zwischen seinem Partner und der jungen Frau hin und her. So einen Blick hatte er bei Martinez noch nie gesehen. Der Mann hatte Angst, andererseits waren sie hier noch keinen Schritt weitergekommen. Er wusste, Lucy war sein Schlüssel, hatte aber noch keine Idee, in welches Schloss er passte.

»Schon gut Martinez, geh schon mal zum Wagen, ich komme gleich nach!«

Martinez nickte erleichtert. »Sei vorsichtig, hörst du«, flüsterte er Andrew zu und beeilte sich, den Club zu verlassen.

Andrew war verunsichert. Er begriff nicht, was vor sich ging. Erst der Zusammenbruch der Frau und dann Martinez' Verhalten. Er winkte dem Barkeeper und bestellte zwei neue Drinks.

»Geht's wieder?«, versuchte er, den Kontakt wieder herzustellen. Die Frau strich sich eine dunkle Strähne aus dem Gesicht und nickte schwach.

»Weiß nicht … denke schon. Tut mir leid, dass ich Sie eben so angefahren habe …«

Dankbar nahm Lucy das volle Glas und leerte es in einem Zug. Sie hoffte, dass sie der Alkohol wieder zur Besinnung bringen würde. Doch das Gegenteil war der Fall. Jeder Tropfen brachte ihr mühsam aufrechterhaltenes Gedankengebilde, mit dem sie ihre Taten verleugnet hatte, nur noch mehr ins Wanken. Dieser Blackout gerade, hier im Duffs, hatte ihre Fassade zu Fall gebracht. Sie hatte die Männer umgebracht, daran gab es keinen Zweifel mehr. Dennoch war das Rätsel nicht gelöst, denn es erklärte noch lange nicht die Kraft, die sie dazu aufgebracht hatte, und schon gar nicht, was es mit dieser unheimlichen Essenz auf sich hatte, die ihr anscheinend Befriedigung verschaffte. Und es erklärte auch nicht das *Warum*.

Andrew berührte sie vorsichtig an der Schulter. »Ist *wirklich* alles in Ordnung mit Ihnen? Sie wirken so … hm … so in sich gekehrt, entrückt.«

Lucy sah auf. In ihren dunklen Augen schimmerten Tränen. Alles an ihr wirkte plötzlich zerbrechlich, nichts erinnerte mehr an die abweisende Frau zu Beginn ihrer Unterhaltung. Ihr Blick war so unendlich traurig und flehte verzweifelt und stumm nach Hilfe.

Andrew brachte ihr Verhalten mit seinen Fragen in Verbindung. Er hatte das Gefühl, dass ihm die Frau etwas mitteilen wollte, aber nicht wusste, wie sie es anstellen sollte.

Sie wischte sich die Tränen aus dem Gesicht. »Ich weiß nicht, was mit mir los ist. Mein Leben ist in letzter Zeit ziemlich durcheinandergeraten. Und das mit dem Blackout, wie eben gerade, das kommt bei mir häufiger vor.«

Sie wollte in der Tat mit dem Detective reden, hatte aber gleichzeitig Angst davor, falsch verstanden zu werden.

Andrew zog auffordernd eine Augenbraue nach oben, sagte aber nichts. Er merkte, wie sie verzweifelt nach Worten suchte und er hatte vor, ihr die Zeit zu geben, die sie brauchte.

Lucy sah ihn eindringlich an. »Wissen Sie, meine Mutter haben sie an meinem sechzehnten Geburtstag ins Irrenhaus gebracht, weil sie etwas ganz Schlimmes getan hat. Ich habe seither viel darüber nachgedacht, vor allem, seit ich diese Blackouts habe. Ich habe Angst, dass ich den Verstand verliere und wie meine Mutter werde …«

Sie lachte verbittert auf. »Ich kenne Sie nicht und offenbare Ihnen trotzdem meine größte Angst.«

Andrew dachte kurz über ihre Worte nach. »Nein, ich denke nicht, dass Sie wahnsinnig sind. Sie sind im Moment vielleicht etwas verwirrt, aber wahnsinnig sind Sie auf keinen Fall«, versuchte er sie zu beruhigen. *Und Sie stecken in der Sache ganz tief drin*, dachte er.

»Ah, Sie sind nicht nur ein Cop, sondern nebenbei noch ein Psychodoc, hm«, sagte sie mit einem hintergründigen Lächeln. *Seine Stimme hat einen angenehmen, ehrlichen Klang.*

Andrew spürte, wie sein Smartphone in seiner Jackentasche vibrierte. Es war Martinez und er klang ziemlich aufgeregt. »Ich weiß nicht, wie weit du mit der Kleinen bist, aber ich brauche dich hier draußen. Wir haben einen weiteren Mord, der in unser Schema passt. Ist eben über Funk reingekommen. Diesmal in der Nähe des Containerbahnhofs von Newark. Alle Zeichen deuten darauf hin, dass es sich um denselben Mörder handelt!«

Andrew bestätigte und legte auf. *Das war's dann wohl mit der Unterhaltung. Es fing gerade an, interessant zu werden.*

Entschuldigend sah er Lucy an. »Sorry, mein Partner braucht mich, ich muss los. Wir werden unser Gespräch aber auf jeden Fall fortsetzen, denn ich hätte da noch einige Fragen an Sie.«

Der Ermittler reichte Lucy seine Karte. »Sollten Sie bis dahin etwas loswerden wollen, rufen Sie mich an … Und noch etwas: Bleiben Sie bis auf weiteres in der Stadt!«

Sie nahm die Karte entgegen und lächelte. »Ich bin morgen Abend gegen acht im Saint Vitus-Club.«

ICH HABE DAS ABGRUNDTIEF BÖSE GESEHEN!

Das Wasser rauschte unter den breiten Reifen. Die Nacht war stockfinster und der Regen prasselte gegen die Windschutzscheibe. Martinez saß Kaugummi kauend mit zusammengekniffenen Augen hinter dem Lenkrad und versuchte, die Fahrbahn zu erkennen. »Mariesol wird mich umbringen. Oder vor die Tür setzen. Oder beides.«

Andrew saß auf dem Beifahrersitz, nippte an seinem lauwarmen Kaffee und verzog angewidert das Gesicht. »Ach, Quatsch. Es wird wie immer sein. Sie wird dir ordentlich die Meinung sagen, du wirst eine Nacht auf der Couch schlafen und morgen früh wird sie dich mit einem wunderbaren Frühstück wecken.«

Martinez schüttelte den Kopf. »Dieses Mal nicht ... Es ist vier Uhr am Morgen und wir sind immer noch unterwegs. Ich sollte mich in den Innendienst versetzen lassen, um Berichte abzutippen, und wäre jeden Tag um fünf, spätestens sechs zu Hause und hätte ein normales Familienleben. Schwer für dich zu verstehen, hm?«

Das hatte gesessen. Martinez mäkelte gerne an Andrews Singledasein herum. »Ach, hör doch auf zu übertreiben. Mariesol liebt dich und wird dir wie immer verzeihen«, sagte Andrew. Ihm war dieses Thema sichtlich unangenehm. Das Singleleben hatte seine Vorteile, doch insgeheim sehnte er sich nach einer Beziehung, die über einen One-Night-Stand hinausging. Die meisten Frauen wollten einfach nichts mit einem Cop zu tun haben. Entweder hatten sie Angst, dass ihm etwas zustieß oder davor, von ihm ins Visier genommen zu werden. Andrew wechselte das Thema. »Lass uns lieber noch mal die Fakten zusammenfassen!«

Die Kollegen in Newark hatten sie zu einem Mordfall gerufen, der erstaunliche Parallelen zu dem im Hotel zeigte. Newark lag zwar nicht in ihrem Zuständigkeitsbereich, aber in solchen Fällen leistete man sich gerne Amtshilfe.

»Wir haben also einen Mann in einem Trailer, der mit einer ähnlichen Waffe ermordet wurde wie der Biker in unserem Hotel«, resümierte Andrew. »Dem Mordopfer im Hotel wurde Fleisch aus dem Arm geschnitten, bei dem Mordopfer im Trailer das Herz herausgetrennt.«

Martinez schnaufte genervt. »Ja, ja, ja, das haben wir alles schon zigmal durchgekaut. Beide Opfer waren männlich und zwischen zwanzig bis dreißig Jahre alt und man hat auf dem Badezimmerspiegel das gleiche Symbol vorgefunden, wie auf dem Türrahmen im Hotel. Wir haben also einen Wiederholungstäter.«

Andrew massierte sich seinen Nacken. »Sieht wohl ganz danach aus. Die Profiler lassen die Opfer zum Querverweis durch die Datenbank laufen. Außerdem fahnden wir nach dem Wagen von Opfer zwei, einem schwarzen 67ger Impala.«

Martinez verengte die Augen, als er von einem entgegenkommenden Transporter geblendet wurde. »Genug mit dem Herumgerede. Da ist noch etwas anderes, was mich beschäftigt.«

Martinez besorgte Stimme ließ Andrew aufhorchen. »Okay, schieß los Kumpel.«

»Ich weiß nicht recht, wie ich es dir beibringen soll. Unser neuer Fall macht mir Angst!«

Andrew lachte überrascht auf. »Unser Fall macht dir Angst? Wieso das denn? Bitte komm mir nicht mit diesem religiösen Zeug wegen des Pentagramms und so!«

»Es hat tatsächlich etwas damit zu tun«, erwiderte Martinez besorgt. Er dachte kurz darüber nach, wie er seine Bedenken formulieren sollte. »Du findest es bestimmt lächerlich, aber es ist mit Sicherheit kein Zufall, dass diese Band dasselbe Zeichen als Logo benutzt. Nicht, nachdem ich diese Frau gesehen habe!«

»Ich vermute ja auch, dass sie irgendwie in der Sache mit drinhängt, auch wenn sie im Grunde nur ein verwirrtes Mädchen ist, das Probleme hat. Ich denke nicht, dass sie die Mörderin ist, wenn du darauf hinaus willst. Dazu ist sie schon rein körperlich nicht in der Lage«, erwiderte Andrew.

»Hast du ihre Augen gesehen, als sie zusammengebrochen ist?«

»Was war denn mit ihren Augen?« Andrew verstand nicht, auf was Martinez hinauswollte.

»Ich habe in ihren Augen das abgrundtief Böse gesehen! Es war genau wie vor ein paar Jahren, als ich diesem Priester geholfen habe.«

Die Stimme von Martinez klang derart überzeugt, dass Andrew ein kalter Schauer über den Rücken lief. Er erinnerte sich vage an das, was ihm sein Partner über diesen sogenannten Exorzismus erzählt hatte. Dennoch zweifelte er.

»Und an was machst du das fest? Ich meine, sie ist doch nichts weiter als ein kleines Mädchen, das in ner schrägen Band singt. Das meiste von ihrem Gehabe ist reine Imagesache oder dient nur dazu, ihre eigene Unsicherheit zu überspielen«, beschwichtigte Andrew seinen Partner.

»Hat sie dich etwa schon um den Finger gewickelt? Ist es das? … Glaub mir, ich weiß, wovon ich spreche. Ich erkenne das Böse, wenn es mir gegenübersteht. Da sind Mächte im Spiel, mit denen wir uns besser nicht anlegen sollten!«

»Hör sofort mit diesem Quatsch auf und konzentrier dich lieber auf die Straße. Wir sollten uns an die Fakten halten. Ich werde morgen noch mal mit ihr reden, danach sehen wir weiter.« Andrews Stimme klang leicht gereizt.

Martinez war ein verdammt guter Partner, aber manchmal nervte er mit seinem religiösen Eifer.

»Und noch was«, sagte Andrew. »Wir werden einen Experten aufsuchen, der uns mehr über dieses Pentagramm-Zeugs erzählen kann. Wir fahren in die *Hell's Kitchen* und besuchen die *Church of Satan*!«

»Scheiße Mann, das ist nicht gut. Das ist überhaupt nicht gut«, flüsterte Martinez und bekreuzigte sich hastig. »Ich habe einfach Angst, dass die Sache außer Kontrolle gerät …«

WARUM MENSCHEN DAS FLEISCH VON SCHWEINEN ESSEN

»Verdammter Bockmist, ich kann's einfach nicht«, schrie Lucy wutentbrannt auf und feuerte ihr Mikro auf den Boden des Proberaums. Die Instrumente verstummten und alle sahen sie an.

Bacon legte seine Sticks beiseite. »Was ist denn heute los mit dir, Mädchen? Du hast dieses Stück doch schon tausendmal gesungen und hattest nie Probleme damit!«

»Yeah«, stimmte ihm Leatherface bei, dessen Maske auf der abgenutzten Couch lag. »Sie ist wirklich echt daneben heute. Wir sollten ne Pause machen, bevor sie uns noch den ganzen Proberaum zerlegt. Ich meine, seht euch nur das Mikro an!«

Niemand lachte. Lucy spielte nervös in ihren Haaren und nahm einen Schluck aus der Wasserflasche. »Ich weiß doch selbst nicht, was mit mir los ist. Die letzten Tage waren ganz schlimm für mich. Ich bin nicht mehr ich selbst, wisst ihr?«

Calvin löste den Gurt von seinem Bass und lehnte ihn an den großen Verstärker. »Könnte es sein, dass du deine Tage hast, hm?«

Lucy sah ihn verblüfft an und schüttelte den Kopf. »Scheiße, das ist es nicht, Mann!« Hilfesuchend sah sie Bacon an. Nichts war mehr, wie es sein sollte. Zwei Nächte, zwei Blackouts, zwei tote Männer, das war der pure Wahnsinn.

Wer konnte schon wissen, was ihr kranker Geist noch alles aus dem Hut zaubern würde, wenn sie einen Blackout bekam.

Lucy spürte, dass in ihr eine Veränderung vorging, auf die sie keinen Einfluss hatte. Sie war in sich gegangen und hatte stundenlang ihre Gefühle durchforstet, Mitleid, Schuld, was auch immer gesucht und nichts gefunden. Wenn sie ehrlich war, waren ihr die Toten ziemlich gleichgültig. Sie hatten ihren Zweck erfüllt, auch wenn sie nicht wusste, welchen. Lucy empfand nichts als Befriedigung und dafür hasste sie sich. Sie wollte nicht so sein und war es doch. Ein Monster.

Manchmal kamen noch die Schmerzen. In heißen Wellen liefen sie durch ihren Körper und brachten ihren Kopf zum Bersten. Lucy hatte keine Ahnung, was der Auslöser war, aber sie hatte das Gefühl, dass sie die Veränderung beschleunigten. Sie hatte keine Ahnung und war am Ende – so sah es aus und nicht anders.

»Lucy, komm mal bitte mit raus.« Bacons ruhige Stimme holte sie aus ihren Gedanken. Lucy blinzelte verwirrt. Ihr war elend und ihre Hände zitterten. Willenlos folgte sie Bacons Aufforderung.

Der Proberaum befand sich in einem alten Lagerhaus in Queens. Sie stand mit Bacon unter einem Vordach und beobachtete den Regen, wie er in die Pfützen auf dem schlammigen Parkplatz prasselte.

»Es ist die Sache mit dem Stalker, nicht wahr? Hat dich dieser Dreckskerl wieder belästigt?«, mutmaßte Bacon. Dann, eher an sich selbst gewandt: »Shit, ich hätte da echt dran bleiben müssen.« Bacons Stimme klang ernsthaft besorgt. Lucy war für ihn wie eine kleine Schwester, auf die er aufpassen musste.

»Zur Hölle, Bacon, hinter der Sache steckt mehr als nur ein verdammter Stalker«, stammelte Lucy. *Ich will dir alles sagen, aber wirst du es auch verstehen?*

Bacon schlug als hilflose Geste mit der geballten Faust gegen die Wand. Der stämmige Mann gab sich die Schuld an Lucys Zustand, weil er nicht auf sie aufgepasst hatte. Er nahm sie bei den Schulten und sah ihr tief in die Augen. »Ich bin dein Freund, Lucy. Du erzählst mir alles. *Alles*, verstehst du!«

Lucy nahm ihren ganzen Mut zusammen und nickte. Wenn es einen geeigneten Moment gab, um ihr Herz auszuschütten, dann jetzt. »Bacon, was ich dir erzählen werde, ist ziemlich harter Stoff«, eröffnete Lucy ihre Beichte.

Bacon nickte nur knapp. »Vollkommen egal.«

»Okay, also … es hört sich verrückt an, aber ich glaube, ich hab einen umgebracht«, stammelte Lucy. Kaum hatte sie die Worte ausgesprochen, bereute sie es schon wieder.

Bacon sah sie mit großen Augen an. »Du hast *was*?« Er konnte nicht glauben, was er gerade gehört hatte.

Lucy wich seinem Blick aus. »Du erinnerst dich an den Brand in diesem Hotel, als du mich morgens im *Hangman* abgeholt hast?«

Bacon nickte zögerlich. »Die haben in den News gesagt, dass sie in dem ausgebrannten Zimmer eine männliche Leiche gefunden haben. Man geht von einer Gangsache aus. Hast du deswegen nach den Los Muertos gefragt?« Bacon fuhr sich mit den Händen über das Gesicht und setzte sich auf eine Holzkiste.

»Ja. Der Mann … der tote Mann, den sie gefunden haben, der war von den Los Muertos. Anscheinend habe ich die Nacht mit ihm in diesem Hotelzimmer verbracht …« Lucy lehnte sich an den Stützbalken des Vordachs und sah Bacon zögerlich an.

»Das ist ziemlich übler Scheiß, Lucy. Du sagst ›anscheinend‹?«

»Die Wahrheit ist: Ich weiß es nicht mehr! Ich bin morgens in eben diesem Zimmer aufgewacht, lag nackt in dem verdammten Bett und wusste, dass ich mit jemandem Sex gehabt hatte.«

»Okay, kann man mal vergessen, wenn man zu viel getrunken hat. Akzeptiert. Und weiter?«, wollte Bacon mit aufgeregter Stimme wissen. Er hatte Angst vor dem, was Lucy ihm erzählen würde.

»Ich habe ihn im Badezimmer gefunden. Da war er schon tot, hatte Schnittwunden am ganzen Körper. Überall war Blut und mein Messer steckte in seinem Arm …«

Bacon schnellte wie von der Tarantel gestochen nach oben. Er packte Lucy bei den Schultern und schüttelte sie.

»Bist du noch bei Sinnen, so etwas zu behaupten? Du bringst doch keinen um. Nicht du, Lucy!«

Sie sah ihn verzweifelt an. Sie fühlte sich schlecht und hatte einen Knoten im Hals. »Ich weiß es nicht, Bacon. Meine Erinnerungen sagen ja, aber das ist alles ziemlich verschwommen und fremd. Ich erkenne mich darin selbst nicht wieder!«

Bacon lief auf und ab, hielt seine Hände in den Regen und rieb sich das kalte Wasser ins Gesicht. Sein Kopf schmerzte. »Du warst zur falschen Zeit am falschen Ort, nichts weiter. Laut Nachrichten sollen mindestens zwei Personen an der Tat beteiligt gewesen sein. Was ist damit?«

Er musste Lucy unbedingt von dem Gedanken abbringen, dass sie einen Mord begangen hatte. Er kannte sie nur zu gut, sie würde sich den Kopf zermartern und damit anfangen, Dummheiten zu begehen oder mit den falschen Leuten zu reden.

»Da waren keine anderen. Ich bin aufgewacht und hab ihn im Badezimmer tot aufgefunden. Mich hat die Panik gepackt und ich bin über die Feuertreppe abgehauen«, gestand Lucy mit rauer Stimme. Dass sie den Leichnam ins Schlafzimmer gezerrt hatte, verschwieg sie ihrem Freund.

Bacon raufte sich die Haare und setzte sich auf die Kiste. »Hat Dich jemand gesehen?«

»Niemand. In der Seitenstraße war keiner.«

»Das ist schon mal gut … Wenn die Cops ne Spur hätten, wären die ohnehin schon bei dir aufgetaucht«, stellte Bacon mit ernster Stimme fest. »Ich glaube, man hat dich dazu benutzt, um den Kerl aus dem Weg zu räumen. Ein paar KO-Tropfen hätten ausgereicht, damit du nichts davon mitbekommst«. *Ja, genau so musste es gewesen sein*, dachte Bacon.

»Da ist noch was«, sagte Lucy. »Die Cops waren schon bei mir. Gestern Abend sind sie im *Archeron* aufgetaucht und haben mir Fragen gestellt.«

Shit, sie haben Lucy am Haken, schoss es Bacon durch den Kopf. »Was für Fragen?«

»Die haben mir ein Bild gezeigt, auf dem unser Bandlogo abgebildet war. Sie meinten, es hätte jemand an den Türrahmen im Hotel gezeichnet.«

Für Bacon änderte das schlagartig alles. Die Cops hatten Lucy im Visier und das war gar nicht gut. Sofort stieg die Erinnerung an ihre Flucht aus Greenbay in ihm auf. »Hast du ihnen was gesagt?«

Lucy schüttelte den Kopf. »Ich bin doch nicht bescheuert. Meinst du, die würden mir auch nur ein Wort glauben? Die sehen doch nur eine Gothicschlampe, die in nem schäbigen Hotelzimmer irgendein Horrorzeugs abgezogen hat!«

Lucy verschwieg die stille Verabredung, die sie mit dem Detective getroffen hatte. Der Mann hatte einen offenen Eindruck gemacht. War er der Cop, der ihr zuhören würde?

»Du solltest mit den Cops reden, Lucy. Nicht gleich heute, nicht in den nächsten Tagen, besser nach unserem zweiten Auftritt. Dann hast du den Kopf frei und genügend Zeit, dir alles zurechtzulegen. Sag ihnen genau das, was du mir erzählt hast. Und noch etwas: Wenn du zu den Cops gehst, nimm mich mit, okay? Ich lass dich da nicht allein, Mädchen!« Bacons Stimme klang bestimmend und sein Blick war fest.

Lucy hörte ihm gar nicht richtig zu und nickte nur, damit er sich nicht weiter in diese Geständnissache verrannte. Gedankenverloren spielten ihre Finger mit Stevens Rosenkranz, den sie noch immer um ihren Hals trug.

In Gedanken befand sie sich an einem anderen Ort, weit weg von Bacon, weit weg von Queens. Sie befand sich in dem alten Trailer irgendwo in einem heruntergekommenen Stadtteil von Newark. Lucy konnte nicht verhindern, dass sie ein wohliger Schauer durchfuhr, als sie sich an Steven erinnerte. Als sie daran dachte, was er mit ihr angestellt hatte, ging ihr Puls nach oben. Sie hatte die Oberhand über Steven gewonnen, hatte ihn dominiert, unterworfen. Lucy konnte nicht sagen, warum, aber wenn sie ehrlich war, machte sie das Spiel mit der Macht schon ziemlich an. Und es war ja nicht so, dass sie Steven gezwungen hatte. Er hätte sich durchaus widersetzen können, groß und stark, wie er war. Aber nein, er hatte sich in der Hoffnung auf Ekstase oder sonst was einfach hingegeben, um ihr gefällig zu sein. Wenn Lucy darüber nachdachte, war es ziemlich einfach, Macht über andere auszuüben. Die meisten Menschen waren von Natur aus devot veranlagt. Sie wollten, dass sie jemand führte, ob das rechtens war oder nicht. Also war die Erklärung im Grunde mehr als simpel.

Lucy war ganz Opfer der Umstände. Sie registrierte wohl, wie sich die Dinge änderten, hatte aber weder die Kraft noch den Willen dazu, es aufzuhalten. Es war eine ziemlich verstörende Situation, in die sie da hineingeraten war und damit musste sie erst einmal klarkommen. Was sie Bacon gebeichtet hatte, war nichts weiter als ein verzweifelter Hilferuf, den sie nicht einmal im Ansatz ernst meinte, sondern der nur ihr eigenes Handeln rechtfertigen sollte. Tief in ihrem Innern wusste sie, dass sie sich nach dem nächsten Höhepunkt sehnte, der sie als Folge einer ungehemmten Begierde durchströmen würde.

Die Entscheidung stand unmittelbar bevor: Sie konnte ihr neues Ich akzeptieren und die Erfüllung in totaler Ekstase finden oder sich irgendwo einschließen und einsam verrotten, zerrissen von einem Leben, das nicht ihr eigenes war.

Lucy erinnerte sich an ihren Vater, als er wie so oft ein Schwein zerlegt hatte. Sie war noch ein Kind gewesen und wollte wissen, warum Menschen das Fleisch der Schweine aßen, wo man doch die armen Tiere dafür töten musste. Ihr Vater hatte nur gelächelt und ihr mit der Zigarettenkippe im Mundwinkel erklärt, dass dies nun mal der Lauf der Dinge sei. Menschen brachten Tiere um, weil sie an das Fleisch wollten. Es gab ihnen Kraft und Ausdauer. Er war davon überzeugt, dass es mit den Genen zu tun hatte. Obgleich er nicht die geringste Ahnung davon hatte, was Gene überhaupt waren. Das Töten war seiner Ansicht nach eine von Natur aus legitimierte Angelegenheit, über die sich die Starken definierten und sich so von den Schwachen abgrenzten. Es hatte etwas mit Macht zu tun, genauer gesagt mit der Macht über Leben und Tod, erklärte er ihr oft und gerne. Lucy hatte ihm dabei zugesehen, wie er das Fleisch von den Knochen löste und mit einem besonders scharfen Messer noch den letzten Rest herunterschabte. Den schob er sich dann genüsslich in den Mund und zerkaute ihn schmatzend. Damals hatte sie in ihrer kindlichen Naivität den Eindruck gewonnen, dass ihr Vater sehr stark war. Und als einer der Starken hatte er das Recht, über Leben und Tod zu entscheiden.

Und heute, nun, heute war sie endlich selbst zu einer der Starken geworden und es war an der Zeit, ihr angestammtes Recht einzufordern. Ihre Mutter hatte es schon immer gewusst. Sie war eine Ausgeburt der Hölle, die selbst vor einem Mord nicht Halt machte, um an das ersehnte frische Fleisch zu gelangen.

<< *New York Citylife News Ticker* >>
Der Pentagrammkiller hat erneut zugeschlagen. Dieses Mal in einem Trailerpark in Newark. Wieder wurde ein junger Mann aus der sogenannten »Schwarzen Szene« Opfer eines bestialischen Mordes. Das NYPD tappt weiter im Dunkeln! Inzwischen geht man davon aus, dass eine junge Frau aus der Gothicszene den Lockvogel spielt und die Opfer einer unbekannten Anzahl von Tätern zuführt. Das NYPD hat mit dem NAPD eine Sonderkommission gebildet und ermittelt in verschiedene Richtungen. Treibt in NYC ein neuer Son of Sam *sein Unwesen? Was hat es mit dem ominösen Symbol auf sich, das dem der Band »Hell's Abyss« zum Verwechseln ähnlich sieht?*

NYCNT versorgt sie stets mit den aktuellen News!

EIN TOR ZUR HÖLLE?

»Die haben in den Nachrichten gesagt, dass der verdammte Regen langsam zum Problem wird. Die Feuerwehr kommt nicht mehr mit dem Auspumpen der Keller hinterher.«

»Ich hab es auch gehört«, bestätigt Andrew die Worte seines Kollegen Martinez. »Der Leutnant meinte, dass der Bürgermeister bereits die Schließung bestimmter U-Bahn-Strecken in Erwägung zieht.«

Martinez nickte und lenkte den Wagen an den Straßenrand. »Da wären wir!«

Sie befanden sich in *Hell's Kitchen* und waren im Begriff, der *Church of Satan* einen Besuch abzustatten. Eigentlich war es nur eine Privatwohnung, in der sie sich mit David und Tamara Madden treffen würden. Das Ehepaar war der Kopf dieser obskuren, aber dennoch anerkannten Kirche, der durchaus prominente Mitglieder wie Marilyn Manson und sogar Sammy Davis Junior angehörten. In erster Linie wollten sich die Ermittler über das Symbol unterhalten, das man an den Tatorten vorgefunden hatte. In gewisser Hinsicht boten sich voreilige Vergleiche zu dem Symbol dieser außergewöhnlichen Antikirche geradezu an.

»Nobles altes Haus. Da steckt viel Geld dahinter«, murmelte Martinez und sah an der Fassade des Altbaus aus dem neunzehnten Jahrhundert hinauf. In den letzten Jahren hatte sich das Gesicht von *Hell's Kitchen* extrem gewandelt. Aus dem von irischen Gangs kontrollierten Armenviertel zwischen dem Hudson River und der 8th Avenue war ein ziemlich teures Pflaster geworden. Wer Geld hatte, fand es heutzutage schick, in einem Apartment in *Hell's Kitchen* zu wohnen und sich mit dem Flair der harten Gangster zu schmücken, die es schon seit Jahrzehnten nicht mehr gab. *Hell's Kitchen* war nur noch ein Mythos aus längst vergangenen Tagen.

Das Apartment der Maddens befand sich im obersten Stockwerk. Man erwartete sie bereits, denn kaum hatte Martinez geläutet, schnarrte auch schon der Türöffner.

»Ich treffe mich hier mit den Leuten, die meine Kirche verunglimpfen. Das ist wirklich harter Stoff«, sagte Martinez und betrat das nach Bohnerwachs duftende Treppenhaus.

Eldritch hatte da wesentlich weniger Probleme. So wie alle anderen Kirchen wollte auch die *Church of Satan* seiner Meinung nach nichts anderes als das Geld ihrer Anhänger. Er legte seinem Partner die Hand auf die Schulter. »Wir stellen diesen Spinnern nur ein paar Fragen und verschwinden wieder. Du musst das als rein berufliche Sache sehen, verstehst du?«

Ein altertümlicher Fahrstuhl mit schmiedeeisernen Falttüren brachte sie ruckelnd bis nach oben, wo sie von einer Frau um die fünfzig an der Wohnungstür erwartet wurden. Andrew war ein bisschen enttäuscht. Er hatte eine düstere Erscheinung erwartet, die in eine dunkle Robe gehüllt leise vor sich hinmurmelte. Stattdessen lächelte ihn die dunkelhaarige und sehr attraktive Frau offen an. Sie trug ein teuer aussehendes schwarzes Kostüm, schwarze Nylons und hochhackige, schwarze Schuhe.

»Wir werden Ihre Zeit nicht lange in Anspruch nehmen, Mrs. Madden!« Eldritch reichte ihr die Hand. Der Händedruck der Frau war überraschend fest.

»Kommen Sie doch herein. Mein Mann erwartet Sie bereits.«

Das Innere des großzügigen Apartments sprach eine deutliche Sprache: Hier war eine Menge Geld im Spiel. In einer schlichten Mischung aus kühlem dunklen Metall und schweren Holzmöbeln, in denen sich alte und bestimmt sündhaft teure Bücher befanden, wirkte alles sehr aufgeräumt. Lediglich ein gerahmtes Gemälde mit dem Symbol der Kirche und ein Buchständer, auf dem ein großes in Leder gebundenes Buch lag, zeugte von dem außergewöhnlichen Glauben des Paares. In den Räumen hing ein schwerer, süßlicher Geruch nach Weihrauch.

Der Herr des Hauses kam ihnen bereits entgegen. Im dunklen Rollkragenpullover und schwarzer Anzughose ganz der smarte Geschäftsmann gesetzten Alters. »Ah, die Herren von der Polizei sind da, sehr schön. Setzen Sie sich doch. Darf ich ihnen etwas anbieten?«

Martinez schüttelte entschieden den Kopf. Eldritch lehnte ebenfalls ab. »Machen Sie sich keine Umstände. Danke, dass Sie Zeit für uns haben.«

Madden nickte. »Überhaupt kein Problem. Wir helfen, wo wir können«, und mit einem Seitenblick auf Martinez, »auch wenn man uns noch immer gerne mit dem Bösen in Verbindung bringt, sind wir ganz normale Bürger dieses Landes, die nach Ruhe und Ordnung streben.«

»Okay, ich komme gleich zur Sache«, beeilte sich Eldritch zu antworten, ehe Martinez etwas erwidern konnte. Er deutete auf das Gemälde. »Es geht um das Symbol, das Sie für Ihre … hm … Kirche verwenden.«

Madden zog interessiert eine Augenbraue nach oben. »Es geht um das Siegel des Baphomet? Vermutlich im Zusammenhang mit diesem ominösen Pentagrammkiller, nehme ich an … Ich bin gespannt!«

Die Frau setzte sich auf die Armlehne des Sessels, in dem sich Madden niedergelassen hatte, und reichte ihm ein Glas, in dem eine goldbraune Flüssigkeit schimmerte. Sie schlug ihre schlanken Beine übereinander. Eldritch konnte sehen, wo ihre Nylons in einem Band aus feiner Spitze endeten. Was dahinter im Verborgenen lag, hatte sicherlich seinen ganz besonderen Reiz. Gerne hätte er einen Whiskey angenommen und sich näher mit dem verbotenen Dreieck zwischen ihren Schenkeln befasst, doch er war im Dienst und außerdem nicht allein hier.

»Wir befassen uns in der Tat mit diesem Pentagrammkiller, in dem der oder die Täter ein ähnliches Symbol verwendet haben, das Sie auch für ihre Kirche benutzen. Das ist der Grund, weswegen wir auf Sie aufmerksam geworden sind … Wir hegen die Hoffnung, dass Sie uns mit der Deutung des Symbols weiterhelfen können.«

Eldritch legte eine Fotografie des Zeichens aus dem Hotel auf den Tisch.

Madden nahm sich das Bild und sah es sich ausgiebig an. Der Mann war ein anerkannter Experte in okkulten Dingen und hielt zahlreiche Vorträge an Hochschulen und

Universitäten. Seine Reisen führen ihn bis nach Europa und Asien. Er reichte das Bild seiner Frau. »Ah, ich verstehe. Das Zeichen ist in der Tat auf den ersten Blick dem unseren ähnlich und dennoch etwas vollkommen anderes!«

Madden stand auf und ging zu dem Gemälde an der Wand.

»Unser Symbol ziert ein Ziegenschädel, das klassische Symbol Baphomets. Auf Ihrem Foto ist hingegen ein Widderschädel abgebildet!«

Eldritch nickte knapp. »Okay, und weiter?«

»Nun, selbst die Zeichen, die um das Pentagramm herum angebracht sind, entsprechen nicht den unseren. Genauer gesagt, könnten sie in ihrer Bedeutung nicht unterschiedlicher sein.«

»Können Sie uns etwas über das Symbol als solches sagen, was es bedeutet?«, wollte Martinez wissen. Ihm war es unangenehm, mit Madden zu sprechen. Doch er war sich bewusst, dass er einen Job zu erledigen hatte.

Madden dachte nach, tauschte einen Blick mit seiner Frau und nickte schließlich. »Mir ist das Symbol durchaus bekannt. Es wird sehr gerne von einigen – wie soll ich es am besten ausdrücken – weniger seriösen Gruppierungen verwendet, die sich dem absolut Bösen zugetan fühlen.«

Eldritch wurde hellhörig. »Was meinen Sie mit *weniger* seriös?«

»Es gibt im Untergrund viele Zirkel, die den Teufel in einer Art und Weise anbeten, die wir aufs schärfste verurteilen. Das möchte ich gleich vorneweg ganz deutlich klarstellen. Diese Leute zelebrieren ihre Rituale in Gewalt und Schmerz. Kennen Sie sich mit der SM Szene New Yorks aus, Detective?«

Martinez schüttelte nur den Kopf und sah auf seine Hände. Eldritch nickte jedoch knapp. »Ein wenig. Uns sind die einschlägigen Clubs durchaus bekannt.«

»Vergessen Sie die einschlägigen Clubs. Wovon ich spreche, sind Undergroundclubs, in denen Blut fließt und Menschen gequält werden. Clubs, in die man nur über Empfehlungen eingelassen wird. Dort sind Leute am Werk, die das Böse in Form von Unterdrückung und Gewalt suchen. Aus dieser Szene ziehen diese besagten Zirkel ihre

Mitglieder«, erklärte Madden. Er ging zum Tisch und sah sich das Foto ein weiteres Mal an.

»Die Symbole sprechen eine eindeutige Sprache, Detective.«

Eldritch fuhr sich mit der Hand durch das Gesicht. Er wusste sehr wohl, dass es in New York ziemlich harte SM Clubs gab, die aufs Ganze gingen. Er hatte sich vor kurzem mit einem Kollegen von der Sitte unterhalten, die in einem Fall ermittelten, bei dem eine junge Frau um ihr Leben gekommen war, wobei das noch milde ausgedrückt war. Man hatte sie schwer gefoltert und misshandelt und anschließend wie eine schmutzige Unterhose in den Müll geworfen. Dem nicht genug, tauchte einige Tage später ein Video im Netz auf, das ihren Weg der Schmerzen bis hin zum Tod dokumentierte, haarklein im grobkörnigen Zoom auf Band festgehalten, damit sich alte, reiche Säcke an der Pein in den Augen des jungen Dings ergötzen konnten, bis feuchtklebrige Flecken auf ihren Hosen von dieser geradezu monströsen Perversität zeugten. Allein der Gedanken an dieses Snuff-Video trieb Eldritch die Zornesröte ins Gesicht.

»Ich hätte jetzt doch ganz gerne ein Glas Wasser, wenn das keine Umstände macht.«

Die Frau nickte, stand auf, strich sich ihren Rock glatt und kam seinem Wunsch nach.

»Alles klar, ihr denke, ich weiß, was Sie mir mitteilen möchten. Was können sie uns über das Zeug auf unserem Foto sonst noch sagen?«, wandte sich Eldritch an Madden.

Madden ging zu einem der mächtigen Bücherregale. Voller Stolz fuhr er mit den Fingerspitzen über die in Leder eingebundenen Bücher. »Hier finden Sie alles über Satan, angefangen mit Werken aus dem Mittelalter bis heute. Deutungen der Thematik aus aller Welt, Glaube, Irrglaube, Popart – es steht alles in diesen Büchern!«

Eldritch nippte an seinem Wasser und nickte. *Es ist toll, was für ne schöne Sammlung du hast, aber komm endlich zur Sache.*

Madden zog ein altes, dickes Buch aus dem Regal. »Dieses Buch stammt aus dem achtzehnten Jahrhundert und es behandelt ein ganz bestimmtes Thema. Es befasst sich unter anderem mit einem Teil des babylonischen Talmuds, das ›Traktat Schabbat‹. In einem anderen Kapitel des Buches bezieht man sich auf das Alphabet des Ben Sira aus dem zehnten Jahrhundert.«

Was auch immer das bedeuten mag, dachte Eldritch genervt.

Madden dozierte unterdessen weiter. »Und das hat seinen guten Grund. Die gesamte Symbolik auf Ihrem Bild befasst sich mit einer ganz bestimmten Wesenheit, die gläubigen Menschen nicht unbekannt sein dürfte, nämlich Lilith, der Urmutter der Dämonen!«

Martinez runzelte die Stirn. »Lilith? Sie wurde nur ein einziges Mal in der Bibel erwähnt. Das war in Jesaia 34.14. Sie ist ein Dämon wie viele andere auch, also nichts Besonderes!«

»Sie ist weit mehr als das. Sie war Adams erste Frau, obgleich sie weitaus älter ist als ihre gesamte Mythologie«, sagte Madden.

Martinez schnaubte wütend. »Das ist absoluter Blödsinn und beruht auf einem weit verbreiteten Irrglauben. An Eva als Erste Frau gibt es keinen Zweifel! Das sollten gerade Sie wissen!« Aufgebracht verschränkte er die Arme und schüttelte den Kopf. Er hatte von vorneherein gewusst, dass es ein Fehler war, hier herzukommen.

»Detective, ich möchte weder ihren Glauben anzweifeln, noch eine theologische Debatte mit Ihnen halten. Ich möchte Ihnen einfach nur helfen. Lassen Sie mich daher dieses Thema etwas ausführen, denn ich glaube, dass die Morde durchaus etwas mit Lilith zu tun haben könnten!«

Martinez grunzte nur etwas Unverständliches. Eldritch gab ihm durch einen Blick zu verstehen, ruhig zu bleiben.

»Sie denken, dass es eine rituelle Sache war?«

Madden nickte. Er legte das aufgeschlagene Buch auf den Tisch. Eine Buchseite zeigte eine Steinplatte, auf der eine aufrechtstehende Frauenfigur abgebildet war. Sie war nackt und hatte herabhängende, gefiederte Flügel. Ihre zu Klauen geformten Füße standen auf zwei liegenden Löwen und zu ihren Seiten saßen Eulen, seit jeher ein Zeichen allumfassender Weisheit.

»Das altbabylonische Burney Relief ist wohl die älteste Darstellung von Lilith. Ring, Stab und Hörnerkrone zeichnen sie als Göttin der Unterwelt aus!«

»Die Hure Babylons«, knurrte Martinez gereizt.

Madden ignorierte diesen Seitenhieb und erklärte weiter. »In der Tat sucht sie in vielen Mythologien als Sukkubus des Nachts junge Männer heim, verführt sie und nimmt ihnen ihre unsterbliche Seele. Sie ist die Vollstreckerin der Hölle. Wenn wir uns auf die Kabbala beziehen, regiert sie sogar an Satans Seite das Reich des Bösen!« Er nickte Martinez bestätigend zu. »Daher ist es nicht weiter verwunderlich, dass Lilith im christlichen Glauben als von Gott verflucht gilt, als personifizierte Sünde. Sie ist die Schlange, die Adam in grenzenloser Eifersucht den Apfel reichte!«

»Auf deinem Bauche sollst Du kriechen und Erde fressen, dein Leben lang. Und ich will Feindschaft setzen zwischen dir und dem Weibe und zwischen deinen Nachkommen und ihren Nachkommen. Der soll dir den Kopf zertreten und du wirst ihm in die Ferse stechen«, zitierte Martinez aus dem ersten Buch Mose, 3,14, den Sündenfall.

Madden nickte begeistert. »Und somit besteht zwischen Lilith und dem christlich geprägten Teil der Menschheit eine unauslöschliche Feindschaft. Ängstliche Mütter hängen ihren Namen auf Papier geschrieben über die Bettchen ihrer Kinder, damit sie nicht von Lilith geraubt werden. Männer tragen Amulette um den Hals, auf denen die Namen der drei Engel Senoi, Sansenoi und Samangelof geschrieben stehen, um sich vor ihren Verführungskünsten zu schützen. Die Angst vor der Königin der Hölle ist sogar so groß, das mancherorts streng gläubige Christen auf Schutzzauber zurückgreifen!«

Eldritch gingen die Ausführungen über Glaube und Aberglaube auf die Nerven. Er war ein pragmatisch denkender Mensch, der sich auf Fakten verließ und nicht auf Aberglauben.

»Das ist ja alles schön und gut, doch wie passt das zu unserem Fall?«, brachte er seine Gedanken auf den Punkt.

»Verzeihen Sie mir meinen Eifer, aber dieses Thema ist wirklich faszinierend«, sagte Madden. »Wie schon gesagt, regiert Lilith an der Seite Satans die Unterwelt. Genau wie Satan kann auch sie nicht ohne weiteres in unsere Welt spazieren. Sie muss dazu explizit beschworen werden, so wie alle anderen Dämonen auch. Eine solche Beschwörung ist ein recht langwieriger Prozess, der über viele Jahre von einem eingeschworenen Kreis vorbereitet werden muss. Da muss einfach alles stimmen! … Gestatten Sie mir eine Frage: Haben Sie das Zeichen in Verbindung mit einem Mord vorgefunden und wenn ja, in welchem Zustand befand sich das Opfer?« Madden sah Eldritch neugierig an.

»Ich kann Ihnen keine Details zu einer laufenden Ermittlung mitteilen«, stellte Eldritch trocken fest.

Madden konterte. »Wenn ich Ihnen helfen soll, brauche ich genau diese Details. Ich werden die Informationen vertraulich behandeln.«

Eldritch dachte nach. *Ich habe keine Ahnung, ob Madden nicht am Ende doch in der Sache mit drinsteckt. Andererseits brauche ich sein Wissen, um weiterzukommen. Ich werfe ihm ein paar Happen hin und sehe, wie er reagiert.*

»Gut, legen wir die Karten auf den Tisch. Bisher handelt es sich um zwei Mordfälle. Beides junge Männer. Dem einen wurde ein Arm abgetrennt, dem anderen das Herz entnommen. Als man sie vorfand, waren beide nackt. Die Tat erfolgte mit großer Wahrscheinlichkeit nach dem Geschlechtsakt. An beiden Tatorten haben wir dieses Zeichen vorgefunden, das Sie auf dem Foto gesehen haben«, beschrieb Eldritch in kurzen Worten die Fakten.

Madden wechselte mit seiner Frau einen beunruhigten Blick. »Lassen Sie mich raten: An beiden Fällen war eine Frau beteiligt!«, mutmaßte Madden.

Eldritch nickte. »Die Vermutung liegt nahe, ja.«

»Die Sache ist schlimmer, als Sie vermuten«, sagte Madden. »Natürlich fehlen mir viele Details, doch so, wie ich das sehe, befinden wir uns bereits in der Endphase der Vorbereitungen, die für das eigentliche Ritual zum Öffnen eines Tores notwendig sind. Ich gehe davon aus, dass es in den nächsten Tagen stattfinden wird!«

Martinez sah ihn etwas ungläubig an. »Dass *was* genau stattfinden wird?« Er wusste, dass Menschen von Dämonen heimgesucht werden konnten, wenn sie bestimmte Dinge taten, ob wissentlich oder nicht. Diese Dämonen wüteten jedoch nur im Körper des bemitleidenswerten Opfers, das meist nicht mehr zu retten war. Zahlreiche Selbstmorde waren diesem düsteren Hintergrund zuzuschreiben. Auch im Blick der Sängerin hatte er die Zeichen der Dämonen gesehen. Martinez behielt solche Sachen normalerweise für sich, denn Glaubensangelegenheiten hatten in seinem Job nichts verloren, nur knallharte Fakten zählten. Doch dieser Fall war anders. In diesem Fall hatten die Mächte des Bösen ihre Finger im Spiel, dessen war er sich sicher.

»Dass der Zirkel ein Tor öffnen wird, durch das Lilith unsere Welt betreten wird«, bestätigte Madden seine Vermutung.

Eldritch runzelte ungläubig die Stirn. »Ein Tor zur Hölle? So wie in einem schlechten Film, mit Feuer und Rauch und so? … Ein Tor, durch das diese Lilith kommen und *was* tun wird?«

»Nicht ganz so spektakulär, wie Sie sich das vielleicht vorstellen, aber ja«, sagte Madden mit dunkler Stimme.

Eldritch lachte auf. »Bei allem Respekt, allein der Gedanke ist schon lächerlich!«

»Denken Sie darüber, was sie wollen. Ich für meinen Teil halte das für absolut möglich«, beharrte Madden auf seiner Aussage. »Wenn das Ritual gelingt und Lilith kommt, wird sie für ihren Vater den Weg ebnen. Ist Ihnen die Bedeutung des Begriffs Armageddon geläufig?« Maddens Worte klangen beunruhigend, so viel Überzeugung lag in seiner Stimme.

Martinez sah den Mann eindringlich an. »Armageddon. Die Offenbarung des Johannes. Kapitel 16. Vers 16. Die Endschlacht zwischen Gut und Böse!«

»Ganz genau. Gelingt es Lilith, wird sie die Entscheidung wollen. Sie wird alles …«

Eldritch hob die Hand, um den religiösen Eiferern, von denen er sich umgeben sah, Einhalt zu gewähren. »Wow, wow, wow, meine Herren. Das geht mir alles ein bisschen zu weit. Wir entfernen uns von unserem eigentlichen Anliegen … Angenommen, es gibt diesen Zirkel tatsächlich«, *was natürlich vollkommener Blödsinn ist*, »wo können wir diese Leute finden und wie werden sie weiter vorgehen? Geben Sie uns irgendetwas, einen möglichen Ort oder einen Namen, mit dem wir etwas anfangen können … Geben Sie uns etwas Handfestes, Verwertbares!«

Madden dachte kurz über Eldritchs Worte nach.

»Dem eigentlichen Ritual geht ein Initiationsritus voraus. Bei diesem Ritus wird über Jahre hinweg, vermutlich sogar seit der Geburt, eine bestimmte Person auf den großen Moment vorbereitet. Es gibt Einschränkungen und strikte Regeln, an die sich der Zirkel halten muss. Diese Person muss ein Wechselbalg sein, zur einen Hälfte Mensch und zur anderen Hälfte Dämon. Nur so kann die notwendige Kraft aufgebracht werden, um ein Tor zu öffnen!«

Eldritch schüttelte den Kopf. Die Sache wurde immer bizarrer. Selbst Martinez hatte einen zweifelnden Gesichtsausdruck aufgesetzt.

Madden fuhr fort. »Mit den Morden nähren sie die dämonische Seite in dem Wechselbalg. Sie wird an Kraft gewinnen und schließlich den Menschen in sich verdrängen.«

»Ein Wechselbalg entsteht, wenn sich ein Inkubus mit einer Frau paart und diese danach ein Kind zur Welt bringt, nicht wahr?«, erinnerte sich Martinez.

Madden nickte. »So wird es jedenfalls in der Mythologie beschrieben, zumindest was diese dämonische Unterart der Wechselbälger betrifft. Ein Inkubus ist ein männlicher Sukkubus und beide sind ihrer Königin Lilith untertan. Ihre Aufgabe ist seit jeher, einen Weg für sie zu ebnen. In unserem Fall hat der Wechselbalg schon zweimal gemordet. Ich berufe mich auf althergebrachte Aufzeichnungen und gehe davon aus, dass noch weitere Menschen ihr Leben lassen müssen, bevor die dämonische Seite stark genug ist, um das Ritual zu vollziehen!«

»Also müssen wir mit weiteren Opfern rechnen. Wir haben es daher mit einem Serienkiller zu tun. Sie hatten vorhin erwähnt, dass es in New York einige Personen gibt, die an etwas Derartigem beteiligt sein könnten. Sie sprachen von einer Undergroundszene«, versuchte Eldritch, das Gespräch in sachliche Bahnen zu lenken.

»Es gibt zwei, drei Gruppierungen, bei denen ich es mir gut vorstellen könnte. Vor allem die *Order of Sam* wäre dafür prädestiniert.«

»Was in drei Teufels Namen ist denn die *Order of Sam*?«, hakte Eldritch nach.

»In erster Linie rekrutiert die *Order of Sam* ihre Mitglieder aus der schwarzen Szene, also grob gesagt Anhänger der Metal- und Gothic-Musik. Viele sind auch der SM-Szene zugetan. Sie behaupten, mit dieser extremen Form von Unterwerfung, Gewalt und Dominanz reinigen sie ihre Seele und schöpfen Kraft für höhere Aufgaben. Gewalt ist für diese Gruppierung ein probates Mittel, um ihre Ziele zu erreichen. Ich könnte mir gut vorstellen, dass diese Leute etwas mit Ihren Mordfällen zu tun haben.«

»Wo treffen sich diese Leute? Haben Sie einen Namen für uns? Irgendetwas, wo wir ansetzen können?«

Eldritch entging nicht der warnende Blick, den Maddens Frau ihrem Mann zuwarf.

Madden hob seine Schultern. »Tut mir leid, Namen kann ich Ihnen nicht bieten. Wir haben mit diesen Leuten nichts zu schaffen und wollen mit diesen Gruppierungen nicht in Verbindung gebracht werden. Gehen Sie in die einschlägigen Clubs und reden Sie mit den richtigen Leuten, mit etwas Glück wird man Ihnen dort weiterhelfen. Aber seien Sie gewarnt und unterschätzen sie die *Order of Sam* nicht. Mehr kann ich Ihnen dazu leider nicht sagen.«

Madden stand zur Unterstreichung seiner Worte auf und reichte Eldritch die Hand. »Und jetzt entschuldigen Sie mich bitte, ich habe heute noch einen wichtigen Termin, auf den ich mich vorbereiten muss.«

Als Eldritch kurz darauf aus dem Haus in den Regen trat, rauchte sein Kopf. Er hatte das Gefühl, dass sich hinter alldem etwas weitaus Größeres verbarg, als er bisher vermutet hatte.

EIN RECHT AUFGERÄUMTER TYP

Einer wahnwitzigen Idee folgend, hatte Andrew die U-Bahn bis zur *Greenpoint Avenue* genommen.

Wenn ein Fall ins Stocken geriet oder er ein bisschen Zeit für sich brauchte, ließ er den Wagen stehen und suchte sich einen Platz in der U-Bahn, fuhr dann von einer Haltestelle zur nächsten und beobachtete die Menschen, die ein- und ausstiegen, um ihren geheimen Zielen entgegenzueilen. Millionen Menschen, die keine Notiz voneinander nahmen und die es nicht kümmerte, wenn irgendwo in einer Seitenstraße das Opfer einer Straftat leblos im Dreck gefunden wurde.

Während er im strömenden Regen mit hochgeschlagenem Kragen das letzte Stück von der U-Bahnhaltestelle zum Saint Vitus rannte, zweifelte er an seinem Verstand. Er wollte nicht den Eindruck eines Cops erwecken, der sich nur mit der Sängerin von *Hell's Abyss* traf, um ihr Fragen zu seinem Fall zu stellen, immerhin war es schon lange nach Dienstschluss.

Aber da war noch etwas anders. Lucy war anders als alle Frauen, mit denen er im Laufe seines Lebens zu tun gehabt hatte. Auf den ersten Blick mochte sie wie eine dieser Gothicschlampen erscheinen, die billig zu haben waren und außer ihrem eigenen Ego nichts im Kopf hatten, doch bei Lucy trog dieser erste Eindruck. Sie war anders. Sie war umgeben von einer geheimnisvollen Aura, war zerbrechlich, mysteriös und auf eine ganz außergewöhnliche Weise auch gefährlich. Es war ihr Blick, die Art, wie sie sich bewegte. Lucy sah nicht nur aus wie eine Gothic, sie war Gothic. Andrew würde es niemals zugeben, doch sie hatte es auf Anhieb geschafft, sein Interesse zu wecken.

Während der Fahrt hatte er über Martinez' Worte nachgedacht. Er fand, dass sein Partner Lucys Verhalten falsch deutete. Martinez machte sich oft nicht die Mühe, hinter die Fassade zu schauen, für ihn gab es in der Hauptsache schwarz oder weiß. Für Martinez war sie eine verlorene Seele, eine, die mit dem Bösen paktierte. Andrew hatte nicht vor, sie voreilig abzustempeln. Sie hing in dem Mord im Hotel mit drin, womöglich sogar mit dem im Trailer, daran gab es keinen Zweifel. Wie genau, das galt es erst noch herauszufinden. Das Treffen heute Abend war also eine rein dienstliche Angelegenheit, redete sich Andrew ein und betrat den Club.

Im Saint Vitus schlug ihm drückend warme Luft entgegen. Es war zwar noch früh am Abend, aber der Laden war bereits brechend voll. Andrew strich sich seine nassen Haare nach hinten und sah sich nach Lucy um. Sie war eine atemberaubende Frau, die man mit Sicherheit nicht übersehen konnte, und dennoch schien sie in der Menge unterzugehen. Sie saß in der dunkelsten Ecke des Clubs allein in einer Nische und hielt ein Glas Whiskey in ihren schlanken Händen. Sie musste kurz vor ihm angekommen sein, denn auf ihrem Ledermantel glänzten noch feine Wassertropfen. Als er mit klopfendem Herzen an ihren Tisch trat, fühlte er sich für einen Moment wie ein Teenager, der sein erstes, verdammtes Date hatte.

Sie sah zu ihm auf und lächelte. »Hey, Detective. Ich wusste, dass Sie kommen! Selbst bei diesem verdammten Mistwetter.«

Andrew grinste breit. »So, wussten Sie das? Was ist, darf ich mich setzen?«

»Das ist ein freies Land … aber soll ich Ihnen mal was sagen? Ich könnte nen neuen Drink gebrauchen«, feixte Lucy und hob ihr leeres Glas.

Kurz darauf saßen sie sich mit frischen Drinks gegenüber. Lucy musterte den Detective ziemlich unverhohlen. Schlecht sah er ja nicht aus mit seinem markanten Gesicht und den zurückgekämmten, schwarzen Haaren. Vor allem seine hellblauen, aufmerksamen Augen gefielen ihr.

Andrew zog seine Stirn in Falten. »Na, habe ich die Prüfung bestanden?«

Lucy lachte leise. »Yeah … Für einen Cop nicht schlecht. Dennoch ich glaube nicht, dass Sie hier sind, um mit mir zu flirten … auch wenn mir das viel angenehmer wäre.« Sie zwinkerte ihm frech zu.

Andrew nippte an seinem Whiskey und nickte. »Sie haben mich erwischt und ich werde auch gleich zur Sache kommen. Fangen wir mit dem an, was Sie hier so offensichtlich zur Schau tragen!« Er deutete auf Lucy, die unter ihrem Mantel ein enges schwarzes Bandshirt trug. In grellem Rot war das Logo von *Hell's Abyss* darauf abgebildet.

Lucy sah an sich hinunter. »Sie kommen gerne gleich zur Sache, das gefällt mir«, feixte sie mit einem verführerischen Lächeln. »Ich nehme an, Sie meinen mein Shirt und nicht das, was sich darunter befindet.«

Andrew nickte. *Macht mich dieses Biest gerade an?*

»Ganz genau. Erzählen Sie mir etwas darüber … Haben Sie es selbst entworfen, war es Ihre eigene Idee oder hat die Band darüber entschieden?«

Er war sich sicher, dass der Schlüssel zu den Morden in diesem Zeichen zu finden war.

Lucys Blick verdunkelte sich. Sie lehnte sich zurück und ihr Gesicht verschwand in den Schatten, wurde undeutlich. Nur ihre Augen leuchteten in einem übernatürlichen Glanz.

»Ich rede nicht gerne über das Zeichen. Ich liebe es wirklich, all die Symbolik, die sich dahinter verbirgt … Es ist mit sehr persönlichen Erinnerungen verbunden. Erinnerungen, die mein Leben verändert haben«, antwortete sie leise.

»Das tut mir sehr leid, aber ich muss es wissen. Es würde mir wirklich weiterhelfen«, sagte Andrew.

Lucy zögerte und dachte darüber nach, wie sie ihre Antwort formulieren sollte. Schließlich streckte sie ihre Arme aus und legte ihre Hände auf den Tisch. Die langen, schwarz lackierten Fingernägel klackten auf das narbige Holz. »Das Zeichen symbolisiert das absolut Böse … Ja, ich denke das trifft es ziemlich genau … und ich habe meinen Grund, warum ich das sage.«

Andrew fielen schlagartig Martinez' Worte ein, der das Gleiche behauptet hatte. Und die Erklärungen von Madden gingen in dieselbe Richtung. Es war beklemmend, das jetzt auch noch von Lucy zu hören, auch wenn er nicht an diesen

Quatsch glaubte. »Das Böse? Sie wollen mich auf den Arm nehmen, nicht wahr?«

»Ich meine das vollkommen ernst. Das Zeichen entstand an dem Tag, als meine Familie zur Hölle fuhr!«

Andrew beugte sich nach vorne, damit er ihr ins Gesicht sehen konnte. Er legte seine Hände ebenfalls auf die Tischplatte. Nur mit Mühe widerstand er dem Drang, sie zu berühren. Ihre Finger bewegten sich kaum wahrnehmbar in seine Richtung und schrien förmlich danach, dass er es dennoch tat.

Lucy klang sehr verzweifelt. »Es war an meinem sechzehnten Geburtstag. Meine Mutter hat es gezeichnet ... Es war der Tag, an dem sie die Cops in die Anstalt steckten, weil sie einen Jungen aus der Nachbarschaft ermordet hatte.«

Lucy schluchzte und Andrew überwand die Grenze. Er musste sie einfach berühren. Es war ein Drang, dem er nicht widerstehen konnte. Vorsichtig ergriff er ihre Hände, die sich kühl, zerbrechlich und hilfesuchend in seine schmiegten, als hätte sie darauf gewartet, das er sie ergriff. Es lag etwas Anmutiges in dieser Berührung, die es ihm unmöglich machte, loszulassen.

»Keine Ahnung, warum es ausgerechnet dieses Zeichen war, das sie an diese verdammte Wand gemalt hat und es interessiert mich auch nicht ... Ich weiß nur eins: Seit jenem Tag verfolgt es mich Tag und Nacht. Oft wache ich in der Nacht schweißgebadet auf, weil ich schreckliche Dinge sehe. Schrecklicher, als Sie es sich vorstellen können. Und immer ist dieses Zeichen im Spiel! Immer!«

Lucy beugte sich nach vorne und kam Andrews Gesicht ziemlich nah. Ihre roten Lippen öffneten sich leicht, während sie sprach. Er konnte ihre Zungenspitze sehen, wie sie beim Reden über ihre Zähne strich.

Lucy zog spöttisch einen Mundwinkel nach oben. »Und deswegen sage ich: Dieses Symbol kommt direkt aus der Hölle und steht für das absolut Böse! ... Warum ich es als Logo für meine Band gewählt habe? ... Weil es für mein ganzes beschissenes Trauma steht, das sich Leben nennt.«

Andrew schreckte zurück und zog seine Hände weg. Plötzlich war sie ihm zu nah, zu gefährlich, zu lasziv, zu alles. Lucys Augen hatten einen dunklen Glanz angenommen und glichen Abgründen, die ihn zu verschlingen drohten. Hastig setzte er sich sein Glas an die Lippen und leerte es mit einem Zug.

»Sorry, ich wollte Sie nicht erschrecken«, sagte Lucy und schlug die Augen nieder.

Andrew schüttelte den Kopf und hob die Hand, damit ihm die Bedienung einen neuen Drink brachte. »Kein Problem. Es ist nur so, das ich mit diesem Gerede über das Böse überhaupt nichts anfangen kann. Wissen Sie, ich bin durch und durch Realist, da bleibt kein Platz für Himmel und Hölle«, drückte Andrew aus, was er dachte, auch wenn er ihr verschwieg, dass er sich in der Tat vor ihr erschrocken hatte.

Lucy lachte bitter. »Wenn Sie mein Leben kennen würden und wüssten, unter welchen Umständen ich aufgewachsen bin, würde Sie das Böse nicht anzweifeln.«

Sie klopfte ihr leeres Glas auf den Tisch. »Genug von diesem Deprikram. Jetzt möchte ich etwas von Ihnen wissen. Verraten sie mir Ihren Vornamen, hm?«

Er musste grinsen. »Warum auch nicht. Andrew, ich heiße Andrew.« Damit überschritt er eine weitere Grenze. Er vergaß, weswegen er hier war. Andererseits war er über zwanzig Stunden ununterbrochen im Dienst. Es war an der Zeit, sich ein wenig zu entspannen. Die Frau hatte sein Interesse geweckt, auch außerhalb seines Jobs. Andrew hatte noch nicht vor, zu gehen.

Lucy lachte ihn an. »Andrew? Echt jetzt? Oder lieber Andy, hm? … Hey, halt uns den Platz frei, Andy! Ich gehe tanzen, muss mich bewegen!«

Bevor Andrew etwas erwidern konnte, stand sie auch schon mit geschlossenen Augen auf der Tanzfläche und wiegte sich im Takt von Björks »Army of Me«. War sein Verhalten nicht bereits eine Bestätigung von Martinez Aussage, sie hätte ihn schon längst um den Finger gewickelt?

Andrew war es im Moment ehrlich gesagt ziemlich egal. Er hatte noch nie eine Frau gesehen, die sich in einer derart lasziven Anmut bewegte. Sie ging förmlich in der Musik auf. Ihre Haut schimmerte hell wie Elfenbein, ihr Haar dunkler als die finsterste Nacht. Andrew versuchte, etwas an ihr zu finden, das ihre überirdische Schönheit auf ein erträgliches

Maß reduzierte und ihm erlaubte, sich aus ihrem Bann zu befreien, doch er verlor sich nur in ihren leicht geöffneten roten Lippen.

Es duftete nach frischer Minze. Regen trommelte auf Glas. Lucy öffnete ihre Augen und blinzelte ob der unerwarteten Helligkeit. Sanft schmiegte sich schwarzer Satin um ihren nackten Körper, woraufhin sich als Reaktion die feinen Härchen ihrer Haut aufstellten. Der Raum, in dem sie sich befand, war ungewohnt sauber und mit Sicherheit kein Hotelzimmer.

Alles hatte seinen festen Platz. Dort drüben an der roten Backsteinwand stand ein großer Schrank aus dunklem Holz. Über dem Kopfende des Bettes hing ein riesiges Gemälde, das auf grauem Hintergrund ineinander verschlungene schwarze Linien zeigte. Die gegenüberliegende Wand dominierte ein großes Fenster, wie man sie von alten vormals industriell genutzten Häusern kannte. Durch die kleinen, metallgerahmten Fenster fiel das Licht eines grauen, verregneten Tages herein und auf einem mächtigen Ledersessel lagen ihre ordentlich zusammengelegten Sachen.

Lucy schlug die Decke zurück und setzte vorsichtig ihre Füße auf den kühlen Holzboden. Sie hatte nicht die geringste Ahnung, wo sie war und wie sie hierher gekommen war. Das Letzte, an das sie sich erinnern konnte, war, dass sie sich mit dem Detective im Saint Vitus unterhalten hatte. Sie hatten gelacht, getanzt und eine Menge Alkohol getrunken. *Und am Ende waren sie etwa ... nein, das war undenkbar*, sie verwarf den Gedanken sogleich wieder.

Lucy stand auf und machte ein paar unsichere Schritte zur Tür. Abgesehen vom stetigen Tropfen des Regens gab es keine anderen Geräusche und Lucy beschlich das Gefühl, sich in einem Grab zu befinden. Ein Gefühl, das ihr suggerierte, dass sie etwas Schlimmes getan hatte.

Vorsichtig betrat sie das Wohnzimmer, das bis auf schwarze Wildledermöbel, einem Hi-Fi-Regal und einem großen Flat-TV nicht viel zu bieten hatte. Rote Backsteinwände, ein großes Fenster, Holzboden, genau wie im Schlafzimmer. Ihr nackter Körper spiegelte sich hundertfach in den kleinen Fenstern. *Das ist kein gutes Zeichen*, dachte Lucy. Ihr Begleiter war nicht aufzufinden und sie war nackt, wie jedes Mal, wenn sie Scheiße gebaut hatte. Es gab noch zwei weitere Räume. Eine kleine Küche, ebenso spartanisch eingerichtet wie die anderen Zimmer, und – natürlich – das Bad, dessen Tür als einzige geschlossen war.

»Hallo?« Keine Antwort. Lucy leckte sich nervös über die Lippen. »Andrew, bist Du da?«

Sie ging automatisch davon aus, dass sie sich in der Wohnung des Detectives befand. Lucy fuhr mit der Hand über das dunkel gemaserte Holz. »Bitte, Andrew. Sag doch was. Ich … ich muss wissen, ob …«

Ein Kloß im Hals hinderte sie daran, weiterzusprechen. Was auch immer heute Nacht geschehen war, sie mochte den Ermittler. Sie mochte seine unkomplizierte Art und wie er unvoreingenommen auf sie zugegangen war. Sie verweigerte sich dem Gedanken, der sich ihr mehr und mehr aufdrängte.

Wenn ich ihm etwas angetan habe, bringe ich mich um!

Ihre Hand berührte das kühle Messing des Türknaufs, drehte daran, bis das Schloss mit einem deutlichen Klacken aufschnappte. *Verdammt, ich sollte mir erst etwas anziehen*, dachte Lucy, als ihr bewusst wurde, dass sie noch immer nackt war. *Scheiß drauf, ich muss es wissen*, beschloss sie und stieß kurzerhand die Tür auf. Im Badezimmer war es … überraschend weiß.

Das Badezimmer war leer, auch hier keine Spur von Andrew. Lucy atmete erleichtert aus und nickte sich selbst im Spiegel an.

»Du blöde Kuh, bekommst langsam Paranoia«, sagte sie zu ihrem Spiegelbild und fuhr sich mit der Hand über ihren flachen Bauch. Sie wollte gerade das Wasser aufdrehen, als sie die winzigen Spritzer sah, die sich leuchtend rot vom weiß der Keramik abhoben. Da war noch der undurchsichtige Duschvorhang, hinter dem sich die Badewanne verbarg. Gut möglich, dass dort eine böse Überraschung auf sie wartete.

Das Licht tat ihr in den Augen weh, der helle Raum fing an, sich vor ihren Augen zu drehen, und doch ging sie auf den Vorhang zu, umfasste das kalte Plastik. Sie musste einfach wissen, was sich dahinter befand. Nur blendendes Weiß oder ein erneutes Blutbad.

In ihrem Kopf explodierte ohne Vorwarnung ein greller Schmerz. Jeder Kraft beraubt brach sie zusammen. Ihre Schläfe machte schmerzhafte Bekanntschaft mit dem Badewannenrand. Der trockene Knall schickte sie auf die Bretter und schlagartig wurde es Nacht.

»Ich bin froh, dass *sie* es nicht getan hat.«

Die weißblonde Frau schloss den Vorhang und schenkte dem geknebelten Pärchen mittleren Alters, das gefesselt auf der Couch saß, ein flüchtiges Lächeln. Die beiden sahen sie mit großen, angsterfüllten Augen an, verfolgten jede ihrer Bewegungen.

Ihr Begleiter, gekleidet in einem teuren und gut sitzenden Anzug, nippte an dem Bourbon, den er in der Hausbar gefunden hatte. Seine zum Zopf geflochtenen Haare hingen ihm lang über den Rücken. »Andererseits hätte es das Unausweichliche sichtlich beschleunigt. So müssen wir eine oder zwei weitere Nächte warten. Ehrlich gesagt, geht mir das langsam auf die Nerven, das Kindermädchen für eine von denen zu mimen. Es muss nach all den Jahren endlich ein Ende haben.«

Er durchquerte den Raum und blieb vor den gefesselten Pärchen stehen, die er mit einem abfälligen Blick bedachte. »Sieh sie dir nur an. Leben ohne Legitimation im gleichen Haus und vögeln sich die Seele aus dem Leib, ohne darüber nachzudenken, in was für eine Gefahr sie sich dadurch begeben. So, wie es alle in dieser gefallenen Stadt machen.«

»Sei nicht so vulgär«, sagte die Frau und lächelte hintergründig.

»Du hast recht. Manchmal vergesse ich einfach, wer ich bin. Wir leben nun schon dreiundzwanzig Jahre unter den Menschen und ich verstehe sie immer noch nicht. Sie haben jede Ehrfurcht verloren. Meine Verachtung wandelt sich in Hass …« Die Stimme des Mannes klang mühsam beherrscht.

Die Frau schob die Gardine zur Seite und sah auf das gegenüberliegende Haus, dessen rote Backsteinwände nass glänzten. »Sie ist gestürzt, ich kann sie nicht mehr sehen!«

»Meinst du, wir sollten nach ihr sehen?«, sagte der Mann, ohne den Blick von dem schwitzenden Pärchen zu nehmen.

Die Frau schüttelte den Kopf. »Auf keinen Fall. Sie muss das allein durchleben. Jede einzelne Phase davon … So ist das nun mal.«

Der Mann hörte ihr nicht zu, denn ihn beschäftigten andere Gedanken. »Was wir hier tun, ist wider unsere Natur. Wir sollten nach drüben gehen und die Welt von ihr erlösen, bevor sie noch mehr Unheil anrichten kann. So, wie wir es mit ihresgleichen immer getan haben.«

Die weißblonde Frau drehte den Kopf und sah ihn eindringlich an. »Was hast du vor? Willst du etwa gegen ihn aufbegehren? Ist es das, was du zu tun anstrebst? Eine Revolution anzetteln und das Wesentliche aus den Augen verlieren? Du weißt, dass allein schon der Gedanke daran, dein Ende bedeuten könnte!« Ihre Stimme klang hart und ließ keinen Zweifel an ihrem Standpunkt aufkommen. Sie hatten einen Auftrag erhalten und den galt es auszuführen. Es war nicht ihre Aufgabe, sich darüber Gedanken zu machen oder ihren Auftrag gar anzuzweifeln.

»Nichts läge mir ferner, als eine Revolution anzuzetteln. Mir ist es nur zuwider, die andere Seite in ihrem Tun zu unterstützen, auch wenn es einem höheren Ziel dienen mag«, stellte er leise fest.

Sie lächelte. »Wir dürfen nicht zweifeln. Man wird uns prüfen und anhand unserer Taten beurteilen. Was sind schon zwei weitere Tage in den Äonen der Zeit?«

»Du hast wie immer recht«, sagte der Mann und ging vor dem Pärchen in die Hocke. Er konnte in den feuchten Augen der Frau sein eigenes Gesicht erkennen, das ihn anlächelte. »Schenken wir unseren Gastgebern die Beachtung, die ihnen gebührt!«

»Wie oft haben wir das nun schon gemacht?«, antwortete die Frau, während sie eine Werkzeugrolle aus weichem Leder auf das Sideboard legte und in andächtiger Langsamkeit die Schnallen öffnete. »Zwanzig Mal, oder waren es schon dreißig?«

»Achtundvierzig. Mit diesen werden es genau Achtundvierzig sein. Keiner mehr und keiner weniger«, stellte der Mann mit einem nachdenklichen Lächeln fest. Federnd stand er auf. »Heute bist du an der Reihe, mein Engel.«

Die Frau rollte das weiche, dunkle Leder auf und strich mit den Fingerspitzen behutsam über den Inhalt, der sich ihr offenbarte. In den abgenähten Fächern befanden sich Klingen verschiedenster Art. Es gab schmale, lange, dünne, gezackte – und gekrümmte gab es auch noch. Sie alle hatten feine Griffe aus poliertem Ebenholz. Sie wählte eine lange, extrem dünne Klinge, deren Schärfe sich durchaus mit der eines Rasiermessers messen konnte. »Es fällt mir wirklich sehr schwer, jedes Mal, aber uns bleibt keine Wahl.«

»Tu es einfach«, sagte der Mann leicht genervt und leere sein Glas. »Ich mag dieses Zeug, ich mag dieses Zeug wirklich.«

Die Frau sah den beiden vor Angst zitternden Menschen in die Gesichter, musterte den Blick ihrer weit aufgerissenen Augen. Das Klebeband vor ihren Mündern wölbte sich jedes mal hervor, wenn sie voller Panik nach Luft schnappten oder versuchten, um Gnade zu flehen, was allerdings in einem unverständlichen »hmmm … hmmmmm … hm!« endete. Sie war der Ansicht, dass die Schlechtigkeit von der Frau ausging. Es ging immer von den Frauen aus. Sie wusste das, seit sie von diesem Körper Besitz ergriffen hatte. Milde lächelnd packte sie die verschwitzte Frau an den Haaren und zerrte sie auf die Beine. »Wirst du schweigen, wenn ich dir das Klebeband vom Gesicht ziehe?«

Die Frau nickte eifrig.

»Gut, denn ich muss dir eine Frage stellen … eine Frage, deren Antwort für dich über Leben und Tod entscheiden wird. Hast du das verstanden?«

Die Frau nickte erneut. Ein Hoffnungsschimmer blitzte in ihren tränennassen Augen.

Mit einem Ruck riss die weißblonde Frau ihr das Klebeband aus dem Gesicht. Die Gefesselte schnappte pfeifend nach Luft.

»Glaubst du aufrichtig an Gott?«

Die Frau nickte. »Ich glaube an die heilige …«

Der Schnitt kam unglaublich schnell und durchtrennte ihren Hals mit einer Leichtigkeit, die an Zauberei grenzte. Die Frau sackte mit ungläubigem Gesichtsausdruck zusammen, fiel direkt vor die Füße des am Boden knienden Gefangen, der mit aufgerissenen Augen mit ansehen musste, wie seine Geliebte auf dem Teppich ausblutete.

Er hatte nicht lange Zeit, darüber nachzudenken. Mit hartem Griff wurde er auf die Beine gezogen und von dem Klebeband befreit.

»Glaubst du aufrichtig an Gott?«

»Fahr zur Hölle, du verdammte …«

Die feine Klinge zischte durch die Luft und Blut sprudelte aus seinem Hals, erstickte die Worte, die er ihr entgegenschleuderte. Die Frau nahm sich ein Tuch und reinigte akribisch die dünne Klinge.

»Zumindest waren seine letzten Worte ehrlich«, sagte sie mit leiser Stimme. Sie hasste diese Arbeit, aber wie schon gesagt, es gab keine andere Option.

Lucy stöhnte auf und griff sich an ihre schmerzende Stirn.

»Nicht! Du solltest besser ruhig liegen bliebn«, sagte eine tiefe Männerstimme.

Lucy blinzelte verwirrt. Ihr Geist war von einem dumpfen Schmerz gelähmt, jeder Gedanke tat ihr weh. Über ihr erkannte sie eine weißgestrichene Zimmerdecke und eine Lampe, deren Licht sie blendete. »Was … wo … verdammt, diese Kopfschmerzen!«, brachte sie nur mühsam hervor.

Lucy lag unter einer Wolldecke auf der Ledercouch, den Kopf auf ein weiches Kissen gebettet. Jemand beugte sich über sie. Es war Andrew, der sie mit besorgtem Gesicht musterte.

Vorsichtig legte er ihr ein kaltes Handtuch auf die Stirn und drückte ihre Hand. »Du hast nen ziemlichen Dickschädel, weißt du das? Ich war gerade mal ein paar Minuten weg, um uns was zum Frühstück zu besorgen und schon finde ich dich KO auf dem Badezimmerboden.«

Lucy dachte nach. Sie war aufgewacht, war im Badezimmer gewesen und gestürzt. »Ich bin auf die Wanne geknallt, nicht wahr?«

Andrew nickte. »Das kann man wohl sagen. Hast verdammtes Glück gehabt. Dir hätte sonst was passieren können«

Lucy setzte sich stöhnend auf und sah sich um. Die Decke rutschte nach unten und sie registrierte, dass sie ein viel zu großes NYPD-Shirt von ihm trug.

Andrew deutete ihren Blick. »Das ist von mir. Du hattest nichts an, als ich dich fand«, erklärte er leicht verlegen.

Sie erinnerte sich an die Blutspritzer im Waschbecken und fröstelte. Lucy musterte den Mann, der noch immer neben ihr auf dem Boden kniete. Sie sah einen kleinen Schnitt an seinem Hals, vermutlich vom Rasieren. Wind drückte gegen die großen Fenster. Die Rahmen knackten. Regen prasselte gegen die Scheiben. *Bin ich wirklich bei mir oder träume ich? Was ist real und was Einbildung?*, dachte sie verwirrt. »Wie bin ich hier hergekommen?«, wollte sie von ihm wissen.

Der grinste, stand auf und ging in die Küche. »Was hältst du von nem Kaffee, hm? … und na ja, so schwer bist du auch wieder nicht.«

»Ja klar, gerne. Aber nein, nicht aus dem Badezimmer … ich meine generell, also in diese Wohnung hier … zu dir.«

»Immer eins nach dem anderen«, sagte Andrew. »Weißt du, wir waren noch ne ganze Weile im Saint Vitus und haben eine Menge getrunken. Du hast getanzt, wolltest gar nicht mehr aufhören. Als das Vitus dann Feierabend machte, das war so kurz nach vier, wollte ich dich in dein Hotel bringen, aber du wolltest unbedingt wissen, wie so ein Cop eigentlich lebt.«

Lucy presste sich das kühlende Handtuch auf die Stirn und stöhnte auf. Kopf und Nacken waren ein einziger pulsierender Schmerz. Sie zog die Wolldecke um ihren Körper.

»Sorry, aber das hat mich wirklich interessiert … Haben wir …?«

Andrew kam mit zwei Bechern Kaffee zurück. »Hier hast du erst mal was Warmes. Keine Ahnung, wie du ihn trinkst. Zucker steht auf dem Tisch … Milch, Fehlanzeige … und … ja, wir haben! … und wie wir haben.«

»Und sonst ist nichts passiert?«, fragte sie zögerlich.

Andrew nippte an seinem Kaffee. »Du meinst, abgesehen von den Spuren deiner Fingernägel auf meinem Rücken?«

Lucy sah verlegen auf ihre Hände, in denen sie den Becher hielt. »Ja … ich dachte erst … aber anscheinend ist alles in Ordnung.« Sie sah sich um. »Das hätte ich nicht erwartet.«

»Was denn?«, wollte Andrew wissen.

»Na ja, diese Wohnung hier. Alles ist so … so aufgeräumt und sauber. Bist selbst ein recht *aufgeräumter* Typ, hm?«

Andrew spielte mit seiner Tasse. »Gut möglich. Manchmal vielleicht auch etwas zu *aufgeräumt*. Ich hoffe nicht, dass dich das erschreckt.«

Lucy lächelte ihn an. »Aber nein. Ich finde es sogar ziemlich gut … seit Jahren lebe ich in schäbigen Hotelzimmern und aus dem Koffer. Anfangs war das cool, aber mal ehrlich, ein richtiges Leben sieht anders aus.«

Andrew grinste. »Es macht das Leben einfacher, wenn du einen Platz hast, an den du gehörst … für dich und für alles, was dir wichtig ist.«

»Ich glaube, wie wir leben, spiegelt uns selbst wieder … Unsere Seele, weißt du? … Deine ist gesund und meine einfach nur kaputt. Wir könnten kaum gegensätzlicher sein«, stellte Lucy fest.

»Gegensätze ziehen sich an, hm? Sieh mal: In meinem Job, mit all den Morden und Gewaltverbrechen, bin ich vom Chaos umgeben. Da tun sich Abgründe auf, an denen sensible Menschen zerbrechen können … es ist wie ein Sog, der dich nach unten zieht. Ich versuche, mit mir selbst im Reinen zu sein, eben so, wie die Wohnung hier … Aber du irrst dich, was dich betrifft. Lucy, du bist nicht kaputt. Du sehnst dich nur nach einem besseren Leben, das ist alles …« Andrew lächelte.

»Scheiße Mann, ich wär gerne so wie du«, sagte Lucy und nahm seine Hand. Sein Blick, seine Gestik, einfach alles versprach ihr den Halt, nach dem sie sich sehnte. Gleichzeitig hatte sie Angst, dass sie ihn dadurch in Gefahr brachte. Sie wollte nicht neben seiner Leiche aufwachen.

»Ich sollte besser gehen.«

»Nicht, bevor du etwas Vernünftiges gefrühstückt hast«, antwortete Andrew und stand auf. »Komm, in der Küche gibt's was Leckeres für dich!«

Lucy hatte zwar Hunger, schüttelte aber den Kopf. »Sorry, ich kann nicht … Das mit letzter Nacht hätte nicht passieren dürfen, verstehst du«, stellte sie mit leiser Stimme fest.

Andrew blieb im Türrahmen stehen und sah sie nachdenklich an. »Das sollte eigentlich ich sagen.« Er schüttelte den Kopf. »Weißt du, ich nehme meinen Beruf sehr ernst. Ich habe da meine Prinzipien und feste Regeln, an die ich mich halte. Ich finde, das macht mich zu einem guten Cop …«, er sah sie nachdenklich an. »Das mit uns heute Nacht, das hätte nicht passieren dürfen. Ich hätte nicht in das verdammte Saint Vitus kommen dürfen, weil ich schon vorher wusste, was passiert!«

Lucy sah ihn schräg an. »Jetzt kommt bestimmt die Sache mit der Verdächtigen und so, hm?«

»Wenn man sich die Fakten vor Augen hält, ist es doch auch so, oder etwa nicht? Man muss nur eins und eins zusammenzählen, um zu wissen, dass du in meinen Fall bis über beide Ohren verwickelt bist!« Andrew setzte sich ihr gegenüber auf die Sessellehne.

Lucy schnaubte und verschränkte die Arme. »Es ist leicht, jemanden wie mich zu verurteilen …«

Andrew schüttelte den Kopf und ergriff ihre Hände. »Aber nein … wenn ich dich verurteilen würde, säßen wir jetzt nicht hier … Dennoch, was wir heute Nacht getan haben, kann mich nicht nur meinen Job kosten! Das macht mich als Cop unglaubwürdig, verstehst du? … Ich meine, du bist eine wunderbare Frau, aber …«

Lucy wich seinem Blick aus und nickte. »Andrew, glaubst du ernsthaft, ich hätte das beabsichtigt? Denkst du, dass ich derart berechnend handle?«

Andrew schüttelte den Kopf. »Nein, das habe ich auch nicht gesagt. Ich war es, der einen Fehler gemacht hat … es war eine verdammt heiße Nacht, ich denke sogar die Beste meines Lebens, aber solange ich an diesem Fall arbeite, sollte es auch unsere einzige bleiben!«

Er hasste solche Gespräche, doch was letzte Nacht betraf, hatte er nicht übertrieben. Er hatte nie zuvor mit einer Frau wie Lucy solch intime Stunden erlebt. Sie hatte sich ihm in absoluter Hingabe offenbart, hatte ihn in einem Sog aus Gefühlen mitgerissen, der in hemmungsloser Ekstase seinen Höhepunkt gefunden hatte, als würde sie genau wissen, was er wollte. Andrew musste sich auch jetzt noch beherrschen. Er sehnte sich nach ihrer weichen, hellen Haut, nach der Hitze zwischen ihren Beinen und den scharfen Fingernägeln in seiner Haut, nach ihrer Zunge an seinem Ohr, ihren

Lippen. Vielleicht gab es für sie beide eine Chance, wenn der Fall abgeschlossen war, aber im Moment war die Frau ein absolutes Tabu für ihn.

Lucy stand auf und schmiegte sich an ihn. »Sccccccchhhh … Es ist okay«, hauchte sie ihm ins Ohr. »Ich werde auf dich warten.« Ihre Lippen berührten zärtlich seinen Hals, dann löste sie sich von ihm, nahm ihre Sachen und ging.

Andrew ging zum Fenster und sah zur Straße hinunter. Er hoffte, Lucy noch einmal zu sehen, doch vergebens, es war zu spät. Sie hatte seine Gefühle vollkommen durcheinandergewirbelt. Es tat weh, sie gehen zu lassen, denn er wusste, dass es falsch war. Ihr Blick verhieß Offenbarung, ihr Duft versprach grenzenlose Erfüllung. Andrew sah den Regentropfen dabei zu, wie sie an den Scheiben nach unten rannen, und wusste: Sie war die Frau, auf die er sein ganzes Leben gewartet hatte.

Verdammt, du handelst nicht professionell, ging es ihm durch den Kopf. *Sie ist nur ein verstörtes Mädchen aus einer Szene, in der du immer ein Fremdkörper bleiben wirst, nichts weiter.*

Nachdem Lucy gegangen war, ging er ins Schlafzimmer und hob das NYPD-Shirt vom Boden auf. Es roch noch immer nach ihr, genau wie das Bett, die Kissen, einfach alles, er selbst eingeschlossen. Stoisch zog er das Bett ab und stopfte alles in die Waschmaschine. Einzig das Shirt legte er ordentlich gefaltet zurück in den Schrank, als wäre es etwas besonders Wertvolles.

DIE PFADE DER RUHELOSEN SEELEN

»Der Meister wird über unsere Verspätung nicht glücklich sein. Ich sollte ihm sagen, dass es deine Schuld ist!«

Carla duckte sich unter Rafaels Worten im Beifahrersitz des mattschwarzen 1968er-Dodge Charger. Besser sie antwortete erst gar nicht auf seinen Vorwurf, denn es war ihre Schuld, dass sie auf dem Weg nach *Rikers Island* auf der Francis Buono Bridge im Stau standen.

Dein Problem, wärst du eben ohne mich gefahren, begehrte sie gedanklich auf. *Ich mag diesen Mann nicht, zu dem wir fahren, denn er wird unser aller Untergang sein.* Sie erschrak, als die Scheibenwischer im Kampf gegen den prasselnden Regen über die Frontscheibe schrammten.

Gestern Abend hatte Rafael einen Anruf aus der Justiz-Vollzugsanstalt auf *Rikers Island* erhalten. Der *Son of Sam* verlangte nach seiner Anwesenheit. Und wenn der *Son of Sam* rief, war es ratsam, seinem Ruf auf der Stelle zu folgen. Das Problem war nur, dass der *Son of Sam* seit 1978 auf *Rikers Island* einsaß und das für insgesamt 365 Jahre. Der Mann war ein mehrfacher Mörder, der in den achtziger Jahren New York in Angst und Schrecken versetzt hatte. Insgesamt gingen sechs Morde auf sein Konto, sieben weitere Menschen verletzte er schwer. Wie ein tollwütiger Hund sei er durch die Straßen der Bronx gezogen und hatte sich seine Opfer, ausnahmslos junge Frauen, nach einem nicht erkennbaren Muster ausgewählt. Sein Markenzeichen waren satanistische Symbole, die er seinen Opfern in die Körper ritzte. Bei seiner Verhaftung behauptete er steif und fest, dass sein Nachbar, ein gewisser Sam Carr, der personifizierte Teufel sei und ihn angestiftet hatte. Carr hätte ihn wie einen leibhaftigen Sohn behandelt und ihn all die okkulten Praktiken gelehrt, die er für seine Opferungen in Satans Namen brauchte. Die Wahrheit sah jedoch anders aus. Sam Carr war ein durch und durch unbescholtener Bürger, der seine Steuern pünktlich zahlte und an Weihnachten und Ostern in die Kirche ging. Sam Carr konnte nie mit satanischen Praktiken in Verbindung gebracht werden, dennoch stilisierte ihn die dunkle Szene zu einer Leitfigur, einem Symbol der Abkehr vom Licht. Carr verstarb zwei Jahre nach David Berkowitz' Verhaftung – so lautete der echte Name des *Son of Sam* – durch einen häuslichen Unfall, dessen Umstände nie ganz geklärt werden konnten.

»Was ist nur los mit dir? Sitzt auf dem Beifahrersitz, starrst geradeaus und bist doch nicht hier.« Rafaels Stimme riss sie aus ihren Gedanken.

»Entschuldige, ich dachte nur darüber nach, wie ich es wieder gutmachen kann«, flüsterte Carla und sah auf ihre gefalteten Hände. Rafael konnte sehr jähzornig werden, wenn man sich gegen ihn stellte und nicht tat, was er wollte.

So wie damals, bevor er den *Son of Sam* kannte und er sich in diesen Underground Clubs herumtrieb, wo man für Geld Menschen quälen konnte. Wütend darüber, dass ihn die *Church of Satan* aufgrund seiner damaligen geistigen Unreife abgelehnt hatte, war er in die Painhall gestürmt, hatte einen Haufen Geld auf den Tisch gelegt und sich nach einem geeigneten Spielzeug umgesehen. An diesem Abend hatte er sie gefunden, ein verängstigtes, geducktes Reh allein in einer Höhle voller hungriger Löwen. Sie war genau das, was er in dieser Nacht gebraucht hatte. Erst hatte er sie an das Kreuz gebunden und geprügelt, mit der Peitsche, mit der Gerte und schließlich mit seinen bloßen Fäusten. Letztendlich war seine Wut verraucht, Carla zerschunden und blutig, doch sie war nicht daran zerbrochen. Das beeindruckte Rafael offensichtlich. Er nahm sie mit nach Hause, badete sie und pflegte sie wieder gesund. Anschließend hatten sie sich die Seele aus dem Leib gevögelt. So hatte er sie auf den Boden der Tatsachen zurückgeholt, hatte ihr den Platz gezeigt, an den sie gehörte.

Carla brauchte Führung, schon ihr ganzes Leben.Genau so war sie im konservativen Maine erzogen worden. Mit dem Ledergürtel hatte es ihr Vater nachdrücklich klarge-macht, dass das Weib dem Manne untertan war. Sie wäre vermutlich damit klargekommen, wenn es keine Zeiten gegeben hätte. Jeder geprügelte Hund wird irgendwann die Hand seines Peinigers beißen, wenn es nur Qual gab und nichts anderes.

Ihr Vater hatte sie an ihren sündigen roten Haaren hinter sich hergezerrt. Sein Ziel war die Kirche, die er mit seinen eigenen Händen erbaut hatte. Dort wollte er sie büßen lassen und ihr verderbtes Fleisch reinigen. Er zwang sie vor dem Altar in die Knie, riss ihr das Kleid vom Leib und zog seinen Gürtel aus der Hose. Sein Mund zitierte Bibelverse und das Leder klatschte ihr im Takt auf den Rücken, riss ihr die Haut in Streifen vom Leib. Warum hatte ihm Gott eine Tochter geschenkt, ein Sinnbild des Bösen, warum war es nicht der ersehnte Sohn gewesen, der in seine Fußstap-fen treten konnte? Noch heute trug Carla die Narben jener Nacht auf ihrem Rücken. Während er sie schlug, starrte sie mit gefalteten Händen auf das schwere Eisenkreuz auf dem Altar. Irgendwann ertrug sie den gütigen Blick der kleinen Figur nicht mehr, die sie vom Kreuz herab mit sanftem Blick anstarrte. Als ihr Vater mit ihr fertig war, schob er sich das feuchte Leder durch die Schlaufen seiner Hose und sie lag als wimmerndes Bündel am Boden. Sie konnte sich nicht mehr daran erinnern, wann sie das Kreuz vom Altar genom-men hatte – sie sah nur, wie es im Kopf ihres Vaters steckte, aus dem dunkelrotes Blut auf den polierten Stein des Kir-chenbodens quoll.

In dieser Nacht hatte sie ihre Fesseln abgeworfen und war geflohen. Das erste Mal in ihrem Leben war sie frei gewesen, gleichzeitig jedoch den Einflüssen einer Welt ausgesetzt, die ihr fremd war. Plötzlich war sie gezwungen, eigene Entscheidungen zu treffen. Welche Kleidung, welches Essen, welche Schuhe, welcher Weg – das war einfach zu viel. Es brach über sie herein, ver-schlang sie regelrecht. Nie war sie zuvor mit solchen Dingen konfrontiert gewesen und schnell wurde ihr klar, dass sie ohne Führung nicht überleben würde. Rafael gab ihr diese Führung. Ja, so war das gewesen mit ihrem Vater, mit Rafael und ihr.

Mit einem Schütteln erstarb das Motorengeräusch. »Carla, wir sind da. Beeilen wir uns, *Son of Sam* wartet nicht gerne!«

Carla senkte ihren Blick und lächelte unsicher.

»Er wird gnädig sein, mein Engel, weil ich gnädig bin. Dir wird nichts geschehen, das verspreche ich dir!« Rafael spürte, dass seine Begleiterin Angst vor dem *Son of Sam* hatte. Die hatte sie immer. Sie gestand ihm, dass es die Augen des *Son* waren, vor denen sie sich fürchtete, weil sie sie mit ihrem finsteren Blick durchdrangen, als könne er direkt in ihre Seele blicken.

Rafael schlug den Kragen seines dunklen Mantels nach oben und half ihr mit einem Lächeln aus dem Wagen und spannte einen Schirm auf, um sie vor dem sturmgepeitschten Regen zu schützen. Der Himmel würde heute seine bleigraue Farbe wohl nicht mehr verlieren. Die Wolken hingen tief, waren voller Regen und jagten vom Meer kommend gen Westen. Dicht aneinandergedrängt überquerten Carla und Rafael im schnellen Schritt den weitläufigen Parkplatz und verschwanden im Besuchergebäude der Korrekturanstalt von *Rikers Island*. Die Haftanstalt mit den Ausmaßen einer Kleinstadt nahm den größten Teil der Inselfläche ein, umgeben von Verwaltungsgebäuden und den Wohnhäusern der Angestellten. Auf der Straße wurde der größte Gefängniskomplex der Welt auch gerne *New Alcatraz* genannt, war rund fünfmal so groß wie das echte *Alcatraz* in San Francisco und mit seinen siebzehntausend Insassen ein wahres Monster.

Für Carla war ein Besuch im Gefängnis ein Spießrutenlauf. Rafael bestand grundsätzlich auf das kurze Kleid aus schwarzem Lack und die hochgeschnürten Stiefel mit den zwölf-Zentimeter-Absätzen. Kurz gesagt: Sie musste den langjährig einsitzenden Schwerverbrechern wie eine Luxusnutte aus dem Financial District vorkommen, eingeladen zu einem *intimen Besuch* eines besonders zahlungskräftigen *Kunden*. Wenn sie von den Beamten durch den Hochsicherheitstrakt eskortiert wurden, rüttelten die schweren Jungs an ihren Gittern und pfiffen ihr hinterher. Carla hielt sich grundsätzlich in der Mitte des Gangs, denn manchmal holten die Lebenslänglichen ihre Männlichkeit aus den orangefarbenen Hosen und verhielten sich wie Gorillamännchen im Zoo, wenn es um sie herum feucht auf den Boden klatschte.

Sie schloss ihre Augen und klammerte sich an Rafaels Arm. Die Zelle des *Son of Sam* lag am hinteren Ende des Traktes im alten Teil des Gebäudes. Hier bestanden die Mauern noch aus roten Steinen und die Zellentüren aus altem, pockennarbigem Stahl. Insgesamt mussten sie vier Schleusen passieren, um letztlich in einem fensterlosen Besucherzimmer an einem Stahltisch auf den *Son of Sam* zu treffen. Neonröhren erzeugten ein kaltes, unwirkliches Licht und Kameras beobachteten sie aus jeder Ecke des Raumes. Den *Son* hatte man bereits in den Raum gebracht. Er saß festgekettet am Tisch, trug einen orangefarbenen Overall und lächelte sein mildes, tiefgründiges Lächeln, das seine Augen niemals erreichte. Seine ehemals dunklen Haare waren von grauen Strähnen durchzogen, aber noch immer akkurat geschnitten. Sein frisch rasiertes Gesicht wirkte gepflegt und fremd in diesem kalten, unangenehmen Raum.

Drei durchsichtige Plastikbecher und eine Flasche stilles Wasser, ebenfalls aus Plastik, standen auf dem Tisch, der ansonsten leer war. Rafael und Carla nahmen auf der anderen Seite des Tisches auf den schlichten Metallstühlen Platz. Carla schlug ihre Beine übereinander und spürte die Kälte des Metalls an ihren Schenkeln. Als sie Berkowitz' Blick bemerkte, senkte sie devot ihr Haupt und faltete die Hände in ihrem Schoß. Carla wusste, dass sie zu schweigen hatte. Der *Son of Sam* war die Schlange auf dem ersten Baum des Gartens Eden. Seine Stimme war leise und fesselnd. In seiner Gegenwart schlüpften Rafael und Carla in die Rollen von Adam und Eva, hoffnungslos verloren im Spiel der Schlange und der Versuchung erlegen, bevor sie überhaupt ausgesprochen wurde.

Berkowitz lächelte sein geheimnisvolles Lächeln. »Carla ist heute wieder wunderschön. Ein Engel in einem Meer voller Lügen. Du musst ein glücklicher Mann sein, mit einer solchen Frau an deiner Seite. Hättest du die Güte, uns etwas Wasser einzugießen?«

Ein kurzer Blick Rafaels genügte und Carla füllte mit gesenktem Blick die Becher.

Der *Son of Sam* schenkte ihr ein kühles Lächeln. »Danke meine Liebe. Das hast du gut gemacht.«

»Danke, Herr«, antwortete sie und nahm ihre ergebene Haltung ein.

Berkowitz trank. Danach sah er Rafael an. »Und jetzt sage ich dir, weswegen ich dich gerufen habe.«

Rafael nickte.

Der *Son* wusste, dass die Besuchszeit begrenzt war. »Ich muss unbedingt wissen, wie weit unser gemeinsames Vorhaben gediehen ist!«

Rafael leckte sich über die Lippen. »Alles läuft nach Plan. Wenn man es mit einer Schwangerschaft vergleichen würde, stünden wir kurz vor der Geburt, in Erwartung der ersten Wehen.«

Berkowitz wirkte zufrieden. Genau das hatte er erwartet. »Erzähl mir mehr. Wie entwickelt sich unser Kind, hat sie sich auf den Pfad begeben, und vor allem, sind *sie* noch in ihrer Nähe?«

Rafael benetzte seine Lippen mit dem eiskalten Wasser aus dem Becher. Er spürte, dass der *Son* ungeduldig war. »Sie entwickelt sich prächtig. Die ersten Lektionen des Werdens hat sie schon absolviert. Natürlich ist sie im Moment sehr verwirrt. Sie zweifelt an sich selbst, doch das wird sich schon geben.« Rafael trank einen kleinen Schluck. »Und ja, *sie* sind noch da, aber ich denke auch, das wird sich bald erledigt haben. Ich möchte behaupten, dass alles läuft, wie du es geplant hast.«

Der *Son* leckte sich über die Lippen, blinzelte. Die Ketten an seinen Füßen rasselten. »Hervorragend. Rafael, ich bin sehr angetan von deiner Arbeit, was aber nicht bedeutet, dass wir nachlassen dürfen!«

»Wir werden keinesfalls nachlassen, so kurz vor dem größten aller Ziele. Ich kann es, ganz offen gesagt, kaum noch erwarten!«, beeilte sich Rafael zu antworten.

»Du weißt, dass sich danach die Welt verändern wird?«

»Das ist unsere Absicht. Danach wird alles so sein, wie es sein muss. Die Starken regieren und die Schwachen gehen unter!« Rafaels Stimme klang euphorisch.

Der *Son* lächelte selbstgefällig und musterte Carla, die nach wie vor mit gesenktem Haupt dasaß und schwieg. Er war fasziniert von der Frau, die Sünde und Reinheit wie kaum eine andere in sich vereinte. Früher hätte er ihr aufgelauert und ihr eine Kugel zwischen die Augen gejagt, um ihre Seele dem großen Finsteren zu opfern. All die anderen, die ihm nacheiferten, und dazu zählte er auch Rafael, waren der Ansicht, dass man die Opfer quälen musste, an ein Kreuz schlagen und all dieses Zeug. Sie waren der Ansicht, man musste den Opfern Schmerzen zufügen. Darauf kam es nicht an. Es reichte vollkommen aus, sie zu töten. Nicht mehr, aber auch nicht weniger. Schmerz und Pein würden die Seelen noch genug in der Hölle erfahren, da musste man sie nicht auch noch auf Erden quälen.

Bei seiner Festnahme hatte der *Son* zugegeben, im Namen Satans zu handeln, denn er sah nichts Verwerfliches darin, Menschen zu töten. Er war schließlich der Erlöser der Seelen. Daraufhin hatte ihn der Richter zu 365 Jahren Gefängnis verurteilt, Begnadigung aussichtslos. Der große Finstere hatte ihn nicht vergessen und ihm aufgetragen, die Welt zu verändern. Schon bald hatte er in Rafael einen ergebenen Jünger gefunden, sein Arm in der freien Welt. Und, vorausgesetzt, alles würde so laufen wie geplant, würde er *Rikers Island* den Rücken kehren.

»Die Pfade der ruhelosen Seelen, der Mörder, Verbrecher, Vergewaltiger kreuzen sich an besonderen Stellen, auch hier in New York. An diesen Stellen ist es sogar möglich, Tore zu öffnen. An einen solchen Platz musst Du gehen!«

»Ich kenne keinen solchen Platz«, sagte Rafael.

»Deswegen habe ich dich heute hier herbestellt. Das ist der eigentliche Grund. Ich werde dir sagen, was du tun sollst. Du musst nach Long Island gehen. In die Ocean Avenue 112. Dort findest du ein altes leerstehendes Haus, in dem sich nicht nur zwei, sondern alle Pfade kreuzen. Dort wird es geschehen, das ist der Platz, von dem ich gesprochen habe!«

Rafael stutzte. Er kannte diese Adresse. »Das ist doch in Amityville. Sag nicht, dass …«

Berkowitz hob seine Hand und Rafael verstummte auf der Stelle. »Hör mir gut zu. Die Geschichte, die ich dir jetzt erzähle, hat nichts mit diesen verdammten Filmen zu tun. Rafael, es ist die reine, ungeschönte Wahrheit. 1974, drei

Jahre bevor ich selbst erhört wurde, zog das Böse in das Haus mit der Nummer 112 ein. Es geschah in einer stürmischen Novembernacht, als alle schliefen. Der dreiundzwanzigjährige Ronnie DeFeo erhob sich aus seinem Bett und nahm sich das Gewehr seines Vaters. Er ging damit ins Schlafzimmer seiner Eltern und erschoss die beiden, ohne mit der Wimper zu zucken.«

Der *Son* lächelte zufrieden. »Anschließend ging er ins Kinderzimmer und erschoss nacheinander seine vier Geschwister. Eines nach dem anderen. Danach setzte er sich ins Wohnzimmer, schaltete den Fernsehapparat ein, trank eine kalte Coke und wartete auf die Cops. Später konnte man in den Zeitungen lesen, dass er behauptet hat, der Leibhaftige sei in ihn gefahren und hätte ihn zu dieser Bluttat gezwungen.« Berkowitz befeuchtete mit der Zunge seine Lippen. Die Vorstellung der Vorkommnisse in Haus 112 schien ihn zu erregen. »Ronnie lieferte damit nicht nur die Steilvorlage für den berühmten Horrorfilm, er sprach die absolute Wahrheit. Das Haus war auf unheiligem Grund errichtet, direkt auf einem Kreuzweg des Bösen. DeFeo war schon vorher ein labiler Geist gewesen, der dem Wispern der Geister nicht standhalten konnte. Die unsichtbare Grenze wurde dünner und dünner, bis sie am Ende riss und entfesselte, was bisher im Verborgenen geblieben war. Was danach geschah, weißt du ja schon.«

Der *Son* leckte sich in seiner züngelnden Art über die Lippen und sah Rafael voller Begeisterung an. »Und das, mein Freund, ist der Platz, an dem wir das Böse gebären werden!«

Carla lief beim Klang von Berkowitz Stimme ein kalter Schauer über den Rücken. Sie hatte Angst, denn sie wusste, dass in dieser Nacht Menschen sterben würden. Eine ganze Menge Menschen sogar. Und das war erst der Anfang.

AUSGEBURT DER HÖLLE

Carla schlug die Kapuze ihres durchsichtigen Plastikregenmantels nach hinten, öffnete den Mantel und schüttelte die Wassertropfen ab. Der Regen hatte in den letzten Stunden weiter zugenommen. Sie betrat die Lobby des Hotels und musste lächeln, als sie den Blick des Portiers hinter dem Schalter bemerkte. In ihrer Aufmachung – schwarzes, knapp geschnittenes Lackleder und Stiefel, die in der Mitte ihrer bloßen Oberschenkel endeten – musste sie dem Mann wie eine Luxusnutte vorkommen, die sich ein triebgesteuerter Banker herbestellt hatte.

Carla war hier, um einen Hotelgast zu besuchen. Heute war ihr Geburtstag und da wollte sie es so richtig krachen lassen. Jemand fehlte allerdings noch. Sie trat an den Schalter und schenkte dem Portier ihr bezauberndes Lächeln.

Der junge Hispano legte seine Zeitschrift zur Seite und grinste schräg. »Holla Señorita, was verschlägt eine solche Schönheit in einen miesen Schuppen wie diesen?«

Carla stützte sich auf dem Schalter auf und machte ein nachdenkliches Gesicht. »Lucy!«

Der Junge runzelte die Stirn. »Hä?«

»Lucy! Ich möchte zu Lucy von *Hell's Abyss*! Die haben doch hier eingecheckt, oder nicht?«, erklärte Carla mit einem Lächeln im Gesicht.

»Ah, warum hast du das nicht gleich gesagt. Zimmer 1142. Soll ich sie anrufen?«

»Ich bitte darum, ich warte hier in der Lobby auf sie«, sagte Carla. »Ach ja, und sie soll sich was *Nettes* anziehen!«

Zwanzig Minuten später standen Lucy und Carla in der *Montrose Avenue* am Bahnsteig der U-Bahn Station und warteten auf den Zug, der sie nach Upper Manhattan zur 145ten bringen würde.

»Verdammt Carla, ich hab echt deinen Geburtstag vergessen.« Lucy kratzte sich verlegen am Kopf. »Hab im Augenblick einfach viel um die Ohren und es ist ne Menge Scheiß passiert, verstehst du? … Ist ganz gut, wenn ich mal rauskomme und auf ne Party gehe, was meinst du«, stellte Lucy mit betroffener Miene fest.

Carla lächelte sie an. »Ich nehm dich beim Wort, Lucy! Die anderen warten bestimmt schon im *Sodom* auf uns.«

Vielleicht bringt mich das auf andere Gedanken, dachte Lucy.

Hier unten war die Luft feucht und stickig. Ein scharfer Geruch von Urin zog durch die Gänge. Lucy fröstelte. Sie hatte in den letzten Tagen kaum geschlafen. Aus den düsteren Tunneln wummerten dumpf die großen Pumpen, die versuchten, dem Regenwasser Herr zu werden. Außer ihnen hingen hier unten noch ein paar emigrierte Provinzkids herum, die mit ihren dunklen Augen ständig auf der Suche nach einem Kontrahenten waren. Sie hatten Seidenstrümpfe über die gegelten Haare gespannt und trugen protzigen Schmuck um ihre Hälse.

Typische Gangleute, dachte Lucy, *besser, sie nicht direkt anzusehen*. Etwas abseits hockte ein Obdachloser, gehüllt in einen nach altem Hund stinkenden Mantel, der sie mit seinen geschwollenen Augen unverhohlen anstarrte. Ein leichter Luftzug strich durch die Gänge und trug den Gestank aus den Gedärmen der Stadt mit sich.

Lucy musste an die vielen Legenden denken, die man sich über die U-Bahn erzählte. Man stieg über schmierige, hell gefliese Treppen hinab und betrat eine andere Welt. Die New Yorker mochten ihr altes, marodes Biest, das grundsätzlich Verspätung hatte. Sie nannten die U-Bahn liebevoll das Herz der Stadt. Es schlug tief verborgen, monoton und immerwährend, zwischen Gehweg und Grundgestein und beförderte täglich abertausende Menschen zu ihren Zielen. Die Tunnel durchzogen Manhattan wie dunkle Adern, in denen ein unwirkliches Leben pulsierte. Gekreuzt von Kellern, Versorgungs- und Abwasserschächten, Leitungen und stillgelegten Streckenabschnitten und Bahnhöfen, um die man besser einen großen Bogen machte.

Ein nobles Pärchen in teuren dunklen Mänteln, auf denen Regentropfen schimmerten, kam die Treppe hinab und hatte auf der Stelle die Aufmerksamkeit der Gang, die sich vielsagende Blicke zuwarf. Auffällig zufällig schlenderten die Kids, es waren vier, dem Pärchen entgegen, das mit hochgeschlagenen Krägen am Bahnsteig stand.

Ein stetig anwachsendes Fauchen kündigte die Ankunft der nächsten Sub an. Der Luftzug nahm zu.

»Hoffentlich kommt der verfluchte Zug, bevor es hier unten Ärger gibt«, merkte Carla an. Lucy nickte nur.

Ratternd schob sich der Zug aus dem Schacht, Bremsen kreischten, Türen öffneten sich zischend. Unter dem Dröhnen des Triebwagens stiegen Lucy und Carla in die leere U-Bahn und suchten sich halbwegs saubere Sitzplätze. Lucy konnte durch die spiegelnden Scheiben beobachten, wie sich der Mann anscheinend mit den vier Kids unterhielt. Er drehte sich um und folgte seiner Begleiterin, die bereits in den nächsten Wagen eingestiegen war. Ein greller, pulsierender Pfeifton leitete das Schließen der Türen ein. Die Bahn ruckte hart und beschleunigte.

»Das gibt's doch nicht! Das musst du dir ansehen, Carla«, entfuhr es Lucy. Als sich die Türen geschlossen hatten, wandten sich drei der Kids gegen den, der sich mit dem Mann unterhalten hatte. Einer schlug ihm die Faust ins Gesicht, ein anderer trat ihm hart in den Unterleib. Lucy sah ihn noch fallen, dann verschwand der Zug in der ewigen Nacht des Tunnels.

Carla sah Lucy fragend an. »Was denn? Hab ich was nicht mitgekriegt?«

»Ich … ich weiß nicht genau, aber … na ja, der Anzugtyp hat mit dem einen doch gesprochen, hm?« Lucy Stimme klang aufgeregt.

»Ja, und?«, sagte Carla.

»Weil die anderen Kids eben …«, wollte Lucy Carla erklären, was sie gesehen hatte. Sie stockte, weil das Pärchen ihren Wagen betrat.

Das Licht flackerte, als der Zug scheppernd über eine Weiche fuhr. Hell, Dunkel, Hell, Dunkel, im schnellen Wechsel. Die Frau setzte sich ihnen gegenüber auf eine Bank und spielte mit einer Strähne ihrer weißblonden Haare, während der Mann neben ihr stehen blieb. *Sie ist wunderschön*, dachte Lucy. Die Frau lächelte sie offen an. Ihre Augen waren tief und blau, wie klare Brunnen, in denen man versinken konnte, ohne je den Boden zu erreichen.

»Du bist bald soweit, Lucy«, sagte die Frau mit sanfter Stimme. Die Schienen kreischten unter den eisernen Rädern. Der Zug raste durch eine Wand undurchdringlicher Dunkelheit, direkt hinab in die Hölle. Durch die schmutzige Scheibe loderte ein wahres Flammenmeer.

Lucy stöhnte auf, griff nach Carlas Hand, die sich kalt und schlaff anfühlte. Carla saß bewegungslos da, die Augen weit geöffnet. Speichel rann ihr am Mundwinkel herab. Im Wagen wurde es unterdessen unerträglich heiß. Es roch nach Asche und erhitztes Metall tickte. Lucy schluckte und sah die Frau an, die ihr noch immer gegenübersaß.

»Wer … Wer sind Sie? Und was … was geht zur Hölle nochmal hier vor?«, stammelte Lucy mit rauer Stimme.

Die Frau beugte sich etwas nach vorne. Ihre Augen strahlten in einem überirdischen Glanz. »Du solltest dich schon mal daran gewöhnen. An das Feuer, die Hitze, den Gestank, Schwefel womöglich. So stellst du dir die Hölle doch vor, oder etwa nicht?«

Lucy verstand überhaupt nichts mehr. »Was?« Sie trug nur das kurze Lederkleid, dennoch wurde ihr unerträglich heiß. Schweiß bildete sich zwischen ihren Brüsten und rann ihr über den Bauch.

Die fremde Frau schüttelte den Kopf. »Lucy, Lucy, Lucy … du hast wirklich keine Ahnung, was mit dir vorgeht, nicht wahr? Sitzt hier in deinem billigen Nuttenfummel, preist dich an wie die Huren Gomorras und weißt überhaupt nichts. Ich muss sagen, das ist fast schon enttäuschend.«

Lucy versuchte aufzustehen, doch sie wurde von der Geschwindigkeit des Zuges förmlich auf die Bank gepresst. Das Kreischen der Räder wurde immer lauter, trotz des Feuers konnte sie sehen, dass Funken aufstoben. Die Luft brannte in ihren Lungen. »Ich habe keine Ahnung von der … von der Hölle! Das ist wieder … so ein beschissener Traum, nicht wahr? Das kann nur ein … ein Traum sein!«

Die Frau lachte schallend und sah ihren schweigenden Begleiter mit einem vielsagenden Blick an. »All die Jahre haben wir dich begleitet, Lucy. Haben dich erzogen, beschützt, befreit«, sagte sie mit ekstatischer Stimme.

»Und vermutlich unsere Zeit verschwendet!«, stellte ihr Begleiter trocken fest.

»Bitte … was geht hier vor? Was stimmt nicht mit mir?«, wollte Lucy wissen. Sie glühte und klammerte sich an Carlas kühle Hand.

»Du bist anders, Lucy! Anders als die Frau neben dir! Sie ist schwach, ein Mittel zum Zweck, nichts weiter. Etwas, das man wegwirft, wenn man es nicht mehr braucht«, sagte die Frau und zeigte mit dem ausgestreckten Finger auf Carla. Lucy folgte dem Fingerzeig und schrie vor Entsetzen auf. Das Kreischen der Räder wurde zu einem Orkan, der sich mit dem Brausen der Flammen vor den Fenstern vereinte. Die Luft flimmerte vor Hitze.

Carlas Kleidung floss wie geschmolzenes Plastik an ihr herab und bildete auf dem Boden des Wagens eine dampfende Lache. Ihre Haare kräuselten sich, schmorten, rollten sich auf und dampften, doch Carla reagierte nicht. Sie starrte nur mit aufgerissenen Augen ins Nichts.

Lucy bekam keine Luft mehr, ihr Herz raste. Sie wollte ihrer Freundin beistehen, konnte sich aber nicht rühren. Sie konnte nur zusehen, wie sie starb.

Carlas Augäpfel schwollen an, dehnten sich aus, als wären sie kleine Ballons, und zerplatzten wie überreife Litschis. Die Flüssigkeit spritzte auf den Boden und verdampfte zischend auf dem heißen Metall. Dunkelrotes Blut lief Carla aus den Augenlöchern, bildete Rinnsale, die ihr über die Wangen liefen und auf ihre entblößten Brüste tropfte. Carlas Mund öffnete sich, ihr Kopf klappte nach hinten und schlug gegen die Scheibe des ratternden Wagens. Das heiße Glas verschmolz zischend mit ihrer Kopfhaut und Carla stöhnte. Aus den Poren ihrer Haut tropfte Wasser, erst langsam, dann immer stärker. Und Carla stöhnte erneut.

»Deine Mutter hatte recht, die ganze Zeit hatte sie recht. Sie hat immer die Wahrheit gesagt, aber niemand hat ihr Glauben geschenkt. Du bist eine Ausgeburt der Hölle, Lucy!«, schrie die Frau Lucy ins Gesicht. Ihr Gesicht verwandelte sich in eine Fratze.

Blasen bildeten sich auf Carlas Haut. Das Wasser in ihrem Körper kochte, doch Carla saß da und stöhnte voller Wonne. Lucy wollte sich die Hände vors Gesicht schlagen, doch sie konnte sich nicht rühren.

»Du musst zu deiner Mutter. Rede mit ihr. Hör, was sie dir zu sagen hat, und bitte sie danach um Vergebung!«

Die Frau sprach sehr laut, in mehreren Zungen, und ihre Worte klangen aggressiv.

Lucy wimmerte vor Angst. Carlas Körper kochte. Es roch nach gebrühtem Fleisch. Es roch wie die Blutsuppe, die ihr Vater immer während des Schlachtfestes zubereitet hatte. Er hatte das Blut der Schweine in dem großen, verklebten Bottich aufgefangen, warf die Knochen hinein, um das Mark auszukochen, gab Gewürze, Fett und Fleischbrocken dazu, die sich sonst nicht verarbeiten ließen. Eine Suppe, dunkel wie Teer, auf deren Oberfläche dicke Fettaugen schillerten.

Lucys Kopf dröhnte, sie bekam keine Luft mehr. Vor ihren Augen grelles Licht. Endlich konnte sie schreien!

»Mein Gott, Lucy! Du siehst aus, als hättest du den Teufel persönlich gesehen!«, sagte Carla mit besorgter Stimme und hielt Lucy an den Schultern fest.

Lucy blinzelte, verschluckte sich und musste husten. Sie versuchte, zu verstehen, was um sie herum vorging. Die Luft war nicht mehr kochend heiß, nur noch lau und verbraucht. Das Feuer wich dem flackernden Licht der Wagenbeleuchtung.

Carla, du bist eben gestorben. Bist in der Hitze des Fegefeuers geschmolzen, durchzuckte Lucy ein verwirrter Gedanke. Carla war allerdings ganz und gar nicht tot, sondern saß quietschfidel neben ihr auf der Bank des ratternden U-Bahn-Wagens. Die Bremsen des Zuges kreischten, das Neonlicht einer Station tauchte das Innere des Wagens in grelles Licht.

»Wo … wo sind wir? Und wo ist dieses unheimliche Pärchen?«, stammelte Lucy verwirrt.

Carla sah sie besorgt an. »Du hast geschlafen. Fast die ganze Fahrt über, ne volle Stunde lang. Dann hast du plötzlich geschrien und um dich geschlagen. Und was für ein

Pärchen, hm? Wir waren die ganze Zeit alleine ...«

Lucy schüttelte verunsichert den Kopf. »Heilige Scheiße, war das alles nur ein Traum? ... Ich glaub's ja nicht ... Und mit dir ist wirklich alles in Ordnung?«

»Klar doch, mir geht es gut«, erwiderte Carla. »Komm, wir sind da und müssen aussteigen!« Carla zog die noch immer verdatterte Lucy hinter sich her.

Ich sollte dringend meine Mutter besuchen und mit ihr reden, dachte Lucy.

Draußen blies ihnen ein kalter Ostwind den Regen ins Gesicht. Ölige Pfützen schimmerten im Neonlicht der Clubs. Doch das war nicht ihr Ziel. Einen Block weiter bog Carla in eine Seitenstraße, in der sich Müllcontainer aneinanderreihten. Es stank fürchterlich nach Fäkalien. Zwischen den schmutzigen Backsteinwänden und rostigen Feuertreppen pfiff ein kalter Wind. Am Ende der Gasse gab es einen schmutzigen Hinterhof. Eine schwach beleuchtete Treppe nach unten zu einer schwarz lackierten Stahltür.

Wieder ein Club ohne Namen, ging es Lucy durch den Kopf.

Carla klopfte in einer bestimmten Reihenfolge an die Tür. Eine Klappe öffnete sich und ein bärtiger Mann musterte sie mit prüfendem Blick. »Das is'n Privatclub, geschlossene Gesellschaft will ich sagen, versteht ihr? Geht nach Hause, hier gibt's nichts für euch!«, raunte der Türsteher schlecht gelaunt.

Carla lächelte ihn offenherzig an.

»Der Teufel ist in der Stadt!«, verkündete sie mit überzeugter Stimme.

Der Kerl runzelte die Stirn. »Und ist er allein gekommen?«

»Absolut nicht, er hat Frischfleisch mitgebracht!«, sagte Carla. Als der Kerl auf ihre Worte die Tür aufschloss, sah sie Lucy triumphierend an. »Das ist der Code, meine Liebe! Merk ihn dir gut.«

Lucy nickte nur. *Hab nicht vor, wieder herzukommen. Vielleicht kann ich mich ja ein bisschen ablenken, auf andere Gedanken kommen.*

Der Club wurde seinem Namen *Sodom* mehr als gerecht. Nachdem Lucy und Carla ihre Mäntel an der Garderobe abgegeben hatten, mussten sie sich einer eingehenden

Prüfung durch den in einen dunklen Anzug gekleideten Türsteher unterziehen.

»Strikter Dresscode, Mädels!«, erklärte ihnen der hünenhafte Mann. »Wer ist euer Mentor?«

»Rafael«, antwortete Carla mit gesenktem Blick. Als sie den Club betreten hatte, schlüpfte Carla in ihre devote, unterwürfige Rolle.

Der Hüne lächelte wissend und sah Lucy an. »Bottom, Switch oder Top?«

»Switch«, sagte Carla, bevor Lucy etwas antworten konnte.

Der Türsteher nickte und reichte Carla eine rote, venezianische Augenmaske. Lucy bekam eine schwarze. »Die müsst ihr tragen, solange ihr im Club seid. Überall und ohne Ausnahme, hört ihr? Es ist untersagt, die Masken untereinander zu tauschen ... Ihr dürft sie auf keinen verdammten Fall tauschen!« Nachdem die Frauen die Masken aufgesetzt hatten, gab er ihnen mit einem zufriedenen Nicken den Weg frei. »Viel Spaß im *Sodom*, meine Damen!«

Über einen in rotes Licht getauchten und von rostigen Eisenkäfigen flankierten Gang betrat man erst den eigentlichen Club. Das *Sodom* war für einen Hinterhofkeller überraschend nobel ausgestattet. Anstelle von elektrischem Licht brannten ausnahmslos vielarmige Kerzenleuchter. Alles hatte einen venezianischen Touch. Hier standen brokatbezogene Sessel mit hohen Lehnen, dort verspielte Chaiselongues in rotem Samt mit kunstvoll geschwungenen Beinen.

Der Dresscode wurde an der gut besuchten Bar nochmals verdeutlicht. Die sogenannten Tops oder Mentoren waren durch ihre weißen Masken sofort zu erkennen. Die Männer trugen dunkle Anzüge und die Frauen entsprechende Kostüme, während die Bottoms in Lack, Leder oder Rubber gekleidet waren. Einige von ihnen trugen breite Lederhalsbänder und Leinen, die in den Händen ihrer Meister endeten. Andere standen mit gesenkten Köpfen und gefesselten Händen da und warteten auf Anweisungen. Während die Tops angeregt mit ihren Gesprächspartnern plauderten, schwiegen die Bottoms ohne Ausnahme.

Nicht nur die Kerzen heizten die Atmosphäre auf. Der Sound von *The Hidden Cage*, der avantgardistischen

Elektroband *Die Form,* schuf in angenehmer, aber sehr präsenter Lautstärke eine schwüle, nach Sex riechende Atmosphäre, in der alles möglich erschien.

Wir sind hier in nem verdammten Hinterhofkeller eines Abrisshauses in Upper Manhattan, ging es Lucy durch den Kopf, denn das hatte sie nicht erwartet.

Rafael kam ihnen lächelnd entgegen. Auch er trug natürlich eine weiße Maske. Carla nahm sofort ihre Rolle ein, senkte den Blick und faltete ihre Hände im Schoß.

Das ist nicht gespielt, das ist ihr Leben, dachte Lucy.

Rafael küsste Carla auf beide Wangen und nahm sie bei den Schultern. »Alles Gute zum Geburtstag, meine Schöne!« Und an Lucy gewandt: »Ah, ich freue mich, dass du gekommen bist. Für dich haben wir heute Abend etwas ganz Besonderes vorbereitet!«

»Ich dachte, wir feiern Carlas Geburtstag, hm?«

Rafael lächelte verschwörerisch. »Das tun wir auch. Du sollst wissen, diese Nacht ist auch deine Nacht, Lucy!«

Lucy verstand nicht, was er damit meinte, und zuckte gleichgültig mit den Schultern. »Meinetwegen. Gibt es hier in dem Laden eigentlich auch was zu trinken?«

»Aber selbstverständlich. Carla wird sich sofort darum kümmern. Ich bringe dich derweil in unser Separee. Komm, lassen wir die anderen nicht länger warten!« Rafael nahm Lucy in den Arm und führte sie durch ein wahres Labyrinth aus Gängen, die in kleinere Räume führten, in denen sich die Gäste auf mannigfaltige Weise vergnügten. Das Separee stellte sich als ein mit schwarzem Samt verkleideter Raum heraus, in dessen Ecken Kerzen auf schweren, eisernen Kerzenleuchtern ihr flackerndes Licht verbreiteten. Auf einem Tisch in der Mitte des Raumes standen ebenfalls einige Kerzen. In den altenglischen Ledersesseln saßen zwei Männer und eine sehr schlanke Frau, die ebenfalls weiße Masken trugen. Eine weitere Frau kniete neben einem der Männer. Bis auf lederne Handfesseln und die rote Maske war sie nackt. Ihr langes, schwarzes Haar flutete glatt über ihren Körper und reichte ihr bis zur Hüfte. Die grellroten Lippen waren leicht geöffnet und verliehen ihrem Gesicht einen lasziven Ausdruck.

Dominiert wurde der Raum allerdings von einer dicken

Kette, die von der Decke herabhing. An ihrem Ende waren zwei breite, eiserne Handschellen befestigt. Das andere Ende der Kette war über eine Umlenkrolle mit einer schweren Kurbel verbunden – alles aus massivem Eisen gefertigt.

»Setz dich doch, Lucy … Darf ich vorstellen: Louis, Jason, Elaine. Und die Dame am Boden«, er zeigte auf die kniende Frau, »ist Monique, ihres Zeichens Privatbesitz von Louis … Meine Freunde, das ist Lucy«, teilte Rafael der Gruppe voller Stolz mit. Er wies auf einen der freien Sessel. »Entschuldige, Lucy, ich bin unaufmerksam. Nimm doch bitte Platz.«

Carla kam ebenfalls in den Raum. Sie trug ein silbernes Tablett, auf dem eine schöne facettenreich geschliffene Flasche stand, die eine grüne Flüssigkeit enthielt. Auf dem Tisch standen sechs dazu passende Gläser, daneben lag jeweils ein silberner Löffel, aufwändig graviert und mit Löchern versehen.

Rafael ging in seiner Rolle als Gastgeber auf. »Louis und Monique sind für diesen Abend extra aus Paris angereist und werden eine Weile unsere Gäste sein«, erklärte er Lucy. Auf einen Blick Rafaels füllte Carla die Gläser. Als sie damit fertig war, stellte sie die Flasche ab und legte auf jedes der Gläser einen der Löffel. Einer kleinen Dose entnahm sie pyramidenförmige Zuckerstücke, die sie auf die Löffel verteilte. Erwartungsvoll kniete sie sich neben den Tisch.

»Absinth! Die grüne Fee! Wie sagte nicht schon E.C. Dowson? Absinth besitzt die Kraft der Magier; Absinth kann die Vergangenheit auslöschen oder erneuern und die Zukunft annullieren oder voraussagen! Ein überaus angemessenes Getränk für diesen besonderen Anlass.«

Das war Carlas Stichwort. Sie nahm eine Karaffe mit Eiswasser und goss dieses vorsichtig über die Zuckerpyramiden. Das Wasser löste den Zucker langsam auf, damit er in den Absinth tropfen konnte, der daraufhin eine milchig grüne Konsistenz annahm. Lucy faszinierte dieses Schauspiel. Sie hatte schon viel über die grüne Fee gehört, jedoch noch nie davon gekostet.

Rafael griff nach seinem Glas und verrührte den Zucker. »Auf die *Order of Sam*! Auf unsere Königin, die schon bald unter uns weilen wird!«

Alle ergriffen ihre Gläser und stießen an. Lucy verstand nichts von dem, was Rafael sagte, tat es ihnen aber gleich. Anders als Whiskey schmeckte Absinth bitter und süß zugleich. Und der Absinth entfaltete ziemlich schnell seine Wirkung. Es blieb nicht bei einem Glas und bald waren Lucys Sinne benebelt. Die warme Luft, das flackernde Licht der Kerzen und die dumpf klingende Musik lullten sie ein. Lucy beobachtete verstohlen Monique dabei, wie sie sich um Louis kümmerte. Ihr wurde heiß, als sie sah, wie sich Moniques Kopf wie der gut geölte Kolben einer Maschine vor- und zurückbewegte. Louis streichelte währenddessen den Kopf der vor ihm knienden Frau und plauderte mit den anderen weiter, als ob es für ihn das Selbstverständlichste auf der Welt wäre. Lucy beobachtete, trank und versuchte, ihr eigenes, beschissenes Leben zu vergessen.

»Mach dir keine Sorgen, es ist alles so, wie es sein soll. Du hast nichts falsch gemacht.«

Lucy blinzelte und brauchte eine Weile, bis sie verstand, dass Rafael sie gemeint hatte. Sein Gesicht wirkte unscharf, seine Worte klangen verzerrt. »Was?«

»Wir wissen alles, Lucy. Wir wissen, dass du den Biker im Hotel geschlachtet hast und auch den im Trailer! … Steven war glaube ich sein Name«, sagte Rafael mit ruhiger, bestimmter Stimme.

Lucy tastete nach ihren Lippen, die sich taub anfühlten. »Ich … ich wollte das alles nicht … das war nicht ich …«, versuchte sie sich zu rechtfertigen.

Rafael zuckte nur mit den Schultern. »Es ist okay, Lucy. Du machst eine Entwicklung durch, da ist das vollkommen normal.«

Lucy schüttelte den Kopf. Sie wollte aufstehen, wollte an die frische Luft, damit sie zur Besinnung kam, doch Rafael hielt sie mit hartem Griff unten.

»Du kannst nicht gehen. Louis und Monique haben die weite Reise aus Europa auf sich genommen, um heute Abend gemeinsam mit dir den Initiationsritus zu zelebrieren!«

»Wenn du mich verarschen willst, ist das ein ganz schlechter Zeitpunkt!«, stieß sie mit heiserer Stimme hervor. »Erstens: Ich bin *nicht* Carla! Zweitens: Nimm auf der Stelle deine Finger von mir, verstehst du mich?«

Rafael nahm seine Hand von ihrer Schulter. »Du kannst dich dem nicht entziehen, denn das ist dein vorbestimmter Weg! Du kannst nichts dagegen tun«, teilte er ihr lakonisch mit.

Die Musik wurde lauter. »Silent Order« von *Die Form* peitschte ihren Puls nach oben. »Und was tust du, wenn ich mich weigere, hm? Willst du mich etwa zwingen?«, zischte Lucy Rafael an und stand auf. Ihr Messer befand sich in der Innentasche ihres Mantels und der hing wiederum in der Garderobe. *Ich hätte niemals hier herkommen dürfen.*

»Lucy, wir wissen, was in dir vorgeht! Wir sind auf deiner Seite! Besser, du tust es hier als draußen auf der Straße!«, versuchte Rafael, sie zum Bleiben zu bewegen.

Lucy wollte gehen, doch die Neugier hielt sie zurück. Vielleicht konnte ihr Rafael die ersehnten Antworten geben. »Ich will mehr wissen! Ich will alles wissen, hörst du? Was sind das für Blackouts? Warum kann ich mich nur bruchstückhaft an die fehlenden Stunden erinnern? Und was zur Hölle hast du damit zu tun?«

»Beruhige dich, Lucy, alles ist gut … Setz dich hin und ich erzähle es dir. Du sollst alles erfahren«, sagte Rafael.

Wenn es eine Chance gegeben hatte, zu gehen, so war sie jetzt verstrichen. Lucy setzte sich und versuchte, sich zu beruhigen. »Ich höre!«, sagte sie mit verschränkten Armen. Sie merkte, dass sie langsam die Kontrolle verlor. Ihr Umfeld erschien ihr noch immer unscharf und verzerrt. *Verfluchter Absinth!*

»Du warst schon immer anders, Lucy«, begann Rafael mit seiner Erklärung. »Was du gerade durchlebst, trägst du schon seit deiner Geburt in dir. Das ist deine Bestimmung, dein Weg.« Er nippte an seinem Absinth. »Es ist so: Du vereinst zwei Seiten in dir … Die schwache, menschliche Seite verdankst du deiner Mutter. Die dreiundzwanzig Jahre deines bisherigen Lebens waren von ihr geprägt. Es waren ziemlich beschissene Jahre, wenn du mich fragst. Findest du nicht?«

Lucy wich seinem Blick aus. »Kann sein.«

Rafael beugte sich nach vorne, um ihren Blick wieder einzufangen. »Aber das liegt jetzt hinter dir, denn heute Abend beginnt ein neuer Abschnitt deines Lebens. Die Macht deines Vaters tritt zum Vorschein. Deine dämonische Seite erwacht!«

Ich wusste schon immer, dass ich mehr von diesem Bastard geerbt habe, als mir lieb ist, dachte Lucy und lachte kurz auf. »Ach tatsächlich? Soweit ich weiß, war mein Vater kein Dämon! Er war ein gottverdammter Schlachter, nichts weiter«, schnippte Lucy in Rafaels Richtung. Ihre Hand ergriff das Glas mit der grünen Fee.

Trink nicht, flehte eine Stimme in ihr. *Scheiß drauf,* höhnte eine andere.

Rafael lachte.

»Ich rede nicht von diesem Versager, der dich großgezogen hat. Ich rede von deinem *leibhaftigen* Vater!«

Nicht gerade zimperlich krallte sich die Fee schmerzhaft in ihre Gedärme. Sie hätte nicht noch mehr von dem Zeug trinken sollen. Die Musik schien direkt in ihrem Kopf zu hämmern, fordernd, gierig wie ein treibendes Monster. »Ich … habe … nur *einen* … Vater … Er tötete mit seinem verdammten Messer Scheißschweine in einem Hinterhof in Manitowok, Wisconsin … Er war ein verfluchter Bastard, aber ich habe ihn geliebt«, presste sie mühsam hervor.

Die Anwesenden tauschten vielsagende Blicke. Rafael gab Carla ein Zeichen. »Es ist so weit!«

Carla stand auf und verließ den Raum.

Ich bin in einem verfluchten Albtraum gefangen, aus dem ich nicht entkommen kann, dachte Lucy gequält. *Und ich habe zu viel von diesem verfluchten grünen Zeug getrunken.*

»Vergiss für einen Moment deinen Vater. Heute Abend geht es nur um dich. Du musst jetzt deinen Gefühlen folgen! Lass ihnen freien Lauf und finde heraus, was du wirklich bist! … Ist es nicht das, was du schon immer wolltest?«, flüsterte ihr Rafael ins Ohr.

Lucy schob ihn von sich und versuchte aufzustehen, doch ihre Beine gehorchten ihr nicht. Ihre Glieder wurden zu Gummi, taub und schwer, waren nicht mehr zu kontrollieren. In ihrer Körpermitte wandelte sich der Schmerz in ein warmes Kribbeln. War das die Wirkung des Absinths, war das ihr gespaltener Geist?

Ich werde wahnsinnig, wie meine Mutter!

Rafael musterte sie aufmerksam, registrierte jede noch so kleine Veränderung. »Glaubst du an Bestimmung? … An den Weg, der für jeden von uns vorgeschrieben ist?

Lucy schüttelte träge den Kopf. »An nen Scheiß glaube ich.«

Rafael ignorierte ihre Worte. »Ich für meinen Teil glaube daran und du solltest das ebenfalls. Denn das ist es, was gerade mit dir geschieht. Was in den letzten Nächten passiert ist, ist deine Bestimmung, dafür wurdest du geboren … Das ist dein Weg, Lucy. Also hör auf, dich zu wehren und steh deinem Leben nicht weiter im Weg!«

Carla kam zurück. An einer Lederleine zog sie einen jungen, gut gebauten Mann hinter sich her. Er trug eine Ledermaske, die seinen gesamten Kopf umschloss, dazu eine Lederhose, ansonsten war er nackt. Über den Augenlöchern der Maske trug er zusätzlich eine schwarzseidene Binde. Ein kleiner Reißverschluss über dem Mund gestattete ihm zu atmen. Während Lucy ihre Umgebung nur undeutlich wahrnahm, konnte sie den Mann gestochen scharf sehen. Seine Muskeln, wie sie sich nervös spannten, die feinen Adern unter seiner Haut, in denen heißes Blut pulsierte. Er trug breite Lederfesseln an seinen Hand- und Fußgelenken. Carla führte ihn zur Kette in der Mitte des Raumes und befestigte seine Hände. Lucy nahm wahr, dass Rafael weiter auf sie einredete, aber sie hörte nicht, was er sagte. Es war ihr egal. Sie hatte nur noch Augen für diesen frischen, unverbrauchten Körper.

Carla befestigte seine Knöchel an Ösen, die im Boden eingelassen waren. Anschließend drehte sie so an der Kurbel, bis sein Körper straff gespannt in den Fesseln hing. Lucy konnte seine pochende Halsschlagader sehen, wie sie sich unter der Haut hervorwölbte. Feine Schweißperlen bildeten sich auf seiner Haut.

Lucy stand plötzlich vor dem gefesselten Mann. Ihre Finger glitten sanft über seine vibrierende Haut, als wären sie auf der Suche nach etwas ganz Bestimmtem. Ihre Lippen küssten seinen Hals, kosteten die Haut, die dort besonders weich war. Er roch nach Mann und Adrenalin. Begierde erwachte in ihrem Körper. Ihre Umgebung, sogar die Stimmen verschwammen zu einem undeutlichen Brei, es gab nur noch den gebundenen jungen Mann direkt vor ihr. Ihre Finger verharrten über seinem Herzen, das heftig gegen den Brustkorb schlug. Sie konnte seine Aufregung förmlich riechen.

Carla sah sie erwartungsvoll an. »Wie kann ich dir behilflich sein?«

Lucy leckte sich über die Lippen, die noch immer nach Absinth schmeckten. »Gewiss ist er hier hergekommen, um seine Lust auf Schmerz und Unterwerfung zu befriedigen. Gib mir den Rohrstock!«

Es war nicht das erste Mal, dass Lucy in einem Club jemanden unter den Stock bekam, aber so intensiv wie heute hatte sie es noch nie wahrgenommen. Es war immer ein Spiel zwischen Herrin und Sklave gewesen, bei dem man sich über geheime Zeichen verständigte und die Grenzen des Partners wahrte. Schmerz wurde zu einem Medium zur Steigerung der Lust. Er war das Ehrlichste aller Gefühle, die ein Mensch zu empfinden in der Lage war. Genau darauf fokussierten sich ihre Sinne.

Der Rohrstock schmiegte sich in ihre Hand, seine Oberfläche war glatt und fühlte sich feucht an. Jemand musste ihn in Wasser eingelegt haben, damit er elastisch blieb und nicht auffaserte. Am vorderen Ende verjüngte er sich zu einer stecknadelgroßen Spitze. Lucy wusste, heute würde es keine Grenzen geben und auch keine geheimen Zeichen. Heute war die Nacht der Schmerzen!

Der Rohrstock zischte auf die makellose Haut des jungen Mannes nieder. Augenblicklich bildete sich ein blutunterlaufener, roter Striemen. Der Stock war so elastisch, dass er sich eng an seinen Körper schmiegte und dessen Formen folgte. Der Gebundene stieß zischend die Luft aus.

»Danke!«, sagte der Gefesselte mit mühsam beherrschter Stimme.

»Halt deinen Mund!«, herrscht ihn Lucy hart an. Seine unterwürfige Hilflosigkeit machte sie an.

Perfekt, dachte Lucy und schlug zu. Wieder und wieder peitschte der Stock auf Bauch, Rücken, Schultern und Arme des Gefesselten, der bei jedem Schlag gepeinigt aufstöhnte. Wo sich die Striemen kreuzten, platzte die Haut und winzige Blutstropfen traten aus.

Pfade, die sich blutig kreuzen, Wege verdammter Seelen, sinnierte Lucy und spürte, wie sich ihre Erregung in Ekstase wandelte. *Hör bitte auf damit*, begehrte ihre innere Stimme auf, *schlag, bis ihm seine Haut in Streifen vom Körper hängt*, forderte eine andere. Die dunkle Stimme behielt die Oberhand.

Was aus Lust begonnen hatte, wandelte sich in blutigen Ernst. Das lustvolle Stöhnen wandelte sich in schmerzerfülltes Geschrei, doch Lucy machte weiter. Niemand der anderen hinderte sie daran. Im Gegenteil, man hob die Gläser und war von ihrer Arbeit begeistert. So ging es minutenlang, bis er schließlich verstummte und sein Körper kraftlos in den Ketten hing. Blutiger Schweiß tropfte auf den Boden und bildete einen klebrigen Film unter Lucys Stiefelsohlen. Sie legte den Rohrstock weg und berührte mit einer sanften Geste seinen Hals, fühlte seinen schwachen Puls.

Lucy sog die Gefühle des malträtierten Körpers in sich auf, all den Schmerz, die Todesangst, das Quäntchen Hoffnung. Alles war überdeutlich und scharf.

Hör auf und lass ihn gehen, noch ist es nicht zu spät! ...

Bring es zu Ende, es muss sein! Folge deinen Gefühlen und finde heraus, wer du wirklich bist!

Lucy wusste, dass es falsch war, was sie tat, dennoch verlangte sie nach dem Messer, das ihr Carla bereitwillig reichte. Die Waffe hatte eine lange, beidseitig geschliffene Klinge. Ihre Finger schlossen sich um den mit weichem Leder überzogenen Griff. Allein diese Berührung verursachte einen wohligen Schauer. Ihr schwacher Widerstand zerbrach, die zweifelnde Stimme verstummte.

»Es wird langsam Zeit, dass ich auch etwas Spaß habe«, hauchte sie dem gefesselten Maskenmann ins Ohr. Sein von den Hieben überreizter Körper konnte kein Adrenalin mehr ausschütten, hatte seine Reserven verbraucht.

Lucy erinnerte sich an die Worte der fremden Frau in der U-Bahn: *Geh zu deiner Mutter und rede mit ihr. Und wenn du alles verstanden hast, bitte sie um Vergebung!*

»Scheiß drauf, ich habe Hunger!«, zischte Lucy und rammte dem armen Kerl das Messer in die Eingeweide. Sein Körper spannte sich wie eine Bogensehne in den Ketten, doch kein Laut kam über seine Lippen. Lucy stöhnte laut auf, als sie den vibrierenden Körper unter ihren Händen spürte. Voller Vorfreude presste sie sich an ihn und schnitt weiter. Sie wollte alles spüren, jede Kleinigkeit. Die Klinge war erstaunlich scharf, durchtrennte Haut, Muskeln, Fleisch und Organe wie Papier. Wenn sie auf Knochen traf, gab es ein kratzendes Geräusch und sie änderte die Schnittrichtung. Heißes Blut lief ihr über die Hände und erzeugte ein Kribbeln auf ihrer Haut. Es roch unglaublich sexy. *Komm schon, stirb endlich, schließen wir es ab*, dachte Lucy. Ihre Hand weilte über seinem Herzen und spürte, dass es immer langsamer schlug. Es setzte aus, schlug wieder und setzte erneut aus. Nervosität machte sich in ihr breit. Schließlich schlug es gar nicht mehr. Das war der Augenblick, den sie herbeigesehnt hatte. Sie ließ das Messer, wo es war, presste ihre Lippen auf die Mundöffnung der Kapuze und nahm in sich auf, was seinen sterbenden Lungen entwich. Der letzte Atem, die Essenz, seine Seele, alles!

Es durchfuhr sie wie ein elektrischer Schlag, raste ihre Nervenbahnen entlang und entzündete sie wie Lunten, die ihren mit Schießpulver gefüllten Kopf zum Bersten brachten. Alles war plötzlich in grellweißes Licht getaucht. Irgendetwas lief schief. Lucys Muskeln verkrampften sich unter unerträglichen Schmerzen. Sie ließ von dem Mann ab, taumelte durch den Raum und stieß gegen den Tisch. Blut lief ihr aus der Nase. Gläser klirrten.

Monique schrie mit hysterischer Stimme auf Französisch. Es klang verängstigt, denn Louis redete beruhigend auf sie ein. Irgendetwas lief ganz gehörig schief.

Lucy brach in die Knie und presste sich die Hände auf die Brust, schrie. Ihr Herz hämmerte geplagt und pumpte mit hohem Druck das Blut durch ihren Körper, dass ihr schwarz vor Augen wurde. Sie war sich sicher, dass sie sterben würde, wie so oft in den letzten Tagen.

Mutter hatte recht. Sie hat immer die Wahrheit gesagt, doch niemand hat ihr geglaubt. Ich bin eine Ausgeburt der Hölle, erinnerte sie sich an die Worte der fremden Frau. Sie kippte nach vorne und schlug mit dem Gesicht auf den Boden.

Zufrieden legte Rafael die kleine Videokamera beiseite und lächelte.

KANNST DU MICH SCHREIEN HÖREN, ICH BIN HIER ALLEIN

Lucy hatte sich in ihrem Zimmer eingeschlossen und wollte nur noch, dass dieser Wahnsinn ein Ende fand. Heute war ihr sechzehnter Geburtstag, doch niemand war gekommen, um mit ihr zu feiern. In Manitowok machten die Dinge schnell die Runde und es war kein Wunder, dass bald jeder wusste, dass ihre Mutter ihr die Schuld am Tod ihres Vaters gab. Sie behauptete steif und fest, Lucy hätte ihren eigenen Vater verflucht, ihm den Tod an den Hals gewünscht. So wie sie es mit dem Jungen aus der Nachbarschaft getan hatte, weil er ihr hinterher gestiegen war. Es war ja kein Wunder, man musste sie sich ja nur ansehen, ganz in Schwarz gekleidet und bleich wie der Tod persönlich. Nichts von alldem entsprach der Wahrheit, es war nur ein Gespinst aus Lügen, das sich ihre Mutter in ihrem religiösen Wahn zusammengereimt hatte. Lucy hatte weder den Jungen noch ihren Vater verflucht, denn dazu war sie gar nicht in der Lage. Sie wusste nicht Mal, wie man das machte.

Was den Jungen betraf, er war einer der wenigen Freunde, die sie hatte. Sein Name war Ian, ein rothaariger irischer Dickkopf, der sich nicht darum scherte, was andere über Lucy sagten. Eines Nachts hatte er an ihr Fenster geklopft und sie in die Ruinen der alten Klinik am Stadtrand entführt, in der es angeblich spuken sollte. Lucy hatte ihm, leichtgläubig wie sie damals gewesen war, blind vertraut. Sie war ihm einfach hinterhergelaufen, froh, dass es jemanden gab, der nicht nur mit dem Finger auf sie zeigte. Alles sprach für einen aufregenden Abend, denn die Klinik war sowieso einer von Lucys Lieblingsorten.

Der hufeisenförmige Gebäudekomplex stand schon viele Jahre leer. Man hatte sich nicht die Mühe gemacht, das Inventar auszuräumen. In der Schule ging das Gerücht um, dass Geister in der Klinik ihr Unwesen trieben. Genau deswegen war es einer der bevorzugten Orte, an denen die Teenies gerne ihren Mut auf die Probe stellten.

Ian legte ihr eine Augenbinde an, denn er war der Ansicht, sie würde so die Strömungen in dem halbzerfallen Gebäude besser wahrnehmen. Es hatte derart aufrichtig geklungen, dass sie niemals etwas Böses dahinter vermutet hätte.

Während Lucy verklärt in den Schatten der Ruinen über das Vergängliche sinnierte, hatte dieser Mistkerl irischer Abstammung die anderen Kids herbeigewunken, die schon in den Schatten versteckt auf sie gewartet hatten. Sie schlichen sich von allen Seiten an sie heran und bewarfen sie mit blutgefüllten Schweineblasen, die ihr Vater tags zuvor beim Schlachtfest aus den Tieren geholt hatte. »Teufelsbrut, Teufelsbrut!«, schrien sie voller Lust, während sie um Lucy herumtanzten und sie mit Asche bewarfen, die mit dem halbgeronnenen Blut eine klumpige, schwarze Masse bildete, die sie vollkommen bedeckte. Endlich hatten sie dem schwarzhaarigen Monster mit der blassen Haut, das immer schwarze Klamotten trug, als würde sie trauern, gezeigt, was sie von ihm hielten. Sie hätten sie genauso gut auf offener Straße bespucken können. Weinend und beschmutzt stand Lucy mit den Händen vor dem Gesicht in ihrer Mitte und verzweifelte.

Lucy hatte keine genaue Erinnerung mehr an das, was danach geschehen war, sondern nur an den vorwurfsvollen Blick ihrer Mutter am nächsten Morgen. Wenn sie heute darüber nachdachte, hatte sie dem Jungen in dieser Nacht womöglich doch den Tod an den Hals gewünscht. Sie hatte ihnen allen den Tod an den Hals gewünscht. Oder wenigstens die Pest. Ein Wunsch, der sich bei Ian schneller als erwartet erfüllt hatte. Er kam nie wieder nach Hause.

Was ihren Vater betraf, mit dem hatte sie sich in letzter Zeit fast nur noch gestritten. Verärgert nahm er sie immer seltener zu seinen Schweineschlachtorgien mit, was Lucy um die dringend benötigte Abwechslung brachte, die sie brauchte, um nicht ganz durchzudrehen. Obgleich er sie auf seine Art als Vater liebte, gab es auch eine andere, äußerst unbändige Seite an ihm. Er regte sich fürchterlich darüber auf, dass sie war, wie sie war, nicht normal eben. Kaum hatte ihre Mutter jedoch den Raum verlassen, starrte er ihr mit der Whiskeyflasche in der Hand auf den Hintern oder ihre kleinen, festen Brüste, die sich unter ihrem schwarzen Shirt abzeichneten. Das Starren genügte ihm jedoch bald nicht mehr. Wenn der Schweinehund an ihr vorbeiging, betatschte er ihren Hintern, erst beiläufig und später offensichtlich und mit einem dreckigen Grinsen im Gesicht, vor allem, wenn er viel Whiskey getrunken hatte. Er kam ins Badezimmer, wenn sie sich wusch, setzte sich auf das Klo und nannte sie kleines Dreckstück, während er sich entleerte.

Natürlich wusste ihre Mutter von alldem, doch sie stand ihr nicht bei. Ihre Mutter führte Vaters verhalten auf Lucys diabolisches Wesen zurück. Ihre Tochter trug die Schuld und niemand sonst. Insgeheim hoffte Lucy, dass er eines Tages bei der Arbeit von einem verdammten Gerüst fallen und sich alle Knochen brechen würde. Dann würde er wenigstens seine Finger von ihr lassen. Wenn sie gewusst hätte, dass mit seinem Tod alles nur noch viel schlimmer werden würde, sie wäre ihm voller Freude um den Hals gefallen. Ehrlich gesagt vermisste sie diesen Bastard.

Es war gerade mal eine Woche her, dass er mit seinem 1995er-Ford F150 um Mitternacht am Ende des Lakeview Drive betrunken über den Anlegesteg der Ludington Fähre ungebremst in den Lake Michigan gerast war. Als die Cops den rostigen Pickup aus dem Wasser zogen, fehlte von ihrem Vater jede Spur. Drei Tage später fand man ihn von Fischen angefressen, mit zerschmetterten Knochen und eingeschlagenem Schädel im Ufersand.

Jetzt standen Streifenwagen vor ihrem Haus und Blinklichter warfen bizarre Schatten auf die Wände ihres Zimmers. Cops saßen mit ihren Waffen im Anschlag in Deckung und warteten auf ihren Einsatzbefehl. Ihre Mutter ging mit der geladenen Büchse ihres Vaters vor ihrer Tür auf und ab und murmelte Gebete.

Lucy saß auf ihrem Bett und sperrte die Welt aus. Sie

legte eine CD ein und zog sich die Kopfhörer auf, um dem abgehackten Wortstakkato von draußen zu entkommen. »Marian« von den *Sisters of Mercy*. In ihrem Kopf wiederholte sie die Strophe »*Kannst Du mich schreien hören, ich bin hier allein*«. Lucy schrie schon ihr ganzes Leben lang, aber niemand hörte ihr zu. Sie wusste doch selbst nicht, warum sie anders war, weshalb sie sich zum Vergänglichen hingezogen fühlte und Schönheit in der Dunkelheit fand. Sie sah die Welt eben mit anderen Augen, erkannte das Dahinter, wo andere nur die Oberfläche sahen.

Anfangs hatte ihre Mutter noch versucht, sie zu ändern. Sie hatte sie jeden Sonntag in die Kirche geschleppt und Lucy singen, beten und beichten lassen, bis ihre Stimme heiser und ihre Knie wund waren. Lucy wurde älter und fing an, sich zu wehren, denn der aufgezwungene Glaube peinigte sie. Der Geruch von Weihrauch verursachte Kopfschmerzen und die Hostien brannten ihr in den Gedärmen, dass sie sich oft wie eine Besessene gekrümmt am Boden wälzte. Es gab nur eine Möglichkeit, diesem Wahnsinn zu entkommen. Lucy kehrte den Spieß um und wurde immer extremer. Sie trug auf dem Kopf stehende Kreuze, saß in der Kirche und las die Bibel rückwärts. Sie fing damit an, sich die Arme zu schlitzen und folgte dem Beispiel ihres Vaters, bei Problemen zur Flasche zu greifen. Das ging so weit, bis ihre Mutter in ihr nur noch die Teufelsbrut erkannte und nicht mehr ihre Tochter. Lucys Streben nach Anerkennung wandelte sich in Verachtung. Wollten andere Liebe und Harmonie, fand sie Gefallen in Schmerz und Bosheit. Am Anfang, weil es anders war, und später, weil sie es immer mehr brauchte. So wurde sie in der Schule zur Außenseiterin, um die man besser einen Bogen machte und auf die man mit dem Finger zeigte.

Letztendlich hatte sie sich selbst zu dem gemacht, was sie heute war. Sie stand auf der Bühne und schrie sich die Seele aus dem Leib, doch niemand verstand, was sie zu sagen hatte. Nie hatte sich jemand die Mühe gemacht, herauszufinden, warum sie war, wie sie war. Es interessierte einfach keinen.

An ihrem sechzehnten Geburtstag hatte die Polizei am späten Abend ihr elterliches Haus gestürmt und ihre Mutter in Handschellen abgeführt. Sie hatten den rothaarigen irischen Jungen gefunden. Er lag in einem Schacht ganz in der Nähe der verlassenen Klinik. Seine Haut war mit zahlreichen Schnittwunden übersät. Sie waren oberflächlich und im Einzelnen nicht lebensbedrohlich, doch in ihrer großen Anzahl hatten sie ausgereicht, dass der Junge allmählich verblutete. Er musste noch versucht haben, aus dem Schacht zu klettern, denn seine Fingernägel waren abgebrochen und die Haut seiner Hände vom groben Stein zerschnitten.

Das war nicht der Grund, weswegen man ihre Mutter verhaftete. Man verhaftete sie, weil man unter den Fingernägeln des Jungen Haare von ihr gefunden hatte und weil man auf dem Boden des Schachts ihre blutbesudelte Bibel gefunden hatte.

Als alles vorbei war, hatte man Lucy auf dem Revier viele Fragen gestellt, die sie nicht beantworten konnte. Den Vorfall mit dem Schweineblut verschwieg sie. Sie blendete die Wahrheit aus und erfand ihre eigene Version jener Nacht, in der man ihr Leben zerstört hatte. Die Cops hatten ihr eine Menge Fotos gezeigt. Von dem Jungen, von dem Schacht und von einer Zeichnung. Ein Pentagramm in einem Kreis kabbalistischer Symbole, dessen Mitte ein Widderschädel mit mächtigen, gedrehten Hörnern dominierte. Die Polizisten sagten ihr, dass es ihre Mutter mit dem Blut des irischen Jungen auf die Schachtwand geschmiert hatte. Später hatte Lucy genau dieses Symbol zum Logo von *Hell's Abyss* gemacht.

Ihre Mutter wurde für geisteskrank erklärt und auf Lebenszeit in eine dem Strafvollzug angegliederte Psychiatrie gesteckt – und Lucy in eine Pflegefamilie im verdammten Greenbay.

EINEN AUSWEG AUS MEINEM BESCHISSENEN LEBEN

Andrew wurde durch ein lautes Klopfen an seiner Haustür aus einem unruhigen Schlaf gerissen. Die Digitalanzeige seines Weckers zeigte 03:32. Der Ermittler rieb sich die Augen. »Scheiße, wer auch immer vor der Tür steht, kann was erleben!«, brummte er missmutig. Es gab wenig Dinge, die ihn sofort auf die Palme brachten. Einen der ersten Plätze nahm diese Art der nächtlichen Störung ein. So etwas konnte ihn rasend machen.

Draußen heulte ein kräftiger Wind durch die Straßen, Blitze zuckten vom Himmel. Donner grollte von Osten kommend durch die Stadt und ließ die Fensterscheiben erzittern. Der Regen fiel so dicht, dass er Mühe hatte, das gegenüberliegende Haus zu erkennen.

Andrew lief barfuß, nur mit einer schwarzen Sporthose bekleidet, zur Tür. »Was soll diese Scheiße, es ist Nachtruhe, verstehst du? … Also verpiss dich von meiner Tür, bevor ich rauskomme und dir Beine mache!«

Das Klopfen hörte abrupt auf. Andrew stellte sich seitlich zur Tür in die Deckung des Rahmens und schielte zur Kommode, auf der seine Dienstwaffe lag. Vor Jahren hatte er einen Mordfall untersucht, in dem jemand durch den Türspion erschossen worden war, als er zu erkennen versuchte, wer sich im Hausflur vor der Tür befand. Andrew hatte keine Lust, ebenfalls eine volle Ladung Schrot ins Gesicht zu bekommen.

»Andrew? … Andrew, ich bin's! … Lucy! … Bitte lass mich rein, ja?«, klang eine schwache Stimme durch das Holz.

Andrew lehnte sich an die Wand und rieb sich das Gesicht. Was zur Hölle wollte Lucy um diese Zeit bei ihm, wunderte er sich. Aber ihre Stimme, die hörte sich nach Panik an! *Scheiße, ich werde sie reinlassen! Ich muss sie reinlassen!*

Er nickte stumm und öffnete die Tür, auch wenn er im selben Augenblick wusste, dass es ein Fehler war. Lucy stand draußen und wirkte auf ihn wie ein Häufchen Elend. Vom Regen vollkommen durchnässt stand sie in einem winzigen Lederkleidchen vor der Tür und schlang sich schlotternd die Arme um den Körper. Die Haare klebten ihr nass im Gesicht, in dem die Augen schwarz umrandet wie zwei Kohlestücke hervortraten. Unter ihrer Nase sah er verklebtes Blut. Kurz gesagt, sie sah einfach schrecklich aus. Bevor Andrew reagieren konnte, warf sie sich in seine Arme. Sie zitterte und war eiskalt.

»Du bekommst erstmal ne heiße Dusche. Danach reden wir!«

Als Lucy aus dem Badezimmer kam, trug sie sein NYPD Shirt. Ihre Haare steckten unter einem turbanartig gewickelten Handtuch. Andrew saß in seinem Sessel, vor ihm auf dem Tisch zwei Becher Kaffee, eine Flasche Jack Daniels und zwei dickwandige Gläser. Nur mit Mühe widerstand er dem Drang, sie zu berühren, sie zu umarmen, zu küssen. *Warum tust du mir das an, Lucy. Du dürftest nicht hier sein.* Seine Worte hatten einen bemüht kühlen Klang. »Setz dich und nimm dir, was du brauchst.«

Lucy ließ sich auf die Couch fallen und griff zum Whiskey. Sie trug noch immer Stevens Rosenkranz um den Hals. Nervös nestelte sie an dem Kreuz herum. »Tut mir leid, dass ich dich mitten in der …«

Andrew winkte ab. »Ist schon okay …«, stellte er mit ruhiger Stimme klar. »Und jetzt sag mir, was los ist!«

Du erbärmlicher Lügner, dachte er.

Andrews Verhalten verunsicherte Lucy. »Andrew? Was ist denn los mit dir, du bist so …«

»So distanziert?« Andrew wich ihrem Blick aus. »Wir hatten eine Absprache … Du erinnerst dich? …«

»Dein Fall … und meine Verwicklung … Ich weiß, Andrew, aber ich weiß nicht, zu wem ich sonst gehen sollte.«

Bitte lass mich nicht fallen, ich brauche dich, dachte Lucy. Zitternd griff sie nach der Flasche. Sie schenkte sich ihr Glas randvoll, setzte es an und leerte es zur Hälfte. Danach räusperte sie sich mehrmals und vergrub ihre Hände in ihrem Schoß.

Ich muss ihm alles sagen, sonst verliere ich ihn. Es ist Zeit, die Wahrheit zu sagen, dachte sie.

»Ich habe jemanden umgebracht!«

Ihre Worte trafen ihn wie ein Faustschlag im Magen. »Du hast *was?*«, brach es aus Andrew heraus.

»Ich habe jemanden … umgebracht … glaub ich jedenfalls. Es war nicht meine Absicht … es ist einfach … passiert«, flüsterte Lucy. Sie starrte auf die goldene Flüssigkeit in ihrem Glas und mit flackernden Augen in sein Gesicht.

»Mal ganz von vorne und vor allem, ganz langsam.« Andrew schnaufte schwer und griff ebenfalls zum Whiskey, goss sich ein und nippte an seinem Glas. »Du erzählst mir alles, von Anfang an, okay? Danach sehen wir weiter.«

»Es ist, wie ich sage … Ich habe einen umgebracht«, flüsterte Lucy.

Du hast keinen umgebracht. Nicht du, Lucy. Das darf einfach nicht sein. Andrew hatte als Cop schon viel erlebt und wusste, dass viele Todesfälle einfach so geschahen, weil Menschen mit Waffen oder Drogen Unfug trieben. »Lucy, du bist doch nicht bescheuert! Du rennst nicht durch die Straßen und bringst Leute um … Waren Drogen im Spiel oder hat dich jemand gezwungen?«

Lucy schlug sich die Hände vor ihr Gesicht und schluchzte.

Andrew konnte nicht anders, er setzte sich auf die Couch und nahm sie in die Arme. Lucy drängte sich ihm entgegen, ihr Körper war warm und weich. Das Handtuch löste sich von ihrem Kopf und fiel zu Boden. Zärtlich fuhr er über ihre feuchten Haare. Es tat ihm weh, Lucy so zu sehen. Gefühle wallten in ihm auf und drohten, ihn zu überwältigen. Er konnte nicht verleugnen, was er für sie empfand, aber jetzt war der falsche Zeitpunkt für Gefühle. Wenn er ihr wirklich helfen wollte, musste er einen kühlen Kopf behalten und durfte auf keinen Fall emotional werden.

Du musst ganz Cop sein. Empfinde nichts! Befrage sie und danach bringst du sie auf die Wache! Bleib sachlich und um Gottes willen, bleib auf Distanz!

Andrew atmete tief durch. Es fiel ihm schwer, von ihr abzulassen, dennoch löste er sich aus ihrer Umarmung. »Lucy, es war richtig, dass du zu mir gekommen bist. Ich werde dir helfen … aber jetzt reiß dich zusammen … du musst mir alles erzählen, von Anfang an! Jedes noch so kleine Detail kann wichtig sein!«

Gut so, sei professionell. Behalte die Oberhand!, dachte Andrew. Er reichte Lucy ein Tuch, damit sie sich die Tränen abwischen konnte.

Lucy holte schluchzend Luft. »In Ordnung, ich versuche es … also … ich war heute Abend in nem Underground-club namens *Sodom* … Carla hat mich im Hotel abgeholt, sie wollte dort ihren Geburtstag feiern!«

Andrew runzelte die Stirn. »Carla?« Er hob beschwichtigend die Hände, als er sah, dass sie stockte. »Ich wollte dich nicht unterbrechen. Sprich weiter!«

Lucy leerte ihr Glas und nickte schwach. In den nächsten Minuten erzählte sie Andrew alles, was sie heute Nacht erlebt hatte. Angefangen damit, dass Carla sie im Hotel abgeholt hatte, bis hin zum *Sodom* und um was für eine Art Club es sich dabei handelte. Sie erzählte Andrew von Rafael und den Typen aus Frankreich. Vom Absinth, der ihren Geist vernebelt hatte. Von ihrer Wandlung und was Rafael gesagt hatte, dass sie eine dämonische Seite in sich trüge und ihr Vater gar nicht ihr Vater sei. Dass sie heute Nacht ihren Initiationsritus zelebriert hätten, obgleich sie nicht wusste, was das überhaupt war. In der Hauptsache erzählte sie von dem jungen Kerl, den Carla an die Kette gefesselt hatte, damit Lucy ihn mit dem Rohrstock malträtieren konnte. Sie endete mit dem Messer und der Essenz, die sie in sich aufnahm, als er starb, und ihrem Zusammenbruch danach. Halb wahnsinnig vor Angst war sie daraufhin aus dem Club geflohen und stundenlang im strömenden Regen durch die Straßen geirrt.

Als sie fertig war, fühlte sich Lucy erleichtert, sich alles von der Seele geredet zu haben, auch wenn sie wusste, dass sie damit ein Geständnis erster Klasse abgelegt hatte, das sie lebenslang hinter Gitter bringen würde. Lucy legte mit dieser Beichte ihr Leben in Andrews Hände.

Der saß die ganze Zeit schweigend da, hörte zu und nickte nur ab und an mit dem Kopf. Anschließend saßen sie sich still gegenüber und lauschten dem Sturmwind, der gegen die Fenster peitschte.

In Andrews Kopf wirbelten Gedanken umher. Wenn alles stimmte, was Lucy ihm soeben erzählt hatte, saß sie mächtig in der Klemme.

Ich sollte ihr auf der Stelle Handschellen anlegen und sie aufs Revier schaffen!

Er tat jedoch nichts dergleichen. Lucy zu verhaften, war für ihn keine Option. Schon gar nicht in ihrem Zustand. Andrew ging davon aus, dass dieser Schweinehund Rafael ihr Drogen untergeschoben hatte, damit sie tat, was er wollte.

Anders kann es nicht gewesen sein. Lucy trifft keine Schuld, redete er sich ein. *Ich sollte Martinez anrufen, jetzt gleich!*

In Lucys Geschichte steckte noch eine andere, schreckliche Wahrheit. Maddens Worte ergaben plötzlich einen Sinn. Plötzlich ergab alles einen Sinn. Da waren die Morde, die zur Vorbereitung gedient hatten, genau wie Madden es gesagt hatte. Nicht zu vergessen der Initiierungsritus heute Nacht. Auch davon hatte der Satansjünger gesprochen. Wenn sogar Personen aus Europa angereist waren, musste die Sache weitaus größere Kreise ziehen, als er vermutet hatte. Das ging über die New Yorker Gangsache weit hinaus.

Ich muss mehr herausfinden, danach kann ich Martinez immer noch anrufen, dachte Andrew.

»Sag mal, dieser Rafael oder einer der anderen im Club, haben die von einem Zirkel gesprochen? Von einer Art religiöser Vereinigung? Irgendetwas von Satanismus oder einem Ritual, das sie durchführen wollen?«

Lucy dachte über Andrews Frage nach und nickte.

»Carla erzählte mir neulich, dass sie so einem satanistischen Orden angehören würde. Sie, Rafael und noch einige andere, die ich allerdings nicht kannte. Sie hat es mir erzählt, obwohl es ihr Rafael verboten hatte … ich musste ihr versprechen, mit niemandem darüber zu reden.« Plötzlich erinnerte sich Lucy an das, was Rafael zu ihr im *Sodom* gesagt hatte. »Warte, da war noch was. Rafael hat heute Nacht selbst gesagt, dass sie meine Initiation schon lange geplant hatten, angeblich seit meiner Geburt. Ich dachte, das wäre nur so ne SM-Marotte, ne Art Rollenspiel, verstehst du? … Wenn ich nur daran denke, mit welcher Überzeugung er davon sprach, bekomme ich ne Gänsehaut.«

Andrew schnaufte schwer. »Das glaube ich dir gern. Und es deckt sich mit dem, was ich bisher herausgefunden habe. Hat Carla gesagt, wie sich dieser Orden nennt?«

»Irgendwas mit *Sam*, hat mich damals ehrlich gesagt nicht sonderlich interessiert. Bin nicht der religiöse Typ, weißt du«, antwortete Lucy. Ihre Augen brannten. Sie war erschöpft und konnte vor Müdigkeit kaum noch denken.

»Etwa die *Order of Sam*?«, schlussfolgerte Andrew.

Lucy nickte schwach. »Ja, ich glaube, das war der Name, den sie erwähnt hat.«

Somit bestätigt sich auch das, ging es dem Ermittler durch den Kopf. *Wir haben es hier mit einem internationalen Satanistenzirkel zu tun, der bei der Verfolgung seiner perversen Ziele sogar vor Mord nicht zurückschreckt.*

Dennoch blieb es Andrew ein Rätsel, wie diese Leute davon ausgehen konnten, dass sie mit ihren Ritualen Erfolg haben könnten. Glaubten sie ernsthaft, dass diese Lilith ihnen beistehen würde?

Er nahm Lucys Hände und spürte, wie sie zitterten. Lucy war fertig. Sie wollte sich schon gegen ihn drängen, doch er hielt sie auf Abstand. »Ich muss mit ein paar Leuten telefonieren. Ich werde herausfinden, was wirklich passiert ist, verlass dich darauf.«

Lucy ließ ihn jedoch nicht los. Der Ermittler war überrascht, wie viel Kraft in ihren schlanken Händen steckte. »Bitte, geh nicht weg, ich brauche dich hier bei mir. Du bist der einzige Mensch, der mir bei diesem Mist helfen kann … Ich … ich weiß nicht warum, aber da ist etwas, das uns verbindet … etwas ganz Tiefes … wir kennen uns erst so kurz, wissen nichts voneinander … aber ich vertraue dir blind«, flehte sie ihn mit großen Augen an.

»Etwas ganz Tiefes? ... Lucy, wir kennen uns *überhaupt nicht*! Ich bin ein Cop und du eine Verdächtige in meinem Fall, schon vergessen? ... Wie kannst du da auch nur ansatzweise glauben, dass du mir vertrauen kannst! ... Was ist mit deinen Freunden, was ist mit den Leuten in deiner Band?«, erwiderte Andrew angespannt.

»Freunde? Du meinst solche Leute wie Rafael und Carla? ... Tolle Freunde, findest du nicht? ... Und die Leute von der Band, na ja, Bacon ist wie ein Bruder für mich.«

Andrew nickt. »Okay, dann geh zu ihm, er wird dir helfen.«

»Er kann mir nicht helfen«, flehte ihn Lucy an. »Ich kenne ihn schon, seit ich laufen kann, aber er kann mir nicht helfen ... Ich weiß nicht, wie ich es ausdrücken soll, ist eben so ein Gefühl. Aber du, du bist anders. Du entstammst einer anderen Welt. Einer Welt, in der alles in Ordnung ist. In der es noch gute Dinge gibt, verstehst du? ... Deswegen vertraue ich dir, Andrew!«

Und weil du mir das geben kannst, was ich mir schon immer wünsche. Einen Ausweg aus meinem beschissenen Leben!

Lucy sah ihm mit ihren großen Augen hoffnungsvoll an. »Aber da ist noch mehr ... du wirst eine Rolle in meinem Leben spielen, das spüre ich ... das wusste ich in dem Moment, in dem ich dich das erste Mal gesehen habe! ... Als du dich neben mir auf den Barhocker gesetzt und mir den Drink angeboten hast.«

Andrew sah Lucy in ihre dunklen Augen und versank augenblicklich in ihrem traurigen Blick.

»Das mit uns, das ist irgendwie ... irgendwie magisch«, flüsterte Lucy und öffnete ihre Lippen.

»Ich kann das nicht tun, Lucy ... Wenn ich dir helfen soll, muss ich rational denken, muss Polizist bleiben, verstehst du, was ich meine? ... Ich muss ...«

»Schhh«, flüsterte Lucy und legte ihm einen Finger auf die Lippen. »Du musst mir helfen, Andrew ... das ist alles, was du musst ... mir helfen.«

Ihre Lippen waren so nah, dass eine Spannung in ihnen entstand, die auf die seinen übersprang. Lucys Hand legte sich zärtlich in seinen Nacken, ihre Fingerspitzen bewegten sich sanft auf seiner Haut.

»Ich weiß nicht, warum, aber als ich davongelaufen bin, da konnte ich nur an dich denken ... Es ist vollkommen verrückt, aber es ist die Wahrheit. Ich dachte an dich und mir war klar, dass du mich retten würdest!«

Ihre Lippen berührten sich, es war elektrisierend. Genau in diesem Augenblick konnte Andrew nicht mehr verleugnen, dass er etwas für die bebende Frau in seinen Armen empfand. Es ging weit über die fleischliche Begierde des Moments hinaus, es war mehr, viel mehr. Es war nahezu unendlich. Das war ihm schon bei ihrer ersten Begegnung bewusst gewesen, er hatte es nur nicht wahrhaben wollen.

Andrew achtete immer darauf, Distanz zu wahren, damit er seine Fälle sachlich behandeln konnte und sich nicht in den Gefühlen der Opfer – schlimmer noch, der Täter – verwickelte. Dieses Mal gelang ihm das überhaupt nicht. Andrew verstrickte sich nicht in den Gefühlen der Opfer, es waren seine eigenen, die es ihm unmöglich machten, einfach nur Cop zu sein. Lucy war ohne Zweifel die Hauptverdächtige in seinem Fall und die einzige Spur, die sie hatten, dennoch sah er in ihr nur das hilfsbedürftige Opfer, auch wenn mit ziemlicher Sicherheit alle drei Morde auf ihr Konto gingen.

Er strich Lucy die Haare aus dem Gesicht. »Hör zu! Ich ... ich kann dich ne Weile aus der Sache raushalten. Dazu muss ich aber mit Martinez sprechen, damit er ein bisschen recherchiert«, sagte Andrew mit rauer Stimme.

Lucys Augen verengten sich. »Martinez mag mich nicht. Er ist ein voreingenommener Katholik und hat längst sein Urteil über mich gefällt!« Sie drängte sich Andrew entgegen. »Andrew, es geht hier um uns beide, um niemanden sonst. Es werden Dinge geschehen, in denen wir eine große Rolle spielen werden. Du und ich! Wir gehören zusammen, so wie der Mond und die Sonne ... Martinez hat in dieser Sache keinen Platz. Es wäre für ihn besser, wenn du ihn raushalten würdest.«

Ihre Wärme lullte Andrew ein, machte ihn schwach und reizte seine Sinne, die sich nach einer Wiederholung ihrer ersten Nacht sehnten. »Martinez ist mein Partner, verdammt. Von was für Dingen redest du? Was weißt du noch, Lucy? Was verschweigst du mir?«

»Es ist nur so ein Gefühl. Ich weiß, dass etwas geschieht, was die Welt verändern wird, aber ich weiß nicht, was!«

Ihre Lippen pressten sich aufeinander, öffneten sich fordernd. Er spürte ihre heiße Haut unter seinen Händen und wie sie sich ihm entgegendrängte, Erfüllung verheißend und bedingungslos. Ihren Atem an seinem Ohr, seinem Hals, über seine Haut streifend, ihr Geruch fordernd und hemmungslos wie purer Sex.

Wilde Blitze zuckten vom Himmel, durchschnitten mit ihrer Gewalt den tosenden Regen, der die Welt ertränkte. Seine Hände umfassten mit festem Griff ihre Hüften, entlockten ihr ein leises, forderndes Stöhnen. Ihre Haut brannte vor Erregung. Laute Donnerschläge dröhnten durch die Straßen Manhattans, als sie sich auf dem geschmeidigen Leder vereinten.

Ein schrilles Klingeln an der Tür riss Andrew aus einem bodenlosen Schlaf.

Schon wieder, schob sich ein träger Gedanke durch seinen Kopf. *Kann ich denn nicht einmal ausschlafen?*

Mit dem faden Geschmack nach Alkohol im Mund setzte er sich auf und kämpfte gegen den Schwindel an, der in seinem Kopf aufstieg.

Lucy!

Das Bett neben ihm war leer und bereits kalt, doch die Kissen, die Laken, alles roch noch nach ihr. Sofort erwachte in Andrew ein tiefes Bedauern darüber, dass sie weg war. Er und Lucy hatten sich geliebt, bis sie verschwitzt in die Laken gesunken waren. Danach hatten sie viel getrunken und sich erneut geliebt.

Scheiße nein, das ist das falsche Wort, sie hatten sich die Seele aus dem Leib gefickt, das trifft es schon eher, dachte Andrew und lächelte. Lucy war bestimmt im Badezimmer.

Oder sie ist einfach gegangen!

Er stand auf und stöhnte. Ihm tat jeder Knochen weh und sein Rücken brannte wie Feuer. Das Läuten ging derweil in ein wütendes Klopfen über. Wer auch immer dort draußen vor der verdammten Tür stand, meinte es ernst.

Andrew erinnerte sich daran, wie ihn Lucy aus dem Bett geklingelt hatte. *Lucy, wo bist du? Hast du mich verlassen?*

Er rieb sich mit beiden Händen übers Gesicht. »Verdammt noch mal, ich komme ja!«, brüllte er Richtung Wohnungstür. Sein Wecker zeigte 09:30.

Scheiße, das ist bestimmt Martinez, ging ihm durch den Kopf. Im Wohnzimmer lag eine leere, umgestürzte Flasche Jack Daniels auf dem Boden. Das Leder der Couch roch ebenfalls nach Lucy, selbst die Luft und die roten Steine in der Wand, alles roch nach ihr. Andrew ging durch die Wohnung und öffnete in T-Shirt und Sporthose die Tür, ohne weiter nachzufragen, wer so dringend Einlass begehrte. Es war Martinez und er war stinksauer.

»Verdammt, Andrew, ich versuche schon seit zwei Stunden, dich zu erreichen! Was zum Henker ist los mit dir?«

Martinez fluchte nur, wenn er aufgebracht war. Und im Augenblick war er ziemlich aufgebracht.

»Hey, Mann, komm runter … Was liegt an?«, brummte Andrew missmutig. Sich am Kopf kratzend schlurfte er zur Küche. »Auch nen Kaffee, hm?«

»Klar, gerne«, antwortete Martinez und runzelte die Stirn, als er einen Zettel an Andrews Badezimmertür hängen sah. »Da hängt ne Nachricht an deiner Badtür, soll ich sie …«

»Setz dich und nimm dir nen Kaffee, ich mach das schon, muss eh ins Bad«, beeilte sich Andrew zu antworten. Das konnte nur eine Nachricht von Lucy sein und er wollte vermeiden, dass sein Partner sie las und damit herausfand, dass sein nächtlicher Besuch keine Krankenschwester aus dem Memorial gewesen war.

Verdammter Idiot, du hintergehst gerade deinen Partner, ist dir das eigentlich klar? Fängst an, dich in den Fall zu verstricken, ging es dem Ermittler durch den Kopf.

Martinez betrat kopfschüttelnd die Küche und setzte sich. »Du blutest!«

»Was?«, sagte Andrew, der schon im Begriff war, nach draußen zu gehen, um Lucys Nachricht zu lesen.

»Dein Shirt. Es ist am Rücken blutig … war wohl ne wilde Nacht, hm?«

»Na ja, was soll ich sagen …«, antwortete Andrew mit einem verlegenen Grinsen. »Muss mir das mal eben im Badezimmer ansehen … Und he, bedien dich einfach, weißt ja, wo alles steht. Bin gleich wieder da!«

Im Vorbeigehen riss er den Zettel ab und verschwand damit wie ein kleiner Junge, dessen Eltern den ersten Liebesbrief gefunden hatten, im Badezimmer. Lucys T-Shirt hing noch über dem Badewannenrand. Andrew nahm den weichen Stoff in die Hand, vergrub seine Nase darin und sog ihren Duft ein. Er stellte sich vor, wie er sich eng an ihren Körper schmiegte und sie ihm ein laszives *Andrew* ins Ohr hauchte.

Andrew streifte seine Klamotten ab und sah sich in dem großen Spiegel an. Zu den Kratzern der ersten Nacht hatten sich neue, tiefere gesellt. Aus einigen davon lief Blut. Er drehte das kalte Wasser auf und wusch sich das Gesicht, um einen klaren Kopf zu bekommen. Es war verrückt, in seinen Gedanken gab es im Moment nur Platz für Lucy. Mit klopfendem Herzen widmete er sich ihren hastig hingekritzelten Zeilen.

Andrew,

Nach dieser Nacht weiß ich mehr denn je, dass wir füreinander bestimmt sind und dass du eine wichtige Rolle in meinem Leben spielen wirst. Es fällt mir schwer, einfach so zu gehen, aber ich muss herausfinden, wer ich wirklich bin. Den Schlüssel zur Wahrheit finde ich bei meiner Mutter. Wenn du diese Zeilen liest, werde ich schon auf dem Weg zu ihr sein. Ich werde mich meiner Bestimmung stellen!

Schon morgen bin ich wieder bei dir!

Lucy

Andrew saß mit dem Zettel in der Hand auf dem Wannenrand. Wasser tropfte von seinem Gesicht, die Hände zitterten. Dass Lucy dachte, sie wären füreinander bestimmt, machte ihn nervös. War sie am Ende die Frau, auf die er immer gewartet hatte?

ICH ERLÖSE DIE MENSCHHEIT VON DEM BÖSEN!

Lucy trat aus der Lobby ihres Hotels in den Regen hinaus. Es dämmerte bereits. Sie trug einen schwarzen Regenmantel mit einer großen Kapuze, die sie sich tief ins Gesicht gezogen hatte, darunter ihre Lederjacke, schwarze Jeans und eine Kapuzenjacke. Ihre Haare hatte sie zu einem dicken Zopf geflochten. Sie fand, dass es dem Anlass angemessen erschien, etwas angepasster zu wirken. Ganz unangepasst steckte Andrews Pistole in ihrem Hosenbund. Die Präsenz der Waffe auf ihrer Haut war ungewohnt und verunsicherte sie. Als sie seine Wohnung vor knapp zwei Stunden verlassen hatte, lag sie neben seiner Polizeimarke auf der Kommode neben der Tür. Sie wusste selbst nicht, warum sie die Waffe genommen hatte und was sie damit bezweckte. Lucy hatte keine Ahnung von Schusswaffen.

Ihr Vater hatte sie einst mit in den Wald genommen, um ihr zu zeigen, wie sein Jagdgewehr funktionierte. Er war der Ansicht, dass es nicht schaden konnte, wenn sie Bescheid wusste. Sie hatte auf ein paar Blechdosen geschossen und der Rückstoß verpasste ihr eine blaue Schulter, das war's. Später, bei der eigentlichen Jagd, hatte er ihr angeboten, selbst eine Wildsau zu erlegen. Lucy hatte sich wie die anderen Jäger Ruß ins Gesicht geschmiert und hinter einen Baum gestellt. Sie musste warten, bis die Treiber die Schweine zu ihnen jagten. Ein paar Bäume weiter stand ihr Vater und lächelte glücklich. Sie hatte zurückgelächelt und sich gewünscht, dass es doch immer so sein könnte. Dann war es so weit. Die Schweine kamen grunzend angerannt. Es waren viele, wie schwarze Schatten brachen sie durch das Dickicht, die Mäuler weit aufgerissen und die weiß schimmernden Hauer gebleckt, bereit, alles zwischen ihren Kiefern zu zermalmen, was sich ihnen in den Weg stellen würde. Schon fingen die Männer mit dem Schießen an. Kugeln hieben in die massigen, borstigen Körper. Lucy wollte sich neben den Baum stellen und ebenfalls auf die Schweine schießen, doch sie konnte es nicht. Als die Schweine ihre grellen Schmerzensschreie ausstießen, drückte sie sich an den Baum, schloss die Augen und wartete darauf, dass es vorbei sein würde.

Später, als alle Tiere erlegt waren und die Jagd vorbei war, kam ihr Vater zu ihr und nahm sie zärtlich in die Arme. *Ich bin so stolz auf dich*, mehr hatte er nicht gesagt.

Lucy hatte letzte Nacht kein Auge zugetan und sah ihre Umgebung scharf gezeichnet, während sie sich selbst kaum wahrnahm. Alles in ihr war taub und gefühllos.

Zwei Straßen weiter lief sie in den Hinterhof eines Abrissgebäudes und zog den Schlüssel von Stevens 67ger Chevrolet Impala aus der Jackentasche. Nachdem sie eingestiegen war, verstaute sie die Waffe im Handschuhfach. Der mächtige Motor erwachte mit einem satten Blubbern zum Leben und Lucy lenkte den schwarzen Wagen auf die Straße.

Zwei Blocks weiter stand eine weitere vermummte Gestalt an einer Kreuzung im Regen. Lucy stoppte den Wagen und öffnete die Beifahrertür. Die Gestalt stieg ein und schlug die Kapuze nach hinten.

Bacon lächelte Lucy unsicher an. »Hey Baby, was geht ab? ... Wo hast du letzte Nacht gesteckt, hm? ... Hab an deiner Tür geklopft ...«

Lucy beschleunigte. »Egal und nicht der Rede wert. Ich bin froh, dass du mitkommst. Bist ein echter Freund! Allein würde ich das nicht packen.«

Ich bin eine verdammte Lügnerin. Wäre es möglich gewesen, würde jetzt Andrew neben mir sitzen. Hintergehe ich Andrew, weil ich mit Bacon fahre oder meinen alten Freund, weil ich ihm nicht das Vertrauen schenke, das er verdient? ... Bacon kennt meine Mutter, deswegen sitzt er jetzt an meiner Seite, das ist der Grund!

Bacon nickte knapp und zauberte zwei große Kaffeebecher unter seiner Regenjacke hervor, die er grinsend auf die Konsole stellte. Die Scheibenwischer ratterten über das Glas und kämpften gegen die vom Himmel fallenden Wassermassen an.

»Kein Thema, Lucy. Für dich immer! Was is'n das für ne Karre, hm?«

Lucy setzte den Blinker und bog auf eine breitere Zubringerstraße ab. »Ist von nem Fan. Er ist ein paar Tage nicht in der Stadt und meinte, ich kann ihn fahren, wenn ich darauf aufpasse.«

Bacon runzelte die Stirn und starrte aus der Frontscheibe, auf der die Wischblätter schmierige Schlieren hinterließen. »Muss wohl ein ziemlich guter Fan sein, wenn er dir so ein Prachtstück anvertraut … Wohin fahren wir überhaupt?«

»Romulus im beschissenen New York State. Sie haben vor zwei Jahren meine Mutter nach *Five Points* verlegt, nachdem sie in Greenbay einer Insassin das Kreuz ihres Rosenkranzes ins Auge gerammt hat … Keine Ahnung, warum sie das getan hat.«

Bacon schluckte. »Wow, nicht schlecht! Woher weißt du das?«

»Na ja, ich bin die einzige noch lebende Angehörige und da bekomme ich solche Sachen eben mitgeteilt.«

»Und wo genau ist dieses Romulus im New York State?«

»Richtung Norden, Ontario Lake. Wir werden etwa fünf Stunden unterwegs sein.«

»Alles klar, Baby. Freu mich sehr darauf, deine Mutter wiederzusehen!«

Lucy nickte. »Yeah.«

Dann, nach einer Weile. »Hast bestimmt nen guten Grund, warum du ausgerechnet jetzt zu ihr willst?«

»Hab ich«, antwortete Lucy. »Sie ist mir ne verdammte Erklärung schuldig.«

Bacon runzelte die Stirn. »Verrätst du mir, welche?«

»Ich muss endlich wissen, wer ich bin«, antwortete Lucy knapp.

Die letzten zwei Stunden hatten sie sich durch eine triste, ländliche Gegend gequält, in der die einzige Abwechslung darin bestand, an einer der wenigen heruntergekommenen Tankstellen vorbeizufahren, nur um sich hinterher zu ärgern, dass man keinen Stopp eingelegt hatte. Zumindest was Bacon betraf, denn Lucy hatte nicht vor, anzuhalten. Sie wollte die Sache so schnell wie möglich hinter sich bringen.

In ihr tobte ein Kampf der Gefühle. Bald würde sie ihrer Mutter gegenüberstehen und sie hatte keine Ahnung, was sie sagen oder wie sie sich verhalten sollte.

Selbst hier, weit im Landesinneren, goss es in Strömen. Der Boden war satt und auf den Feldern hatten sich große Tümpel gebildet. Der gesamte Landstrich wurde von zwei langgezogenen Seen, dem Seneca Lake im Westen und dem Cayuga Lake im Osten, eingeengt. Als sie auf der 89 einen kurzen Tankstopp einlegten, hatte ihnen der altersschwache und nach Tabak stinkende Mechaniker erzählt, dass die Seen bereits über die Ufer traten und man sich Sorgen um die Frucht auf den Feldern machte.

Scheiß drauf, sollen sie doch absaufen, dachte sich Lucy genervt. Je näher sie ihrem Ziel kamen, desto fahriger wurde sie.

Die Justizvollzugsanstalt Five Points lag inmitten eines Waldgebietes, das zum Seneca Army Depot gehörte. Romulus war ein mieses Dreckskaff, in dem es mehr Trailer als richtige Häuser gab und das vorwiegend von Armeeangehörigen bewohnt wurde. Lucy fuhr auf den großen Parkplatz vor dem Hauptgebäude von Five Points und stellte den Motor ab.

Mit blassem Gesicht sah sie Bacon an. »Scheiße Mann, ich habe meine Mutter schon einige Jahre nicht mehr gesehen. Und jetzt habe ich Schiss, ihr gegenüberzutreten.«

Bacon strich ihr sanft über die Wange. »Stell dir einfach vor, dass sie mindestens genauso viel Angst hat wie du. Sie ist dir weitaus mehr schuldig, als du ihr! Denk nur an deine Kindheit, an das, was sie dir angetan hat.«

Lucy lächelte ihrem Freund dankbar zu. Sie vermied es für gewöhnlich, an ihre Mutter zu denken, geschweige denn von ihr zu sprechen. Dieser Besuch war jedoch seit letzter Nacht unvermeidlich. Wenn sie ehrlich war, hatte sie weniger Angst vor ihrer Mutter als vor der Wahrheit.

Sie nickte. »Komm, lass uns reingehen. Ich möchte es so schnell wie möglich hinter mich bringen!«

Für Lucy war es das erste Mal, dass sie eine große Justizvollzugsanstalt betrat. Einmal hatte sie im Alter von fünfzehn Jahren mit der Mutter ihren Vater beim Sheriff abgeholt, weil er sich betrunken mit einem Holzfäller geprügelt hatte, aber das war beim Dorfsheriff gewesen und der hatte nur zwei mickrige Zellen im Keller seiner Polizeistation gehabt. Nicht zu vergleichen mit Five Points.

Alles folgte einem festen Prozedere. Nachdem sie ihre Personalien angegeben hatte, wurde ihre Mutter um ihr Einverständnis ersucht, ob sie ihre Tochter sehen wolle. Nach alldem, was in der Vergangenheit geschehen war, hatte Lucy durchaus damit gerechnet, dass ihre Mutter ein Treffen verweigern würde, doch das Gegenteil war der Fall. Lucy musste alles, was sie bei sich trug, in einen Pappkarton legen. Danach wurde sie gründlich gefilzt. Bacon wartete unterdessen in einer kleinen Cafeteria auf ihre Rückkehr und vertrieb sich die Zeit mit dem Studium abgegriffener Regionalzeitschriften über Ackerbau und Viehzucht. Wenigstens trug er es mit Fassung.

Es war endlich so weit. Eine Justizbeamtin brachte sie durch die endlosen Korridore zur psychiatrischen Abteilung, die in einem sternförmigen Gebäudekomplex untergebracht war, auf dessen Glasdach der Regen so laut prasselte, dass eine Unterhaltung nahezu unmöglich war. Die Beamtin brachte Lucy in einen kleinen fensterlosen Raum, der, abgesehen von einem Metalltisch und zwei einfachen am Boden festgeschraubten Stühlen, leer war.

»Nehmen sie bitte auf dem rechten Stuhl Platz, die Insassin wird in wenigen Minuten durch die andere Tür gebracht. Ich muss sie darüber informieren, dass dieser Besuch auf Video aufgezeichnet wird.« Damit ließ die Frau sie allein.

Lucy sah sich verunsichert um und setzte sich auf den für sie vorgesehenen Stuhl. Das monotone Brummen der Klimaanlage machte sie fast wahnsinnig und bald konnte sie nicht mehr unterscheiden, ob das Geräusch aus der Lüftung kam oder direkt in ihrem Kopf entstand. Sie kaute vor Nervosität wie wild auf ihren Fingernägeln und trippelte mit den Füßen. Wie würde es sein, sich nach sechs langen Jahren wieder in die Augen zu sehen?

Sie fühlte sich wieder wie ein Teenager. Verunsichert, schwach und klein. Das verängstigte Mädchen im Kinderzimmer kroch mit bleichem Gesicht und verzottelten

Haaren an die Oberfläche. Lucy erschrak, als sich die Tür mit einem schrillen Quietschen öffnete.

Eine ältere Frau in orangefarbenem Overall betrat den Raum. Ihr langes Haar war von grauen Strähnen durchsetzt, das Gesicht durchzogen von harten Falten, der Blick ernst und prüfend. Lucy erschauerte und sah der Frau auf die faltigen Hände. Ihre Mutter war jetzt vierundfünfzig Jahre alt.

Eine Beamtin führte sie zu dem freien Stuhl und schnallte sie daran fest. »Dreißig Minuten!«, sagte die Beamtin. Die Frau verließ den Raum und schloss die Tür hinter sich.

Wie ein Tuch legte sich das monotone Geräusch der Klimaanlage über die beiden Frauen. Lucy wusste nicht, wie sie ihre Mutter ansprechen sollte. Sie hatte Angst, dass ihr die Zeit davonlief.

»Die gefallene Tochter kehrt nach Hause zurück«, sagte ihre Mutter mit dunkler, rauer Stimme.

Lucy schluckte. Ihre Stimme klang noch immer wie früher. Streng, vorwurfsvoll und unerbittlich.

»Ich wusste, dass du mich eines Tages heimsuchen würdest!«, knurrte ihre Mutter sie an. »Ich werde dir auch dieses Mal widerstehen!«

»Hey, Lydia … Hast dich keinen Deut verändert, hm? … Ich bin gekommen, weil ich etwas wissen muss. Danach gehe ich und du siehst mich nie mehr wieder«, sagte Lucy mit schwacher Stimme. Lydias Blick war vielleicht sogar noch strenger geworden. *Den Einstieg hast du schon mal ordentlich vergeigt*, ging ihr durch den Kopf. Sie räusperte sich, versuchte, den Knoten in ihrer Kehle zu lösen. *Du musst stark sein*, dachte sie, *du musst ihr zeigen, dass du keine Angst mehr vor ihr hast!*

Ihre Mutter lachte trocken. »Wirklich? Nach all den Jahren kommst du zu mir und erhoffst dir einen mütterlichen Rat? … Den kann ich dir gerne geben: Beende dein unseliges Leben und erlöse die Gemeinschaft der Gläubigen von deiner diabolischen Existenz!«

In Lucy erwuchs plötzlich ein unbändiger Zorn. Ihre Mutter war noch immer eine unbarmherzige Hexe. Nein, sie war noch schlimmer, noch fanatischer geworden. »Ich will keinen verdammten Rat von dir, Mutter! Ich will, dass du mir endlich die Wahrheit über mich sagst! Ich will wissen, warum ich anders bin! Ich will wissen, wer mein Vater ist! Ich bin dreiundzwanzig Jahre alt und du hast mir mein ganzes Leben nichts anderes als Lügen aufgetischt. Damit ist jetzt Schluss!«

Lucy musste an sich halten, um nicht aufzuspringen und der Frau ins Gesicht zu schlagen. Die Wut trieb Lucy Tränen in die Augen. »Mein ganzes Leben lang stand ich nur einen Schritt vom Abgrund entfernt, doch seit einigen Tagen habe ich das Gefühl, das ich schon längst falle … Erinnerst du dich noch, was ich als Kind alles durchmachen musste, hä? Erinnerst du dich daran? … Jedes Mal, wenn mich die anderen Kids gehänselt haben, jedes Mal, wenn sie mich ausgestoßen haben, habe ich darauf gehofft, dass du kommst und mich tröstest … dass du mich in deine Arme nimmst! … Aber du bist nicht gekommen! … Im Gegenteil, du hast mich für das bestraft, was ich bin, hast mich verachtet, davongejagt!«

Die Worte sprudelten nur so aus Lucy heraus. Wie ein Knoten, der nach all den Jahren endlich geplatzt war, konnte sie sich von dem Ballast befreien, der ihr auf der Seele lastete.

Doch ihre Mutter lächelte nur. »Bist du endlich fertig? … Du willst also die Wahrheit wissen, ja? Du willst endlich wissen, was du bist?« Lydia beugte sich nach vorne. »Du bist eine Ausgeburt der Hölle, das bist du und nichts anderes!«

Lucy schlug mit den Fäusten auf den Tisch und schüttelte fassungslos den Kopf. »Ich höre von dir immer den gleichen Mist. Lass dir endlich mal was anderes einfallen … Sag mir die Wahrheit! Ich habe ein verdammtes Recht darauf, hörst du?«

Lydia lehnte sich nach hinten und faltete die Hände. »Das Böse hat mich heimgesucht und du bist daraus entstanden … *Das* ist die Wahrheit!« Sie schüttelte energisch den Kopf. »Was hätte ich denn tun sollen, hm? … Den Leibhaftigen in die Arme schließen und ihm verzeihen, was er mir angetan hat? Erwartest du ernsthaft von mir, einen solchen Frevel vor Gott unserem Herrn zu begehen?«

Lucy wischte sich die Tränen aus den Augen. »Trage ich die Schuld an dem, was ich bin? … Ich bin *dein* Kind, Lydia, deine Tochter, du bist meine Mutter, verstehst du, was ich damit sagen will? Wie kann ich da die Schuld an all den Dingen tragen, die du mir schon mein ganzes Leben vorwirfst! ...« Lucys Gefühle überschlugen sich. Sie wollte nur weg von dieser Frau und am liebsten davonlaufen, so weit es ging, aber sie war hier noch nicht fertig.

Während ihre Mutter über ihre Worte nachdachte, bewegte sich ihr Kiefer, als würde sie kauen. Das hatte sie schon früher getan, erinnerte sich Lucy. Sie sah ihre Tochter mit ernstem Blick an. »Du weißt es wirklich nicht, hm?«

Lucy schüttelte den Kopf. »Ich weiß ehrlich gesagt überhaupt nichts mehr. Nur, dass mein Leben aus den Fugen gerät und ich Dinge getan habe, die niemals hätten passieren dürfen.«

Ihre Mutter nickte langsam. »Ich will dir alles erzählen, aber es wird dir nicht gefallen.«

»Ich muss es wissen«, antwortete Lucy.

»Wie du willst. Es geschah in einer lauen Sommernacht kurz nach unserer Hochzeit und ich war enttäuscht, weil dein Vater mit seinen Saufkumpanen in den Wäldern unterwegs war, anstatt bei mir zu sein, wie es sich für einen jungen Ehemann gehörte.« Lydia begutachtete mit entrücktem Blick ihre gefalteten Hände. »Ich war jung und hungrig nach seiner Liebe, weißt du, was ich meine?«

Lucy nickte und Lydia sprach weiter. »Ich dachte immer, wenn ich einen anständigen Mann heirate, könnte ich gemeinsam mit ihm unsere Kinder großziehen und einfach nur glücklich sein ... Ich erwartete ja gar nicht viel, aber für deinen Vater war es anscheinend *zu viel*.«

Sie stockte erneut. Lucy sah, dass ihre Mutter zitterte und um ihre Beherrschung rang, wenn sie nur daran dachte. »Und dann kam jene Nacht. Ein Gewitter war über das Land gezogen und es hatte geregnet. Die Felder rochen nach der warmen Feuchtigkeit der Erde ... Die Luft war schwer und ich öffnete das Fenster im Schlafzimmer, um die kühle Nachtluft einzulassen ... Meine Sehnsüchte waren unerfüllt, von schmutzigen Albträumen geplagt, wälzte ich mich im Bett umher ... und dann kam *er*!«

»*Er*?«, fragte Lucy.

Lydia sah ihr in die Augen. »*Er*! Der Dämon! Meine Unschuld ausnutzend ist er im Schlaf über mich hergefallen ... Ich habe es nicht bei vollem Bewusstsein miterlebt, verstehst du? ... Es war eher ein Gefühl, ein Traum, in dem ich mich ihm hingab … Wenn es einen Gipfel der fleischlichen Lust geben sollte, ich habe ihn in dieser Nacht erlebt … Irgendwann bin ich nackt in unserem Garten aufgewacht und ins Haus getaumelt. Erst als ich vor dem zerwühlten Bett stand, konnte ich mich an alles erinnern. Schonungslos und brutal offenbarte sich mir meine Sünde!«

Genau wie bei mir, wenn ich nach einem Blackout aufwache, nackt und verstört, dachte Lucy bebend.

Lydia schüttelte fassungslos den Kopf. »Ein einziges Mal in meinem ganzen Leben bin ich der Versuchung erlegen. Ein einziges Mal, Lucy! Die Schlange hat in der Dunkelheit gelauert und meine Schwäche schamlos ausgenutzt und ich habe mich ihr hingegeben … Neun Monate danach wurdest du geboren!«

Lucy hatte das Bedürfnis, die Hände ihrer Mutter zu ergreifen, traute sich aber nicht. »Möglich, dass es nur ein Albtraum war oder du schlafgewandelt bist«, versuchte Lucy, eine logische Erklärung zu finden. Jede Lüge war besser, als das, was ihr ihre Mutter eben gebeichtet hatte.

»Nein, Lucy … Ich spürte die klebrige Feuchtigkeit des Dämons zischen meinen Beinen und wusste, dass etwas anders war. Und im Laufe der Zeit, nach deiner Geburt, mehrten sich die Zeichen, dass du anders bist.«

Lucy hatte Mühe, bei Sinnen zu bleiben. In ihrem Kopf war nur noch ein Rauschen. »Dennoch könnte Vater trotzdem mein leiblicher Vater sein!«, ergriff Lucy den letzten Strohhalm, der sich ihr noch bot.

»Er ist nicht dein Vater, Lucy! Wir hatten vorher noch nicht miteinander geschlafen und danach konnte ich es nicht mehr mit ihm tun … Ich habe alles nachgerechnet! Dein leiblicher Vater kommt direkt aus der Hölle! Ein Inkubus, der nach den Seelen der Menschen trachtet!«, zerstörte Lydia mit brutaler Offenheit die Hoffnungen ihrer Tochter.

Lucy lachte bitter auf. »Blödsinn, das sind doch alles Hirngespinste.«

Lydia schüttelte den Kopf. »So wahr mir Gott helfe, es ist die Wahrheit … Hast du dich denn nie gefragt, warum du so selten krank warst? Erinnerst du dich nicht mehr daran, als du in das Brunnenloch bei den Andersons gefallen bist? … Das waren zehn Meter, Lucy. Zehn Meter! … Und du hattest nur ein paar Schrammen, nichts weiter!«

Lucy erinnerte sich sehr wohl daran. Sie war mit ihrem Vater dort gewesen, um ein Schwein abzuholen. Er hatte sie zum Spielen nach draußen geschickt, damit er ungestört mit seinem Kumpel selbstgebrannten Schnaps trinken konnte. Mit ihren zehn Jahren folgte sie ihrem kindlichen Erkundungstrieb und kletterte auf einem Haufen alter Bretter herum. In Gedanken war sie die Heldin auf den Barrikaden, die den Ansturm wilder Indianer abwehrte. Die Bretter gaben nach und Lucy stürzte in die Tiefe. Der Aufprall hatte schrecklich wehgetan und sie hatte fürchterlich geweint. Ihre Mutter hatte recht. Sie hatte einige Kratzer davongetragen und sich einen rostigen Nagel ins Bein getrieben, mehr war nicht passiert.

»Es ist schon ne Weile her«, erinnerte sich ihre Mutter. »Zwei Tage, nachdem du deinen achten Geburtstag gefeiert hattest, wurdest du von dem Hund der Millers gebissen, weißt du noch? Erinnerst du dich an diesen gefleckten, bulligen Köter?«

Lucy schüttelte nur den Kopf. Sie konnte gerade nicht sprechen.

»Der lausige Köter hing normalerweise an einer dicken Kette, doch dieses eine Mal eben nicht. Er stürzte aus dem Hof und fiel über dich her. Dein Vater hat ihm was mit ner Brechstange verpasst und dich in die Notaufnahme gebracht. Hast geblutet wie eins der abgestochenen Schweine deines Vaters, Gott sei seiner armen Seele gnädig. Das Mistvieh hatte dir den ganzen Arm zerfleischt und der Doc musste die Wunde mit etlichen Stichen näher. Ich würde wetten, dass man heute nichts mehr von der Narbe sieht, hm?«

»Ich hab keine Narben … Nirgendwo …«, flüsterte Lucy schwach.

»Na ja, jedenfalls meinte der Doc damals, dass er noch nie so dunkles Blut gesehen hätte. Er wollte eine Probe davon nach Greenbay bringen, doch er hatte auf dem Weg dorthin nen Unfall, den er nicht überlebte. Schon komisch, nicht wahr?«

»Willst du mir daran auch noch die Schuld geben, Mutter?«

Lucy konnte nicht mehr. Sie fühlte sich fremd, verlassen und falsch. Ihr ganzes Leben war nichts weiter als eine verdammte Lüge. »Du hast das alles mitangesehen, hast es zugelassen und mich dafür verantwortlich gemacht, was *dir* in jener verfluchten Nacht geschehen ist ... Aber soll ich dir mal was sagen? ... Du bist diejenige, auf die man mit dem Finger zeigen sollte ... weil du mir die Nächstenliebe verweigert hast, die du doch dein Leben lang predigst!«

»Nächstenliebe? Für ein Monster gibt es keine Nächstenliebe ... Du hast in deiner Kindheit vielleicht nicht selbst gemordet, trägst aber dennoch die Schuld. Nicht nur der Doc ist gestorben, auch den Köter hat es erwischt. Eine Nacht später hing er an nem Baum in der Nachbarschaft ... Ich könnte das noch ewig weiter ausführen, Lucy. Jeder, der dir gefährlich wurde, kam auf mysteriöse Weise ums Leben.«

»Was ist mit dem rothaarigen Iren in der verlassenen Klinik wirklich geschehen? ... Hast du ihn ...?«, wollte Lucy wissen.

Ihre Mutter atmete schwer und traurig. »Bei Gott, ich schwöre dir, ich habe den Jungen nicht angerührt, war nicht mal in der Nähe dieses verfluchten Lochs. Jemand hat dafür gesorgt, dass er für den Angriff auf dich seine Quittung bekommt. Ebenso wie dein Vater, Gott sei seiner armen Seele gnädig ...«

»Bitte nicht Vater ... nicht er«, flüsterte Lucy mit tränenerstickter Stimme.

Lydia sah sich kurz im Raum um, als befürchtete sie, belauscht zu werden. »Oh doch, Lucy, auch an seinem Tod trägst du die Schuld.«

Sie beugte sich in verschwörerischer Pose über den Tisch, soweit es ihre Fesseln zuließen. »Das waren diese unseligen Aufpasser. Sie waren es, die den Jungen umgebracht haben. Sie haben mit ihren verdrehten Indizien den Verdacht auf mich gelenkt. An dem Tag, als die Cops unser Haus stürmten, kam meine Chance ... Die Aufpasser konnten wegen der Cops ja nicht eingreifen ... Ich habe die Flinte deines Vaters aus dem Schrank geholt, sie geladen und bin vor deinem Zimmer auf und ab gegangen ... Bei Gott, ich hätte es getan, wenn die Cops nur noch einen Augenblick länger gezögert hätten ... Ich wäre in dein Zimmer gestürmt und hätte dich erschossen … Später habe ich versucht, alles zu erklären, doch niemand hat mir geglaubt.«

Lucy hatte immer gewusst, dass sie an ihrem sechzehnten Geburtstag nur knapp dem Tod entgangen war. Gedanken wirbelten durch ihren Kopf und die Zeit lief ihr davon. Sie musste sich auf das Wesentliche konzentrieren und ihren Groll auf ihre Mutter bändigen.

Ihre Mutter hatte ihr nie eine echte Chance gegeben, sich zu beweisen. Sie hatte sie als böse abgestempelt und ohne Verhandlung zum Tode verurteilt.

Lucy war von vorneherein bewusst gewesen, das sich daran nichts mehr ändern würde und dennoch fiel es ihr schwer, die Monstrosität dahinter zu verstehen. Neu war jedoch, dass ihre Mutter diese ominösen Aufpasser erwähnt hatte. Davon hatte sie noch nie etwas gehört. »Du sagst, die Aufpasser sind daran schuld? Wer sind die Aufpasser?«

»Daran gibt es keinen Zweifel! Die Aufpasser, das sind ein Mann und eine Frau. Ein verdammt hübsches Pärchen. Er, groß, die Haare zum Zopf geflochten, breitschultrig und immer korrekt gekleidet. Sie, schlohweißes Haar, perfekte Figur, stets im dunklen Kostüm … Sie waren immer in deiner Nähe. Ich sah sie vor der Schule stehen, wenn du Unterricht hattest. Sie waren in Greenbay, als wir beim Spiel der Packers waren. Und ich sah sie sogar auf dem Rock Falls Raceway im Publikum sitzen. Man nimmt sie trotz ihres Aussehens kaum wahr, aber mich konnten sie nicht täuschen. Als der rothaarige Junge gefunden wurde, gaben sie sich als FBI-Agenten aus und zauberten ihre falschen Beweise auf den Tisch, die mich zu dem machten, was ich heute bin … Eine Verrückte, deren Worten man keinen Glauben schenkt … Sie haben mich zum Schweigen gebracht, Lucy!«

»Verdammter Mist, ich weiß, wen du meinst. Hab sie gesehen, letzte Nacht in der U-Bahn! … Die Frau war es auch, die mir riet, zu dir zu gehen. Sie sagte, du könntest mir alles erklären …«, sagte Lucy leise. Tränen stiegen ihr in die Augen.

Lydia steckte ihre Hand aus, um sie auf die ihrer Tochter zu legen, doch die Fesseln hinderten sie daran. »Ich habe vieles falsch gemacht, mein Kind. Ich habe dich verstoßen, anstatt dir zu helfen. Ich war eine verdammt schlechte Mutter, doch es ändert nichts daran: Du gehörst nicht hierher!«

»Spar dir dein geheucheltes Mitleid«, knurrte Lucy und nahm ihre Hände vom Tisch.

Ihre Mutter sah sie mitleidig, ja fast traurig an. »Ich habe mich losgesagt von dir, von dem Dämon in dir … Ich habe mir immer eine Tochter gewünscht, ein Mädchen, das ich im Glauben an das Gute großziehen könnte, aber gegeben wurde mir ein Wechselbalg … Eine Mischung zwischen Mensch und Monster, der Bodensatz der Schöpfung. Du bist die Strafe Gottes für meine verruchten Gedanken in jener Nacht!«

Der Lautsprecher knackte und eine krächzende Stimme verkündete, dass die Besuchszeit in fünf Minuten zu Ende sein würde.

Lucy fühlte sich, als hätte ihr jemand den Boden unter den Füßen weggezogen. »Ich weiß nicht, was ich machen soll. Bitte, hilf mir wenigstens dieses eine Mal«, sagte sie mit erstickter Stimme. Zuneigung und Hass wechselten sich in schneller Folge ab. Fahrig wischte sie sich die Tränen ab, die schwarze Spuren auf ihren Wangen hinterließen.

Ihre Mutter sah sie eine ganze Weile mit einem Blick an, als würde sie darüber nachdenken, wie sie ihrer Tochter helfen konnte. Schließlich zuckte sie resignierend mit den Schultern. Jedes Mitgefühl war ihrem stoischen Fanatismus gewichen. »Merkst du denn nicht, dass sie dich bereits in ihren Fängen haben? Du hängst in ihrem Netz und zappelst wie ein Fisch, doch du kannst ihnen nicht entkommen. Sie werden dich für ihre Zwecke benutzen und danach wegwerfen.«

Der Blick ihrer Mutter verfinsterte sich. »Ich kann dir nur einen einzigen Rat geben: Nimm dein verdammtes Messer und schneide dir damit die Pulsadern auf. Das ist nicht besonders schmerzhaft und geht schnell. Deine Kraft wird schwinden und du wirst einschlafen … Beende dein Leben. Damit tust du nicht nur dir, sondern der gesamten Menschheit einen großen Gefallen!«

Lucy sah sie mit großen, tränenverschleierten Augen an. »Was, ich soll …«

Lydia rüttelte an ihren Fesseln. »Aufseher, ich bin hier fertig! Bringt mich in meine Zelle, ich muss für die Menschheit beten!«

»Mein Gott!« Mehr brachte Bacon nicht heraus, als Lucy im Wartebereich auftauchte.

Schon während der Fahrt hatte sie nicht gut ausgesehen. Sie war müde gewesen, übernächtigt und von Sorgen gezeichnet. Nach dem Gespräch mit ihrer Mutter war alles nur noch schlimmer. Aus ihrem verheulten Gesicht sprach pure Verzweiflung. Er legte die Zeitschrift beiseite, stand auf, ging ihr entgegen und nahm sie in die Arme. Lucy klammerte sich Halt suchend an ihn und schluchzte. Bacon hielt sie fest und fuhr ihr sanft übers Haar. Sie weinte so sehr, dass ihr Körper von Krämpfen geschüttelt wurde.

»Bring mich bitte hier weg«, flüsterte Lucy mit bebender Stimme.

Bacon nickte nur. Er konnte nicht sprechen, seine Kehle war wie zugeschnürt.

Draußen setzte er sich ans Steuer des Impala und steuerte den Wagen durch einen handfesten Gewitterregen vom Parkplatz der Haftanstalt. Blitze zuckten in den tief hängenden Wolken und es wurde bereits dunkel. Sie fuhren eine ganze Weile schweigend die Straße entlang und folgten den Scheibenwischern, wie sie im Sekundentakt über die nassen Scheiben schrammten. Bacon saß mit müden Augen hinter dem Lenkrad und hatte Mühe, im Licht der entgegenkommenden Fahrzeuge die Straße vor ihnen zu erkennen.

»Du, Bacon?«, sagte Lucy.

»Ja?«

»Was meinst du, sollten wir nicht besser ein Motel ansteuern und ne Pause machen?«

»Was willst du denn in nem gottverdammten Motel? Wir sollten schon längst im *Archeron* sein und proben«, stellte Bacon mit einem skeptischen Seitenblick auf Lucy fest. Seine Stimme klang müde, aber er war der Ansicht, dass es für Lucy Gift wäre, wenn sie sich allein in einem Motelzimmer verkroch.

»Verflucht ja. Wenn wir uns nicht wenigstens ein paar Stunden aufs Ohr hauen, landen wir todsicher im Graben und darauf habe ich echt keinen Bock. Ich seh doch, wie deine Augen flackern.« Lucy sah Bacon eine ganze Weile an und dachte an die Automatik, die im Handschuhfach lag.

»Einfach ne Weile die schäbige Tapete in nem Hotelzimmer anschauen, was trinken und so. Könnte mir dabei helfen, zwischen ignorieren, akzeptieren oder aufgeben zu entscheiden.«

Bacon brummte skeptisch. »Ignorieren wirst du es nicht können. Nicht, nach allem, was geschehen ist. Akzeptieren, eher wahrscheinlich. Aber aufgeben, das wirst du nicht. Da habe ich noch ein Wörtchen mitzureden. Das kommt nicht in Frage! … Wenn du willst, machen wir ne Pause. In ein paar Meilen kommt ein Motel 6, da könnten wir rausfahren, hm?«

»Genau die Art von Absteige, die zu meiner Stimmung passt«, murmelte Lucy.

Als sie das letzte Mal in einem Motel 6 abgestiegen waren, hatte die Hälfte der Band hinterher Kopfläuse gehabt. Es war die Art von Hotel, in denen es noch vibrierende Münz-Massagebetten und Pornokanäle gab. Die Teppiche waren klebrig und die Decken auf den Betten hatten Brandlöcher.

Bacon folgte einer flackernden Neonreklame auf einen mit öligen Pfützen getränkten Parkplatz. Als Lucy etwas später ihr Zimmer aufschloss, wurde sie nicht enttäuscht.

»Falls du Redebedarf hast, es gibt ne Verbindungstür«, brüllte Bacon gegen den Lärm der Trucks an, die auf dem nassen Asphalt vorbeirauschten.

»Werde erst mal in den Store dort drüben gehen und mir ne Flasche Jack holen. Danach nehme ich ein langes, heißes Bad«, verkündete Lucy ihren Plan. In der Badewanne liegen, eine Flasche Jack auf dem Wannenrand, und über das Gespräch mit ihrer Mutter nachdenken – das war ein guter Plan. »Hey, Bacon!«

»Ja?«

»Danke«, sagte Lucy und hauchte ihrem Freund einen Kuss auf die Wange. Sie verschwand in ihrem nach kaltem Rauch und altem Teppichboden riechenden Zimmer. Einer alten Gewohnheit folgend inspizierte Lucy das Zimmer. Sie ging systematisch vor, fing grundsätzlich mit der Minibar an, checkte die Kommode, auf der ein altes Fernsehgerät mit Münzeinwurf stand, und die Mikrowelle gleich daneben. Der Zustand des Badezimmers entsprach dem des restlichen Zimmers. Hinter einem fleckigen Duschvorhang gab es eine Badewanne aus stumpfer Keramik. Die Handtücher waren kratzig, aber sauber.

»Genau das, was ich brauche«, murmelte Lucy und verließ das Zimmer mit der Absicht, die angekündigte Flasche Jack zu besorgen. Mit der Automatik im Hosenbund und in ihren Regenmantel gehüllt, betrat sie den kleinen Store auf der anderen Straßenseite. Es war einer dieser typischen Läden, in denen man vom Toilettenpapier bis zur Schrotpatrone alles kaufen konnte. In den Regalen standen die Artikel wahllos durcheinander, nichts ergab einen Sinn. Wozu auch, die Kundschaft, die hier Halt machte, ging zum Spirituosenregal und, wenn sie fündig geworden war, zur Kasse, das war's. Das blonde Mädchen hinter der Kasse schenkte ihr ein stummes Zahnspangenlächeln. Ein Schild klärte darüber auf, dass der Name des Mädchens Candy war. Lucy sah sich im Laden um. Ein Trucker in kariertem Hemd und schmutzigen Jeans durchstöberte gerade ihr Ziel, das besagte Spirituosenregal. Der unrasierte Typ musterte sie von oben bis unten und widmete sich wieder den zwei Whiskeyflaschen in seinen Händen. Vermutlich fiel sie nicht in sein Beuteschema.

Glück gehabt, dachte Lucy und griff zielsicher an ihm vorbei ins Regal und streckte sich nach einer Flasche Jack Daniels. Ihr Shirt rutschte nach oben und zeigte die helle Haut ihrer straffen Bauches. Auf der Stelle hatte sie die volle Aufmerksamkeit des Kerls, der seine Entscheidung von vorhin innerhalb einer Sekunde revidierte.

»Bist für den guten alten Jack nicht 'n bisschen jung, Mädchen?«, stellte der Trucker grinsend fest. Seine Stimme hatte einen angenehmen Klang, sein Atem roch nach Tabak und Alkohol.

Daddy ist hier, dachte Lucy.

»Kümmer dich um deinen eigenen Scheiß«, zischte Lucy genervt, weil sie der Typ tatsächlich an ihren Vater erinnerte. Kurzentschlossen stellte sie sich auf die Zehnspitzen und nahm sich eine weitere Flasche aus dem Regal. Das sollte reichen, um sich die Sinne nachhaltig zu betäuben. Dabei rutschte ihr Shirt ein weiteres Stück hoch und gab den Blick auf den geriffelten Griff der Pistole frei.

»Heilige Scheiße, ne Pistolenbraut, ganz nach meinem Geschmack«, grinste der Typ mit gebleckten, vom Tabaksaft braun gefärbten Zähnen.

Lucy wich seinem anzüglichen Blick aus und ging zur Kasse. *Ich bleibe ruhig, bezahle und verschwinde.* Ihre dunkle Seite war da anderer Ansicht. *Willst du dir wirklich gefallen lassen, dass dir dieses Schwein auf den Arsch starrt und dich dabei mit seinen Augen auszieht und fickt?*

Lucy stockte. Beiläufig nahm sie sich drei Tafeln dunkle, zartbittere Schokolade aus dem Regal. Es war genau die Sorte, für die sie töten würde. Nur noch zwei Schritte trennten sie von der Kassiererin, die ihren Nagellack zur Seite stellte und ihr gelangweilt entgegenblickte.

Was bildet sich dieser Hurensohn eigentlich ein? Zeig ihm, was es bedeutet, sich mit einer Ausgeburt der Hölle anzulegen. Gib ihm das, was er verdient, und nicht das, was er will, redete ihre innere Stimme weiter auf sie ein.

Mit einem Lächeln legte sie die Flaschen und die Schokolade neben die Kasse. »Hey Candy, ich hab noch was vergessen, bin gleich wieder bei dir.«

»Kein Problem, Ma'am«, antwortete das Kaugummi kauende Mädchen hinter der Theke und widmete sich gelangweilt ihrer Nagelfeile.

Für das Ma'am reiße ich dir auch noch den Arsch auf, dachte Lucy. *Nachdem ich mit dem Trucker fertig bin, kommst du an die Reihe.*

Der Trucker grinste sie erwartungsvoll an. »Na, hast es dir wohl anders überlegt, hm? Hab 'n Zimmer drüben im Motel 6, falls du ne Bleibe brauchst … wenn du weißt, was ich meine!«

Lucy nahm ihm lächelnd eine der Flaschen aus der Hand und zeigte auf die in seiner Hand. »Nimm den, der ist besser, *Daddy*!«

Mit einem kalten Lächeln zog sie ihm die andere Flasche über den Kopf. Der Kerl hatte keine Chance. Der Schlag ging hart auf ihn nieder und die Flasche zerbarst auf seinem harten Schädelknochen in tausend Scherben. Whiskey vermischte sich mit Blut. Wie ein gefällter Baum ging der Mann in die Knie, sein Gesicht kollidierte mit Lucys emporschnellendem Knie. Sein Kopf wurde wie ein Ball nach hinten geschleudert, die Halswirbel protestierten mit einem deutlich vernehmbaren Knacken. Mit einem ungläubigen Blick sah er sie an, seine Augen verdrehten sich und er kippte ins Spirituosenregal.

»Mach jetzt keinen Fehler, Candy!«, schrie Lucy dem vor Schreck starren Mädchen entgegen, die Automatik auf ihren Kopf gerichtet, »oder ich schieße dir in deine hübsche schweinchenrosa Cheerleadervisage!«

Ohne die Waffe runterzunehmen ging Lucy in die Knie und beugte sich über den röchelnden Mann. »Gleich, Daddy, gleich«, flüsterte sie liebevoll und hob eine der Glasscherben auf. Sie drehte sie zwischen ihren Fingern, spürte die scharfen Kanten. Fast zärtlich führte sie die Scherbe an seine Halsschlagader, die sich deutlich abzeichnete. Sie stach zu. Sofort ergoss sich Blut auf den Boden und vermischte sich mit dem verschütteten Whiskey. Stoßweise spritzte es aus seinem Hals und benetzte Lucys Regenmantel.

»Schhhh, lass einfach los, lass es geschehen, es ist gut«, raunte sie ihm ins Ohr. Es kümmerte sie nicht, dass ihr sein Blut ins Gesicht spritzte. Sanft berührten ihre Lippen seinen Mund, sie schmeckte seinen Lebenssaft und spürte, wie seine Atemzüge schwächer wurden, wie sie immer langsamer wurden und schließlich ganz versiegten. Ihre Lippen pressten sich fest auf die seinen und nahmen auf, was dem sterbenden Mann entwich. Er war ein kräftiger Kerl gewesen, stand in der Blüte seines Lebens und hatte viel zu bieten. Lucy nahm die Essenz in sich auf und spürte, wie sie die Kraft durchströmte und eine hemmungslose Ekstase von ihrem Körper Besitz ergriff. Der Höhepunkt traf sie wie ein richterlicher Faustschlag aus dem Himmel. Er ließ sie laut aufschreien, mehrmals hintereinander. Ihr Zeigefinger krümmte sich vor Lust, die Waffe bellte und eine Kugel hieb dem armen Mädchen in die Schulter. Lucy lachte. Ein feuchter Fleck breitete sich im Schritt des Toten aus. Metallischer Blutgeruch vermischte sich mit Pisse, Alkohol und Pulverdampf. Eine verdammt gefährliche Mischung. Sie hatte eine gehörige Portion von ihm bekommen, doch ihre schwarze Seele schrie nach mehr.

Benommen zog sich Lucy am Regal nach oben und räumte die Flaschen ab. Entrückt wischte sie sich mit der Waffenhand über den Mund und ging zur Theke, hinter der die Kassiererin verschwunden war. Eine unbändige Kraft durchströmte ihren Körper. Sie konnte die Angst des Mädchens förmlich riechen. »Zeit, dass ich mich um dich kümmere, Babygirl!«

Lucy machte an der Tür halt, schloss ab und drehte das Schild von *Open* auf *Closed*. Für einen Augenblick starrte sie durch die Scheibe in die verregnete Nacht hinaus und beobachtete in den glitzernden Lichtern der vorbeifahrenden Autos ihr eigenes Spiegelbild. Gerade als sie sich umdrehen wollte, hörte sie ein metallisches Klicken neben ihrem Ohr. Sie wusste, dass es Candy war, die eine abgesägte Schrotflinte unter dem Tresen hervorgeholt hatte und diese nun auf Lucy richtete. Das Mädchen hatte nicht vor, in dieser Nacht zu sterben.

»Beweg dich und ich drücke ab, verdammte Bitch!«, sagte Candy mit brüchiger Stimme. Lucy drehte sich um und leckte sich über die Lippen, als sie die stark blutende Schulter des Mädchens sah. Es roch frisch, verlockend und furchtbar anziehend. Besser als das Blut des Bastards von eben, jünger, agiler, geiler.

Candy hatte große Mühe, die Kontrolle zu behalten. Die Hand mit der Waffe zitterte. In ihrem Gesicht war zu erkennen, dass sie fieberhaft nach einem Ausweg suchte.

Verdammt, ich werde hier in diesem Drecksladen sterben, meldete sich Lucys innere Stimme. *Ich habe mich nicht mehr unter Kontrolle! Das Monster in mir gewinnt die Oberhand! Ich will das nicht!* Ihre Seele schrie gequält auf und wollte sie dazu bewegen, wegzulaufen.

Doch ihr Mund öffnete sich und sagte etwas vollkommen anderes. »Die verdammte Bitch wird dir gleich den Arsch aufreißen!«

Candy lachte hysterisch. »Schon vergessen, wer am gefährlichen Ende der Waffe steht, Schlampe?«

»Schlampe … Bitch … was ist das nur für eine unflätige Ausdrucksweise? Weißt du eigentlich, was ein Wechselbalg ist? Na, wie sieht's aus, aufgepasst im Religionsunterricht?«

Candy sah sie trotzig an. »Das ist mir doch egal. Ich

wusste schon immer, dass mit solchen wie dir was nicht stimmt ... im Kopf und so ... Ich werde die Cops anrufen, sollen die sich diesen Mist anhören, den du von dir gibst.«

Candy wich einen Schritt zurück und sah für einen winzigen Augenblick über ihre Schulter, um nach dem Telefon zu greifen. Das war Lucys Moment. Ihre Hand schnellte nach vorne und schlug den Gewehrlauf nach oben. Mit der Hand, in der sie noch immer die Automatik hielt, stach sie nach vorne und bohrte den Lauf der Waffe direkt in Candys Wunde. Das Mädchen schrie gellend auf und drückte zu Lucys Überraschung nicht ab, sondern ließ die Waffe einfach fallen. Candy taumelte mit aufgerissenen Augen rückwärts, stieß an die Theke und rutschte daran zu Boden.

»Bitte, nimm das Geld aus der Kasse ... was immer du willst ... aber ... aber ... tu mir nichts«, stammelte sie. Tränen rannen ihr über die Wangen.

Lucy ging vor ihr in die Knie und lächelte sie mit ihrem blutbesudelten Gesicht an. »Sicher wirst du mir gleich anbieten, dass du mich nicht gesehen hast, ist es nicht so? ... Aber he, die Gothicbitch ist ne verdammte Psychobraut und macht dich jetzt alle.«

Candy schüttelte den Kopf. Aus dem Blick des Mädchens sprach Todesangst. Eine Angst, die Lucy gierig in sich aufsog. »Bitte ...«

Lucy stöhnte gequält auf und presste sich die Hände an die Schläfen. *Kämpfe dagegen an! Setz dich zur Wehr! Du bist nicht das Monster, das alle in dir sehen!*

Die Schmerzen in ihrem Kopf machten sie fast wahnsinnig. Mit zusammengebissenen Zähnen sah sie dem Mädchen ins angsterfüllte Gesicht. »Es tut mir leid, Candy, aber ich habe keine andere Wahl! ... Es liegt einfach in meiner Natur.«

Sie schlug dem armen Ding die Waffe mitten ins Gesicht. Candys Nase brach, Blut ergoss sich über ihren rosa geschminkten Mund. Lucy packte Candy an den Haaren und zerrte sie hinter die Theke und von dort weiter in den kleinen, verdreckten Aufenthaltsraum. Candy wehrte sich nicht sonderlich, als Lucy das Messer zog und ihr den Bauch aufschlitzte. Sie tat es mit der stoischen Gelassenheit eines Handwerkers, der seinen Job erledigte.

Lucy stockte und sah auf ihre blutigen Hände und die Waffe, die neben dem Körper des Mädchens auf dem Boden lag. *Ich könnte es gleich hier beenden, so wie es mir meine Mutter geraten hat. Wenn ich mir den Lauf an die Schläfe setze, tut es nicht mal weh.*

Sie schlug sich kräftig gegen die Schläfen und vertrieb die Gedanken. Die scharfe Klinge drang in den Brustkorb des Mädchens ein, kurz unterhalb des Herzens. Lucy schnitt schnell und präzise, brauchte nur Sekunden, um den Körper zu öffnen. Sie legte das Messer zur Seite, griff in die Wunde und bog die Rippen auseinander, bis sie brachen. Es war verblüffend einfach, den lebenswichtigen Muskel freizulegen, der sich nun dampfend in ihrer Hand befand.

»Was für ein delikates Stück Fleisch«, flüsterte Lucy. Klebriges Blut rann ihr aus dem Herzen über die Hand und den Arm hinunter.

Was um Gottes willen tue ich denn hier, habe ich das wirklich gesagt? Das Mädchen und der Kerl hatten nichts gegen mich, es war der pure Zufall und jetzt sind sie tot. Ermordet und ausgeweidet, durch meine Hände, versuchte Lucys Gewissen erneut, die Oberhand zu gewinnen und sie von Schlimmerem abzuhalten. Das Jammern ihres Gewissens war nichts weiter als ein verzweifeltes Aufbäumen, um zu ihrem kümmerlichen Leben zurückzufinden, das sie sich die letzten Jahre über mühsam aufgebaut hatte. Die Realität sah anders aus, denn ihre letzte Chance hatte Lucy schon beim Betreten dieses verfluchten Ladens verspielt.

Das Mädchen starb und Lucy ließ den magischen Moment ungenutzt verstreichen. Ein klein wenig war es ihr eigenes Herz, das sie Candy aus dem Brustkorb gerissen hatte. Eine schwermütige Trauer überkam sie und krallte sich schmerzhaft in ihre Brust, dort, wo ihr eigenes, kaltes, schwarzes Herz noch immer schlug. Sie fühlte sich stark und schwach zugleich, zerrissen und ganz, tot und lebendig.

Lucy stand auf und sah sich um. Es gab eine alte Mikrowelle. Sie öffnete die Tür und legte das Herz auf den gläsernen Teller, wählte die Fleischtaste und stellte die Zeit auf vier Minuten ein. Lucy betätigte den Startknopf und das Gerät erwachte rauschend zum Leben.

An der Wand über Candys Leiche hing ein übergroßes Sternenbanner. Lucy lächelte boshaft, tauchte ihre Hand ins warme Blut des Mädchens und zeichnete ein Pentagramm, das von einem Widderschädel überlagert wurde und von kabbalistischen Zeichen umgeben war, direkt auf das Sternenbanner. Zufrieden stopfte sie sich die zartbittere Schokolade in den Mund und bewunderte ihr Werk.

»Gott hat dich verlassen, Amerika. Bald wird sie den Thron besteigen und ihr werdet auf Knien um Gnade flehen.«

Die Mikrowelle verkündete mit einem lauten Ping, dass ihre Mahlzeit zubereitet war.

Lucy stützte sich mit ihren Händen an die Wand des Hotelzimmers und presste die Stirn gegen die kühle Tapete. Der Regen hatte die Spuren ihrer Taten weggewaschen, doch das Grauen spiegelte sich noch immer in ihren Augen. Sie stieß sich von der Wand ab, zog Mantel und Stiefel aus und warf alles achtlos auf den abgetretenen Teppichboden. Sie ging ins Badezimmer, drehte das Wasser auf, um sich ein heißes Bad einzulassen. Dann ging sie ins Zimmer und nahm den Telefonhörer von der Gabel. Sie wählte Andrews Nummer, doch bei der letzten Zahl verließ sie der Mut.

Wie soll mir Andrew denn helfen, dachte sie. *Er kann nichts mehr für mich tun, ohne sich selbst zu verleugnen. Ich bin rettungslos verloren.*

Resignierend legte sie den Hörer auf die Gabel und vergrub ihr Gesicht in den Händen. Wie ein eingesperrtes Tier ging sie im Zimmer umher, immer von einer Wand zur anderen.

Ich muss etwas tun, irgendwas, sonst verliere ich den Verstand.

Sie könnte die Verbindungstür zu Bacons Zimmer öffnen und mit ihm über alles reden. Letztendlich würde auch er ihr nicht helfen können. Er würde es versuchen und sich mitschuldig machen und genau das wollte Lucy nicht. Sie hatte zwei absolut sinnlose Morde begangen und das bei vollem Bewusstsein. Und das Schlimme daran war, sie hatte auch noch eine grenzenlose Erregung empfunden.

Die Essenz war weitaus mehr als der letzte Atem eines Menschen. Sie verkörperte die unsterbliche Seele, das war ihr heute Nacht klar geworden. Sie nahm sie in sich auf und zehrte von ihrer Kraft. Während Lucys Macht wuchs, schrumpften die Seelen zu einem verdorrten Nichts, dennoch existierten sie weiter. Sie blieben in ihr, das konnte sie spüren. Die Seelen der Menschen, die sie ermordet hatte, fristeten in ihr ein kümmerliches Dasein, gefangen in ewiger Qual, und peinigten sie mit fremden, unbekannten Erinnerungen, die sie nicht haben wollte.

Letztendlich war die Essenz eine Art Droge, nach der Dämonen süchtig waren. Je mehr sie davon zu sich nahm, desto kürzer wurden die Abstände, in der sie sich neue Essenz besorgen musste. Im Grunde war es eine Spirale des Todes, die sich immer schneller drehte. Lucy hatte keine Ahnung, woher sie das wusste. Es ging mit der Akzeptanz ihrer selbst einher. Plötzlich war alles klar und eindeutig. Sie wusste, dass der Tod stets ein wichtiger Bestandteil ihres Lebens gewesen war. Schon als Kind hatte sie die Sekunden gezählt, die ein Schwein brauchte, bis es starb, wenn ihr Vater ihm die Halsschlagader geöffnet hatte. Oder der irische Junge. Es hatte sie weitaus mehr interessiert, *wie* er gestorben war, und nicht, warum.

Sie stand auf und legte ihre *Kleidung* ab. Anschließend ging Lucy ins Badezimmer. Die Wanne war bereits randvoll, das Wasser angenehm warm. Lucy nahm einen großen Schluck aus der Whiskeyflasche, aß von der zartbitteren Schokolade und stieg in die Wanne. Das Wasser lief über, schwappte auf den gefliesten Boden und bildete glänzende Pfützen. Lucy trank erneut und genoss die Wärme, die sich in ihrem Bauch ausbreitete und sich mit der des Wassers vereinte. Sie sah auf ihre nassen Hände und lächelte. Die Tropfen perlten von ihrer Haut ab und bildeten winzig kleine Rinnsale. Lucy griff neben die Flasche und nahm sich ihr Springmesser. Die Klinge zeigte noch Spuren von Candys Blut.

Einst hatte ihr ein Mädchen aus der Schule gesagt, dass es ganz einfach sei, sich umzubringen, indem man sich die Pulsadern aufschnitt. Man musste dazu nur die Handgelenke unter fließendes Wasser halten. Es musste ungefähr Körpertemperatur haben, das war wichtig. Man nahm sich ein scharfes Messer, also ein richtig scharfes Messer, mit dem man nicht säbeln musste, und schnitt sich die Pulsadern in Längsrichtung auf. Niemals quer, denn das führte nicht zum gewünschten Erfolg. Schnitt man quer, würde sich die Wunde schnell verschließen und all die Mühe wäre umsonst. Alkohol spielte bei der Sache ebenfalls eine wichtige Rolle. Alkohol machte es leichter, denn der Alkohol machte das Blut dünner und es konnte schneller aus dem Körper fließen. Zwei Tage, nachdem Lucy mit dem Mädchen gesprochen hatte, fand man es mit aufgeschnittenen Pulsadern in der elterlichen Badewanne. Niemand wusste, warum sie es getan hatte. Es gab keinen Abschiedsbrief.

Lucy spürte einen ziehenden, angenehmen Schmerz, ähnlich dem, wenn man ihren Rücken schlug und der Rohrstock in die Haut schnitt. Sie drehte das Wasser zu und beobachtete, wie ihr Blut im Wasser dunkle Wölkchen bildete, die sich schließlich auflösten und durchscheinende Schlieren bildeten. Einige davon sanken schwer auf den Grund, andere schwebten wie feine Fäden zur Oberfläche. Das Böse floss aus ihrem Körper und Friede kehrte ein.

Ich habe das Richtige getan. Das ist die einzige Möglichkeit, diesen Wahnsinn aufzuhalten, dachte sie und schloss die Augen. *Ich opfere mich und erfülle damit Mutters Wunsch. Ich erlöse die Menschheit von dem Bösen!*

ICH BIN DIR WAS SCHULDIG!

»Was für ne durchgeknallte Scheiße«, murmelte Martinez. Er kniete in einer dreckigen Seitenstraße in East Harlem neben einer nackten, männlichen Leiche weißer Hautfarbe. Ein Obdachloser hatte ihn gefunden, als er sich einen Schlafplatz für die Nacht suchte, der halbwegs im Trockenen lag.

Andrew stand mit einem Kaffeebecher in der Hand daneben und schwieg. Er hatte im Augenblick ganz andere Probleme. Lucy war mit seiner Dienstwaffe abgehauen und er wusste nicht, was sie damit anstellen würde. Sollte sie irgendeine Dummheit begehen, war er geliefert. Und trotzdem versuchte er, ihr Handeln zu rechtfertigen. Sie hatte seine Waffe genommen, weil sie Angst hatte, weil sie sich vor einer Bedrohung schützen wollte, so musste es sein und nicht anders. Jetzt befand sich im Holster an seinem Gürtel seine Ersatzwaffe.

Andrew hustete in seine hohle Hand und versuchte, sich auf den Toten vor seinen Füßen zu konzentrieren. Der Mann, der hier vor ihm zwischen all dem Unrat auf dem Boden lag, entsprach genau dem aus Lucys Beschreibung. Der Leichnam lag auf dem Rücken und er konnte die vielen Schnitte in seiner Haut sehen. In seinem Brustkorb klaffte ein faustgroßes Loch.

»Ist das Herz noch da?«

»Keine Ahnung, Mann. Wir warten immer noch auf Beringer. Er hat angerufen und meinte, dass die U-Bahn wegen des Hochwassers nicht mehr fährt«, erklärte Martinez.

Andrew schüttelte den Kopf. »Warum nimmt er nicht wie jeder andere Mensch auch ein verdammtes Auto?«

»Weil ich ein ökologisch denkender und verantwortungsbewusster Mensch bin! Guten Abend, meine Herren«, antwortete Beringer. Er stand genau hinter ihm, in der einen

Hand einen aufgespannten Regenschirm, in der anderen seinen Koffer.

Andrew fühlte sich wie ein ertappter kleiner Junge. »Sorry, Mr. Beringer. Mal im Ernst, wäre es nicht …«

Beringer unterbrach seine stümperhaft vorgetragene Entschuldigung mit einer knappen Handbewegung und ging neben dem Toten in die Hocke. »Für Sie immer noch Doktor, Detective Eldritch. Und jetzt bitte keine Störungen mehr, ich muss mich auf meine Arbeit konzentrieren … sehen wir mal, was wir da haben«, sagte Beringer und zog sich seine pinkfarbenen medizinischen Handschuhe an. »Männlich, weiß, Alter zwischen zwanzig und dreißig … Schnittwunden im gesamten Oberkörperbereich und … hm, mal sehen.«

Beringer tastete an dem Loch im Brustkorb herum und fasste mit der ganzen Hand hinein. Martinez stöhne gequält auf und drehte sich weg. »Ah, sehr interessant … dem Opfer wurde das Herz entnommen. Es ist naheliegend, dass dies die Todesursache sein dürfte. Natürlich unter Vorbehalt, bis ich mit meinen Untersuchungen fertig bin!«, stellte er nüchtern fest.

Andrew nippte an seinem lauwarmen Kaffee. »Klar. Sollten wir den Toten nicht besser umdrehen, damit wir sehen, ob es weitere Hinweise gibt?«

Beringer bedachte Andrew mit einem empörten Blick. Wie konnte der Ermittler es wagen, ihm ins Handwerk zu pfuschen? Er schrieb ihnen ja auch nicht vor, wie sie ihre Arbeit machten. »Das ist mehr als unüblich! … Es sei denn …«

»Es sei denn, dass ich einen berechtigten Verdacht habe, ganz richtig Doktor«, beendete Andrew den Satz des Mediziners. Nach Lucys Beschreibung musste der Mann am Rücken zahlreiche Verletzungen durch ihre Stockschläge aufweisen. »Nun kommen Sie schon, Doc! Es ist wirklich wichtig!«

Beringer schüttelte den Kopf. Er verabscheute es, von seinen Prinzipien abzuweichen, dennoch hatte Eldritch ihn neugierig gemacht.

Die Ermittler mussten vorher eine Plastikplane ausbreiten, auf die der Tote gerollt werden konnte. Beringer wollte sichergehen, dass keine Spuren verwischt wurden. »Sie können den Gegenstand unserer Untersuchung jetzt umdrehen«, forderte er die Ermittler auf.

Andrews Verdacht wurde bestätigt. Der Rücken des Opfers war wie ein frisch gepflügter Acker mit zahllosen Furchen überzogen. Die Hiebe hatten die Haut zerschnitten und Blut war geflossen. Jede Menge Blut. *Pfade der Toten, die sich an den Punkten der Macht kreuzen,* ging es dem Ermittler durch den Kopf. *Genau wie Lucy es beschrieben hat.*

Beringer strich das lange, dunkle Haar des Toten zur Seite. Andrew konnte kaum glauben, was dort zum Vorschein kam. Der Tote hatte im Genick eine kleine, sehr detailliert ausgeführte Tätowierung. Ein Pentagramm, das von einem Widderschädel dominiert wurde, umgeben von winzig kleinen Symbolen.

»Ich werd' verrückt, das Zeichen des Pentagrammkillers«, flüsterte Beringer überrascht.

Martinez bekreuzigte sich hastig und sah seinen Partner an. »Du wirkst nicht sonderlich überrascht.«

»Ich hatte nur so ein Gefühl. Nichts weiter.«

Lucy hatte die Wahrheit gesagt. Die Konsequenz dessen war, dass sie den Mann vermutlich umgebracht hatte. Er musste mit Martinez reden, hatte aber keine Idee, wie er das anstellen sollte, ohne Lucy in Gefahr zu bringen.

Lucy nicht in Gefahr bringen, tickst du noch richtig?, meldete sich Andrews Pflichtbewusstsein. *Sie hat vermutlich diesen Mann auf bestialische Weise umgebracht und ist mit Sicherheit auch in die anderen Mordfälle verwickelt.*

»Martinez, wir müssen reden«, sagte Andrew und sah seinen Partner eindringlich an.

»Das sehe ich auch so«, antwortete Martinez. Dann, an Beringer gewandt. »Wollen Sie auch 'nen Kaffee?«

Kurz darauf standen Eldritch und Martinez zwei Ecken weiter vor einem Coffeeshop und hielten dampfende Becher in den Händen.

Martinez nickte Andrew auffordernd zu. »Also, schieß los!«

Andrew rührte in seinem Kaffee herum. »Letzte Nacht … nun ja … da hatte ich unverhofften Besuch.«

Martinez runzelte die Stirn. »Also wenn du mir von deinen Liebschaften erzählen willst, dann …«

»Nein, es ist etwas ganz anderes«, unterbrach ihn Andrew. »Es war Lucy … Du weißt schon, die Sängerin dieser Band … sie stand einfach vor meiner Haustür, nass bis auf die Haut.«

»Was? Das ist doch absurd! … Allein, wie soll sie denn zu dir gefunden haben, hm?«

»Das ist Nebensache. Worum es mir eigentlich geht, ist, dass sie von genau dem Typen gesprochen hat, der jetzt dahinten zwischen den Mülltonnen liegt!«

Martinez' Kinn klappte nach unten. »Und warum erfahre ich das jetzt erst? Was hat dich dazu getrieben, mit der einzigen Verdächtigen unseres aktuellen Falls ins Bett zu steigen? Das bist du doch, oder nicht? Hast du deine verdammten Hormone nicht mehr im Griff oder um was geht es hier?« Martinez war stinksauer. Stinksauer und enttäuscht. Er fühlte sich von seinem Partner hintergangen.

Ein Müllwagen pflügte durch die überfluteten Straßen. Passanten hasteten mit Regenschirmen und hochgeschlagenen Mantelkrägen an ihnen vorüber. Andrew beschloss, nicht auf Martinez Vorwürfe einzugehen, denn er wusste, dass ihn sein Partner nicht verstehen würde. »Sie hat von einem Rafael gesprochen. Und von einem Zirkel namens *Order of Sam*. Du erinnerst dich daran, was es damit auf sich hat?«

»Natürlich erinnere ich mich! Davon hat doch Madden gesprochen und du hast es als Blödsinn abgestempelt. Ich habe dir gleich gesagt, dass was an der Sache dran ist, du erinnerst dich? Und jetzt will ich alles wissen, Mann!«, schnaubte Martinez. »Pass auf, wo du hinläufst!«, blaffte er einem Fußgänger hinterher, der ihn mit seinem Schirm gestreift hatte. Regenwasser tropfte ihnen in die Kaffeebecher.

»Lucy erzählte mir, dass dieser Rafael Cryjack etwas mit dieser *Order of Sam* zu tun hat. Sie glaubt sogar, dass er der Anführer dieses Zirkels ist. Cryjacks Freundin Carla hat sie letzte Nacht in einen Club namens *Sodom* gelockt.«

»Ich habe schon von diesem Club gehört«, sagte Martinez. »Dabei soll es sich um einen SM-Club der gehobeneren Gesellschaft handeln, irgendwo in Upper Manhattan, hier ganz in der Nähe. Nicht gerade die Gesellschaftsschicht, in der man deine Lucy erwarten würde.«

»Sie ist nicht *meine* Lucy!«, zischte Andrew. »Jedenfalls hat man ihr deutlich gemacht, dass man mit ihr einen Initiationsritus durchführen würde. Rafael hat ihr weiter gesagt, dass sie die Auserwählte sei. Genau die Auserwählte, von der Madden gesprochen hat, als er uns diesen Lilith-Kram erzählt hat. Na, klingelt es bei dir?«

Martinez schnaufte schwer. Es war nicht einfach für den gläubigen Mann, zu akzeptieren, dass es Menschen gab, die dem Bösen Tür und Tor öffnen wollten, um die Welt ins Verderben zu reißen. »Du meinst, Lucy ist das Medium, um Lilith zu beschwören?«

»Exakt«, antwortete Andrew. »Lucy hat mir von ihrer Kindheit erzählt, von ihrer Mutter, die sie verstoßen hat und auch davon, dass sie schon immer das Gefühl hatte, unter Beobachtung zu stehen! All das passt zu Maddens Schilderungen. Das Kind, das gezeugt wurde, um diesen einen Zweck zu erfüllen.«

»Ich denke, wir sollten eine Fahndung nach diesem Cryjack rausgeben«, sagte Martinez. Er sah seinen Partner eindringlich an. »Weißt du, wo sich Lucy aufhält?«

»Nicht genau. In ihrer Nachricht schrieb sie, dass sie vorhat, zu ihrer Mutter zu fahren, um etwas über ihre Vergangenheit herauszufinden. Danach wollte sie zu mir kommen.«

Martinez ergriff den Arm seines Partners. »Ich hoffe für dich, dass sie das auch tun wird und du mir nicht noch mehr verschweigst. Sollte sie innerhalb vierundzwanzig Stunden nicht auftauchen, werde ich eine Fahndung nach ihr rausgeben! ... Diese Zeit gebe ich dir, weil du mein Freund bist. Aber strapaziere das nicht noch weiter, hörst du?«

Andrew nickte schwach. »Danke, Mann ... Ich bin dir was schuldig!« Das mit der Waffe verschwieg er seinem Partner.

»Und ob du mir was schuldig bist. Wenn der Chief Wind von dem hier bekommt, werden wir viel Glück brauchen, um noch als Verkehrspolizisten Strafzettel verteilen zu dürfen.«

DU KANNST NICHT GLEICHZEITIG MOND UND SONNE SEIN

»Ich weiß, dass du wach bist«, sagte eine emotionslose, dunkle Stimme. Zeitungspapier raschelte. Es roch nach süßlichem Tabak und Desinfektionsmittel. Lucy lag im Bett ihres Hotelzimmers. Die Matratze war weich und in der Mitte derart durchgelegen, dass sich die Federn unangenehm in ihren Rücken bohrten. Die Tagesdecke mit dem Blumenmotiv aus den Achtzigern bedeckte ihren nackten Körper bis zum Kinn. Das wirklich überraschende, abgesehen davon, dass sie noch am Leben war, war der Mann am Kopfende des Bettes. Er saß auf einem Stuhl, las Zeitung und rauchte einen dünnen Zigarillo. Sie erkannte ihn sofort. Es war der Mann aus der U-Bahn, der Begleiter der weißblonden Frau, die ihr diese Höllenvision verpasst hatte. Sein Jackett hing über der Stuhllehne. Auf Lucy machte er den Eindruck eines Schuldeneintreibers, mit seinen geflochtenen schwarzen Haaren, dem weißen Hemd, der schwarzen Krawatte und den feinen Hosenträgern.

Oder wie ein Bestattungsunternehmer, ging ihr durch den Kopf. Lucy fühlte sich unglaublich müde. Sie fühlte dicke, fest gewickelte Verbände an ihren schmerzenden Handgelenken.

Der Mann legte die Zeitung beiseite.

»Du hättest sterben können, ist dir das eigentlich klar? … du hättest damit all unsere Mühen, unsere jahrelange Arbeit, zunichtegemacht, gedankenlos wie du bist«, sagte er mit vorwurfsvoller Stimme.

Lucy setzte sich auf und verzog das Gesicht. Nadelstichartige Schmerzen durchzuckten ihre Arme, sobald sie auch nur einen Finger rührte.

Der Mann lächelte milde. »Die Schmerzen werden dich noch einige Tage beschäftigen, außer … du hörst mit diesen Albernheiten endlich auf und akzeptierst, was du bist.«

»Wer zur Hölle sind Sie überhaupt und wie haben Sie mich gefunden?«, hauchte Lucy mit schwacher Stimme. »Ich wollte nichts weiter, als meinen Frieden finden …«

Der Mann setzte sich neben sie ans Bett und nahm ihre Hand. Seine Haut fühlte sich angenehm warm und gepflegt an.

»Deine Ausdrucksweise entspricht jedenfalls ganz der deines Vaters … Du musst wissen, an dem Tag, an dem du geboren wurdest, gab man mir den Auftrag, auf dich aufzupassen. Ich weiß immer, wo du dich befindest und was du tust. Ich achte darauf, dass dir nichts geschieht. Ich bin dein Wächter, Lucy! Und das ist es, was ich tue, ich passe auf dich auf.«

Lucy musterte das ebenmäßige Gesicht des Mannes. Sein Mund lächelte mild, doch seine Augen blickten unerbittlich und kalt auf sie herab. Es war offensichtlich, dass er sie nicht mochte.

»Sie … Sie kennen meinen Vater?«

»Oh ja, unsere Wege haben sich das eine oder andere Mal gekreuzt … Und irgendwann, vor vielen Jahren, habe ich seinem unseligen Treiben ein Ende bereitet.« Sein Blick rückte in weite Ferne und er nickte zufrieden.

Lucy knirschte vor Wut mit den Zähnen. »Du warst das! Du hast meinen Vater dazu getrieben, in den See zu fahren! … Ich sollte dich …« Sie versuchte, sich aufzurichten, doch sie konnte sich nicht bewegen.

»Ich rede von deinem wahren Vater. Von dem, der seinen Samen in deiner Mutter Schoß ergossen hat … Eine abgrundtief böse Kreatur, die den Tod verdient hatte.«

Lucy verstand überhaupt nichts mehr. Sie schloss die Augen, lehnte sich in die Kissen und sah Candys anklagenden Blick.

»Warum haben Sie mich nicht einfach sterben lassen … ich will das alles nicht mehr.«

»Glaub mir, mein Kind, ich wäre deinem Wunsch liebend gerne nachgekommen, aber es ist mir nicht gestattet, dich gehen zu lassen.« Sanft strichen seine Finger über ihre Hand. Lucy fröstelte ob dieser Berührung.

»Kommen wir dazu, warum ich hier bin … also abgesehen von deiner Rettung … Es ist an der Zeit, dass du endlich lernst, mit deiner Andersartigkeit zu leben … es ist Zeit, erwachsen zu werden.« Er lächelte sie kalt an. »Du hast Todsünden begangen, Lucy. Jedes Mal, wenn du gemordet hast. Der armen Menschen Seelen sind nun in dir gefangen … Ich weiß, die Dinge sind über dich hereingebrochen wie eine vom Sturm gepeitschte Flut.«

»Das ist gequirlte Scheiße!«, zischte Lucy und erschrak selbst über die Bosheit, die in ihren Worten steckte.

Der Mann nickte. »Es ist der Lauf der Dinge. Du bist vom Kind zur Frau geworden und von der Frau zum Dämon.«

Lucy schüttelte den Kopf und wollte aufstehen, doch die Hand des Mannes drückte sie in die Kissen. »Nimm deine dreckigen Finger von mir und lass mich gehen!«

»Du gehst, wenn ich es dir erlaube!«, stellte er in hartem Ton fest.

Lucy bäumte sich auf. Das Laken rutschte von ihrem makellosen Körper und entblößte ihre Brüste, die sich ihm mit harten Nippeln entgegenreckten und einen verführerischen Anblick boten. Ihre Haut schimmerte in einem bläulich weißen Glanz. Sie sah seinen angewiderten Blick und lachte. »Na, gefällt dir, was du siehst?« Ihr Körper drängte sich seiner Hand entgegen, ihr Bauch spannte sich unter ihrem schnellen Atem.

»Du kannst mich nicht versuchen, Dämon!«, knurrte er sie an.

Lucy umfasste mit einer obszönen Geste ihre Brüste. »Das ist es doch, was du willst, nicht wahr? Ich folge nur deiner Aufforderung, meine dunkle Seite zu präsentieren! … Und voilà, hier ist sie, heiß, geil und fordernd!« Der Schmerz pochte im Rhythmus ihres Herzschlags unter den Verbänden, erhitzte ihre aufgewühlten Sinne nur noch mehr. Lucy ließ ihren Gefühlen freien Lauf. Das Böse kroch in einer derart monströsen Präsenz an die Oberfläche ihres Bewusstseins, dass sie laut aufstöhnte und einladend die Beine spreizte. Erst eine schallende Ohrfeige holte sie schmerzhaft auf den Boden der Tatsachen zurück.

»Denk nicht mal daran, Ausgeburt der Hölle!« Aus der Stimme des Mannes sprach eine unverhohlene Warnung: Bis hierhin und nicht weiter!

Lucy fauchte wild. »Lass mich los und ich zeige dir mein wahres Gesicht!«

Ihre Hand glitt seinen Schenkel hinauf, ihr anzügliches Lachen machte ihn rasend. Voller Zorn packte er Lucy am Hals und schleuderte sie wie eine Puppe quer durch das Zimmer an die Wand. Lucy schrie schmerzerfüllt auf und krachte zu Boden. Ihr Kopf dröhnte. »Die einzige Versuchung, der ich widerstehen muss, ist die, dich nicht umzubringen!«

Lucy rappelte sich auf und streckte abwehrend eine Hand nach vorne. Der Verband war verrutscht. Verwundert sah sie, dass von ihrer Verletzung nur noch eine dünne, rötliche Narbe zeugte. Auf Knien saß sie da und riss sich die Verbände vollends ab. »Das gibt es doch nicht! Das kann nicht sein!«

Der Mann ging vor ihr mit einer geschmeidigen Bewegung in die Knie und nickte wissend. »In dem Augenblick, in dem der Dämon die Oberhand gewann, heilten deine Wunden. Genau so, wie ich es dir prophezeit habe.«

Lucy sah den Mann mit einem flehenden Blick an. Die Gier, die sie eben noch verspürt hatte, war auf einen Schlag verflogen. »Bitte … ich möchte das nicht … ich will niemandem mehr weh tun … es muss doch eine Möglichkeit geben, um …«

»Du kannst nicht gleichzeitig Mond und Sonne sein«, schnitt er ihr das Wort ab. So schnell, wie sein Zorn gekommen war, war er auch wieder verschwunden. Seine Stimme klang wieder so sanft wie zuvor. Er stand auf, nahm sich seine Jacke und zog sie an. Ohne sich umzudrehen, ging er zur Tür.

»Du kannst mich hier doch nicht einfach sitzen lassen«, flehte ihn Lucy an. »Ich … ich weiß nicht, was ich machen soll.«

Er öffnete die Tür, stockte und drehte sich um. Nasskalte Luft strömte ins Zimmer und ließ die am Boden kauernde

Lucy erschauern. »Nur wenn du dir deine Menschlichkeit erhältst, kannst du den Dämon in dir besiegen. Es ist nur eine geringe Chance, die dir bleibt, und vermutlich wirst du daran scheitern, doch es ist deine einzige Hoffnung auf Erlösung. Halte dich daran fest und bleibe Mensch …«, sagte der Mann mit mühsam beherrschter Stimme. »Vertraue niemandem! Am allerwenigsten denen, die sich als deine Freunde ausgeben! Leb wohl, Lucy, meine Aufgabe ist erfüllt und unsere Wege trennen sich jetzt!«

Mit diesen Worten ließ er Lucy sitzen und verschwand mit hochgeschlagenem Kragen in die regendurchpeitschte Nacht. Auf der anderen Seite des Highways blinkten die roten und blauen Lichter der Einsatzfahrzeuge.

<< *New York Citylife News Ticker* >>
Heute Nacht gehen gleich drei Morde auf das Konto des Pentragrammkillers.

In einem Drugstore an der Interstate 89 in der Nähe von Scranton kam es zu einer Schießerei, in deren Verlauf ein achtunddreißig Jahre alter Fernfahrer und eine Angestellte ums Leben kamen. Laut Polizeiangaben wurde die achtzehnjährige Candice Parker auf brutalste Weise zerstückelt. Der Pentragrammkiller zeichnete sein makaberes Erkennungszeichen mit dem Blut der Opfer auf eine Landkarte der Vereinigten Staaten. Was will er uns damit sagen?

In dieser Nacht wurde auch eine männliche Leiche in Harlem NY aufgefunden. Auch dieses Opfer wurde misshandelt und trägt das unverkennbare Zeichen des Pentagrammkillers.

NYCNT wurde die Information zugespielt, dass der Killer es anscheinend auf die Herzen seiner Opfer abgesehen hat. Das NYPD war diesbezüglich zu keiner Stellungnahme bereit.

Wie lange wollen es die Behörden dieser Bestie noch gestatten, unbescholtene Bürger dieses Landes zu ermorden?

Bleiben Sie dran! NYCNT hält Sie stets auf dem Laufenden!

BRAINS GARAGE

Es hatte eine kleine Ewigkeit gedauert, um sich durch die verregneten Straßen New Yorks zu kämpfen. Seit Stunden nur Stop and Go. Der Grund war ein Orkan, die News sprachen sogar von einem Jahrhundertsturm, der das Wasser vom Atlantik in den Hudson River drückte. Weite Teile Lower Manhattans, Brooklyns und Long Islands waren bereits überflutet und der strömende Regen tat sein Übriges, damit auch noch der Rest der Stadt absaufen würde. Der Bürgermeister hatte den U-Bahn-Betrieb eingestellt und stattdessen die Anzahl der Linienbusse verdreifacht, um all die Menschen zu transportieren, die normalerweise mit der U-Bahn fuhren. Es reichte nicht einmal annähernd, den Anschein der Normalität aufrechtzuerhalten.

Während der Fahrt hatten Lucy und Bacon kaum ein Wort miteinander gesprochen. Lucy ging vor allem der letzte Rat des Fremden nicht mehr aus dem Kopf, mit dem er sie zur Vorsicht gegenüber ihren Freunden angehalten hatte. Vorhin hatte sie das erste Mal in den News von dem Pentagrammkiller gehört und musste herzhaft lachen.

Ihr habt überhaupt keine Ahnung, um was es hier wirklich geht, dachte sie voller Ironie.

Wem konnte sie noch vertrauen und wem nicht? Den Mitgliedern der Band, ganz sicher. Rafael auf keinen Fall. Carla war ein Spielzeug ihres Freundes, ihr also auch nicht. Sie wusste instinktiv, dass sie Andrew vertrauen konnte. Er war anders, zu ihm würde sie gehen, ihm würde sie alles erzählen. Und sie würde ihm seine Waffe zurückgeben, gleich heute.

»Wo sollen wir das Schmuckstück denn abstellen?«, riss Bacon sie aus ihren Gedanken. »Auf dem Hotelparkplatz?« Er war die gesamte Strecke gefahren, weil er fand, dass Lucy zu verstört war, um selbst hinter dem Lenkrad zu sitzen. Vor allem bei diesem Wetter.

Lucy blinzelte. Sie brauchte eine Weile, bis sie realisierte, was Bacon sie gefragt hatte. »Was?«

»Ich fragte, wo wir denn den Impala abstellen sollen.«

»Zwei Blocks vom *Archeron* entfernt, da ist ein Abrisshaus, dahinter gibt es ne Menge Platz«, antwortete Lucy müde.

»Bist du wahnsinnig?«, sagte Bacon. »Dort steht die Karre keine zwei Stunden. Ich hätte da ne bessere Idee. Wir bringen den Wagen zu Brain in die Werkstatt.«

»Meinetwegen«, antwortete Lucy abwesend. Sie hatte keine Ahnung, wer Brain war, und es war ihr egal, wo sie das Auto abstellen würden. Sie zog die Karte von Andrew aus der Jackentasche und strich mit dem Finger über die geprägte Schrift.

»Andrew …«, hauchte sie leise. Sie sehnte sich nach seiner Wärme, seinem verständnisvollen Blick, nach dem Geruch seiner Haut. Er würde eine Lösung finden, sie aus diesem Albtraum zu befreien.

»Wie bitte?«, sagte Bacon und sah sie eine Antwort erwartend an.

Lucy blinzelte. »Ach, gar nichts … ich habe nur laut gedacht.« Sie musste Andrew beibringen, dass sie mehr war als das schwache, verstörte Mädchen, das Hilfe brauchte.

Bacon bog in eine schmale Seitenstraße, die vor einem rostigen Rolltor endete. Ein kurzes Hupen genügte und das Tor fuhr ratternd nach oben.

Lucy sah Bacon verblüfft an. »Du überraschst mich immer wieder!«

Das Prasseln des Regens auf das Blechdach des Impala endete abrupt, als der Wagen in das Halbdunkel der Halle eintauchte. Lucy konnte mehrere mit Tüchern abgedeckte Fahrzeuge erkennen, die entlang der Wände abgestellt waren. Hinter ihnen fuhr das Rolltor nach unten. Ein Hauch von Motorenöl und Abgasen erfüllte die Luft.

»Wir können doch nicht Stevens bestes Stück im Regen stehen lassen«, witzelte Bacon und lachte.

Lucy fuhr es durch Mark und Bein. Mit großen Augen sah sie Bacon an. »Steven? Wie kommst du darauf, dass der Wagen Steven gehört, hm? Hab nie was von einem Steven gesagt!«

Bacon schluckte und machte den Motor aus. »Doch klar, das hast du, als wir losgefahren sind. Weißt es nur nicht …«

»Nen Scheiß hab ich, Bacon! Nen verdammten Scheiß, hörst du? … Du sagst mir jetzt auf der Stelle, was hier für ein kranker Mist abläuft«, schrie sie ihn an. Lucy war außer sich. Ihr war mit einem Schlag klar, dass Bacon in die Sache verwickelt war. Lucy griff in ihre Tasche und suchte ihr Messer und fand es nicht. Es war alles genau so, wie der Fremde gesagt hatte.

Vertraue niemandem! Am allerwenigsten denen, die sich deine Freunde nennen!

»Lucy, bitte lass es mich erklären. Ich hatte …«, versuchte sich Bacon zu rechtfertigen.

»Halt einfach deinen Mund, Bacon … Sag mir, was geschieht jetzt, hm? Was soll das werden?« Lucy spürte die Pistole. Sie steckte in ihrem Hosenbund, sie brauchte nur danach zu greifen und doch zögerte sie.

Warum zögerst Du?, raunte die dunkle Stimme in ihr.

Bacon starrte auf seine Hände, die das Lenkrad fest umklammert hielten. Seine Knöchel zeichneten sich weiß unter seiner Haut ab. »Weißt du, wir sind schon unser ganzes Leben zusammen … aber da ist noch mehr … und ich weiß nicht, wie ich es dir sagen soll …«

»Spuck's endlich aus, du Bastard«, knurrte Lucy.

Er nickte. Es hatte keinen Sinn mehr, ihr etwas zu verheimlichen. »Lucy, du musst wissen, ich existiere einzig dafür, auf dich aufzupassen. Das ist Sinn und Zweck meines Lebens … nur deswegen haben mich meine Eltern gezeugt«, sagte Bacon mit leiser Stimme. Er klang sehr traurig, doch Lucy war zu wütend, um es zu bemerken.

»Das ist absoluter Bullshit, totaler Blödsinn, hörst du?«, schrie sie ihn an. In Lucys Kopf drehte sich alles, wirbelte durcheinander. Der einzige Mensch, dem sie schon ihr Leben lang vertraut hatte, war ein Lügner, nichts weiter. Tief in ihrem Innern war gerade eben etwas sehr Wertvolles zerbrochen. Ihre Seele, sofern sie überhaupt eine hatte. Mit zitternden Fingern griff sie nach der Waffe. »Du hast auch noch den letzten Rest meines Lebens zerstört … und dafür wirst du jetzt bezahlen …«

Plötzlich wurde die Beifahrertür aufgerissen. Lucy wurde von kräftigen Händen gepackt und aus dem Auto gezerrt. Die Waffe entglitt ihrer Hand und fiel auf den Boden.

Skimasken verbargen die Gesichter der Angreifer, allesamt kräftige Kerle, die wussten, was sie taten. Einer roch intensiv nach einem billigen Aftershave, der andere nach altem Schweiß. Stoisch schweigend verrichteten sie ihre Arbeit. Es war gespenstisch.

Lucy trat wie eine Furie um sich, traf einen der Angreifer mit dem Fuß am Kopf. Schreiend und mit vor das Gesicht gepressten Händen taumelte er aus ihrem Blickfeld, nur um von einer anderen Person ersetzt zu werden.

»Ihr verdammten Hurensöhne, lasst mich los! Lasst mich sofort los! Ihr habt ja keine Ahnung, mit …«

Ein harter Faustschlag traf Lucy am Kinn. Bewusstlos sank sie im harten Griff ihrer Angreifer zusammen.

Erst ein Eimer eiskaltes Wasser brachte sie wieder zur Besinnung. Ihr Kopf steckte in einer tropfnassen, engen Kapuze und sie schnappte wie ein Fisch auf dem Trockenen nach Luft. Lucy hustete, spuckte Wasser. Sie konnte ihren Kopf kaum zur Seite bewegen, aber das genügte schon, damit sie ein dumpfer Schmerz durchzuckte und dieser sie an den harten Schlag gegen ihren Kiefer erinnerte. In ihrem Mund schmeckte sie Blut.

Man hatte sie in einer recht unbequemer Haltung auf einen ungepolsterten Stuhl gesetzt, den Rücken durchgedrückt, die Beine leicht angewinkelt, die Arme hinter dem Rücken nach unten gestreckt. Lucy konnte sich nicht bewegen, denn Seile fixierten sie straff in dieser Haltung. Dicke Knoten verhinderten, dass die einzelnen Seilschläge verrutschten. Selbst ihre Finger waren verknotet und um ihren Hals lag ebenfalls eine feste Schlinge. Das war Bondage höchster Schule. Ihre Füße waren nackt und die Jacke hatte man ihr ebenfalls genommen. Lediglich ihr schwarzes Trägershirt und die engen Lederhosen hatte man ihr gelassen.

Lucy fror, ihr war kalt. »Was … was wollte ihr von mir? … Ich …«, stammelte sie mit halb erstickter Stimme.

Niemand antwortete, aber sie spürte, dass sie nicht allein war. Kleidung raschelte und sie konnte hören, dass jemand da war. Da war ein unterdrücktes Atmen.

»Ihr macht einen großen Fehler, hört ihr? … Die Cops

wissen, wo ich bin«, log Lucy mühsam beherrscht. Ihr Körper wurde von eisigen Schauern geschüttelt.

»Lucy, Lucy, Lucy … jetzt enttäuschst du mich wirklich.«

Rafael, schoss es Lucy durch den unterkühlten Kopf. *Bacon hat mich an diesen Hurensohn Rafael ausgeliefert.*

»Ich hätte es wissen müssen«, zischte sie böse. »Mach mich sofort los, du verdammter Bastard, oder …«

»Oder was?«, sprach Rafael dicht vor ihrem Gesicht. »Was willst du tun, hm? … Willst du über mich herfallen? So wie über die Leute in der Tankstelle etwa? Oder wird gleich dein Cop-Freund hier auftauchen und uns alle festnehmen?«

Rafaels Atem roch nach Whiskey, seine Haut aufdringlich nach einem schweren, süßen Aftershave. Mit einem Ruck riss er ihr die Kapuze vom Kopf.

Lucy blinzelte. Rafael stand direkt vor ihr. Wie immer trug er seinen langen, schwarzen Mantel.

»Ich werde den gleichen Fehler nicht zweimal machen und dich gehen lassen«, stellte Rafael mit seiner dunklen Stimme fest.

Sobald sich Lucy bewegte, zogen sich die Fesseln fester zu. Vor allem das Seil um ihren Hals machte ihr zu schaffen. Je mehr sie sich rührte, desto weniger Luft bekam sie. »Bitte, Rafael … wir können doch … über alles reden … du musst das nicht tun«, stieß sie mit erstickter Stimme hervor.

Doch Rafael lächelte sie nur kalt an. »Halt deinen Mund, Lucy. Andernfalls muss ich meine Männer bitten, ihn dir zu stopfen und das würde dir gewiss nicht gefallen.«

Lucy schloss die Augen und versuchte, langsam und ruhig zu atmen. Nur so bekam sie genügend Luft. Ihr war klar: Würde sie anfangen zu husten, würde sie ernsthafte Probleme bekommen.

Rafael ging vor ihr auf und ab. Er wirkte nervös, als würde er auf etwas Wichtiges warten. »Was hast du dir nur gedacht, einfach davonzulaufen, hm? … Du hättest alles haben können, dort unten im *Sodom*. Alles, hörst du? … Stattdessen verschwendest du ein wertvolles Opfer und läufst einfach davon!«

Lucy schnappte nach Luft. »Es war … es war anders, als in meinen … meinen Erinnerungen. Als die … die Essenz von ihm in mich eindrang … es hätte mich fast zerrissen.«

Rafael blieb stehen und schüttelte den Kopf, sah sie aber nicht an. »Weil er absolut rein war, Lucy. Nur deswegen. Ich wollte dir helfen, wollte dir alles erklären, doch du hast mir nicht zugehört. Aber du ... du musstest natürlich davonlaufen zu deinem Polizisten. Das hat alles nur noch schlimmer gemacht.«

»Was könnte schlimmer sein, als das ... was ich getan habe?«, keuchte Lucy.

Rafael ging vor Lucy in die Hocke und legte seine Hände auf ihre Knie. Lucy widerte die Berührung an, wollte sich ihr entziehen, doch sie konnte sich keinen Millimeter bewegen.

»Das ist Ansichtssache«, sagte Rafael. »Jedenfalls weiß er zu viel. Er ist zu einem Problem geworden, um das wir uns kümmern müssen.«

»Du wirst ... ihn in Ruhe lassen, hörst du?«

»Sorry, mein dunkler Engel, das geht leider nicht«, antwortete Rafael mit einem hämischen Grinsen.

Dunkler Engel, so nannte er immer Carla, dachte sich Lucy. *Ist sie auch eine wie ich, ein Wechselbalg?*

»Erst dachte ich, dein kleiner Ausflug zu deiner ach-so-gläubigen Mutter würde dich vollends aus der Bahn werfen, aber das Gegenteil war der Fall. Du hast deiner dunklen Seite gestattet, sich zu offenbaren!« Triumph klang in Rafaels Stimme mit.

Lucys Körper würde von heißen Wellen geschüttelte. Etwas bäumte sich in ihr auf, warf sich voller Wut gegen die Fesseln und zog sie dadurch nur noch fester. Würgend schnappte sie nach Luft. »Ich wollte ... wollte dem ein Ende bereiten, aber dein ... dein Aufpasser hat mich davon ... abgehalten.«

»Bacon? Davon hat er gar nichts erzählt«, antwortete Rafael verwundert.

Lucy schluckte. »Ich meine den ... den Mann im schwarzen Anzug!«

Rafael sah sie überrascht an. »Den Mann im schwarzen Anzug? Wer zur Hölle ist ... Oh, nein, du meinst nicht *den* Mann im schwarzen Anzug! Was ist passiert? Was hat er gemacht, gesagt, getan? Komm schon, rede!« Rafael packte Lucy hart an bei den Schultern und rüttelte sie, so dass der Stuhl über den Boden schrammte. »Rede schon, verdammt, mach dein verfluchtes Maul auf! Ich muss es wissen!«, fuhr er sie mit lauter Stimme an.

»Nen Scheiß erzähl ich dir!«, presste Lucy mühsam hervor.

Rafael schlug ihr mit dem Handrücken ins Gesicht. »Sag es mir, Lucy ... oder ... "

»Komm schon, zeig mir, was du drauf hast!«, knurrte Lucy. Blut lief ihr aus der Nase und in den Mund. Der Geschmack törnte sie an. Der Dämon erwachte.

Rafael war jetzt ganz dicht vor ihr. »Du willst es nicht anders.« Seine Hand umschloss oberhalb des Seils ihren Hals, drückte fest zu. »Mal sehen, wie dir das gefällt.«

Lucy bekam augenblicklich keine Luft mehr. Ihr Körper spannte sich unter den engen Fesseln. Die Seile zogen sich dadurch nur noch enger zusammen. Binnen weniger Sekunden geriet ihr Gehirn in Panik und gierte nach Sauerstoff. Adrenalin und Endorphine wurden ausgeschüttet und versetzten Lucy in eine Art Rausch, einer lebensgefährlichen Mischung aus Todesangst und sexuellem Kick.

Rafael befasste sich schon seit Jahren mit dem *Jeu du Foulard*, dem Würgespiel. Laut einem Text von Jean Giono aus dem Jahre 1948 namens *Faust au village* musste man beim Würgen sowohl die Luftzufuhr als auch Halsschlagader abdrücken, was recht schnell zum Verlust des Bewusstseins führen konnte und Konvulsionen auslöste, die in reiner Ekstase gipfelten. Die Gefahr bestand darin, dass, wenn man den richtigen Moment verpasste und den Griff nicht lockerte, das Herz stehen blieb und der Tod eintrat.

Monique hatte Rafael erzählt, dass es Anfang des 20. Jahrhunderts in dem französischen Dörfchen Manosque sogar bezahlte Experten gegeben hatte, die den Moment, in dem man den Würgegriff lockern musste, auf die Sekunde genau erwischten. Diese Technik wurde von ganzen Familien praktiziert. Mütter würgten mit Lederriemen ihre Kinder, nur um sich anschließend selbst würgen zu lassen. Auch heute war Manosque noch eine Hochburg des Würgens.

Lucys Blut drückte gegen Rafaels Finger. Ihr Körper erbebte, zuckte. Lucys Augen wurden groß und flackerten. Mit jeder Bewegung zogen sich die Schlingen fester zu, schnürten sie ein. Ihr Mund öffnete sich, schnappte nach Luft, würgte. Der Sauerstoffmangel verursachte ein ohrenbetäubendes Rauschen in ihrem Kopf. Ein Kribbeln durchströmte ihren Körper und fokussierte sich in ihrer Körpermitte.

Ich werde sterben!

Lucy war sich sicher, dass Rafael die Kontrolle verloren hatte. Er würde so lange zudrücken, bis ihr Gesicht blau und ihr Körper tot war. Die Todesangst trieb sie einem letzten, finalen Höhepunkt entgegen.

Kurz, bevor sie diesen erreichte, lockerte sich Rafaels Griff. Sauerstoff drang pfeifend in ihre Lungen und Blut schoss ihr mit der Wucht eines Faustschlags ins Gehirn. Lucy schnappte nach Luft und bekam Panik. Das Seil verhinderte, das sie durchatmen konnte. Allein der Gedanke, endlich Luft holen zu können und doch gehemmt zu sein, löste eine nie gekannte Panik in ihr aus, die sie unkontrolliert gegen ihre Fesseln ankämpfen ließ und alles nur noch schlimmer machte.

Rafael löste mit süffisantem Lächeln einen einzigen Knoten. Lucy konnte sich noch immer nicht bewegen, bekam aber wenigstens wieder genügend Luft. Mit weit aufgerissenem Mund sog sie den Sauerstoff ein, schnappte wie ein Fisch auf dem Trockenen, hustete.

»Wie hat dir diese kleine Lektion des *Jeu du Foulard* gefallen?«

Lucy fühlte sich erschöpft. Erst jetzt merkte sie, dass ihr Körper schweißgebadet war und zitterte. Sie war am Ende, hatte keine Kraft mehr, um weiterzukämpfen. Die Druckstellen an ihrem Hals schmerzten. »Tu das nie wieder … ich dachte für einen Moment …«

»Dass du sterben würdest? Aber nein, nicht unter meinen Händen, nicht in dieser schäbigen Garage. Ich weiß, was ich mache … Zwing mich nicht, die Lektion zu wiederholen«, erwiderte Rafael mit selbstgefälligem Tonfall.

Lucy keuchte. »Ich wollte mich umbringen, hab mir die Pulsadern aufgeschnitten … Ich weiß nicht wie, aber er hat mir das Leben gerettet, auch wenn ich den Eindruck hatte, dass er es nicht gern getan hat … Er tat es wie ein Handwerker, der bei einem unbeliebten Kunden nen Job zu erledigen hat, verstehst du?«

Rafaels Gesicht befand sich dicht vor ihrem. Aus seinen Augen funkelte purer Hass. »War eine Frau bei ihm? Groß, blond, schlank?«

Lucy wollte nicken, aber das Seil ließ es nicht zu.

»Ja!«, log sie Rafael an. Sie spürte, wie sich seine Aufregung in Angst wandelte.

»Scheiße!«, fluchte Rafael lauthals, stand auf und fing an, vor Lucy auf und ab zu laufen. »Das sind Leute, mit denen du dich besser nicht einlassen solltest«, erklärte er ihr. »Die nehmen dich auseinander, wenn sie herausfinden, was du wirklich bist!«

Lucy lachte krächzend. »Er wusste … genau, was ich … bin und trotzdem hat er mir … geholfen … und er hat von meinem Vater, meinem richtigen Vater, gesprochen.«

»Was hat er über ihn gesagt?« Rafaels Stimme klang nervös, fast hektisch.

»Dass er ihn umgebracht hat.«

»Dieser verdammte Bastard, dafür wird er bezahlen!«

Rafael hat Angst vor dem Mann im schwarzen Anzug, dachte Lucy.

Rafael blieb stehen und winkte zwei Männer herbei, die Lucy bisher nicht gesehen hatte. Sie trugen noch immer ihre Skimasken. »Wir brechen sofort auf. Schafft sie in den Lieferwagen, so wie sie ist! Auf dem verdammten Stuhl! Und passt auf, dass sie euch während der Fahrt nicht verreckt. Auf, macht schon, wir müssen hier weg!«

Die Handlanger nickten und gingen auf Lucy zu.

»Augenblick mal, wohin bringt ihr mich?«, wollte sie wissen.

Rafael lachte. »Warum auch nicht. Wir fahren nach Long Island, meine Liebe. Dort werden wir gemeinsam ein Tor zur Hölle öffnen … und weißt du was? *Du* wirst im Mittelpunkt stehen, das magst du doch, oder etwa nicht? Wolltest doch immer die Hauptrolle …«

<< New York Citylife News Ticker >>
In dieser Nacht wird über New York die Mutter aller Stürme hereinbrechen. Der Jahrhundertsturm Jason rast mit ungebremster Macht auf das Festland zu. Teile New Yorks sind bereits vom Hochwasser betroffen. In Long Island wurde bereits der

Ausnahmezustand verhängt, da auch dort mit Überflutungen gerechnet werden muss. Dem Sturm gehen schwere Regenfälle und Hagelschauer voraus. Aufgrund der extremen Wetterverhältnisse kommt es vermehrt zu Stromausfällen im gesamten Bundesstaat New York und Teilen New Jerseys. Die Zubringertunnel nach Manhattan wurden vom Bürgermeister aus Sicherheitsgründen gesperrt, ebenso wurde der Betrieb der U-Bahn eingestellt. Leute, bleibt zu Hause und schließt die Fenster, denn nicht nur der Sturm lauert dort draußen in den Straßenschluchten New Yorks auf euch, auch der Pentagrammkiller treibt nach wie vor sein Unwesen!

Bleiben Sie dran, NYCNT bringt die News direkt in Ihr Wohnzimmer!

UM LEBEN UND TOD

»Verdammt noch mal, Eldritch, wir müssen endlich etwas unternehmen!« Martinez warf frustriert seinen Burger auf den Teller.

Sie saßen in *Marthas Kitchen* in der 5th Avenue. Durch die großen Scheiben sahen sie Menschen, die unter Regenschirmen oder in gelbe Regenmäntel gehüllt gegen Sturm und Regen ankämpften. Andrew leerte seinen Kaffee und nickte der Bedienung zu, damit sie ihm nachschenkte.

»Lucy kommt, vertrau mir!«, versuchte Andrew, seinen aufgebrachten Partner zu beruhigen.

»Es geht mir nicht in erster Linie um Lucy«, erklärte Martinez. »Ich hab darüber nachgedacht, was es bedeuten würde, wenn alles stimmt, was uns Madden erzählt hat.«

Andrew nickte. »Ich bin kein gläubiger Mensch, das weißt du, Martinez … Ich denke, dass dieser Rafael beabsichtigt, dieses Ritual durchzuführen, von dem Madden gesprochen hat, um Lilith zu … hm, beschwören … oder was auch immer.«

Martinez löffelte sich Zucker in seinen Kaffee. Er mochte ihn stark und süß. Manchmal nahm er zum Süßen sogar Honig, aber den gab es hier nicht. »Wir müssen mit allem rechnen«, sagte er mit fester Stimme. »Mit *allem*, verstehst du? … Du kannst darüber denken, was du willst, meinetwegen halt mich für verrückt, ich glaube an die Existenz des Teufels und daran, dass Lilith an seiner Seite die Unterwelt beherrscht, nur damit du das weißt!«

Demonstrativ rührte er mit einem klappernden Geräusch seinen Kaffee um. »Ich will nur, dass wir auf alles vorbereitet sind!«

»Zuerst müssen wir Lucy finden«, stellte Andrew fest. »Sie wollte ihre Mutter besuchen, in dieser Irrenanstalt. Ich hab nachgeforscht und herausgefunden, dass sie in Five Points einsitzt.«

»Man sagt nicht mehr Irrenanstalt ... Sie sitzt echt in Five Points?«, antwortete Martinez. »Man fährt über die Interstate 89 nach Norden und kommt an Scranton vorbei!«

»Ganz genau. Dort, wo letzte Nacht die zwei Menschen in diesem Drugstore ermordet worden sind. Lucy muss bereits auf dem Rückweg gewesen sein, als es passierte. Du erinnerst dich?«

Martinez stocherte in seinem Essen herum. »Yeah, ne ziemlich üble Sache ... Scheiße Mann, glaubst du etwa, sie hat die armen Leute umgebracht?«

Andrew rieb sich übers Gesicht und schnaufte schwer.

»Ich weiß nicht mehr, was ich glauben soll!«

Das Handy brummte in seiner Jackentasche. Er nahm es ans Ohr und lauschte, nickte mehrmals und sah Martinez verwundert an. Das Telefongespräch war kurz. Er legte auf und steckte das Telefon in seine Jacke. »Das war Bacon!«

»Wer?«, sagte Martinez.

»Na, Bacon, einer der Typen aus Lucys Band.« Andrew warf ein paar Dollarnoten auf den Tresen. »Wir müssen auf der Stelle los! Er weiß, wo Lucy ist. Wir treffen uns mit ihm hinter dem Duffs. Er klang ziemlich verängstigt und meinte, dass wir uns beeilen sollen! ... Er sagte, es ginge um Leben und Tod.«

Der Treffpunkt stellte sich als leerstehende Fabrikhalle auf einem Abbruchgelände hinter dem Duffs heraus. Andrew machte den Motor aus und nickte.

»Genau die Art von Treffpunkt, auf die ich stehe«, sagte er mit leicht zynischem Unterton. »Dieser Bacon meinte, dass er sich mit mir allein treffen will.«

»Du willst ernsthaft allein in dieses dunkle Loch gehen, wo Gott-weiß-was auf dich lauern kann? ... Wir haben nicht die geringste Ahnung, wer alles in diese Pentagrammkiller-Sache verwickelt ist«, gab Martinez zu bedenken.

Ich zum Beispiel, dachte sich Andrew. Er zog seine Ersatzwaffe und überprüfte das Magazin. Alles war in Ordnung. Wetterleuchten zuckte über den Himmel und tauchte das verwüstete Areal in kaltes Licht.

»Ich habe keine Wahl, Mann …«

»Dachte ich mir … Machen wir es wie immer! Du gehst rein und ich folge dir, wenn du in der Halle bist … Ohne Rückendeckung läuft da gar nichts, Partner«, gab ihm Martinez zu verstehen. Die Zwei waren ein eingespieltes Team und machten so etwas nicht zum ersten Mal.

Andrew nickte seinem Partner zu, stieg aus und lief mit hochgezogenen Schultern durch den strömenden Regen zu der alten Fabrikhalle. Er betrat das Gebäude durch ein schief in den Angeln hängendes rostiges Tor und blieb stehen, um sich zu orientieren. Durch die eingeschlagenen Fenster fiel ein düsteres Zwielicht auf den mit Unrat übersäten Betonboden. Allerorts standen Kisten herum, alte Möbelstücke sogar, auf denen bereits Pilze wuchsen. Zwei ausgeschlachtete Autogerippe standen im Zentrum der Halle, zwischen ihnen im Halbkreis aufgestellt ihre fleckigen alten Sitze. Hier roch es intensiv nach Altöl und unangenehm scharf nach Pisse. Der Sturmwind pfiff jaulend über die Glasscherben der zerbrochenen Fenster.

Faulige Zähne im Wind, allzeit bereit, zuzubeißen, ging es dem Ermittler durch den Kopf.

Ein loses Blech klapperte weit oben in der undurchdringlichen Dunkelheit über ihm im gleichen Rhythmus, fünfzig Meter weiter hinten am Ende der Halle und nur schemenhaft zu erahnen, klirrten von der Dachkonstruktion herabhängende Eisenketten.

Sein Gefühl riet ihm, umzukehren, aber er konnte nicht. Er musste unbedingt mit diesem Bacon reden, um herauszufinden, wo Lucy steckte.

Gehen sie in die Halle und an den Autositzen vorbei, dahinter befindet sich eine Treppe, die nach unten führt, erinnerte sich Andrew an Bacons Anweisungen. *Seien sie vorsichtig, es gibt überall Löcher und Schächte, in die sie besser nicht fallen sollten.*

Tatsächlich gab es viele rechteckige, finstere Schatten auf dem Boden, die sich bei genauerer Betrachtung als bodenlose Löcher entpuppten. Der Ermittler suchte sich seinen Weg, ohne seine kleine Stablampe einzuschalten. Er wollte um keinen Preis gesehen werden. Die Autositze waren in einem erbärmlichen Zustand. Vor ihnen lagen die Überreste einer alten Feuerstelle, daneben leere Konservendosen und

Einwegspritzen. Zu viele Spritzen für seinen Geschmack. Hier verpassten sich Drogensüchtige ihren Kick, wenn sie aus einem der Clubs kamen. In einem der Autoskelette befand sich eine alte, fleckige Matratze. Andrew würde übel, als etwas unter seinem Stiefel schmatzte und er sah, dass es sich um ein gebrauchtes Kondom handelte. Nur mit Mühe konnte er die von seinem Unterbewusstsein produzierten Bilder unterdrücken.

Hinter den Sitzen fand er einige Meter weiter die Treppe, von der Bacon gesprochen hatte. Kaum breiter als Andrews Schultern führte sie steil nach unten in ein schwarzes, scheinbar bodenloses Nichts. Glas knirschte unter seinen Sohlen, als er die erste Stufe betrat und nun doch seine Stablampe einschalten musste, wenn er nicht einen Abgang ins Ungewisse machen wollte. Es donnerte so laut, dass die losen Bleche der Hallenverkleidung vibrierten. Der Regen prasselte tosend laut auf das Wellblechdach des Gebäudes, so dass all die kleinen und wichtigen Geräusche verschluckt wurden.

Dort unten finden Sie alte Wasserbecken. Am Ende des Korridors befindet sich eine alte Stahltür. Die führt zum Pumpenraum, dort werde ich auf Sie warten.

Unten angekommen fand sich der Ermittler in den Trümmern einer Wasseraufbereitungsanlage wieder. Der Korridor entpuppte sich als ein schmaler Steg aus rostigem Stahl, der über mehrere Kaskadenbecken führte, in denen eine braune, übelriechende Flüssigkeit schwappte. Der Lack auf dem Geländer des Stegs schlug rostig gelbe Blasen und machte keinen vertrauenerweckenden Eindruck.

Andrew runzelte die Stirn und richtete den Strahl seiner Lampe nach vorne. Auf der gegenüberliegenden Seite sah er die von Bacon beschriebene Tür. Der Steg ächzte unter seinem Gewicht. Er hatte sogar den Eindruck, dass er schwankte. Die Brühe unter ihm schlug Blasen. Erneuter Donner ließ das Gebäude in seinen Grundfesten erzittern.

Wenn das so weitergeht, wird New York noch absaufen und wir werden alle wie elende Ratten ertrinken, ging es ihm durch den Kopf.

Andrew stockte. Es war unheimlich, er wurde das Gefühl nicht los, dass in dem trüben Wasser irgendetwas vor sich ging. Er hatte weder etwas gesehen oder gehört, es war ein Gefühl und auf das konnte er sich normalerweise immer verlassen. Andrew war froh, dass Martinez in der Nähe war und ihm Rückendeckung gab.

Der Steg hielt und er erreichte die Tür auf der anderen Seite. Vorsichtig fuhr er mit der Hand über das pockennarbige Metall. Die Tür war nur angelehnt. Er dachte kurz darüber nach, seine Waffe zu ziehen, entschied sich aber dagegen. Der Mann war verängstigt und wollte mit ihm reden, eine Waffe würde das dünne Band des Vertrauens jedoch sofort zerstören. Entschlossen legte er seine Hand auf den schweren Riegel und zog die Tür auf.

Das Licht seiner Lampe erhellte einen kleinen Raum, angefüllt mit dicken, isolierten Rohren, an denen große Elektromotoren befestigt waren. Überall gab es Handräder und Hebel. Der Raum machte einen chaotischen Eindruck und dennoch schien alles am richtigen Platz zu sein.

»Bacon?«

Niemand antwortete.

»Bacon, sind Sie da drin? … Wir haben vorhin telefoniert!«

Wieder nichts.

»Ich komme jetzt rein …«

Andrew wollte gerade den Raum betreten, als er spürte, wie sich der Steg unter ihm bewegte. Es war nur ein leichtes Vibrieren. Es reichte aus, ihm zu vermitteln, dass er nicht mehr allein war.

»Martinez, das ist weder der Ort, noch der Zeitpunkt, um …«

»Ich bin nicht Martinez«, teilte ihm die gleiche Stimme mit, die er vor etwa einer Stunde am Telefon gehört hatte.

Bacon, dachte Andrew.

»Drehen Sie sich nicht um«, sprach Bacon weiter. »Ich bin verblüfft, wie einfach es war, Sie hier herzulocken.«

Eine Waffe klickte und Andrew verfluchte sich dafür, keine schusssichere Weste zu tragen. Die lag wie immer bei dem ganzen anderen Zeug im Kofferraum seines Wagens.

»Bacon, ich bin hier, um mit Ihnen über Lucy zu reden, so, wie wir es vereinbart haben«, versuchte es der Ermittler erneut. »Von mir aus können …«

»Halten Sie ihren Mund«, unterbrach ihn Bacon. »Wir werden uns nicht über Lucy unterhalten, denn Lucy ist in ein paar Stunden sowieso nur noch Geschichte.«

Andrew konnte sich irren, er hatte das Gefühl, dass die Stimme des Mannes unsicher klang. Sein Körper spannte sich an, bereit zu handeln. »Hören Sie, was auch immer Ihr Problem ist, wir können darüber reden. Sie scheinen ein vernünftiger Mann zu ...«

Bacon lachte nur. »Haben Sie tatsächlich geglaubt, dass ich Ihnen Lucy ans Messer liefere? ... Die Frau ist nichts für einen verdammten Bullen! ... Sie ist für etwas Größeres bestimmt. Weitaus größer, als Sie sich vorstellen können.«

Andrew hob seine Hände, um den Mann in seiner Überlegenheit zu bestärken. Er musste die Situation unter Kontrolle bekommen und das ging nur, wenn er Bacon in ein Gespräch verwickeln konnte, das ihn von seinem eigentlichen Vorhaben abbringen würde. Und dass Bacon reden wollte, war offensichtlich.

»Etwas Größeres? Meinen Sie damit etwa diese ... diese Beschwörung? Ist es das?«

Bacon stutzte. »Woher wissen Sie davon?«

Andrew drehte sich zur Seite, damit er den Mann sehen konnte. Sein Gesicht war unter der Kapuze seines Pullis nur ein dunkler Schatten.

»Glauben Sie etwa, Sie sind der Einzige, mit dem Rafael spricht?«, log er den Drummer von *Hell's Abyss* an. Er musste pokern, musste seinen Gegenüber verunsichern.

»Rafael hat mit Ihnen gesprochen?«, wollte Bacon wissen. Die Stimme des Mannes zitterte vor Aufregung.

»Und ob. Was glauben Sie denn, warum wir beide uns hier gegenüberstehen, hm?« Andrew setzte alles auf eine Karte. Er musste den Mann verunsichern und dessen Vertrauen in Rafael ins Wanken bringen. »Er will Ihre Loyalität auf die Probe stellen, Bacon ... und während wir hier unten stehen, wird Lucy bereits auf das ... auf das Ritual vorbereitet!«, log Andrew und drehte sich um. Endlich stand er frontal vor ihm.

»Bleiben Sie, wo Sie sind«, drohte Bacon und hob seine Pistole an. Er erweckte nicht unbedingt den Eindruck eines Profikillers. Eher wirkte er in die Rolle hineingezwungen.

»Sie haben absolut recht, Rafael stellt mich auf die Probe. Und es gibt keinen Zweifel daran, dass ich sie auch bestehen werde … ich lege Sie um, setzte mich auf mein Motorrad und kann immer noch rechtzeitig auf Long Island sein.«

Andrew schüttelte den Kopf. »Sie werden damit nicht durchkommen, Bacon. Glauben Sie ernsthaft, dass ich allein hier in dieses Loch gestiegen bin, hm? Halten Sie mich für so dämlich?«

Bacons grinste ihn hämisch an.

»Sie meinen sicher den Mex, nicht wahr? Den habe ich, hm, nennen wir es *ruhiggestellt*.«

Du verdammter Hurensohn, wenn du meinem Partner was angetan hast, mach ich dich fertig, dachte Andrew.

Um die Lage zu ändern, musste er ungeachtet seiner Sorgen um Martinez diplomatisch bleiben. Er startete einen letzten Versuch. »Seien Sie doch vernünftig. Dieser Zirkel, dieser *Order of Sam*, wird Sie wie eine heiße Kartoffel fallenlassen, wenn Sie die Drecksarbeit erledigt haben. Sie werden am Ende allein dastehen!«

»Das glaube ich nicht«, sagte Bacon mit fester Stimme. »Mein ganzes Leben ist auf diese eine Nacht ausgerichtet. Es spielt keine Rolle, was danach mit mir sein wird. Einzig der Zweck ist wichtig und der ist, wie Sie schon sagten, Lilith zu beschwören, um das Ende aller Tage einzuleiten. Sie wird kommen, um uns zu erlösen!«

Bacon war sich seiner Sache sicher und wurde redselig. »Wissen Sie eigentlich, wer mein Vater ist?«

Andrew zuckte mit den Schultern. »Keine Ahnung. Sagen Sie es mir!«

Ich muss ihn beschäftigen, ablenken, in Sicherheit wiegen. Im richtigen Augenblick schlage ich zu.

»David Berkowitz, der *Son of Sam*!«, verkündete der Mann stolz.

Andrew musste eine Weile nachdenken, bis er sich an den Serienkiller erinnerte, der in den Achtzigern inhaftiert worden war, nachdem er in Brooklyn sechs oder sieben Morde im Namen Satans verübt hatte. Berkowitz musste inzwischen weit über sechzig Jahre alt sein.

»Unmöglich, der Mann sitzt schon länger in Haft, als Sie alt sind«, antwortete Andrew.

»Das ist richtig. Aber lassen Sie es mich erklären. Meine Mutter war vor Berkowitz' Verhaftung mit einem gewissen Sam Carr liiert. Carr und Berkowitz gehörten einem Zirkel an, der die Welt von all dem Abschaum und Dreck, dem Bodensatz der Menschheit, befreien wollte. Um dieses Ziel zu erreichen, gibt es nur eine Möglichkeit, nämlich Lilith hier herzuholen.«

»Alles schön und gut, aber das beweist noch immer nicht Ihre Behauptung, Berkowitz sei Ihr Vater«, unterbrach ihn Andrew.

»Lassen Sie mich verdammt noch mal ausreden«, fuhr ihn Bacon an. »Zuerst musste eine geeignete Frau gefunden werden, mit der sich Liluthu, der Vasall Liliths auf Erden, paaren konnte, um ein Kind aus dem Blut der Höllenkönigin zu zeugen.«

Lucy hat sich selbst als Wechselbalg bezeichnet, ging es Andrew durch den Kopf. *Könnte dieser Liluthu etwa auch ihr Vater sein?*

»Carr gab Berkowitz den Auftrag, diese Frau zu suchen, doch er wurde nicht fündig. 1977 wurde er von der Polizei festgenommen. Der Zirkel lief auseinander, als kurz darauf Carr ums Leben kam … Jahre später, kurz nachdem Berkowitz nach *Rikers Island* verlegt worden war, besuchte ihn meine Mutter und machte vom Recht des *intimen Besuchs* Gebrauch, das Lebenslänglichen im Staate New York zusteht. Sie wissen, um was es sich dabei handelt?«

Andrew nickte. »Der Insasse und eine ihm nahestehende Person dürfen sich für eine Stunde sexuell näher kommen.«

Bacon nickte, um seinen Worten mehr Gewicht zu verleihen. »Neun Monate später wurde ich geboren.«

»Okay, verstehe. Und Lucys Mutter wurde von diesem Liluthu-Dings auserwählt oder was?«, mutmaßte Andrew.

»Das geschah, lange bevor ich gezeugt wurde. Als klar war, dass Lucys Mutter das richtige Gefäß sein würde, zog meine Mutter nach Manitowok, Wisconsin. Dort wurde ich geboren, besuchte mit Lucy den Kindergarten, die Schule, einfach alles … bis wir schließlich anfingen, Musik zu machen und hier herkamen, ganz so, wie es geplant war … Anfangs war meine Mutter eng mit Lucys befreundet, doch sie bemerkte schon sehr früh, dass ihre Tochter kein normales Kind war. Die Freundschaft zerbrach und sie verfiel in einen religiösen Wahn, der sie letztendlich ins Irrenhaus brachte … aber so sehr sie auch dagegen ankämpfte, sie konnte nichts an der Bestimmung ihrer Tochter ändern. Genauso wenig wie Sie!«, stellte Bacon abschließend fest und grinste Andrew breit an.

Jetzt!

Andrew riss seine Stablampe herum und leuchtete Bacon ins Gesicht, der geblendet die Augen schloss. Und genau das war die Absicht des Ermittlers.

Er schnellte nach vorne und drehte sich gleichzeitig zur Seite und somit von Bacons Waffenarm weg. Seine Hand fuhr unter die Jacke und griff nach der Pistole.

Bacon blinzelte gegen das grelle Licht an und wich zurück. Seine Waffe zuckte unkontrolliert in Andrews Richtung. Ohne zu zielen, drückte er ab. Die Kugel schlug in die Stahltür des Pumpenraums und jaulte als Querschläger davon.

Noch in der Vorwärtsbewegung spürte Andrew seine Waffe zwischen den Fingern und zog sie aus dem Holster. Bacon stand etwa acht Meter entfernt. Das war für einen körperlichen Angriff zu weit. Andrew musste es schaffen, an seine Waffe zu kommen, bevor sich Bacon sammeln und vernünftig zielen konnte.

Bacons Waffe krachte erneut. Andrew war sich sicher, dass es ihn erwischen würde, denn er starrte genau in den Lauf der mattschwarzen Waffe, doch der Ermittler hatte unglaubliches Glück. Das Projektil streifte seinen linken Arm und ein stechender Schmerz jagte durch seinen vom Adrenalin aufgepeitschten Körper.

Andrew war noch fünf Meter entfernt, als er endlich die Waffe draußen hatte. Im Gegensatz zu Bacon war der Cop ein routinierter Schütze. Entsichern, durchladen und anlegen geschah in einer einzigen, fließenden Bewegung. Die Automatik bellte in seiner Hand, eine Patronenhülse beschrieb einen Bogen und landete im bräunlich trüben Wasser.

Bacon schrie auf, taumelte rückwärts und drehte sich um die eigene Achse. Die Waffe entglitt seiner Hand und polterte auf den Steg. Er versuchte noch, ein paar Schritte davonzulaufen, doch seine Beine gaben nach und er brach zusammen.

Andrew ging mit der Waffe im Anschlag auf den Mann zu. Bacons Atem ging rasselnd, mit aufgerissenen Augen starrte er in die narbige Betondecke über ihm, sein linkes Bein zuckte unkontrolliert. Der Kapuzenpulli hatte direkt unterhalb des Herzens ein kleines Loch, aus dem Blut lief. Andrew schob Bacons Pistole mit dem Fuß zur Seite, kniete sich neben den röchelnden Mann und versuchte, den Notruf zu wählen. Mit einem Fiepen zeigte sein Telefon an, das es kein Netz hatte.

Verdammt, der verreckt mir hier, dachte Andrew. *Ich muss herausfinden, wohin sie Lucy verschleppt haben.*

Er beugte sich nach unten und sah Bacon mit festem Blick in die Augen. »Verdammt, Mann, sterben Sie mir hier nicht weg … Sagen Sie mir, wohin Sie Lucy gebracht haben!«

Bacon hustete, Blut lief ihm aus dem Mundwinkel. »Es … es tut so weh … ich … ich spüre meine … meine Beine … nicht mehr … bitte … helfen … Sie … mir«, stammelte er mit schwacher Stimme.

»Sagen Sie mir, was ich wissen will und ich hole Hilfe!«, antwortete ihm Andrew mit emotionsloser Stimme. Es war nicht sein Ding, jemanden leiden zu lassen, aber Bacon war die einzige Spur, die zu Lucy führte.

»Lucy ist … Rafael hat … hat sie … nach Long Island … gebracht.«

»Das weiß ich bereits, Mann. Wohin genau? Wo findet dieses verdammte Ritual statt, sagen Sie's mir!«

Bacons Augenlider flackerten und Andrew bekam Angst, dass der Mann schlappmachen würde, bevor er die Informationen preisgeben konnte. Er packte ihn fest an der Schulter.

»Ocean … Ocean Avenue … 112, Sie wissen … schon, aaarrgghh.«

»Was soll ich wissen, hm? Wie viel Zeit bleibt mir noch? Mach dein Maul auf, verflucht!«, schnappte Andrew aufgebracht.

»Amity … Amityville … es bleibt … nicht mehr viel … Zeit.«

Bacon bäumte sich unter seinen Händen auf und hustete. Seine Augen rollten nach hinten und sein Kopf kippte kraftlos zur Seite. Mit einem Röcheln entwich der letzte Atem aus seinen Lungen.

»Scheiße, Mann …« Jetzt war keine Zeit für Mitgefühl. Sofort durchsuchte er die Taschen des Mannes und fand die Schlüssel einer Harley Davidson, ein paar gefaltete Dollarscheine und ein billiges Handy. Bacon trug noch den Backstageausweis des *Archeron* um den Hals. Und die Waffe entpuppte sich als die Dienstwaffe, die Lucy gestohlen hatte.

Martinez!, fiel es Andrew siedend heiß ein.

Der Ermittler fand seinen Partner auf den dreckigen Autositzen. Martinez hatte eine ordentliche Platzwunde am Kopf, schien ansonsten unverletzt. Andrew setzte ihn auf und schüttelte ihn ein paar Mal kräftig hin und her. Endlich schlug er die Augen auf, blinzelte.

»Aaaahhh, verdammt noch mal, was zur Hölle …«, stammelte der kräftige Mann verwirrt und griff sich an die Wunde auf seinem Scheitel. Zischend zog er seine Hand weg. Windböen heulten durch die Abrisshalle und ließen die Verkleidungsbleche klappern.

»Eldritch, was … Ah, dieser Schweinehund hat mir eins von hinten übergezogen.«

Andrew nickte. »Yeah, hast Glück gehabt. Ich aber auch. Der Dreckskerl wollte mich dort unten abknallen … Er hat uns ne verdammte Falle gestellt.«

In schnellen Worten schilderte er seinem Partner, was unten alles geschehen war und was er herausgefunden hatte.

Martinez schüttelte den Kopf. »Scheiße, wir müssen den Commissioner informieren. Die Sache wird langsam zu groß für uns.«

»Uns bleibt nicht viel Zeit, die Sache mit Lucy läuft schon. Wir geben die Fakten durch und fahren auf schnellstem Weg nach Long Island!«, sagte Andrew mit hektischer Stimme und half seinem Partner auf die Beine.

Martinez war noch zu benommen, um Einwände anzumelden. Er presste sich sein Taschentuch auf die Platzwunde und folgte Andrew nach draußen, mitten hinein in den strömenden Regen. Der Wind hatte inzwischen die Stärke eines ausgewachsenen Orkans erreicht und drückte ihnen den

Regen fast waagrecht in die Gesichter. Schon nach wenigen Metern waren sie vollkommen durchnässt.

»Was ist los, willst du nicht die verdammt Karre aufschließen?«, brüllte Martinez Andrew hinterher, der mit in die Seite gestemmten Armen vor dem Wagen stand.

Wortlos deutete Andrew auf die Reifen. »Jemand hat uns die Reifen zerstochen, aber ich glaube nicht, dass es Bacon war.«

Eine Flasche flog durch die Luft und zersprang vor Martinez' Füßen. Sofort hatten die Cops ihre Waffen gezogen. Die Häuserblocks verschwanden fast gänzlich hinter dem Regen. An der Stelle, an der sie auf das Gelände gefahren waren, zeichneten sich schemenhaft die Umrisse von Menschen ab.

»Was zur Hölle haben die vor?«, flüsterte Martinez und sah sich den Haufen genauer an. Soweit er es erkennen konnte, hatten einige von ihnen Eisenstangen oder Baseballschläger in der Hand.

»Hier sind Officers des New York Police Department im Einsatz! Bleiben sie auf Abstand, sie stören unsere Ermittllungen!«, schrie Andrew der Meute entgegen, doch die kamen unbeeindruckt näher.

»Das sind mindestens zwanzig, wenn nicht sogar mehr!«, stellte Martinez fest. Er öffnete den Kofferraum und holte die Schrotflinte heraus.

»Sind wir hier ner Gang auf die Füße getreten oder was?«, schrie Andrew gegen den Sturm an.

Martinez schüttelte den Kopf. »Nicht dass ich wüsste.«

Eine weitere Flasche schlug auf dem Wagendach ein. Martinez fluchte, als ihm ein Glassplitter die Wange zerschnitt.

Andrew hob seine Waffe an und feuerte in die Luft. »Letzte Warnung, Leute! Wenn ihr näher kommt, müssen wir von der Schusswaffe Gebrauch machen!«

»Eldritch, dort hinten!«, schrie Martinez. Aufgeregt zeigte er an das rückwärtige Ende des Geländes. Auch von dort näherten sich Menschen.

»Scheiße verdammte, wir müssen hier weg!«, sagte Martinez.

Blitze erleuchteten die stürmische Nacht, einer davon schlug laut krachend ganz in der Nähe in ein Gebäude ein.

Als wäre dies das Startsignal gewesen, erhöhte die Meute ihr Tempo. Brüllend rannten sie auf die Cops zu, die sich nach allen Seiten, Rücken an Rücken dastehend, nach einem Ausweg umsahen.

»War echt schön, die Zeit mit dir, Partner!«, lachte Martinez und lud seine Flinte durch. Die Angreifer kamen schnell näher, aus den grauen Schatten im Regen wurden Menschen, deren Gesichter wild verzerrte Masken waren.

Andrew erinnerte sich. »Die Harley!«, brüllte er Martinez an. »Wir müssen zur Harley!«

»Das Bike von Bacon, das muss hier irgendwo sein! Wir gehen ins Gebäude, dort sollte es sein … dort muss es einfach sein!«, schrie Andrew, packte seinen Partner am Arm und zerrte ihn zum Gebäude.

Drinnen war die Lage unverändert. Während sie durch die Halle rannten, zog Martinez sein Funkgerät aus der Tasche.

»Officers brauchen Unterstützung! Officers brauchen dringend Unterstützung!«

Anscheinend hatte er Kontakt, denn er gab die Koordinaten des Häuserblocks durch, hinter dem sich die Halle befand. Trotz allem würden die Kollegen zu lange brauchen. Jenseits des ausgebrannten Autos, fast am Ende der Halle glänzte poliertes Metall im Licht von Andrews Taschenlampe. Das musste Bacons Harley sein!

Ihre Verfolger hatten inzwischen ebenfalls die Halle erreicht. Laut johlend kündigten sie an, dass *Sam* sie holen würde, und schlugen mit ihren Waffen gegen die Eisenträger. Sie näherten sich verdammt schnell.

Andrew zögerte keine Sekunde und schwang sich in den Sattel der schwarz lackierten Maschine, steckte den Zündschlüssel ein und drehte ihn um. Martinez öffnete derweil ein kleineres Tor. Bevor er sich hinter Andrew in den Sattel schwang, schoss er mit seiner Flinte in die Luft, um ihnen Zeit zu verschaffen. Mit einem satten Wummern erwachte das Motorrad zum Leben.

Nichts wie weg hier, dachte Andrew und gab Gas. Zwischen Schuttbergen hindurch gelangten sie zwischen den gegenüberliegenden Blocks auf eine Straße.

Andrew sah im Rückspiegel, wie die Horde auf ihrem Wagen herumsprang und ihn demolierte. Wütend gab er Gas und beschleunigte. Sein Ziel war Long Island. Er musste Lucy aus den Fängen dieser Wahnsinnigen befreien, koste es, was es wolle.

<< New York Citylife News Ticker >>
Hier die neuesten Nachrichten vom Amt für Katastrophenschutz. Der Orkan Jason soll noch heftiger werden, als bisher vermutet. Heute Nacht wird er mit seiner vollen Wucht auf das Festland treffen. Bereits jetzt kämpfen New York, New Jersey und ein Großteil der Ostküste gegen den starken Wind und die Wassermassen an. Der Brooklyn Battery Tunnel ist inzwischen vollkommen überflutet. In den Straßen von Manhattan steht teilweise schon das Wasser. Die Lage in Long Island ist noch dramatischer. Weite Teile von Long Beach, Bay Shore und Ocean Side sind überflutet. Die Elektrizität auf Long Island ist zum größten Teil ausgefallen oder aufgrund des Hochwassers aus Sicherheitsgründen abgeschaltet worden. Selbst in Brooklyn kam es bereits zu Stromausfällen. Die Polizei fordert die Bevölkerung auf, zu Hause zu bleiben und Ruhe zu bewahren, da es zwischenzeitlich zu Ausschreitungen und ersten Plünderungen gekommen ist.

Esoteriker behaupten, dass die große Macht des Orkans und der extreme Anstieg der Flut auf eine besondere Konstellation der Planeten unseres Sonnensystems zurückzuführen sei. Merkur, Mars, Erde und Mond stehen heute exakt um Mitternacht in einer Linie zur Sonne. Schon in der Vergangenheit wurden dieser Konstellation, oft auch Höllenlinie genannt, große Katastrophen zugeordnet. Leute, bleibt zu Hause und nehmt euch vor dem Bösen in Acht!

Wir sagen: Zieh dich warm an, Satan, der Gott des Rock ist in der Stadt!

NYCLNT hält Sie wie immer auf dem Laufenden.

DIE
BESCHWÖRUNG

Man hatte Lucy mitsamt dem Stuhl, an den sie noch immer gefesselt war, einfach in den Laderaum des Vans gestellt und ihr einen Sack über den Kopf gezogen. Ihre Haut prickelte vor Aufregung.

Von der Fahrt selbst bekam sie nicht viel mit, nur, dass der Fahrer öfters stoppte und den Van wendete, um sich einen anderen Weg zu suchen, weil viele Straßen wegen des Hochwassers gesperrt waren. Sie hörte, wie jemand sagte, dass er froh sei, endlich auf dem Southern State Parkway zu sein. Die Reifen zischten auf der nassen Fahrbahn, als der Fahrer beschleunigte. Windböen schüttelten den Wagen kräftig durch. Lucy hörte einen der Maskenmänner nervös atmen. Er musste ihr direkt gegenübersitzen. Sie fühlte sich beobachtet, nein, sie wusste, *dass* er sie beobachtete. Ein Gefühl, das sie gleichermaßen abstieß wie erregte.

Nach einer gefühlten Ewigkeit fuhr der Van in eine Einfahrt. Das Motorengeräusch erstarb, sie waren am Ziel angelangt.

Mit einem Ruck riss einer der Bewacher Lucy die Kapuze vom Kopf. Sie hatten sie einfach mitsamt diesem verdammten Stuhl aus dem Van gehievt und durch den Regen eine Auffahrt hinauf in das Haus getragen.

Man hatte sie in ein altmodisches Badezimmer gebracht. Es gab eine Badewanne, die auf Messingfüßen stand, ein großes Waschbecken und darüber einen vergilbten, viktorianischen Spiegel. Und es gab ihre rothaarige Freundin Carla, die auf dem Badewannenrand saß und sie anlächelte.

»Lucy! Endlich bist du hier. Wir haben dich alle schon sehnsüchtig erwartet.«

Carla beugte sich nach vorne. »Verdammt, Lucy … was ist denn mit deinem Hals passiert?«

»Frag deinen Freund Rafael …«

»Er hat dich gewürgt, hm?«, sagte Carla leicht säuerlich.

Höre ich da etwa Eifersucht in Carlas Stimme?

»Hat er … und jetzt bind mich endlich von diesem verdammten Stuhl los. Mir tut der Hintern weh und aufs Klo muss ich auch«, fauchte Lucy sie zornig an. »Und, wenn ich damit fertig bin, bist du mir ne verdammte Erklärung schuldig!«

»Schon okay, Lucy. Mach dich locker. Herzchen, du wirst sehen, es wird dir gefallen. Ist am Ende auch nichts anderes als ne abgefahrene Szeneparty.«

Carla ging hinter Lucy in die Knie und löste die kunstvoll verknoteten Fesseln.

»Ihr wollt die Sache ernsthaft bis zum Ende durchziehen, nicht wahr?«, wollte Lucy von ihrer Freundin wissen.

»Natürlich«, antwortete Carla, als ob es die selbstverständlichste Sache der Welt wäre.

Das Seil um Lucys Hals löste sich und sie konnte endlich wieder ihren Kopf bewegen, wie sie es wollte. »Hör mal, Carla. Ich möchte das nicht … Mir … mir geht das alles zu weit, verstehst du?«

Carla löste währenddessen unbeeindruckt weiter die Fesseln. »Dir geht das zu weit? Echt wahr? Lucy, das ist dein Leben! Das ist der Grund, weswegen dein Vater, also dein richtiger Vater, dich gezeugt hat! Es ist deine Bestimmung, heute Nacht dort oben dem *großen Moment* beizuwohnen … Ich würde alles darum geben, an deiner Stelle zu sein.«

Endlich fiel die letzte Schlinge. Lucy rieb sich befreit die Handgelenke. Blut strömte kribbelnd in ihre Glieder. »Ich frage mich nur, ob ich nach diesem großen Moment auch wieder nach Hause gehen kann, als ob nichts gewesen wäre.«

»Wer kann das schon sagen«, antwortete Carla und setzte sich auf den Wannenrand. Sie beugte sich nach hinten und drehte das Wasser auf, um ein Bad einzulassen. »Weißt du, die Sache ist die: Du hast keine andere Wahl.«

Lucy beugte sich nach vorne und sah auf ihre Hände. »Mein ganzes beschissenes Leben war eine einzige große Lüge«, flüsterte sie. Lucy schniefte, zog die Nase hoch und rieb sich über die Augen. »Ich habe euch vertraut. Dir, Bacon, ein wenig sogar Rafael. Ich habe mich von meiner beschissenen Vergangenheit gelöst und getan, was ich wollte. Hab *Hell's Abyss* gegründet und bin auf Tour gegangen. Wir standen in New York vor dem großen Durchbruch ... und jetzt ist alles am Arsch ...«

Carla lachte auf, als sie Lucy so reden hörte. »Du redest von nem Durchbruch? Vom groß Rauskommen? ... Mal ehrlich, das hättest du mit dieser drittklassigen Band niemals geschafft ... Nichts gegen dich, aber eure Texte, die Musik, der Gesang, einfach alles an euch ist ziemlicher Durchschnitt. Damit machst du heute keinen Stich mehr. Zu Oldschool für die Kids von heute. Verstehst du, was ich meine?«

Dreckige kleine Schlampe, dachte Lucy. *Eben hast du einen verdammten Fehler gemacht.*

Carla planschte mit einer Hand im Wasser. »Wenn heute Nacht alles glattgeht, wenn du machst, was man dir sagt und du nicht aus der Reihe tanzt, ist alles möglich! Auch dein Erfolg, Lucy! ... Wir können da alle als Gewinner rausgehen.«

Lucy schüttelte nur den Kopf. »Weißt du, was die große Ironie an der Sache ist?«

Carla zuckte mit den Schultern. »Sag's mir.«

»Der einzige Mensch, der mit wirklich von Anfang an die Wahrheit gesagt hat, der mich nie belogen hat, war meine Mutter. Ich habe dreiundzwanzig Jahre gebraucht, um das zu begreifen.« Carla musterte sie mit einem leicht spöttischen Zug um die Mundwinkel. »Und was dich betrifft, Carla! Fahr zur Hölle!«

Lucy sprang auf und stürzte sich auf Carla, die nicht mit einem Angriff gerechnet hatte. Ihre Hände umschlossen Carlas Hals. Sie drosch ihren Kopf erst gegen die Fliesen und dann in die Wanne. Das Wasser spritzte bis zur Decke, als die Frau strampelnd in dem warmen Wasser untertauchte. Lucy stieg ebenfalls in die Wanne, um ihre Gegnerin unten zu halten. Aus der Platzwunde an Carlas Hinterkopf floss Blut und bildete im Wasser rote Schlieren. Mit brutaler Kraft drückte sie eines ihrer Knie zwischen Carlas Beine, das andere auf ihren Bauch. Sie presste ihr die Luft damit regelrecht aus dem Körper. Luftblasen sprudelten aus

Carlas weit geöffnetem Mund. Die roten Haare wogten im Wasser wie Seetang in der Brandung.

»Ihr wolltet ein Monster? Ist es das, hm? ... Bitte sehr, hier ist es!«, fauchte Lucy voller Wut.

Sie ist deine Freundin, meldete sich ihr Gewissen. *Scheiß drauf, sie hat dich verarscht, von Anfang an. Verarscht und belogen. Verrecken soll sie.*

Carla war nicht besonders kräftig und hatte mit ihrer verzweifelten Gegenwehr kaum eine Chance. Vor allem nicht, da Lucys Wut von jener dunklen Macht angepeitscht wurde, die der schmalen Frau schon in den vergangenen Nächten eine immense Kraft verliehen hatte. Lucy genoss diesen Augenblick der Macht, aber sie wusste auch, dass er nicht lang anhalten würde.

Sie studierte Carlas Gesichtsausdruck unter der Wasseroberfläche, ein Zerrbild der Stadien des Todes.

Erst presste Carla die Lippen zusammen, hielt die Luft an, um das Unvermeidliche hinauszuzögern. Doch Lucys Knie trieb ihr unbarmherzig die Luft aus den Lungen. Carla riss den Mund auf, schnappte nach Luft und atmete Wasser. Verzweifelt versuchte sie, ihren Mund wieder zu schließen, doch ihr Körper gehorchte ihr nicht mehr. Zwei, drei Mal schnappte sie voller Panik erneut nach Luft und versuchte dabei, das Wasser wegzustrampeln.

Anfangs waren da Wut und der Wille, Lucy zu überwinden, Hoffnung vielleicht, doch schnell spiegelte sich Verzweiflung in den weit aufgerissenen, grünen Augen wider. Carlas Bewegungen wurden schwächer, unkontrollierter, erschlafften schließlich ganz. Am Ende sah Carla sie mit einem teilnahmslosen, resignierenden Blick an, denn sie hatte begriffen, dass sie sterben würde. Die Luftblasen aus ihrem Mund wurden kleiner und versiegten schließlich ganz.

Lucy wusste, dass der Augenblick gekommen war. Mit beiden Händen zog sie Carla nach oben, um ihr den Kuss des Todes zu geben. Sie presste ihren Mund auf die nassen Lippen ihrer einstigen Freundin. Ein süßer, verführerischer Schock fuhr Lucy durch Mark und Bein. Ein Faustschlag, den man herbeisehnte, um sich der Wucht einer ungehemmten Ekstase hinzugeben. All das, was Carla ausgemacht hatte, ging auf Lucy über. Sie riss ihr die Seele aus dem Leib, die sich in einem heißen Schock zwischen ihren Beinen manifestierte. Dort lief alles zusammen, ihre ganzen Gefühle. Jede Empfindung war auf diesen winzigen Punkt konzentriert. Dort ballte sich alles, jagte einen Schauer nach dem nächsten durch ihre sensiblen Nervenbahnen. Immer schneller durchzuckte es Lucy, warf ihren schlanken Körper im Wasser hin und her. Halt suchend hielt sie sich am Wannenrand fest. Sie fühlte kalte Emaille, warmes, wogendes Wasser, das aus der Wanne schwappte, den toten, noch heißen Körper zwischen ihren Beinen. In wilden Zuckungen warf sie ihren Kopf in den Nacken und schrie auf. Sie explodierte vor Lust.

Schließlich ließ sie Carla los, die ins Wasser glitt und unter der Oberfläche versank. Sie lehnte sich schwer atmend an die Wand und genoss die Kälte, die von den Fliesen ausging, an ihrem Rücken. Lucy brauchte einige Minuten, um zu Atem zu kommen.

Schließlich stieg sie aus der Wanne und öffnete das kleine Fenster neben dem Spiegel. Sie starrte auf ein kunstvoll geschwungenes, stabiles Eisengitter. Also gab es nur einen Ausgang: Die Tür, vor der vermutlich der Gorilla wartete.

Lucy stützte sich auf den Rand des Waschbeckens und musterte ihr Spiegelbild. Die blasse Frau mit den strähnigen, nassen Haaren war ihr fremd. Waren etwa ihre Augen dunkler geworden, war ihre Haut heller als vor ein paar Tagen, bevor dieser Wahnsinn begonnen hatte?

Ratlos setzte sie sich auf die Badewanne und betrachtete Carla. Ihr Körper schwebte unterhalb der Wasseroberfläche, leicht und entrückt. Die offenen, grünen Augen starrten sie vorwurfsvoll an. Eine Träne lief Lucy die Wange hinab und tropfte ins Wasser. Mehr hatte sie für Carla nicht übrig. Carla hatte den Tod verdient. Sollte sie hier lebend rauskommen, würde sie sich bei nächster Gelegenheit Bacon vornehmen, der war der nächste auf ihrer Liste. Sie würde sich jeden vorknöpfen, der sie verraten hatte. Und wenn sie in New York fertig war, würde sie nach Five Points gehen und ihre Mutter aus dem Knast holen.

Wenn ich schon ein verfluchter Halbdämon bin, sollte das doch möglich sein, dachte sie und lächelte böse. *Ihr werdet den Tag verfluchen, an dem ihr mich geschaffen habt!*

Lucy zog ihre nassen Sachen aus, warf sie auf den Boden und nahm sich eins der weißen Handtücher, um sich abzutrocknen. Auf der zugeklappten Toilette lag ein langes, schwarzes Kleid ohne Ärmel und mit verdammt tiefem Ausschnitt.

Der Stoff schmiegte sich an ihren Körper und kribbelte auf der Haut. Lucy mochte das Gefühl. Es erinnerte sie an sanfte Hände, die ihren Körper umschmeichelten. Sie rückte ihr Dekolletee zurecht, ging auf bloßen Füßen zur Tür und hämmerte mit der Faust gegen das alte Holz.

»Hey, ihr Penner, ihr könnt mich jetzt abholen. Ich bin fertig und langweile mich!«

Ihre Bewacher, zwei stämmige Kerle, ihrem Dialekt nach offensichtlich aus Louisiana, öffneten die Tür und staunten nicht schlecht, als sie die tote Carla im Wasser treiben sahen.

»Wird unserm Chef nich gefallen, hm?«, stellte der Kleinere von ihnen, ein rotgesichtiger Stiernacken, lakonisch fest.

Der etwas Größere hob gleichgültig seine massigen Schultern. »War 'ne Frage d' Zeit. Die Schlampe stand doch eh schon auf d' Abschussliste.« Er packte Lucy grob am Arm. »Mit uns machste keine Spielchen, verstehste?«

»Fick dich«, antwortete Lucy und grinste breit.

Ihre Bewacher brachten sie über eine schmale, hölzerne Treppe nach oben. Dort hatte sich in einem großen Raum der gesamte Zirkel versammelt. Rafael stand, ganz leger in Anzughose und dunkles Hemd gekleidet, neben der Tür und nickte Lucy aufmunternd zu. Wer Menschen in schwarzen Roben erwartete, würde maßlos enttäuscht werden. Im ersten Augenblick hatte Lucy das Gefühl, auf einer extravaganten Party mit SM-Touch zu sein. Die Luft war schwanger vom Geruch nach Weihrauch, Myrrhe und dem süßlichen Duft der anwesenden Frauen. Eine Mischung, die Lucy benommen machte.

Die meisten Gäste saßen in bequemer Haltung auf den Sesseln und Sofas, die man an drei Seiten an den Wänden aufgestellt hatte. Vor den großen Fenstern hingen schwere, tiefschwarze Brokatvorhänge. Drinks standen auf winzigen viktorianischen Tischchen zwischen den Sitzgelegenheiten. Die Männer trugen dunkle Anzüge und die Frauen aufreizend geschnittene, schwarze Kleidchen, die mehr Haut zeigten, als sie verbargen. Lucy fiel auf, dass die Füße der Anwesenden allesamt nackt waren. Als man Lucy zu dem großen Kreuz aus schwarzem, altem Holz in die Mitte des Raumes führte, verstummten alle Gespräche und die Blicke hafteten auf ihrem Körper. Man hatte sie anscheinend sehnsüchtig erwartet. Voller Spannung musterten die Gäste die Frau in dem schwarzen, hochgeschlitzten Kleid, dessen dünner Stoff eng an ihrem schlanken Körper hinabfloss.

Lucy senkte ihren Blick und schluckte, ihr waren die vielen Blicke unangenehm. Louis, Rafaels Gast aus Frankreich, und Monique belegten die schweren Ledersessel, die dem Kreuz am nächsten waren. Monique saß wie immer in demütiger Haltung mit gesenktem Blick zu Füßen ihres Herrn. Trotz der Lage, in der sie sich befand, regte Lucy die Szenerie an. Ihre Haut brannte vor Erregung und ihre Nippel zeichneten sich überdeutlich unter dem Stoff ab. Ihr ganzer Körper sehnte sich danach, von all diesen Händen berührt zu werden. Ein absurder Gedanke, wenn man bedachte, dass sie nur ein – wenn auch ziemlich attraktives – Opferlamm war.

Der Sturmwind pfiff um die Häuserecken, dürre Äste kratzten an den Scheiben. Dicke schwarze Kerzen standen auf schweren, geschmiedeten Haltern und erleuchteten den Raum mit ihrem unsteten, flackernden Licht. Es herrschte eine erhitzte, drückende Atmosphäre und man konnte spüren, wie die Anspannung in der Luft knisterte.

Die Bewacher stellten Lucy auf ein kleines Holzpodest, das am unteren Ende des Kreuzes befestigt war. Lucys Arme wurden am Querbalken mit dicken Ledermanschetten fixiert, ihre Beine mit ebensolchen Fesseln auf Höhe ihrer Knöchel. Rafael wachte über alles mit strengem Blick. Auch er trug keine Schuhe. Einer der Bewacher flüsterte ihm etwas ins Ohr. Rafaels Blick verfinsterte sich. Mit einem Wink entließ er die Männer und legte Lucy mit einem grimmigen Lächeln ein breites Halsband an, das oberhalb des Querbalkens befestigt war und Lucy in eine aufrechte, kerzengerade Haltung zwang.

Sein Mund war dicht an ihrem Ohr. »Das mit Carla wird dir noch leidtun. Sie mag nicht wichtig für die Sache gewesen sein … aber dennoch empfand ich etwas für sie. Ihre Hingabe war einzigartig.«

Lucy konnte in dieser Position nur geradeaus sehen, genau auf eine rote Backsteinwand, auf die mit weißer Kreide ein Pentagramm gezeichnet war. Ein Pentagramm, das von denselben Symbolen umgeben war wie das Logo ihrer Band. Vor der Wand standen weitere große, tropfende Kerzen, direkt vor der Zeichnung eine eiserne Schale, in der ein Kohlehaufen glühte, die Quelle des Weihrauchgestanks. Neben der Schale lag ein langer, beidseitig geschliffener Dolch, dessen Griff von einem Widderschädel geziert wurde. Auf einem Leseständer daneben lag ein aufgeschlagenes, sehr dickes und ziemlich alt aussehendes Buch, dessen Seiten aus schwarzem Papier bestanden.

Das ist doch alles nur ein verdammt schlechter Witz, dachte Lucy.

Rafael hatte die letzte Schnalle ihrer Fesseln geschlossen und fuhr ihr mit dem Finger über die Wange. Sein Gesicht war ganz nah vor ihr. »Du bist wunderschön heute Abend. Ich bin mir sicher, dass du Lilith gefallen wirst«, flüsterte er ihr mit heiserer Stimme ins Ohr. Sein Atem roch nach Wein.

»Fick dich«, antwortete Lucy und schloss die Augen.

»Nicht heute«, lachte Rafael und wand sich der versammelten Gesellschaft zu. »Liebe Freunde! … Liebe Mitglieder unserer erlauchten Gesellschaft. Es ist mir eine Ehre, in dieser bedeutungsvollen Nacht den Vorsitz über unsere auserwählte Runde zu haben. Ich werde euch nicht enttäuschen.«

Rafael klatschte in die Hände und ein Dienstmädchen betrat den Raum. In ein enges Kleidchen gezwängt, trug sie ein Tablett voller Champagnergläser vor sich her, die sie an die Anwesenden verteilte. Wer sein Glas erhalten hatte, erhob sich voller Vorfreude. Zuletzt brachte sie Rafael sein Glas, der es mit Stolz geschwellter Brust erhob. »Bevor wir beginnen, lasst uns auf Lilith anstoßen, die Königin der Unterwelt. Möge sie in unsere Mitte fahren und die letzten Tage der Menschheit einläuten. Möge sie die Gesellschaft zerschmettern, die sie schmäht, und jene erheben, die sie verehren! Möge sie den Weg ebnen für Satan, ihren Herrn, ihren Vater, den neuen Herrscher der Welt!«

Lucy verfluchte Rafael für seine überheblichen Worte. Sie verfluchte diese ganze herablassende Versammlung, als sie vernahm, wie alle miteinander anstießen und sich gegenseitig Glück wünschten.

Ihr verdammten Hurensöhne, das werdet ihr noch bitter bereuen!

Sie zerrte an ihren Fesseln, die sich eng um ihre Gelenke schmiegten. Sie waren keineswegs schmerzhaft, ließen aber nicht zu, dass sie eine andere Position einnahm.

Das Dienstmädchen sammelte die Gläser ein.

»Schreiten wir zur Vorbereitung der Zeremonie: Die Reinigung!«, verkündete Rafael mit vollmundiger Stimme.

Lucy erschrak, als Rafael den Dolch nahm und sich vor ihr aufbaute. Ein Lächeln umspielte seine Mundwinkel. Lucy wünschte sich, nicht gefesselt zu sein, um es ihm aus dem Gesicht zu prügeln. Ihr Blick wanderte zwischen dem Dolch und Rafaels Gesicht hin und her. »Fass mich an und du bist tot … also mach keinen Scheiß und leg das Messer weg, hörst du? … Wir … wir waren doch …«

»Freunde?«, vollendete Rafael Lucys Gestammel. »Wolltest du wirklich ›Freunde‹ sagen?«

Lucy versuchte zu nicken, aber ihre Fesseln ließen diese Bewegung nicht zu.

»Wir waren niemals Freunde«, stellte Rafael trocken fest. »Du warst für mich immer nur die Auserwählte. Ein wertvolles, wenn auch überaus hübsches Werkzeug, das es zu beschützen galt.« Rafael machte einen letzten Schritt auf sie zu, er war jetzt ganz nah.

Lucy spürte die Dolchspitze an ihrem angespannten Bauch. »Macht dich das geil, du Bastard? … Na, was ist, bring es endlich zu Ende, stoß zu … tu es für Carla«, flüsterte sie atemlos.

Ihr Körper vibrierte, die gefährliche Nähe des Metalls machte sie nervös.

»Hab noch ein wenig Geduld meine Liebe. Dein Wunsch wird sich bald erfüllen«, flüsterte Rafael. Seine Stimme klang rau, heißer.

Die Spitze fuhr nach oben, zwischen ihren Brüsten hindurch zu ihrer Kehle.

Ihr Herz hämmerte wild.

Rafael wird das tun, zu dem ich selbst nicht in der Lage war. Er wird mir diesen verdammten Dolch in den Hals stoßen. Ich werde sterben. Endlich!

Lucy schloss die Augen und erwartete den Schmerz. Doch nichts dergleichen geschah. Rafael ergriff den Stoff ihres Kleides, zog ihn zu sich heran und zertrennte das dünne Material mit einem einzigen, schnellen Schnitt von oben bis unten. Lucy spannte sich und stöhnte erschrocken auf, als Rafael mit einer weiteren, fast nebensächlichen Handbewegung ihren Körper vom Stoff befreite und den Fetzen an das Dienstmädchen weiterreichte. Mit einem Lächeln auf den Lippen berührten Rafaels Fingerspitzen ihre erregte Haut, folgten den Rundungen ihrer bebenden Brüste, streiften über ihre steifen Nippel und glitten über ihren leicht gewölbten Bauch hinab zu Lucys sensibler Mitte.

Auffordernd schob sie Rafaels Hand ihre Scham entgegen, soweit es die straffen Fesseln zuließen, doch der zog nur milde lächelnd die Hand weg und fing an, sein Hemd aufzuknöpfen.

»Das ist besser als alles, was du je unter deinen dreckigen Finger hattest, hm? … Komm schon, greif zu … ich hoffe, du verbrennst dich daran«, keuchte Lucy heiser.

»Halt deinen Mund, Lucy … Vielleicht komme ich später darauf zurück, wenn du nicht mehr gebraucht wirst. Jetzt vollziehe ich die Reinigung … Nichts, was von Menschenhand gemacht ist, soll heute Nacht an unseren Körpern sein«, erklärte er mit sichtlich erregter Stimme. Als er seine Hose ablegte, wurde offensichtlich, dass seine Männlichkeit durchaus in der Lage wäre, Lucys erregtem Leib zur Entspannung zu verhelfen.

Bis auf das Dienstmädchen legten alle ihre Kleidung ab. Mit artig niedergeschlagenen Augen nahm die Zofe die Sachen der Männer und Frauen entgegen, verließ das Zimmer und schloss leise die Tür. All die entblößten Körper, die hitzigen Gerüche, der Schweiß, vermischten sich zu einem mehr als nur anregenden Cocktail. Es widersprach allem, was Lucy bisher über solche Rituale gehört hatte. Die Temperatur in dem plötzlich beengt erscheinenden Raum stieg noch weiter an. Ein fiebriges Gefühl brandete durch ihren Körper, machte sie benommen und erhitzte sie zugleich. So ein Gefühl kannte sie nur von lauen Sommernächten, wenn sie schlaftrunken und nass erwachte, nicht Herrin ihrer Sinne war und einen warmen, bereiten Körper neben sich vorfand. Ein tranceartiger Zustand, in dem man keine Kontrolle über die eigenen Gefühle hatte und in dem alles möglich war.

Bleib wach, konzentriere dich, dann kommst du aus der Sache noch raus. Solange Rafael scharf auf dich ist, hast du eine Chance, dachte Lucy. *Scheiß drauf, wenn das dein Abgang sein soll, gib dich hin und genieß es in vollen Zügen.*

Rafael warf ein Pulver auf die Glut, das zischend verbrannte und einen süßlich schweren Rauch verströmte. Der Reihe nach traten die entblößten Männer und Frauen nach vorne, um von Rafael mit einem weichen Leder, das mit einer öligen Substanz getränkt war, abgerieben zu werden. Mit glänzenden Augen sahen sie zu Lucy, deren helle Haut sich überdeutlich vom dunklen Holz des Kreuzes abhob.

Monique verrichte an Rafael den Dienst der Salbung. Danach war Lucy an der Reihe. Das warme Öl auf dem weichen Leder steigerte ihre Empfindungen ins Unermessliche. Es fand seinen Weg durch ihre Haut hindurch in die Nervenbahnen und reizte diese so stark, dass Lucy ein zittriges Stöhnen von sich gab. Als Monique fertig war, trat sie beiseite und nickte Rafael zu.

Der hob die Arme und die Gemeinschaft kniete sich nieder. Mit sonorer Stimme zitierte er aus dem schwarzen Buch in einer Sprache, die Lucy nicht verstand. Sie kämpfte längst nicht mehr gegen ihre Fesseln an, sondern ergab sich allmählich in ihre Rolle. Ihre Haut brannte wie Feuer und ihr Blut pulsierte heiß durch ihre Adern. Alles an und in ihr brannte. Das Feuer breitete sich aus, erreichte ihren Kopf, ihr Gehirn, machte sie wahnsinnig vor Lust.

Das muss an diesem Zeug liegen, mit dem sie mich beschmiert haben, ging ihr durch den Kopf. *Koste es aus, gib dich hin, genieß und geh auf in purer Lust.*

Lucy war nicht die Einzige, der dieses Öl zu Kopf stieg. Mit etwas Mühe drehte sie den Kopf und konnte sehen, dass sich auch die anderen hin und her wiegten. Viele suchten den Kontakt zu ihren Nächsten, berührten sie, erst versehentlich, dann offensichtlich, fordernd. Finger streichelten über erhitzte Haut, fiebrige Augen strahlten vor Lust, Hände fanden willige Körper und packten zu. Für Lucy war es pure Folter, in ihren Fesseln zur Bewegungslosigkeit verdammt zu sein. Nach einer kleinen Ewigkeit drehte sich Rafael zu ihr um. Mit dem Dolch in der Hand baute er sich vor Lucy auf. Sein fiebriger Blick suchte ihren und alles verschwamm vor Lucys Augen. Alles wurde unscharf, versank in ihrem unbändigen Feuer.

»Es wird Zeit, das Lamm zur Ader zu lassen«, sagte Rafael mit sichtlich erregter Stimme.

Andrew saß geduckt auf der Harley und lenkte das Bike durch den Regen. Martinez hockte hinter ihm und klammerte sich an ihm fest. Ein Motorrad war in dieser stürmischen Nacht nicht das beste Fortbewegungsmittel, doch sie kamen immer noch schneller voran als die Autos, die in endlosen Staus die Straßen verstopften. Sie alle versuchten, dem Sturm und der damit verbundenen Flut zu entkommen.

Kurz hinter Brooklyn trafen sie auf die ersten Straßensperren, an denen überforderte Cops verzweifelt versuchten, die Lage in den Griff zu bekommen.

Andrew durchquerte Queens, wechselte auf die 495 in Richtung Roslyn Heights und von dort aus weiter auf den Wantagh State Parkway. Diese Strecke war weiter vom Atlantik entfernt und er hoffte, dass dort weniger gesperrt sein würde. Sie hatten Glück. Erst nachdem sie von der Southern State auf die 110 fuhren, fingen die Probleme an. Auf Long Island herrschte Ausnahmezustand und das wurde ihnen in diesem Augenblick schmerzlich bewusst.

Ihre Maschine knatterte in einer engen Linkskurve nach unten auf die 110, als vor ihnen wie aus dem Nichts ein querstehender Lastwagen auftauchte. Andrew sah den dunklen Umriss in letzter Sekunde. Er riss die Maschine brutal zur Seite und lenkte sie auf die vom Regen durchweichte Grasnarbe abseits der Straße. Dreck spritzte auf, das Vorderrad des schweren Motorrads verlor die Haftung und die Harley drehte sich um die eigene Achse. Andrew versuchte noch gegenzusteuern. Die Maschine brach aus und krachte in den nassen Schlamm.

Als alles vorbei war, rappelte sich Andrew benommen auf. Seine Schulter pochte schmerzhaft, doch das aufgeweichte Gras hatte die meiste Wucht des Aufpralls abgefedert. Auf dem Asphalt wäre die Sache sicherlich schlimmer ausgegangen. Andrew sah sich um und suchte seinen Partner, fand aber nur die Harley. Die Maschine war jedenfalls Schrott, damit würden sie keinen Meter weiter kommen. Sie hatte sich mehrfach überschlagen und war unter den Lastwagen gerutscht. Andrew zog sein Handy aus der Jackentasche, um Verstärkung zu rufen, fand aber nur zerbrochenes Plastik.

Fluchend sah er sich im strömenden Regen nach seinem Partner um. Martinez lag am anderen Ende der Grasnarbe. Andrew rannte zu dem am Boden liegenden Mann. Besorgt ging er neben Martinez in die Knie und rüttelte an seiner Schulter. »Hey, Martinez, verdammt. Mach keinen Mist, hörst du?« Fahrig strich er sich seine nassen Haare aus dem Gesicht. Andrew sah die Straße hinab und hatte das Gefühl, dass ihm die Zeit davonlief.

Wir verlieren zu viel Zeit. Ich werde Lucy nicht mehr retten können!

Die Sorgen um Lucy dominierten seine Gedanken. Eine Chance hatte er allerdings noch. Wenn er die Beine in die Hand nahm, konnte er in wenigen Minuten das Haus 112 in der Ocean Avenue, Amityville erreichen. Das Haus, in dem am dreizehnten November 1974 Ronald DeFeo die Schrotflinte seines Vaters nahm und im Namen Satans zuerst seine Eltern und danach seine Geschwister erschoss. Wie zur Unterstreichung seiner Worte schoss ein grellweißer Blitz aus den Wolken, dicht gefolgt von einem rollenden, tiefen Donner. Andrew hatte Angst, dass es Lucy ebenso ergehen könnte. Er musste dringend weiter, doch vorher musste er Martinez auf die Beine verhelfen. Beherzt gab er seinem Partner zwei schallende Ohrfeigen.

Martinez stöhnte gequält auf und blinzelte sich das Wasser aus den Augen. »Was zur …«, keuchte er verwirrt.

Andrew packte die Hand seines Partners und drückte sie fest. »Martinez, kannst nicht im Regen liegen und ein Nickerchen halten. Wir haben nen verdammten Job zu erledigen.«

Martinez grunzte. »Verflucht noch mal, Eldritch, wo hast du nur Motorradfahren gelernt, hm?« Ächzend stützte sich Martinez auf die Ellbogen und sah an sich hinab. »Ich muss nen ziemlich guten Schutzengel haben. Komm, hilf mir mal auf die Beine.«

Kurz darauf stand der kleine, stämmige Mann wieder auf seinen Füßen und fluchte, weil er nicht nur vollkommen durchnässt, sondern auch noch bis über beide Ohren verdreckt war.

»Komm schon, Mann, wir müssen weiter«, forderte ihn Andrew auf. Martinez machte einen zögerlichen Schritt und verzog schmerzerfüllt das Gesicht. »Ahh, Shit verdammt, mein Bein.«

Andrew stockte. »Was ist mit deinem Bein?« Adrenalin pumpte durch seinen Körper, er saß in einer verdammten Zwickmühle fest. So wie es aussah, musste er sich zwischen seinem Partner und Lucy entscheiden.

Martinez schien zu merken, was in seinem nervösen Partner vorging. Er lehnte sich an den Anhänger des Lastwagens und winkte Andrew heran. »Hör mal, ich kann nicht so schnell, brauch noch nen Moment … Geh du schon mal los, ich komm schon klar …«

»Scheiß drauf«, unterbrach ihn Andrew.

Lucy hin oder her, vor mir steht mein Partner, dem ich schon so oft mein Leben anvertraut habe. Er braucht Hilfe!

Er packte seinen Partner unter dem Arm und stützte ihn. »Ich lass dich hier nicht allein … Aber bisschen helfen musst du mir schon!«

Die Männer humpelten durch den Regen davon und folgten der 110, die nach wenigen Minuten auf die Ocean Avenue stieß. Hier stand das Wasser schon auf der Straße, weit und breit war keine Menschenseele zu sehen. Der Sturm klatschte ihnen den Regen ins Gesicht. Martinez hielt sich tapfer, er biss die Zähne zusammen, und wenn er schimpfte, dann höchstens über das Wetter. Man konnte hier schon das Tosen der Wellen hören, wenn die großen, vom Sturm aufgepeitschten Brecher gegen die Küste anliefen und die Wassermassen in die Straßen drückten.

Endlich schälte sich das berühmte Amityville-Haus aus der dunstigen Dunkelheit. Der Garten war verwildert und der letzte Anstrich bröckelte an vielen Stellen schon von der Fassade. Die großen Fenster des im niederländischen Kolonialstil erbauten Hauses glotzten sie dunkel und mürrisch an, als wollten sie die Cops davon abhalten, sich weiter zu nähern. Aus einem der Fenster im Erdgeschoss schimmerte hinter den zugezogenen Vorhängen Licht. Abgesehen davon wirkte das Haus verlassen. Einst hatte jemand einen Wintergarten an das Haus angebaut, dort wo sich die breite Veranda befand.

Die Cops duckten sich hinter einen großen Busch, der im Sturmwind schwankte. In der Einfahrt standen in einer Reihe eine Menge Oberklassewagen.

Martinez legte Andrew eine Hand auf die Schulter. »Warte nen Augenblick. Ich möchte, dass du etwas machst.«

Andrew sah Martinez fragend an. »Um was geht's, Partner?«

Martinez fummelte umständlich in seiner Jackentasche herum und zog ein Lederband, an dem ein großer, silberner Anhänger befestigt war, hervor. »Hör mal, bevor wir da reingehen, möchte ich, dass du das anlegst!« Er drückte Andrew den Anhänger in die Hand. »Mag sein, dass du es für Blödsinn hältst, aber ich hätte einfach ein besseres Gefühl. Ich selbst trage auch eins.«

Andrew sah sich das Amulett an. In der Mitte war ein großes Kreuz eingeprägt, drum herum standen Wörter, die einen Kreis ergaben.

»Du erinnerst dich bestimmt nicht mehr daran. Wir haben uns doch mit Madden darüber unterhalten, dass man sich gegen den Einfluss von Lilith schützen kann, indem man ein geweihtes Amulett trägt, das die Namen der drei Engel Senoi, Sansenoi und Samangelof trägt. Das war diese Talmud-Sache, weißt du noch?« Martinez sah ihn prüfend an.

Natürlich erinnerte sich Andrew daran. Madden hatte erzählt, dass man die Namen auf einem Amulett tragen konnte oder auf einem Blatt Papier geschrieben unter dem Bett platzierte, um Lilith oder ihre Dämonen in der Nacht fernzuhalten. Er war immer noch nicht überzeugt davon, wollte damit aber keine Zeit verschwenden, um mit seinem

Partner im strömenden Regen über Religion zu diskutieren. Also nickte er mürrisch und streifte sich das Band über. »Meinetwegen. Wer weiß, vielleicht hilft es ja tatsächlich. Wir sollten uns beeilen … Ich schlage vor, dass du durch die Hintertür gehst. Ich klopfe an der Vorderseite.«

Martinez nickte knapp. »Einverstanden. Gib mir zwei Minuten.« Er klopfte seinem Partner auf die Schulter, prüfte seine Waffe und humpelte geduckt davon. Es krachte fürchterlich, als ein Blitz in einen der hohen Bäume einschlug, die knarrend im Sturmwind schwankten.

Exakt zwei Minuten später machte sich Andrew auf den Weg zur Vordertür. Er lief aufrecht und offen auf das Haus zu, trampelte übertrieben laut die Stufen der Veranda hinauf und räusperte sich mehrmals. Nachdem er vergeblich nach einem Klingelknopf gesucht hatte, benutzte er den Türklopfer, um auf sich aufmerksam zu machen. Nach wie vor trug er zwei Waffen, eine im Schulterholster, die andere steckte hinten in seinem Hosenbund.

Im Hausflur flammte Licht auf, Schritte näherten sich der Haustür.

»Immer langsam, komme schon«, grunzte eine tiefe, männliche Stimme. Als sich die Tür öffnete, trat Andrew aus Gewohnheit einen Schritt nach hinten. Man konnte ja nie wissen, was auf einen zukam. Es war ein Bulle von einem Mann, der fast die gesamte Türöffnung ausfüllte.

Typ russischer Boxer oder Mixed Martial Arts Schläger, dachte er.

Der Mann trug einen dunklen Anzug, darunter ein Shirt in gleicher Farbe.

»Was willste, hm?«, grunzte er Andrew unfreundlich an.

Der schüttelte sich und hielt dem Mann seine Marke vor die Nase. »Entschuldigen sie die Störung, Sir, ich müsste dringend ihr Telefon benutzten. Die Straße runter hat es nen Unfall gegeben mit einigen Verletzten. Muss nen Krankenwagen rufen, verstehen Sie?«

Andrew schob sich kurzerhand an dem Mann vorbei, der überrumpelt zur Seite wich. Im Flur roch es nach Zigaretten. Alles machte einen verwohnten, ungepflegten Eindruck. Man konnte hören, wie sich das wurmstichige Holz des Hauses gegen den Sturm stemmte. Eine alte, geschwungene

Holztreppe führte ins obere Stockwerk. Der Bulle schloss hinter dem Ermittler wieder die Tür und drehte sich zu ihm um. Andrew nahm die übermäßige Wärme im Haus nur beiläufig wahr.

Aus einer der Türen trat ein weiterer, kräftig gebauter Mann in die Flur und grinste schräg. »Was'n los, hm?«, wollte er in tiefstem Südstaatenslang wissen.

»Nix!«, sagte der Bulle in Andrews Rücken.

Der Ermittler bemerkte den Totschläger, der auf sein Genick zuraste, einen Hauch zu spät.

Lucy bäumte sich in ihren Fesseln auf, aber die dicken Lederbänder gaben keinen Millimeter nach.

»Es hat keinen Sinn, sich zu wehren. Lass den Dingen einfach ihren Lauf. Lilith wird dein Blutopfer zu schätzen wissen.« Rafael fuhr ihr mit der Spitze des Dolches den Arm hinab, doch er benutzte ihn nicht.

Monique tauchte auf und reichte ihm ein silbernes Tablett, auf dem eine Kanüle lag, die einen Absperrhahn hatte. Daneben standen ein schlichter Weihwasserkessel aus Messing und eine schlanke Aspergille, deren schwarzer Kopf mit mystischen Symbolen verziert war.

Lucy blinzelte, um die Schatten vor ihren Augen zu vertreiben. Es war unerträglich heiß in dem mit nackten, aufgeregten Körpern angefüllten Raum, die dem großen Augenblick entgegenfieberten.

Monique nahm mit einer zärtlichen Geste ihre Hand. Ihre Haut war so hell wie die von Lucy, ihre Brüste klein und fest. Sie glänzten von dem Öl, mit dem man sie eingerieben hatte, und man sah, dass die Französin ebenso erregt war wie alle anderen in dem Raum. Sie hatte ihr dunkles Haar zu einem strengen, festen Knoten gebunden. Monique bedachte Lucy mit einem geheimnisvollen Lächeln und nahm die Kanüle.

»Das ... das ist ... ist doch nicht dein Ernst ... du kannst doch nicht ...«, sagte Lucy mit leiser, zitternder Stimme.

»Hab keine Angst, *ich* werde dir nicht weh tun«, antwortete Monique beiläufig. Die dünne Nadel glitt, begleitet von einem leichten, ziehenden Schmerz, in Lucys Vene im Unterarm. »So, das war's schon.«

»Ihr lasst mir … Blut ab und das war's?«, stammelte Lucy erstaunt.

Monique schüttelte nur den Kopf, nahm das Tablett aus Rafaels Händen und sah den offensichtlichen Meister dieser Veranstaltung erwartungsvoll an.

»Wenn du Liliths Aufmerksamkeit erwecken willst, musst du ihr die drei Elemente ihres Seins opfern. Blut, Leid und körperliche Lust – die Essenz des Bösen!«, erklärte Rafael. Ein anzügliches Grinsen umspielte seine schmalen Lippen. Mit der Gelassenheit eines Barkeepers nahm er den Weihwasserkessel, hielt ihn leicht schräg unter den Absperrhahn der Kanüle und öffnete den Verschluss.

Lucy zischte, als sich die lange Nadel in ihrem Arm bewegte. Ihr dunkles Blut füllte den Kessel und bildete eine schaumige Krone.

Als das Gefäß randvoll war, schloss Rafael den Hahn und stellte es mit einem zufriedenen Lächeln auf das Tablett zurück.

Monique leckte sich aufgeregt über die Lippen und beobachtete Rafael, wie er die Aspergille in den Kessel tauchte und das warme Blut umrührte.

»Seht, dies ist ihr Blut«, tat Rafael mit der Stimme eines Predigers kund, nahm den Kessel und hob ihn hoch über seinen Kopf, um ihn der Gemeinschaft zu präsentieren. Er zog die inzwischen vollgesogene Aspergille aus dem Behälter und schwang sie mit einer ausholenden Bewegung über die am Boden kauernden Männer und Frauen. Lucys Blut wurde zerstäubt und zeichnete feine Muster in der Luft. Die winzigen Tröpfchen verteilten sich auf den nackten, erhitzten Körpern der Satansjünger und vermischten sich mit der öligen Substanz und dem fiebrigen Schweiß. Wie ein Besessener tauchte Rafael die Aspergille in den Kessel, bis alle Anwesenden, er selbst eingeschlossen, mit Lucys Blut bespritzt waren.

Rafael drehte sich zur Backsteinwand und schüttete den Rest des Blutes über das Pentagramm. Lucys schwarzes Blut vermischte sich mit der weißen Kreide und rann in langen Fäden nach unten.

Lucy schöpfte Hoffnung.

Ich komme da mit halbwegs heiler Haut wieder raus, ich muss nur machen, was die sagen. Was ist schon ein bisschen Blut, versuchte sie sich selbst zu beruhigen. Sie hatte eine trockene Kehle und hätte liebend gerne etwas getrunken, aber sie wusste, dass sie nichts bekommen würde.

Rafael warf die leere Aspergille achtlos weg und baute sich in all seiner männlichen Pracht vor Lucy auf. Sie musste einfach auf sein steif aufgerichtetes Geschlecht starren. In einer anderen Situation hätte sie vielleicht sogar Gefallen daran gefunden. Aber hier, in diesem grotesken Umfeld war es einfach nur lächerlich.

»Ist das schon alles, *Meister*?«, höhnte sie heiser.

Hast du den Verstand verloren?, dachte sie, über ihre Worte selbst erschrocken.

Es zuckte in Rafaels Gesicht, er verlor für einen Moment seine Beherrschung. »Monique, hierher, sofort!«, brüllte er wütend.

Die Französin beeilte sich, seinem Wunsch nachzukommen. Als sie in Lucys Gesichtsfeld auftauchte, trug sie nicht mehr das silberne Tablett, sondern eine beachtliche Sammlung von Rohrstöcken. Rafael nahm einen davon entgegen und bog ihn prüfend durch.

»Seht, dies ist ihr Leid«, zischte er Lucy ins Gesicht.

Lucy schloss die Augen und erwartete den Schmerz. Der Stock fuhr zischend durch die Luft und schnitt beißend über Lucys angespannten Bauch. Schneidend brandete der Schmerz in ihren benebelten Geist und explodierte in ihren sowieso schon gereizten Nervenbahnen. Lucy bäumte sich auf und kämpfte gegen das aufwallende Gefühl der Lust an, konnte nicht verhindern, dass sich ihr Mund weit öffnete und ein lautes Stöhnen ausstieß.

Ihre Haut stand unter Strom, schon die ganze Zeit, jede Berührung würde sie dem Zustand der Ekstase näher bringen. Und genau das war es, was ihre dunkle Seite wollte, die absolute Hingabe, gepaart in Lust und Schmerz. Genau das, wovon Rafael vorhin gesprochen hatte, als er die Sinne Liliths erwähnte.

Es spielte keine Rolle, wo sie der Rohrstock traf, sie spürte nur, *dass* er sie traf. Nur darauf kam es an. Rafaels

Hiebe wurden schneller, brutaler. Er trieb Lucy vor sich her, jagte sie der Erfüllung ihrer innersten Wünsche entgegen.

Sie stöhnte nicht mehr, sie schrie, wenn das dünne Ende des Stocks ihre Haut zerschnitt. Fordernd schob sie ihr Becken nach vorne, nur um wenige Millimeter, es reichte dennoch, um ihrer Haut noch mehr Spannung zu verleihen. Ihre Nippel stellten sich hart und fordernd auf, wollten berührt, gedrückt werden. Zugleich war es eine Aufforderung für Rafael, weiter auf sie einzuprügeln.

Schlag zu, du Schweinehund, mach schon, ich will, dass du mir die Haut in Streifen vom Körper schneidest, forderte ihre dunkle Seele. Ihre andere Seite, die menschliche, schwieg.

Bald war ihre helle Haut von ihrem eigenen, dunklen Blut überströmt, das sich seinen Weg in den Schnitten der Haut und über die Wölbungen ihres Körpers suchte. Das raue Holz des Kreuzes trieb ihr Splitter in den Rücken, wenn sie unter den Schlägen zuckte.

Trunken vor Lust öffnete Lucy die Augen und sah, dass sich die Anwesenden in den Armen lagen, sich berührten, mit ihren Lippen die gereizten Geschlechter ihrer Partner umschlossen. Sie hatten sich zu einem einzigen, sich windenden Gebilde vereint, das sich nun im Rausch der Sinne auf dem Boden wand und schlängelte und kaum noch etwas Menschliches an sich hatte. Die Schlange hatte den Apfel vom Baum Edens gereicht und das schwache Fleisch hatte ihn mit Wonne angenommen.

»Seht, wie sich ihr Körper windet. Dies ist ihre unersättliche Lust!«, stammelte Rafael mit vor Geilheit brüchiger Stimme. Der Rohrstock in seiner Hand tropfte von Lucys Blut.

Mit der Backsteinwand ging eine Veränderung vor sich. Lucy blinzelte, denn sie dachte, dass ihr verwirrter, fiebriger Geist ihr Trugbilder vorgaukelte. Gestochen scharf nahm sie jede Einzelheit in sich auf, während Rafael sie weiter mit dem Stock bearbeitete. Sie nahm den Schmerz bereitwillig in sich auf, wenn der Stock durch frische, offene Wunden glitt oder sich ihr salziger Schweiß mit dem Blut vermengte, das aus den Schnitten lief. Doch der lustvolle Schmerz versiegte. Sie hatte die Grenze überschritten. Ihr Gehirn hatte abgeschaltet.

Löst sich mein Geist etwa schon von meinem Körper? Sterbe ich?

Monique trat an Rafael heran, sank in die Knie und umfasste seine Hüften mit ihren Händen. Ihr Körper bebte vor Erregung, während er mit lauter Stimme lateinische Texte ausstieß. Lucy konnte deutlich die vernarbten Striemen auf Moniques Rücken erkennen und wie sie ein wirres Muster bildeten. Ein Irrgarten des Schmerzes, in dem man sich hoffnungslos verlieren konnte.

Die Zeichnung an der Wand verzerrte sich, wurde eins mit ihrem Blut auf den roten, unebenen Steinen, deren Poren ihr nun wie riesige Krater erschienen. Auch der Stein veränderte sich, er wurde eins mit den Fugen, verschmolz, bildete eine unebene, weiche Fläche, die sich bewegte. Das tiefe Rot blich aus und wurde zu einem abstoßenden Grau, das vergammeltem Fleisch sehr ähnlich sah.

Dicke, pulsierende Adern durchzogen die Oberfläche, teilten sich und bildeten bald ein Geflecht, das sich ständig neue Wege suchte. Es wölbte sich ihr entgegen, spannte sich, fiel in sich zusammen oder zog sich zurück. Wo sich besonders dicke Adern kreuzten, bildeten sich Blasen, deren dünne Haut dem Druck nachgab und zerplatzte. Eine dampfende, teerartige Flüssigkeit spritzte über die sich windenden Körper und vermischte sich mit Schweiß, Öl und anderen Körperflüssigkeiten und verätzte die Haut, wo sie sie berührte. Die Hitze wuchs ins Unerträgliche.

Lucy sah Hände, die sich von der anderen Seite gegen das graue Fleisch stemmten und mit scharfen Fingernägeln versuchten, die immer dünner werdende Haut zu zerreißen.

Rafael schrie auf, als eine der Blasen hinter seinem Rücken zerplatzte und er von der kochenden, tiefschwarzen Substanz überschüttet wurde. Zähflüssiges Schwarz rann in das schlohweiße Haar der noch immer vor ihm knienden Französin.

Rafael stieß sie von sich. Aufgeregt ließ er den Rohrstock fallen. »Zeit, die Geburt einzuleiten«, keuchte er heiser.

Mit dem Dolch in der Hand ging er zur Wand und rammte die Klinge ins Zentrum des grauen Gewebes. Auch aus dieser Wunde quoll die Substanz, lief ihm zischend über die Hände. Auf seiner Haut bildeten sich rote Brandblasen.

Unbeeindruckt griff Rafael in das entstandene Loch und zog es auseinander, nahm den Dolch und schnitt nach unten, schnitt nach oben und auch zur Seite, bis sich eine Öffnung auftat, groß genug, dass ein Mensch hindurchsteigen konnte. Wo Rafael das Fleischgewebe zertrennt hatte, rollten sich dessen Ränder nach außen und verdorrten auf der Stelle. Das schwarze Zeug schwappte dampfend aus dem Loch, bildete Lachen auf dem Boden, breitete sich aus.

Das Gestöhne der sich am Boden windenden Körper vermengte sich mit einem infernalischen Geheul, das aus den Tiefen hinter der grauen Haut ertönte. In Todesangst ausgestoßene Schmerzensschreie, das Flehen nach Gnade und Erlösung, Stöhnen und Jauchzen voller Lust, hysterisches Lachen, das alles wurde zu einem Lautbrei, der direkt aus dem Fegefeuer kam. Nicht auszudenken, was mit den armen Seelen dort unten geschehen musste, dass sie solche Laute ausstießen.

Lucy nahm das alles nur als Rauschen wahr, das sich kaum von dem ihres Blutes unterschied.

Verlorene Seelen, verdammt bis in alle Ewigkeit!

Dennoch verspürte sie einen fast übermächtigen Reiz, sich in die Öffnung zu beugen, um herauszufinden, wie es dahinter aussah. Handelte es sich wirklich um einen Zugang zur Hölle?

Wenn ja, würde vermutlich schon ein einziger Blick genügen, um den Verstand zu verlieren.

Lucy rechnete damit, dass Rafael durch die Öffnung klettern würde, doch er ließ den Dolch fallen und griff mit beiden Armen hinein. Er tastete darin umher, als würde er etwas suchen.

Lucys Blick verschleierte sich, ihr Geist weigerte sich, zu akzeptieren, was gerade geschah. Sie bemerkte nicht, wie Monique mit vor Ekstase verzerrtem Gesicht zum Fuß des Kreuzes kroch. Das Gesicht der Frau war von dem Kontakt mit dem heißen Teer gezeichnet. Ihre rechte Gesichtshälfte war vollkommen verbrannt. Die Französin hatte die rasiermesserscharfe Waffe an sich genommen. Diabolisch grinsend zog sie sich an Lucy nach oben. Ihre Berührungen waren feucht und klebrig.

Der Körper der Frau glühte, doch Lucy hatte nur Augen für das, was Rafael tat.

Rafael war außer sich vor Eifer. »Ja … das ist es, das ist der Augenblick! … Seht, unsere Königin wird in unsere Welt geboren, um uns Heil zu bringen!«

Rafael stemmte sich nach hinten und zog mit aller Kraft etwas aus der Öffnung, das in etwa die Ausmaße eines menschlichen Körpers hatte. Von einer schleimigen, dunkelgrauen Hauthülle umgeben, glitt es auf den Boden und wand sich wie ein Wurm, die Haut von grellroten Adern bedeckt. Die Luft war so heiß, dass sie flimmerte.

Das kann nicht real sein, das ist ein Fiebertraum, nichts weiter, flehte Lucys menschliche Hälfte. *Das ist dein Zuhause, der Geburtsort deiner schwarzen Seele! Das ist das, was du bist,* tönte ihre dämonische Hälfte triumphierend.

In der Hülle zeichneten sich menschliche Umrisse ab, Hände und Füße, die sich in einer dunkelroten Brühe gegen die Haut stemmten, sie dehnten, bis sie durchscheinend wurde und schließlich zerriss.

Ein Arm, hellhäutig, mit Fingern, die in schwarzen Krallen endeten, reckte sich aus der entstandenen Öffnung. Der Körper bäumte sich auf und die Hülle zerriss vollends. Die dunkelrote, klumpige Flüssigkeit vermischte sich mit dem Schwarz des Teers und stank zum Erbrechen.

Monique verharrte dicht an Lucy geklammert in der Bewegung und starrte fasziniert auf das Schauspiel, das sich zu ihren Füßen bot.

Weiblicher konnte ein Körper kaum sein, der sich auf allen Vieren nach oben stemmte, Schleim spuckend. Mit einem pfeifenden Geräusch füllten sich die Lungen des Wesens das erste Mal mit Luft. Knochen knackten, als sie ihre Muskeln anspannte. Die Haut hell wie Alabaster, das hüftlange, tropfende Haar schwarz wie die Nacht. Ihr Haupt wurde von mächtigen, gedrehten Hörnern gekrönt, Füße und Hände waren mit messerscharfen, schwarz glänzenden Krallen bewehrt.

In Rafaels Augen schimmerten Tränen. Er sank auf die Knie und drückte sein Gesicht in die dampfende Schwärze, wo es vollends verbrannte.

»Heil dir, Lilith, Königin!«, stieß er mit halberstickter voller Freude aus.

»Heil dir, Lilith, Königin!«, wiederholten seine Jünger.

Lilith setzte sich auf und streckte ihren schlanken, athletischen Körper. In ihrem edel geformten Gesicht strahlten katzenhafte Augen, die wie poliertes Ebenholz glänzten, und Lippen, die Verheißung versprachen. Mit der Geschmeidigkeit einer ägyptischen Königin erhob sie sich und lächelte spöttisch auf ihre kniende Gefolgschaft herab. Ihre Bewegungen hatten etwas Fließendes, Anmutiges. Allein ihr Blick strahlte eine Präsenz aus, der zu widerstehen unmöglich war. Lilith war perfekt, unwiderstehlich. Ihre Haut war makellos und rein, jungfräulich und dennoch voller Reiz.

Lucy starrte die soeben aus der Hölle geborene Frau an. Sie fühlte weder Angst noch Scheu, sondern eine tiefverwurzelte Verbundenheit. Doch sie war nicht einfach nur ein Dämon, sie war die Königin aller Dämonen. Das war jedem sofort klar.

Liliths Gesichtsausdruck veränderte sich, als sie Lucys Blick bemerkte. Erkennen spiegelte sich in ihren Augen. »Nin lugal da ama su. Duma sag Lilithu-ak e inru-a-a!«

Ihre Worte klangen dunkel, vibrierend und verlockend zugleich. Sie wurden von einem Ton untermauert, der keinen Widerspruch duldete. Lilith sah auf Rafael herab. Mit herrischer Stimme sprach sie ihn an. »Talo-i-ssa-ni kaskal lu du-bi nu-gi-gi ed-e? Akama lugak-ak dumu-ani-ra?«

Rafael hob seinen Kopf. »Ich … ich verstehe nicht, was … was du mir sagen willst, Königin.«

»Dug eh-san!«, zischte sie Rafael hart an, der eingeschüchtert den Kopf auf den Boden presste.

Lucy hatte das Gefühl, dass die Sache nicht so lief, wie Rafael es sich vorgestellt hatte. Er hatte einen Teufel erweckt, einen Dämon, der allein mit seiner körperlichen Präsenz alles in seinem Umfeld dominierte. Einen Dämon, über den er keine Kontrolle hatte.

Lilith verlor anscheinend das Interesse an Rafael und bewegte sich geschmeidig auf Lucy zu. Wo ihre Füße den Boden berührten, wich der schwarze Teer zur Seite.

Monique, noch immer an Lucy geklammert, zitterte wie Espenlaub.

»Su-su ze e til sum!«, sprach Lilith an die Französin gewandt.

Das Getöse aus dem Loch steigerte sich zu einem brausenden Orkan, doch wenn Lilith sprach, verstummte es zu einem Flüstern. Lucy drückte sich so eng an das Holz, wie sie nur konnte. Lilith war jetzt ganz nah, ihre Präsenz erdrückend.

»*Su-su ze e til sum!*« Sie spie die Worte Monique mitten ins Gesicht, die sich vor Schreck nur noch fester an Lucy klammerte. Den Dolch in ihrer Hand vergessend, schnitt sie in Lucys Seite.

Liliths Hand schnellte nach vorne und packte Monique am Hals, riss sie förmlich von Lucy ab und hob sie ohne Mühe am ausgestreckten Arm nach oben. Der Körper der Französin erschlaffte augenblicklich. Es war wie bei einem Kaninchen, wenn man es am Packfell griff und anhob. Tränen schossen Monique in die Augen und ihr Mund öffnete sich, doch der eiserne Griff um ihren Hals gestattete nicht, um Gnade zu flehen.

Lilith hob ihr wehrloses Opfer an und präsentierte es den Anwesenden. »Ba hul, ba-an-tuku, im ta sikil ene. Mu-ra-an-sum!«

Mit diesen Worten schlitzte sie mit den Krallen ihrer freien Hand den Brustkorb Moniques auf und riss ihr das noch schlagende Herz aus dem Leib. Blut spritzte, eine Frau wimmerte ängstlich, manche krochen entsetzt nach hinten, zur Tür, nur um festzustellen, dass sie verschlossen war.

Selbst während des Tötens waren Liliths Bewegungen anmutig. Das Herz in der Hand haltend zog sie Monique zu sich und gab ihr den letzten, finalen Kuss. Nur Lucy wusste, dass dies der Augenblick war, in dem sie die Essenz, die Seele Moniques, in sich aufnahm.

Als Lilith damit fertig war, legte sie den Kopf in den Nacken und stöhnte genüsslich auf. Die leere Körperhülle ließ sie achtlos fallen. Sie fuhr sich mit der Hand über ihren alabasterweißen Körper und verschlang Moniques dampfendes Herz. Mit entrücktem Blick näherte sie sich jetzt

Lucy. Ihr blutverschmierter Mund wurde von einem obszönen Zug umspielt und es war offensichtlich, dass sie großen Hunger hatte.

»Im-ta-sikil-ene, he-mu-u-zu, dumu sag liluthu-ak!«

So werde ich also sterben, getrunken von der Göttin der Unterwelt, dachte Lucy und lächelte erwartungsvoll, während selbst der Letzte im Raum realisierte, dass die Sache aus dem Ruder lief.

Martinez rannte in geduckter Haltung zur Rückseite des Hauses in der Ocean Avenue. Man hörte das aufgewühlte Wasser der Bucht rauschen. Die alten Trauerweiden trotzten knarrend dem Sturm. Am anderen Ende des Grundstücks, dort wo das Wasser eines schmalen Seitenarms der Bucht ans Ufer schwappte, befand sich ein altes Bootshaus, eine farblose Silhouette, umgeben von hohem, im Wind schwankenden Schilf.

Martinez zog seine Waffe und presste sich an die Hauswand. Sein Bein schmerzte und er war sich sicher, dass er sich bei dem Sturz vom Motorrad eine Rippe gebrochen hatte, denn das Atmen tat ihm höllisch weh.

Er dachte an Mariesol und dass er bei einem solchen Unwetter eigentlich bei ihr sein sollte. Sie hatte immer schreckliche Angst, wenn es donnerte.

Ich muss mich auf meinen Job konzentrieren, dann bin ich bald zu Hause, bei meiner Familie, sagte sich der Ermittler. Natürlich gab es die obligatorische Hintertür. Vorsichtig drückte er gegen das pockennarbige Holz. Unverschlossen quietschte sie in ihren Angeln, die Einladung für den Cop, einzutreten, war somit erteilt.

Andrew kam wieder zu sich. Er lag am Boden, Schmerzen jagten durch seinen Körper. Er erinnerte sich. Der Totschläger des Bullen hatte seinen Hinterkopf nur knapp verfehlt und stattdessen seinen gebrochenen Arm getroffen. Der hart geführte Schlag hatte ihn auf die Bretter geschickt, wo ihm der Schmerz für einen Augenblick die Besinnung raubte.

Der Bulle mit dem Totschläger ragte wie ein bedrohlicher Berg über ihm auf. »Was soll'n wir jetzt mit ihm machen, hä?«

»Pack'n ihn ins verdammte Bootshaus, dort erledigen wir ihn«, antwortete der andere. Der hielt jetzt Andrews Waffe in der Hand und zielte auf ihn.

Du hast immer noch deine Ersatzwaffe, ging es Andrew durch den Kopf.

Er wälzte sich stöhnend auf seine unverletzte Seite. »Leute, ihr macht gerade einen verdammt großen Fehler«, presste er mühsam hervor.

»Bleib einfach unten, Scheißbulle!«, brüllte der Hinterwäldler.

Der Bulle grunzte und verpasste ihm noch einen Tritt zwischen die Rippen, der ihm die Luft aus den Lungen trieb. Er packte den Ermittler am Kragen und zog ihn wie ein Spielzeug auf die Beine.

»Bist am Arsch, Alter«, stellte er emotionslos fest. »Mach es dir nicht noch schwerer, als es is'.«

Der Hinterwäldler hob die Hand und grinste dreckig. »Weiß' du was? Wir erledigen den gleich hier!« Er hob die Waffe und zielte auf Andrews Kopf. »Goodbye, Bulle!«

Andrew schloss die Augen. *Dann war's das also. Tut mir leid, Lucy, ich hab's versucht!*

Anstelle eines Knalls erfolgte ein dumpfer Schlag. Der Bulle ließ den Totschläger fallen wie eine heiße Kartoffel, schrie auf und stürmte los.

Andrew machte die Augen auf und sah den Hinterwäldler am Boden liegen, dahinter Martinez mit einem dicken Stuhlbein in der Hand, dazwischen der vorwärtsstürmende Bulle.

Martinez nahm die Haltung eines Baseballspielers ein, die des Batters, der den Schläger hielt, bereit, den Ball zu schlagen, den der Pitcher gleich werfen würde. Nur dass der Ball etwa hundertdreißig Kilo wog, Martinez um zwei Köpfe überragte und mit der Wut eines Güterzugs auf ihn zudonnerte.

Andrew lag zwar am Boden, doch dieses Mal hatte er seine Ersatzwaffe in der Hand. »Goodbye, Arschloch!«, schrie er und drückte ab.

Die Waffe bellte und der Bulle hatte plötzlich ein Loch im Jackett, genau dort, wo das Herz saß. Er stolperte weiter auf Martinez zu, strauchelte, stürzte und rutschte Martinez genau vor die Füße.

Der sah Andrew verblüfft an. »Verdammt Eldritch, kann man dich denn keine Sekunde allein lassen?«

Andrew stand taumelnd auf. »Danke, Mann, das war in letzter Sekunde ... aahhh, scheiße, mein Arm.«

Die Schmerzen waren kaum auszuhalten und trieben ihm die Tränen in die Augen. Trotzdem konnte er nur an Lucy denken, die irgendwo in diesem verdammten Haus stecken musste.

Martinez war mit wenigen Schritten bei ihm. Er hatte das Stuhlbein weggeworfen und versuchte vergeblich, mit seinem Handy das Department zu erreichen. »Verdammt noch mal, das muss an diesem Sturm liegen. Kein Netz ...«

»Scheiß drauf, wir ziehen das allein durch, wir müssen ...«

Andrew fuhr herum, als hinter ihm die Holztreppe knarrte. Oben auf der Treppe stand eine Frau, gekleidet wie ein Dienstmädchen, nur dass auf den ersten Blick klar war, dass es sich bei der blonden Frau um kein Dienstmädchen handelte. Sofort war seine Waffe oben.

»NYPD! ... Ganz langsam runterkommen ... und kein Wort! Ich will die Hände sehen!«

Die Frau zögerte und dachte wohl darüber nach, abzuhauen. Die Waffe schien sie letztendlich umzustimmen. Mit erhobenen Händen kam sie nach unten, sah zu den am Boden liegenden Schlägern und dann zu den Cops.

»Ich ... ich habe nichts getan«, versuchte sie sich herauszureden. In der Regel hatten Menschen, die so etwas behaupteten, grundsätzlich Dreck am Stecken.

»Ich stelle Ihnen nur eine einzige Frage«, sagte Andrew.

Die Frau nickte eifrig, eingeschüchtert von den beiden Männern, die sich als Cops ausgaben. Kein Wunder, sie waren dreckig, nass und Andrew hing der rechte Arm schlaff nach unten.

»Wo ist Lucy?«

»Lucy?«, antwortete die Frau erstaunt. »Sie suchen Lucy?«

»Ja, verdammt. Also: *Wo ist sie?*« Andrew rann die Zeit wie Sand die Finger.

»Oben, sie ist oben ... Aber sie können dort nicht ...«

Martinez' Handschellen klickten um ihre Handgelenke. Ohne sie ausreden zu lassen, schob er sie in die Besenkammer neben der Küche und schloss die Tür hinter ihr ab. Bei dem, was kommen würde, wollte er die Frau aus dem Weg haben. Als er sich umdrehte, hatte Andrew schon die halbe Treppe genommen.

Nach Moniques Tod brach endgültig Panik aus. Die nackten Jünger Liliths drängten sich wie verängstigte Schafe vor die Tür. Sie riefen, rüttelten an der Tür, schlugen dagegen, doch sie war verschlossen, ganz so, wie es Rafael veranlasst hatte. Er kniete noch immer in demütiger Haltung zu Liliths Füßen.

Spöttisch sah die Königin auf ihn herab. »Dumu sag Liluthu-ak vom liber-es. Wie kannst du es wagen attaquer une de mes filles?«, fuhr sie ihn mit erboster Stimme an.

Sie drehte sich um und hielt Lucy das dampfende Herz entgegen. "Du bist ma fille. Koste das Herz e inru-a-a«, sprach Lilith in ihrer dunklen, zweiklingenden Stimme. Lucy zweifelte an ihrem Verstand. Seit Lilith die Essenz Moniques verschlungen hatte, konnte Lucy bruchstückhaft verstehen, was Lilith sagte.

Rafael sah mit einem ungläubigen Gesichtsausdruck vorsichtig nach oben. Er hatte offensichtlich die Kontrolle verloren, über die Situation, über sich und offensichtlich auch über Lilith, sofern er über sie jemals die Kontrolle gehabt hatte.

Lucy spürte die Wärme, die dem Körper der Dämonin entströmte. Sie berührte sie nicht und dennoch fühlte sie jede ihrer Bewegungen als statisches Kribbeln auf der Haut. Es reizte ihre benommenen Sinne bis ins Unerträgliche. Lucy leckte sich über ihre trockenen Lippen. Sie hatte Durst, sie hatte Angst, sie hatte Hunger, sie verspürte eine grenzenlose Lust, sich dieser Frau hinzugeben.

Liliths klauenbewehrten Hände legten sich sanft um Lucys Handgelenke, als hätte sie Angst, sie zu verletzen. Es war eine Berührung wie ein Stromschlag, der Lucy direkt zwischen die Schenkel fuhr. Lucy stöhnte laut, ihr Körper spannte sich, die Ketten barsten und Lucy fiel in die weit ausgebreiteten Arme des Dämons. Ihre Blicke fanden sich und Lucy versank im glänzenden Schwarz von Liliths Augen. Sie stürzte ins Bodenlose, in einen Abgrund, nur um sich selbst zu beobachten, wie sie in Liliths Armen lag und das noch warme Herz von Monique verspeiste.

»Du musst kaskal lu du-bi, um dich selbst zu erkennen. Goute le sang de la putain hypocrite«, hauchte sie ihr mit einer Stimmer ins Ohr, die sie bis ins Mark vibrieren ließ. Lilith legte sie in einer anmutigen Geste am Fuß des Kreuzes nieder und erhob sich. Ihre alabasterweiße Haut leuchtete in einer unfassbaren Reinheit, ihr ebenholzschwarzes Haar wiegte sich in ihren aufreizenden Bewegungen.

Rafael hatte Schaum vor dem Mund. Er richtete sich halb auf, sein verbranntes Gesicht hatte einen ungläubigen, enttäuschten Ausdruck angenommen. »Ich habe dich hier hergeholt, Königin! Ich, nicht sie!« Sein Finger wies in Lucys Richtung.

Lilith sah ihn an und lächelte milde. »Dann werde ich commencer avec toi.«

Das Meer teilt sich unter ihren Füßen, dachte Rafael.

Mit einer herrischen Handbewegung forderte sie Rafael auf, aufzustehen. »Ich werde dir geben, ce que tu mérite ama duma zid-ani-ene-ak-ra!«

Sie zog ihn sanft in ihre Arme und öffnete mit einem lasziven Lächeln ihren Mund. Rafael bereitete sich voller Stolz darauf vor, den Kuss der Königin zu empfangen, die Würdigung für seine Taten.

Sie hat mich erhört, mich, der ich ihr ergebenster Diener bin.

Ihre Lippen berührten die seinen, glitten weiter über seine verbrannte Haut zu seinem Ohrläppchen, während sich ihre Hand auf sein Gesicht legte und seinen Kopf nach hinten bog. Ihre Zungenspitze fuhr hinab, über seinen Hals und Rafaels Männlichkeit wandelte sich in einen Speer, bereit, für seine Königin zuzustoßen, wo immer sie wollte. Ihre Lippen schlossen sich fordernd an seinen Hals, dort wo sich die dicke Ader pochend präsentierte.

Liliths Reißzähne bissen ihm die pulsierende Ader aus dem Hals und hinterließen eine klaffende, faustgroße Wunde, aus der Blut schoss. Sein Herz pumpte den roten Lebenssaft stoßweise aus seinem Körper, übergoss Liliths Körper, die sich voller Lust aufbäumte.

Rafaels Blick quittierte sie mit einem unbarmherzigen Lachen.

»Du hast Hand an meine Tochter gelegt. Donc, tu vas mourir maintenant!«, sagte Lilith mit kalter Stimme, rammte ihre Hand in seinen Brustkorb und riss ihm das Herz aus dem Leib. Den sterbenden Mann warf sie vor Lucy zu Boden.

»Nimm seine essence, ses-gu-ene-ra!«

Lucy ließ das halb aufgegessene Herz fallen und wischte sich über den blutverschmierten Mund. Sie nahm Liliths Stimme nur als Rauschen wahr, so wie alles andere um sie herum auch, doch sie wusste, was Lilith wollte. Lucy kroch über Rafaels zuckenden Körper. Sie setzte sich auf ihn und lachte.

Rafael wollte sprechen, doch anstelle von Worten bildeten sich zwischen seinen Lippen nur blutige Speichelfäden.

Als Lucy ihre Lippen auf seine presste, durchströmte sie ein Gefühl der Genugtuung, das sie für alles entschädigte, was ihr in ihrem beschissenen Leben je widerfahren war. Sie hörte ihren Vater, wie er in der Hölle seine Messer wetzte und höhnisch lachte. Er war stolz auf seine Tochter, die ihr erstes echtes Schwein geschlachtet hatte. Im Augenblick des Todes ergoss sich Rafaels Seele in Lucys Mund und seine Männlichkeit in ihren Lenden. Lucy genoss es in vollen Zügen.

Andrew hörte, wie Fäuste von der anderen Seite gegen die Tür trommelten. Er hörte die panischen Schreie der Menschen, gellend, schmerzerfüllt, in Todesangst ausgestoßen.

»Achtung! Ich werde auf das Türschloss schießen«, versuchte er das Geschrei zu übertönen, doch niemand hörte ihm zu.

In dem Raum hinter der Tür musste die Hölle losgebrochen sein. Blitze zuckten über den Himmel und tauchten alles in ihr kaltes Licht, als wollten sie ihn davon abhalten, zur Tat zu schreiten. Er hob mit einem Blick voller Entschlossenheit seine Waffe.

Lucy, ich komme und hole dich da raus!

Die Pistole krachte und Holz splitterte. Eine der Kugeln hieb durch das Türblatt und jemand schrie auf der anderen

Seite gellend auf. Endlich gab die Tür dem Druck der vielen Leiber nach und flog krachend auf.

»Was zur Hölle …«

Nackte, blutbeschmierte Menschen quollen aus dem Raum und stießen Andrew grob zur Seite. Mit panisch verdrehten Augen trampelten sie die Treppe hinunter. Eine Frau verlor den Halt und stürzte kurzerhand über das Geländer. Aus dem Raum drang eine schier unglaubliche Hitze.

Martinez war direkt hinter ihm. Er packte Andrew am Kragen, zog ihn von den Wahnsinnigen weg.

Hinter der Tür offenbarte sich ihnen Dantes Inferno – anders konnte man es nicht beschreiben. Sie sahen einen Raum, in dessen Mitte ein riesiges, schwarzes Kreuz stand, inmitten von zehn, fünfzehn, zwanzig zerfetzten, nackten Leibern.

Eine Wand, die wie faules Fleisch waberte und in deren Mitte ein Loch gähnte, groß genug, um einen Menschen zu verschlingen, ein Getöse ausstoßend, als käme es direkt aus der Hölle. Inmitten dieses Chaos' stand eine nackte Frau mit der unfassbaren Schönheit einer ägyptischen Göttin und den gedrehten Hörnern des Leibhaftigen.

»Gütiger Gott im Himmel«, stöhnte Martinez gequält auf und bekreuzigte sich mehrmals hintereinander.

»Lucy!«, schrie Andrew, als er sie neben der Frau am Boden knien sah. »Komm weg von ihr … du musst hier raus, komm zu uns, schnell!«

Doch Lucy reagierte nicht. Sie war wie alle anderen ebenfalls nackt. Ihr Mund, nein, ihr ganzes Gesicht triefte vor Blut. Außer sich vor Sorge stolperte Andrew in den Raum und hob seine Waffe. Wer auch immer die Frau war, von ihr ging etwas Böses aus, etwas, das nicht hierhergehörte.

»Nicht, geh nicht da rein!«, rief Martinez.

Doch Andrew hörte nicht.

»Querido Dios en el cielo nos ayude«, stammelte Martinez und folgte seinem Partner in die Hölle.

Als die Tür aufflog, hatte Lilith ihr Massaker nahezu beendet. Sie pflückte sich die Männer und Frauen wie reife Früchte. Ihre messerscharfen Klauen verrichteten ihr blutiges Werk, schlitzten Körper auf und trennten Gliedmaßen ab, als seien sie aus Papier. Manchmal entlockte ihr die Essenz ein kehliges Stöhnen, andere verzehrte sie ohne jede Gefühlsregung. Die toten Körper stapelten sich bald zuhauf auf dem blutbeschmierten Boden.

Lucy wälzte sich von Rafaels Resten und wollte aufstehen, doch die Beine versagten ihr den Dienst. In all dem Getöse nahm sie ein Krachen wahr und sah, wie sich ein gleißendes Rechteck in der Wand auftat, durch das die wenigen Überlebenden entflohen. Blinzelnd erkannte sie, dass es sich um die Tür handelte. Lucy sah Andrew und den Mex, an dessen Namen sie sich nicht mehr erinnern konnte.

Andrew, mach, dass du wegkommst! Hier kannst du nichts mehr ausrichten!

Lucy wusste, dass es für sie kein Zurück mehr gab, doch für Andrew gab es noch eine Chance, aus der Sache lebend rauszukommen. Sie musste verhindern, dass er Lilith angriff, denn das wäre sein sicheres Ende. Das war sie ihm schuldig, bevor sie auf die Seite der Dämonen wechseln würde.

Ergreif die Chance und flieh mit ihm, noch ist es nicht zu spät. Noch kannst du Mensch bleiben, flehte eine leise Stimme in ihr. *Scheiß drauf und nimm die Macht, die dir angeboten wird. Du hast schon zu oft gemordet und vom verbotenen Fleisch gekostet!*

»Herrsche oder diene!«, hörte sie Lilith flüstern.

»Was?«

»Herrsche oder diene. Dieses eine Mal, ich lasse dir die Wahl. Erhebe dich über die Sterblichen oder gehe mit ihnen unter, Halbblut.«

Liliths Worte waren kaum mehr als ein Hauch und dennoch konnte Lucy sie hören, denn sie klangen direkt in ihrem Kopf.

»Ich … ich habe die Wahl?«

»Aber natürlich hast du eine Wahl«, raunte Lilith, während sie Andrew dabei beobachtete, wie er auf sie zu stolperte. »Viel Zeit bleibt dir nicht mehr.«

Lilith hob ihre Arme an und spreizte die Finger. Ihr Becken schob sich lasziv nach vorne. Voller Vorfreude leckte sie sich über die Lippen und sah den Handlungen des Ermittlers erwartungsvoll entgegen.

Du musst etwas tun, sonst wird sie Andrew genauso umbringen wie die anderen, tönte die Stimme. *Es sei denn …*

»Lucy! Hörst du mich denn nicht?«, krächzte Andrew mit heiserer Stimme. Die heiße Luft, der Gestank nach Blut und Schweiß, der scharfe Geruch nach den im Tod entleerten Därmen raubte ihm fast den Verstand und trieb ihm Tränen in die Augen. Der gebrochene Arm und das Geschrei aus dem Loch in der Wand taten ihr Übriges. Es war ein Albtraum.

Martinez war direkt hinter ihm und murmelte mit bebender Stimme Gebete.

Eldritch blinzelte. Das Antlitz der hellhäutigen Frau verschwamm vor seinen Augen. Sie kam mit katzengleichen Bewegungen näher. »Bleiben Sie stehen, sofort«, forderte er sie auf. »Und nehmen Sie verdammt noch mal ihre Hände hoch!«

Lilith folgte mit lasziven Bewegungen Andrews Befehl. »Ich folge deinen Anweisungen, homme avec le pistolet.«

Martinez stöhnte gequält auf, als er sah, wie Lilith die Körperhaltung des Gekreuzigten nachahmte. »Eldritch, diese Frau ist das absolut Böse! Wir müssen etwas unternehmen. Sie darf … sie darf diesen Raum niemals verlassen.«

Andrews ausgestreckter Arm mit der Waffe zitterte. »Mein Partner wird ihnen Handschellen anlegen!«

»Das werde ich nicht tun«, widersprach ihm Martinez. Seine Stimme zitterte vor Angst. Die Waffe des gläubigen Mannes krachte direkt neben Andrews Ohr, der vor Schreck zur Seite taumelte.

»Stirb, Dämon! Zurück mit dir in das Loch, aus dem du hervorgekrochen bist!«, schrie Martinez außer sich vor Zorn.

Lilith wich mit der Geschmeidigkeit einer Raubkatze zur Seite, das Projektil verfehlte sie. Martinez feuerte ein zweites Mal und verfehlte sie erneut, es hatte fast den Eindruck, als würde sie vorausahnen, wohin er zielen würde. Lilith kam näher, unaufhaltsam. Sie wich den Kugeln aus und stieg über die toten Körper am Boden, ohne auch nur einen einzigen davon zu berühren.

Andrew taumelte zur Seite, um der lärmenden Automatik seines Partners zu entgehen. Er hob ebenfalls seine

Waffe und drückte ab, doch auch sein Schuss ging fehl. Es war unglaublich, er hatte noch nie jemanden gesehen, der sich so schnell bewegen konnte und doch seine Anmut nicht verlor.

Martinez betätigte den Abzug erneut und das letzte Projektil verließ den Lauf seiner Waffe. Der Schlitten schnappte nach hinten und die leere Patronenhülse flog aus der Kammer. Lilith stand plötzlich direkt vor ihm und verschlang seinen Willen, sie aufzuhalten, mit einem einzigen Blick. Eine Drehung ihrer Hand genügte und die rasiermesserscharfen Klauen zerfetzten Martinez' Kehle. Die dünne Kette zerriss, an der das Medaillon mit den Namen der drei Engel hing, während sich ihre andere Hand in seinen Brustkorb bohrte und ihm das Herz aus dem Leib riss.

»Nin ani su ene! Nin ani su ene!«, schrie sie ihm ins Gesicht und schloss böse lächelnd ihre Hand. Das Fleisch des Herzmuskels quoll zwischen den Fingern ihrer Faust hervor und sein Blut spritzte Martinez wie zum Hohn ins Gesicht. Liliths Klauen hatten seinen Hals bereits zur Hälfte durchtrennt. Jetzt hielt sie ihn mit derselben Hand fest umschlossen und sah ihm mit interessiertem Blick beim Sterben zu.

»Dub-ba-ni-se lugak-ak dumu-ani-ra … Bald wirst du sitzen an deines Königssohnes reich gedeckter Tafel …«

Der ganze Kampf dauerte nur Sekunden. Lilith hörte weder Andrews Schreie noch spürte sie die Kugeln, die ihren Körper durchlöcherten. Nichts konnte sie davon abhalten, ihre Lippen über die von Martinez zu senken und ihm die Seele aus dem Leib zu saugen. Erst als sie damit fertig war, schien sie Andrews Anwesenheit überhaupt zu bemerken. Sie warf Martinez' Körper weg und drehte sich zu Andrew um, der fluchend versuchte, an seine Ersatzwaffe zu kommen.

»Du beschmutzt meinen Körper«, fauchte sie »Für dich gibt es hier keinen Platz, du wirst sterben.«

Spöttisch lächelnd bewegte sie sich auf den Ermittler zu.

Endlich umschlossen seine Finger den griffigen Kunststoff, doch es war bereits zu spät. Als er die Waffe hob, schlug Lilith sie ihm aus der Hand und lachte. Ein weiterer Schlag von ihr brach dem Ermittler gleich mehrere Rippen.

Andrew schrie auf, schnappte wie ein Fisch auf dem Trockenen nach Luft, als sich die gebrochenen Knochen in seinem Oberkörper bewegten. Schon erhob sie ihre Hand, um sie mit vernichtender Macht auf ihn niederzuschmettern.

Andrew schloss seine Augen und erwartete das unvermeidliche Ende.

»Ich habe mich entschieden«, stieß Lucy hastig hervor. »Aber ich habe eine Bedingung!«

Lilith hielt inne und sah Lucy neugierig an. Schließlich ließ sie die Hand sinken. »Sprich!«

Lucys Beine zitterten, als sie sich nach oben zog. Sie musste sich am Kreuz festhalten, um wenigstens halbwegs auf die Beine zu kommen.

»Du kannst mich haben, aber Andrew musst du gehen lassen!«

Lilith ließ Andrew wie eine heiße Kartoffel fallen. »Warum sollte ich das tun, Liluthu-ak? Er ist nichts weiter als ein anse-ak-ani, ein Gefäß, geschaffen, um uns zu nähren.«

»Das mag sein«, sagte Lucy mit bemüht fester Stimme. »Trotzdem bleibe ich bei meiner Bedingung. Lass ihn gehen und ich tue, was du willst!«

Lilith verpasste Andrew einen Tritt zwischen die Rippen. Andrew stöhne auf, er war zum Spielball ihrer Willkür geworden. Vor seinen Augen drehte sich ein Szenario des Grauens, in dem sich zwei nackte, mit Blut beschmierte Frauen gegenüberstanden, die sich verdammt ähnlich sahen.

Lilith stieg über die Leichen und blieb vor Lucy stehen. »Was ist so besonders an diesem anse-ak-ani?«

Lucy wich ihrem Blick aus. »Eigentlich gar nichts … außer … dass er da war, als ich Hilfe brauchte … er ist nur ein einfacher Mensch, dennoch …« Sie wusste, wenn sie etwas Falsches sagen, wenn sie nur den geringsten Fehler machen würde, war es um Andrew geschehen.

»Dennoch?« Lilith beugte sich nach vorne und roch an Lucys Hals. »Ah, du bist noch immer in deinem Zwiespalt gefangen, Liluthu-ak, nicht wahr?«

Lucy nickte. »Ganz ehrlich? Ich bin fertig und weiß nicht mehr weiter. Für die Menschen bin ich ein Monster und für dich wahrscheinlich nicht mehr wert als der Dreck unter deinen Fingernägeln.«

Lilith hauchte ihr einen sanften Kuss hinters Ohr und fing ihren Blick ein »Du bist so … so naiv, Liluthu-ak. Der dumu-ani-ra, der mir den Leib dieser Dimension geöffnet hat, hätte mir jeden anderen Wechselbalg darbieten können und ich hätte ihn mit Wonne angenommen. Aber er bot mir dich. Du musst wissen … du bist etwas Besonderes, du bist die dumu-sag liluthu-ak, du bist die Erstgeborene des Liluthu! Du bist ein Kind des Inkubus, den ich zu meinem Stellvertreter auf Erden ernannt habe … Das Wichtigste daran ist, du entstammst in direkter Linie meinem Blut und das macht dich unantastbar. Rafaels Fehler war, dass er das nicht wusste, und dafür musste er bezahlen.«

Liliths Augen waren Abgründe, an deren Boden das Fegefeuer loderte. Und in dem Feuer, tief unten, kämpften Seelen miteinander, um wenigstens für einen winzigen Augenblick der unsäglichen Hitze zu entkommen.

Lucy konnte nicht glauben, was sie da gerade hörte. *Wenn dies alles ein Albtraum ist, wäre jetzt ein guter Zeitpunkt, um aufzuwachen. Sie entstammte der Blutline Liliths?*

»Ich mag dich«, stellte Lilith fest. »Ich mag dich sogar sehr, weil du mich an mich selbst erinnerst. Du erinnerst mich an meine jungen Jahre, als alles begann. Die Türme Babylons waren noch nicht erbaut und ich war noch ziemlich unerfahren … Vater schickte mich unter die Menschen, wo ich ihr Wesen kennen lernen sollte, schließlich sollte ich an seiner statt die Erde regieren.«

Liliths Gesicht nahm traurige Züge an. »Alles kam anders. Auch ich verliebte mich in einen Sterblichen, genau wie du. Wir trafen uns wochenlang, heimlich, im Verborgenen. Vater kam natürlich dahinter und wollte ihn schon an einem Felsen zerschmettern, doch ich bat ihn, sein Leben zu verschonen. Vater sah, dass mein Herz daran zerbrechen würde, also entsprach er meinem Wunsch.«

»Damit ist die Geschichte sicher nicht zu Ende«, sagte Lucy. Sie war überrascht, dass ihr die Königin diesen Teil ihres Lebens offenbarte. Dies war Andrews Chance.

Lilith bedachte sie mit einem zynischen Gesichtsausdruck. »Kurze Zeit später sollte ich mein Fürbitten bereuen.

Die Liebe des Sterblichen war nicht von langer Dauer. Als der Priester meiner dämonischen Seite gewahr wurde, schwor er von mir ab. Er zettelte mit anderen seiner Kaste eine Intrige an und sie verbannten mich vom Antlitz der Erde, denn solange ich unter ihnen weilte, fühlten sie sich in ihrer eigenen Macht beschnitten. Sie hatten schneller gelernt, als ich es für möglich gehalten hatte ... Und nun, mehrere tausend Jahre später, bin ich zurückgekehrt, um Rache an den Menschen zu nehmen.«

Lilith berührte Lucys Wange und sah ihr in die Augen. »Daher sei gewarnt. Wir suchen die Sterblichen des Nachts heim, wir verführen sie und trinken ihre Seele, aber wir lassen uns niemals mit ihnen ein ... Wenn wir das tun, ist es unser Untergang!«

Lucy erwiderte ihren Blick, der etwas Mitfühlendes an sich hatte, wenn auch nur für einen kurzen Augenblick. »Ich kann meine Meinung nicht ändern. Nicht heute, nicht zu diesem Zeitpunkt ... Also bitte ich dich erneut: Verschone sein Leben ... und ich gehöre dir.«

Mit einer anmutigen Bewegung entfernte sich Lilith von Lucy. »Ich gewähre dir diese Bitte, auch wenn ich weiß, dass dies unser beider Untergang sein wird! ... Du wirst dich einst an meine Worte erinnern.«

DA WÄRE NOCH EINE KLEINIGKEIT

Als der Blitz in das Elektrizitätswerk von *Rikers Island* einschlug, versank die Insel in absoluter Dunkelheit. Das Sicherheitssystem des *New York Department of Correction* übernahm die Kontrolle. In einem solchen Fall verriegelten sich die Zellen automatisch und die Notbeleuchtung sprang an. Jedoch nicht in dieser Nacht und nicht, was die Zelle von David Berkowitz betraf.

Er saß gerade auf seinem Bett und polierte seine Schuhe, als es schlagartig dunkel wurde. Das elektronische Schloss klackte und die Tür öffnete sich, anstatt sich zu verriegeln. Irgendwo jenseits der Mauern plärrte eine Sirene. Lächelnd stellte der *Son of Sam* die Schuhe auf den Boden und genoss den Augenblick der sich ihm bietenden Freiheit. Das konnte nur eins bedeuten: Rafael hatte den Ritus vollzogen und die Macht Liliths hatte ihm die Tür geöffnet.

Berkowitz legte seine orangefarbene Gefängniskleidung ab und faltete sie zusammen. Selbst Strümpfe und Unterwäsche legte er ab, um sie ebenfalls gefaltet, zu seinen anderen Sachen zu legen. Seine polierten Schuhe stellte er, sorgfältig ausgerichtet, vor sein Bett.

Der Son griff unter die Matratze und zog ein etwa zwanzig Zentimeter langes geschärftes Stück Metall hervor, dessen eine Hälfte dick mit Stoff umwickelt war, damit er es greifen konnte, ohne sich selbst zu verletzen. Das Metall stammte aus der Gefängniswerkstatt. Fernandez hatte es ihm besorgt, ein Mörder und Vergewaltiger, der wusste, wie man solche Sachen unbemerkt verschwinden lassen konnte.

Blitze erhellten die Nacht und warfen ihr grelles Licht durch das schmale Fenster seiner Zelle. Er kämmte sich seine Haare und trat, nackt und barfuß, wie er war, auf den Korridor hinaus. Durch starke Windböen aufgewirbelter Regen prasselte auf die Oberlichter. Die Sirene heulte immer noch. Berkowitz blieben höchstens dreißig Sekunden, um die Gittertür zu erreichen, die seinen Zellentrakt vom Rest der Anstalt trennte. Er musste sich beeilen, dass er in Position war, bevor der Wärter kam. Wie die Gefangenen folgten auch die Wärter festen Regeln und Abläufen. Bei einem Stromausfall war es vorgesehen, dass sich der Wärter in seinen Trakt begab, um alles zu überprüfen. Genau darin sah Berkowitz seine Chance.

Heute Abend hatte Thomson Schicht. Er war von nahezu gleicher Statur wie der Son und ein harter Hund, der nicht zögern würde, ihm mit dem Schlagstock die Meinung zu sagen, wenn er einen Fehler machte. Ein unaufmerksamer Beobachter konnte sie durchaus verwechseln. Berkowitz drückte sich hinter den Betonpfosten direkt neben der Tür. Keine Sekunde zu früh, denn schon knirschte der Schlüssel im Schloss. Das Gitter schwang auf und der scharf abgegrenzte Strahl einer Taschenlampe erhellte den Korridor. Thomson, in einen nassen dunklen Regenmantel gekleidet, trat einen Schritt nach vorne.

Berkowitz' Arm zuckte nach oben und rammte die rasiermesserscharfe Klinge unterhalb Thomsons linkem Ohr bis zum Heft in dessen Kopf. Gleichzeitig umfasste er mit der anderen Hand den Kiefer des Wächters und drehte diesen mit einem harten Ruck nach rechts. Trotz seines Alters war Berkowitz ein kräftiger Mann. Thomson hatte nicht den Hauch einer Chance. Es knackte laut und der Mann sank in Berkowitz Arme. Der Son ließ ihn sachte zu Boden gleiten und zog ihn in den toten Winkel des Korridors.

Die Kleidung des Gefängnisaufsehers passte Berkowitz wie angegossen. Angewidert verzog der Son das Gesicht, als er den penetranten Geruch von Thomsons Rasierwasser roch. Die ganze Kleidung des Wächters stank danach, dennoch zog er sich eilig die Sachen an und setzte sich die mit einem Plastikregenschutz versehene Schirmmütze auf den Kopf. Der Blutfleck am Kragen des braunen Uniformhemdes verschwand unter dem Regenmantel.

Der Son hatte den Gebäudeplan auswendig gelernt. Er kannte jede Tür, jeden Winkel und jede kleine Nische, in der er sich verbergen konnte, sollte es Probleme geben, immerhin hatte er viele Jahre damit verbracht, Thomsons Verhalten zu studieren. Der Schlüssel von Thomson öffnete ihm eine Tür nach der anderen. Als er den Sicherheitsbereich verließ, blitzte die Taschenlampe eines anderen Wärters auf.

»Hey, Thomson, alles in Ordnung bei den Irren in deinem Trakt?« Es war Wozniak, ein bulliger Kerl polnischer Abstammung, ein brutaler Hund, der seine Freude daran hatte, den Häftlingen seinen Schlagstock zu präsentieren.

»Alles bestens«, antwortete Berkowitz und lächelte. »Allerdings wäre da noch eine Kleinigkeit, über die wir uns unterhalten müssen.«

Eine Dosis Pfefferspray und dreiundzwanzig harte Schlagstockhiebe auf den Kopf des vollkommen überrumpelten Wärters beendeten das Gespräch, bevor es überhaupt zu einem werden konnte.

»Jetzt kannst du deinem Freund in der Hölle Gesellschaft leisten!«

Wozniak konnte nicht mehr antworten, denn der lag mit eingeschlagenem Schädel und zuckenden Füßen auf dem polierten Boden des steril riechenden Raumes.

Als die Scheinwerfer auf *Rikers Island* aufflammten, saß Berkowitz schon in Thomsons Wagen, einem bulligen Ford F250 Pickup, und fuhr auf der Francis Bouno Bridge Richtung Queens. Der Orkan hatte seinen Höhepunkt erreicht. Blitze zuckten in kurzen Abständen aus den schwarzen Wolken und Donnerschläge ließen die Erde erzittern. Unter der Brücke tobte der vom Sturm aufgewühlte East River.

Berkowitz lächelte. *Das ist erst der Anfang*, dachte er. *Die Königin der Unterwelt hat sich erhoben! Die Ära der* Order of Sam *hat begonnen!*

VERGESSEN

Die Rückfahrt zum Hotel war die reinste Hölle. Die Sirenen heulten auf Long Island gegen den Sturm an. Sirenen, die die große Flut ankündigten, die sich über die Grundstücke und in die Keller der Häuser auf der Halbinsel ergoss. So etwas hatte es schon lange nicht mehr gegeben. Rafaels 1968er-Dodge Charger kämpfte sich mit röhrendem Motor wie ein mattschwarzer Pflug durch die überfluteten Straßen.

Lucy saß hinter dem Steuer und fuhr so schnell sie konnte. Sie wollte möglichst weit weg von Andrew sein, bevor er begriff, was passiert war. Es hätte alles perfekt sein können – das mit Andrew und ihr. Sie hatte es gespürt, als sie sich das erste Mal gesehen hatten, an der Bar im Duffs. Sie waren verschieden und dennoch hatten sie zueinander gefunden, als Menschen und nicht als das, was sie verkörperten. Lucy hatte für einen Augenblick gedacht, dass der Traum vom Prinzen, der sie aus ihrem beschissenen Leben retten würde, Wirklichkeit werden könnte. Andrew hätte dieser Prinz sein können, doch Rafael hatte alles zerstört. Rafael hatte den Tod verdient, ebenso wie all die anderen, die sie hintergangen hatten. Es war Lucy eine Genugtuung gewesen, ihn sterben zu sehen, und dennoch hatte es ihren Verlust nicht wettgemacht. Das Einzige, was Lucy tun konnte, war davonzulaufen.

Als sie das Haus in der Ocean Avenue verlassen hatten, hatten sie sich an der Kleidung derer gütlich getan, die oben im Ritualsaal das Zeitliche gesegnet hatten. Lucy hatte sich das schwarze Lackkleid von Monique angezogen. Es schmiegte sich wie eine zweite Haut an ihren Körper. Nachdem sie nach unten gegangen waren, rannte Lucy ins Badezimmer, wo noch immer Carlas Leiche in der Wanne schwamm, und holte sich Stevens Rosenkranz. Erst als sie das kalte Metall des Kreuzes zwischen ihren Brüsten spürte, war sie bereit, das Haus zu verlassen.

Als sie den Raum verlassen hatten, ging eine Veränderung mit Lilith vor. Sie nahm ein menschlicheres Aussehen an. Ihre gedrehten Hörner zerfielen zu grauer Asche, die vom Wind davongeweht wurde. Selbst ihre Klauen nahmen ein weniger bedrohliches Aussehen an, wurden kürzer, eher wie lange, gut gepflegte Nägel. Lucy fand die Veränderung ihrer Augen ziemlich beängstigend. Die Pupillen schwarz wie die Nacht und von einem goldschimmernden Hof umgeben, der ihre altägyptische Anmut nur noch mehr unterstrich. Was Kleidung betraf, war Lilith ausgesprochen wählerisch. Erst nachdem Lucy auf sie eingeredet hatte, dass es angebracht war, schleunigst zu verschwinden, entschied sie sich für schwarze Nylons und Spitzenwäsche unter hohen Lederstiefeln, dazu einen langen schwarzen Mantel, mehr hielt sie nicht für nötig.

Während der Fahrt starrte Lilith fasziniert aus dem Fenster und beobachtete die funkelnden Lichter der Stadt in der sturmgepeitschten Nacht. »All diese Lichter … diese monumentalen Bauwerke … all das haben Menschen geschaffen?«

»Ja«, antwortete Lucy knapp. Wenn sie nicht im Straßengraben landen wollte, musste sie sich auf die Straße konzentrieren.

»Hier müssen tausende Menschen leben, wenn nicht sogar Millionen«, flüsterte Lilith aufgeregt.

»Hier in Brooklyn leben über zweieinhalb Millionen Menschen, glaube ich jedenfalls … In ganz New York sind es laut Wikipedia sogar über acht Millionen«, erklärte ihr Lucy.

Lilith schien sichtlich beeindruckt und dachte eine ganze Weile schweigend über diese Information nach.

»All die Seelen, die nur darauf warten, gepflückt zu werden.«

Eine gefühlte Ewigkeit später betraten die Frauen in ihren nassen Regenmänteln die Lobby von Lucys Hotel in Brooklyn. Der Portier hinter dem Schalter zog skeptisch eine Augenbraue nach oben. Aus dem Kofferradio aus dem Tresen plärrte TexMex-Musik. Mit einem dummen Grinsen legte er seine Zeitschrift zur Seite und drehte die Musik leiser. Unverhohlen starrte er auf Liliths offenstehenden Mantel.

»Holla sus putas cachondas! Wo soll's denn so eilig hingehen, hm?«

Lucy stützte sich leicht genervt auf die Theke und beugte sich zu dem Kerl nach vorne, der ihr ungeniert in den Ausschnitt starrte. »Ich hab hier 'n Zimmer. Wir sind müde, wir sind hungrig und auch sonst nicht besonders gut gelaunt. Und das da ist meine Freundin, mit der ich auf *meinem* Zimmer ne Runde quatschen werde, entendido? … Also gib mir endlich meine verfluchten Schlüssel!«

Seiner momentanen Macht bewusst, lehnte er sich in seinem Bürostuhl zurück und grinste von einem Ohr zum anderen. Auf seinen Unterarmen prangten Gangtattoos. »Puta, ich weiß, wer du bist. Aber die da«, er zeigte mit dem Finger auf Lilith, die ihn mit verschränkten Armen amüsiert musterte. »Die da kenn ich nicht … Weißt du, ich sitze hier und langweile mich zu Tode. Könnte gut sein, dass sie mir ein wenig Abwechslung verschafft, wenn du verstehst, was ich meine.«

Bevor Lucy etwas darauf erwidern konnte, war Lilith bei ihm. Ihre Hand packte seinen Hals und riss den selbstgefälligen Mann mit verblüffender Leichtigkeit nach oben, damit er ihr in die Augen sehen konnte. »Udu-hi-a dub-bani-ze ses-gu ene-ra!«, zischte sie den Mann warnend an. Sie war größer als er. Mit den Füßen strampelnd ballte er seine Hand zur Faust und wollte zuschlagen, doch sie packte seinen Arm mit der Geschmeidigkeit einer Raubkatze. Amüsiert von seiner Hilflosigkeit drückte sie ihn an die Wand und leckte sich voller Vorfreude über die Lippen.

»Nicht! … Ich bitte dich, tu es nicht!«, flehte Lucy Lilith an. »Er … er ist es nicht wert, bitte!«

»Ich habe großen Hunger, Liluthu-ak«, knurrte Lilith, ohne den Blick von ihrem Opfer zu wenden. Ihr harter Griff schnürte dem Mann den Atem ab.

»Wenn … also wenn wir nicht auffallen wollen, musst du dich an bestimmte Regeln halten … Du musst dich wie ein normaler Mensch verhalten, verstehst du?«, flehte Lucy.

»Warum sollte ich … ich bin eine Königin und der da ist nichts weiter als feuchter Dreck zwischen meinen Fingern!«

»Bitte, lass es mich dir erklären … oben, in meinem Zimmer«, versuchte Lucy weiterhin, das Leben des Mannes zu retten.

Lilith verdrehte die Augen und ließ den Mann wie eine heiße Kartoffel in seinen Stuhl fallen. Hustend und sich den Hals reibend fuhr er Lucy an, die er eindeutig für die Schwächere hielt. »Puta de mierda, nimm deine verdammte Migrantenfreundin und sieh zu, dass du verschwindest!« Der Mann warf Lucy mit hochrotem Kopf ihren Zimmerschlüssel entgegen.

Kaum hatte Lucy die Zimmertür hinter sich geschlossen, packte Lilith sie an den Haaren und drückte sie mit dem Gesicht gegen die Wand. »Wer bist du, das du mich maßregeln willst? … Nimm dir nicht zu viel heraus, Wechselbalg … denn ich könnte deiner überdrüssig werden.«

Lucy konnte kaum sprechen, so fest presste sie Liliths Hand gegen die Wand. »Ich … ich wollte nur nicht, dass du …«

Einen Fehler machst? Wolltest du das der Königin der Dämonen eben sagen?, schoss es Lucy voller Schreck durch den Kopf. *Wolltest du ihr sagen, dass sie fehlbar ist oder gar unvollkommen? Bist du irre?* Fieberhaft suchte sie nach den richtigen Worten.

»Schweig«, hauchte ihr Lilith ins Ohr und befreite sie aus ihrer Zwickmühle. »Wenn du so etwas noch mal machst, reiße ich dir dein verdammtes Herz raus!«

Liliths Hand fuhr Lucy über den Hintern und zwischen die Beine. Das viel zu enge Kleidchen rutschte nach oben und gab den Weg für die dämonischen Finger frei. »Auch wenn es sehr schade um dich wäre!«

Mit einem Ruck ließ sie von Lucy ab und ging zum Fenster. »Und jetzt verschwinde und besorge mir etwas Neues zum Anziehen. Etwas, das mich an meine erste Zeit unter den Menschen erinnert. Und mach dich sauber, bevor du gehst, denn du stinkst wie ein Schwein.«

Lucy folgte der Anweisung ihrer neuen Herrin nur zu gerne, nicht nur, weil sie tatsächlich stank, sondern, weil sie etwas Zeit für sich selbst brauchte, um die Vorfälle der letzten Stunden zu verdauen. Sie schloss sich im Badezimmer ein und legte *Dead can Dance* ein, der passende Sound für ihre Stimmung. Lucy ekelte sich vor sich selbst. Ihr Körper war klebrig von diesem Öl und mit Blut besudelt. An all die anderen Substanzen wollte sie erst gar nicht denken. Und sie roch nicht gerade nach Veilchen.

So kann das nicht weitergehen, dachte sie fahrig, als sie in die Dusche stieg und das heiße Wasser aufdrehte. *Womöglich habe ich schon den Verstand verloren und werde gleich erwachen, gebunden in eine Zwangsjacke, in einer Gummizelle.*

Sie fühlte sich schlecht und wusste nichts mit ihren verrückten Gefühlen anzufangen. Einerseits fühlte sie sich zu Lilith hingezogen, die eine Faszination ausstrahlte, der man sich nur schwer entziehen konnte. Andererseits widerte sie die Dämonenkönigin an, die in ihrer selbstgefälligen Arroganz Lucys Leben zerstört hatte, als wäre es wertloser Dreck.

Denk nicht mehr darüber nach, du hast deine Wahl bereits getroffen! Es ist zu spät, etwas daran zu ändern.

Lucy stützte sich mit den Händen an die warmen Fliesen und ließ sich das Wasser auf ihren gesenkten Kopf prasseln. Zwischen ihren Füßen gurgelte die schmutzigbraune Brühe in den Abfluss.

Ich wasche mir mein altes, schmutziges Leben einfach ab, lasse es hinter mir. Ich streife es ab, wie einen abgetragenen Mantel, forderte ihre dunkle Seite. *Sag dreimal hintereinander »Scheiß auf mein altes Leben« und starte neu durch, ausgestattet mit einer Macht, von der du einst nur zu träumen wagtest!*

Und dann? Was kommt dann?, meldeten sich ihre Zweifel.

Dann beginnt endlich dein echtes Leben. Ein Leben, in dem es dir an nichts mangeln wird. Ein Leben, in dem du die Auserwählte sein wirst, der Rockstar, den alle lieben. Ein Leben, in dem du deine eigene, verdammte Vergangenheit hinter dir lassen kannst, weil sie nichts mehr bedeutet.

Der heiße Wasserdampf hüllte sie wie ein dichter, undurchdringlicher Nebel ein. Raum und Zeit verloren ihre Bedeutung, alles verschwamm in einem feuchten, undurchdringlichen Dunst, durchzogen von den getragenen Klängen der sphärischen Musik.

Du bist das verlorene Kind, das Bindeglied zwischen Mensch und Dämon. Die Berufene an der Seite der über alles Erhabenen.

Das Wasser rann ihren Rücken hinab. Lucy dachte an sanfte, streichelnde Finger, die sie liebkosten. Sie schloss die Augen und gab sich dem angenehmen Prickeln hin, öffnete ihren Geist den Gefühlen, die unendlich rein in ihr aufwallten.

Andrew, ich hoffe, dass es dir gutgeht. Ich vermisse dich, verzehre mich nach deinen Berührungen.

Zärtliche Hände glitten über ihre Schultern und an ihren Seiten hinab, nicht fordernd, sondern liebkosend. So ganz anders als all das, was sie die letzten Tage erlebt hatte. Lucy fühlte einen weiblichen Körper, der sich voller Sehnsucht an sie lehnte.

Du musst Andrew vergessen, denn er ist Teil deines alten Seins. Du kannst dein Blut nicht länger verleugnen, gib dich also hin und erhebe dich über jene, die in dir nur das Böse sahen.

Lippen küssten zärtlich ihren Nacken, eine Berührung, so leicht, dass sie kaum von der des Wassers zu unterscheiden war. Eine Zungenspitze hinter ihrem Ohr, gefolgt von einem zärtlichen Knabbern an ihrem Ohrläppchen.

Dein Wesen ist anmutig, empfindsam. Gib dich hin und folge deinen Gefühlen. Lass dich treiben, gleite davon, gehe darin auf.

Die Berührungen versprachen Erfüllung und Halt zugleich. Und allumfassende Liebe. Alles wurde fließend, leicht. Lucy erbebte in einer Art, die sie nie zuvor erlebt hatte. Das Wasser wusch alles von ihr. Ihre Zweifel, ihre Bedenken, die Unsicherheit und zu guter Letzt ihre schier grenzenlose Selbstverachtung. Das Wasser spülte alles den Abfluss hinab, spülte es hinaus, raus aus der Stadt, in einen Ozean, wo sich alles in ein unbedeutendes Nichts auflöste.

Ich lege mein altes Leben ab wie eine Schlange ihre nutzlose, alte Haut, die ihr zu eng geworden ist. Ich bin herausgewachsen. Ich bin endlich ich. Ich bin Lucy, die Erfüllung aller Sehnsüchte für die, die mich verehren, und der schreckliche, bluttriefende Albtraum für jene, die an mir zweifeln.

Der Körper drängte sich von hinten gegen Lucys Rücken. Zahllose Hände streichelten ihren Körper, liebkosten derart sanft ihre vom heißen Wasser aufgeweichte Haut, dass es kaum erträglich war. Sie waren überall und das gleichzeitig. Sie berührten ihren Rücken, umfassten ihre Brüste, ihren Hals, glitten zwischen ihren Schenkeln hindurch und in sie hinein, wo es nur ging. Mit festem Griff drückten sie ihren Hintern und ihren Nacken nach vorne. Das heiße, dampfende Wasser raubte ihr den Verstand, benebelte ihre Sinne und trieb sie vor sich her, kneifend, kitzelnd, tastend und – natürlich – ziemlich schlüpfrig.

Lucy kam im Bett ihres Hotelzimmers zu sich und hatte keine Ahnung, wie sie dort hingekommen war. Ehrlich gesagt, war es ihr auch ziemlich egal, denn sie fühlte sich verdammt gut, eben genau wie es sein sollte. All ihre Selbstzweifel waren verschwunden, Lilith jedoch auch.

Hat sie mich in der Dusche heimgesucht? Scheiße, ja, so muss es gewesen sein. All diese Hände, diese Präsenz. Es war einfach nur geil.

Mit einem Lächeln stand sie schließlich auf. Das Laken glitt von ihrem nackten Körper. Lucy musterte sich in dem großen Spiegel und suchte nach Ähnlichkeiten zu Lilith.

Herzchen, du wirst noch den Verstand verlieren, wenn du dich mit einer gottgleichen Schönheit aus der Frühzeit vergleichst! Und dennoch ... Lucy und Lilith, der Gedanke gefiel ihr zusehends mehr.

Lucys Lächeln wurde noch breiter, denn auf der Badezimmertür befand sich ein verwischter, blutiger Handabdruck.

Etwas zu essen wäre bestimmt nicht das Schlechteste, ging es ihr durch den Kopf, als sie neben dem Fernsehgerät das kleine silberne Tablett sah, auf dem ein menschliches Herz lag. Der Anblick ließ ihren Magen knurren, sie hatte Hunger, denn es war schon eine ganze Weile her, dass sie etwas gegessen hatte.

Lucy griff sich ihren Mediaplayer vom Nachttisch, steckte sich die Stöpsel in die Ohren, startete *Jefferson Airplanes* »White Rabbit« und bewegte sich im Takt der Musik zu ihrer blutigen Mahlzeit. Es lag warm und weich in ihrer Hand und strömte diesen metallischen Geruch aus, den sie so sehr mochte.

Als sie herzhaft in den toten Muskel biss und das Fleisch zwischen ihren Zähnen knirschte, musste sie an ihren Ziehvater denken. Er wäre sicher verdammt stolz auf sie und hätte sein diabolisches Grinsen aufgesetzt, mit dem er ihre Mutter oft zur Weißglut getrieben hatte. Er hätte ihr mit der Zigarette im Mundwinkel erzählt, dass es nichts Besseres gab, als Fleisch ganz frisch zu essen, kurz nach dem Schlachten. Blutig und roh und noch voll der Kraft des Lebens, das unter seinem Messer vergangen war. Es war, wie das Leben selbst zu verspeisen.

Lucy bedauerte es ein bisschen, dass sie ihm nicht sagen konnte, wie recht er immer gehabt hatte. Sie vermisste diesen groben, schmutzigen Mann, der ihr stets näher als die eigene Mutter gewesen war.

Stattdessen widmete sie sich ihrem makaberen Mahl. Die Kammern waren noch voller Blut, das ihr aus den Mundwinkeln rann und auf ihre vollen Brüste tropfte. Und das Gute daran war, ihre verdammte menschliche Seite hielt endlich ihr zweifelndes Maul.

DAS MEKKA EINES LEICHENBESTATTERS

Leatherface lümmelte sich mit einer Bierflasche in der Hand breit auf der abgewetzten Couch im Proberaum. »Es muss ja was verdammt Wichtiges sein, weswegen uns Lucy hier herbestellt hat.«

Der Bass brummte, als Calvin an seinen Saiten herumschraubte. »Yeah, Mann. Mir hat ihr entschlossener Ton ehrlich gesagt ein bisschen Angst eingejagt.«

Leatherface lachte glucksend. »Ja, hey, sie ist, na ja … hm … anders. Es fing nach dem Gig im *Archeron* an … Ich finde, danach war Lucy wie ausgewechselt. Hast du eigentlich ne Ahnung, wo Bacon steckt?«

»No«, antwortete Calvin knapp und drehte weiter an den Stellschrauben, bis er mit einem zufriedenen Grinsen nickte. »Keinen Plan, wo Bacon steckt. Der wird bestimmt gleich auftauchen. Kennst den alten Kiffer doch gut genug, Mann … Was Lucy betrifft, die ist in letzter Zeit im Schweif von Carla rumgezogen … vielleicht ist sie«, er lachte wie ein Gockel, dem man den Kopf abgehackt hatte, »ja total in die Sadomaso-Szene abgetaucht und macht jetzt für diesen Rafael ich-bin-ja-so-toll die Beine breit.«

Leatherface dachte eine Weile über Calvins Aussage nach und nickte wissend. »Kann gut sein, sie stand ja schon immer auf diesen Scheiß. Aber mit Rafael – eher nicht …«

Er wurde jäh unterbrochen, als sich die Tür öffnete und Lucy mit einem spöttischen Lächeln den Proberaum betrat. Sie stellte eine ziemlich große Kiste auf den Boden. »Hey, Jungs!«

»Wow«, grunzte Leathermask. Lucy trug unter ihrem langen Ledermantel ein hautenges Catsuit aus glänzendem, schwarzem Lack und Stiefel, die ihr fast bis zum Hintern reichten. Um ihren Hals und an den Handgelenken trug sie breite Lederbänder, an denen eiserne Ringe baumelten.

Selbst Calvin hielt mit seinen Arbeiten inne und sah Lucy überrascht an. Ihre Haut schien heller als sonst, als würde sie von innen leuchten. Ihr Haar umrahmte glatt und schwarz wie Öl ihr ovales Gesicht. »Jungs, es gibt Neuigkeiten, die euch interessieren dürften ... und ich fange gleich damit an. Erstens: Bacon ist, hm, sagen wir mal ausgestiegen!«

Calvin stellte seinen Bass zur Seite. »Das ist ne echt beschissene Neuigkeit, sofern es kein schlechter Witz ist!«

»Zweitens«, fuhr Lucy fort, ohne auf Calvin einzugehen, »habe ich noch jemanden mitgebracht, den ihr unbedingt kennenlernen müsst.«

In einer höfischen Haltung gab sie die Tür frei. Lilith betrat den Raum in ihrer gewohnten Anmut, die den Männern den Atem raubte. Lucy war für Leute aus der Gothicszene die perfekte Frau, eine Versuchung, der man nicht widerstehen konnte, doch Lilith war die Göttin der Versuchung, die pure Sünde in einer Perfektion, die sterbliche Frauen nicht erreichen konnten. Erfüllung verheißend stellte sie sich neben Lucy und legte ihren Kopf schief. Lucy war ihrem Befehl gefolgt und hatte ihr eine *angemessene* Garderobe besorgt. Leicht fallende, schwarze Seide umschmeichelte ihre Hüften und fiel in einem in der Mitte geschlitzten Rock bis auf den Boden, gehalten durch einen breiten, reichlich mit Silber beschlagenen Gürtel, der auf ihren Hüften lag und ihre anmutigen Bewegungen nur noch mehr betonte. Der leicht durchscheinende Stoff zog sich über ihren Bauch in einem schmalen Streifen bis zu ihren Brüsten, wo er in einen mehr als üppigen Halsschmuck überging, der als schwarz-silbernes Geflecht ihren Oberkörper bedeckte. Schlangengleiche Bänder wanden sich um ihre Oberarme und breite, silberne Armreifen, in die schwarze Ornamente eingelassen waren, umschlossen ihre Handgelenke. Ein taubeneigroßer, tiefschwarzer Stein hing zwischen ihren Brüsten, ein bodenloser Abgrund für den, der sich von seinem Glanz verführen ließ.

Das ist ne verdammte ägyptische Göttin, dachte Leatherface, außerstande auch nur einen Ton über die Lippen zu bringen. Ihm waren förmlich die Gesichtszüge entglitten. Auch Calvin war sprachlos. Selbst Liliths Haar war von feinen, silbernen Fäden durchwirkt. Verblüfft stellte er fest, dass sie keine Schuhe trug, lediglich ihre Fesseln waren mit den gleichen Metallreifen geschmückt, wie sie sie auch um die Handgelenke trug.

»Darf ich vorstellen: Lilith!«

Calvin stand auf und musterte die Erhabene skeptisch. »Lilith?« Er klang verunsichert. »Du sagst uns einen Tag vor dem Auftritt, dass Bacon, aus welchen Gründen auch immer, ausgestiegen ist und schleppst uns eine ... ich weiß nicht, wie ich es nennen soll ... Bauchtänzerin an?«

Leatherface nickte. »Heilige Scheiße, Calvin hat recht. Wie stellst du dir das vor, morgen ohne Drummer auf der Bühne zu stehen, hm? ... Erklär mir das Mal, Lucybaby!«

Lilith lächelte, leckte sich über die Lippen und verengte ihre schwarz umrandeten Augen. »Dumu-sag Liluthu-ak ama-ani-ra Lilith lugal ene-ra«, zischte sie die Männer herrisch an.

Leatherface hob in einer fragenden Geste die Hände. »Was zur Hölle ...«

»Sie wird uns ab jetzt begleiten. Es ist nicht zu enthusiastisch, wenn ich behaupte, dass wir mit ihr die Bühnen der Welt rocken werden! Sie wird uns die Türen öffnen, die uns bisher verschlossen waren!« Lucy setzte das überzeugendste Lächeln auf, zu dem sie fähig war. »... und was die Kiste betrifft, darin befindet sich ein angemessener Ersatz für Bacon«, erklärte Lucy mit schneidender Stimme.

Calvin blies die Backen auf, öffnete die Kiste und zog einen länglichen, mattschwarzen Kasten heraus, auf dessen Oberseite sich zahlreiche Regler und Knöpfe befanden. Zuerst hielt er es für ein Keyboard, aber es war etwas anderes. »Das ist doch nicht dein Ernst, Lucy! ... Bacon geht und du denkst ernsthaft, man könnte ihn durch einen verdammten Drumcomputer ersetzen?«

»Sehe ich aus, als mache ich Witze?«, fuhr Lucy ihren Bassisten genervt an. »Es sind schon ganz andere Bands damit klargekommen und das überaus erfolgreich.«

Leatherface schüttelte den Kopf. »Scheiße, nein, du kannst das nicht machen … Du nimmst der Band damit ihre verfluchte Seele!«

»Ich wusste gar nicht, dass du ein Experte darin bist, jemandem die Seele zu nehmen«, stellte Lucy schnippisch fest. *Du hast überhaupt keine Ahnung, Leatherface! Du weißt nicht, was deine Worte bedeuten.*

»Wir werden ein ganz neues Konzept fahren und wie der Phönix aus der Asche aufsteigen, gleich morgen Abend … so etwas hat es noch nie gegeben!«

Leatherface schüttelte energisch den Kopf. »Und was ist, wenn wir darauf keinen Bock haben? Wenn wir wollen, dass alles so bleibt, wie es ist?«

Lilith hatte genug von der Debatte. Sie lächelte Leatherface mitleidig an und machte eine herrische Handbewegung, als wollte sie eine Fliege vor ihrem Gesicht verscheuchen. Leatherface flog nach hinten in die Polster, aus denen er gerade aufgestanden war.

»Verflucht noch mal, das …«

Mit einer weiteren Geste brachte sie ihn zum Schweigen.

»Wollt ihr herrschen oder dienen? Heute Nacht lasse ich euch ein einziges Mal die Wahl. Erhebt euch über die Angepassten, oder geht mit ihnen unter«, stellte Lilith mit ihrer mehrstimmigen, dunklen Stimme fest, der man sich nicht entziehen konnte. »Trefft eure Wahl schnell, denn meine Geduld hat ihre Grenzen.«

Calvin sah Lucy verständnislos an. »Lucy … was zur Hölle soll das werden … ich verstehe überhaupt nichts mehr. Wie konnte sie …« Er sah zwischen Lilith und Leatherface hin und her.

»Vertraue mir nur dieses eine Mal. Entscheide dich für Lilith und mich, und wir werden die Hölle auf Erden über die Menschen bringen … oder … geh«, sagte Lucy voller Überzeugung. »Wir werden den Erfolg haben, von dem du immer geträumt hast!«

»Solange ich bei euch bin, wird es euch an nichts mangeln … Das dunkle Zeitalter ist mit meiner Fleischwerdung angebrochen und ihr seid meine ersten Jünger«, ergänzte Lilith mit gebieterischer Stimme, die jeden Widerspruch im Keim erstickte. Wenn die Schlange sprach, hatte die Maus zu schweigen.

Calvin wechselte einige Blicke mit Leatherface, der noch immer daran zu knabbern hatte, dass Lilith ihn allein durch eine lässige Geste in die Polster befördert hatte. Schließlich nickte er. »Okay … wir ziehen das durch. Ich vertraue dir, weil ich dich liebe, aber bezieh uns in die verdammte Sache mit ein, hörst du?«

Lilith bedachte ihn mit einem langen, nachdenklichen Blick. »Ihr habt die einzig wahre Seite gewählt, alles andere endet in Tod und Verderben.«

Die Musiker sah Lucy verständnislos an. Leatherface räusperte sich. »Das hört sich ziemlich gruselig an.«

»Was sie damit sagen will, ist, dass ihr vieles von dem, was euch in nächster Zeit widerfahren wird, einfach hinnehmen sollt, denn ihr würdet es ohnehin nicht verstehen … Bekommt ihr das geregelt?«, wollte Lucy wissen.

»Wir haben unsere Wahl getroffen, wie deine Freundin schon ziemlich treffend festgestellt hat. Wir lassen dich nicht im Stich«, stellte Leatherface leise fest. »Auch wenn ich nicht die geringste Ahnung habe, wohin uns das führen wird … Aber wenn ihre Action nur halb so gut ist wie ihr Auftritt, kann es nur genial werden.«

»Ihr versprecht den Menschen die Hölle auf Erden und mir damit das Mekka eines Leichenbestatters … wie kann ich da ›nein‹ sagen … ich bin dabei«, ergänzte Calvin, ohne auch nur mit der Wimper zu zucken.

»Du gefällst mir«, sagte Lilith mit verführerischer Stimme.

Lucy hatte mit wesentlich mehr Widerstand gerechnet, doch Leatherface und Calvin wussten genau, dass die Band mit ihr lebte oder unterging. Also akzeptierten sie lieber die unerwartete Veränderung, anstatt der Band den Rücken zu kehren. Was Ironmask betraf, der würde Lilith allein schon wegen ihrer Erscheinung folgen.

»Dann sind wir uns also einig. Ich werde euch erklären, wie unser neues Konzept aussehen wird«, sagte Lucy mit einem hintergründigen Lächeln.

ICH WERDE DIESE BRUT ZUR STRECKE BRINGEN

Doktor Beringer saß mit einem mulmigen Gefühl auf einem alten Holzstuhl im Wartezimmer seines Kollegen Stonewall im Mercy Seat Hospital in Brooklyn. Es ging um Eldritch. Als die Nationalgarde mit der Evakuierung des Küstenstreifens von Long Island begonnen hatte, war er beim durch die Straßen irren aufgegriffen worden. So schnell es ging, hatten ihn die Soldaten hier hergebracht.

Beringer hatte ihn noch nicht gesehen, aber Eldritch musste sich in einem erbärmlichen Zustand befinden. Sein Arm war gebrochen und mehrere Rippen ebenfalls. Kurz gesagt, jemand hatte ihn ordentlich durch den Fleischwolf gedreht.

Martinez hatte nicht so viel Glück gehabt, denn Martinez hatte die Extratour der Ermittler mit dem Leben bezahlt. Man folgte einem Hinweis von Eldritch und fand ihn zusammen mit einem Dutzend anderer Leichen in einem alten Haus in der Ocean Avenue im Ortsteil Amityville. Mehr wusste Beringer auch nicht. Mehr wusste niemand und deswegen hatte ihn der Commissioner hierher geschickt, denn wegen des Sturms waren alle richtigen Cops auf der Straße. Der Tod von Martinez war tragisch, doch heute Nacht mussten sich die anderen Cops um die Lebenden kümmern und dafür sorgen, dass die Stadt nicht den Bach runterging.

Endlich öffnete sich die Tür und Stonewall, ein stattlicher Mann um die fünfzig mit schlohweißem Haar und einem aufrechten, hageren Körper, trat ihm entgegen und ergriff

Beringers dargebotene Hand. »Doktor Beringer, es ist mir eine Ehre. Ich bin zugegeben etwas überrascht, dass man einen Kollegen zu mir schickt.«

Beringer hob seine schmalen Schultern. »Nun ja, die Jungs vom Department haben wegen des Sturms alle Hände voll zu tun und ich … hm, es fällt mir schwer, das zu sagen … muss mich ja schließlich auch um Detective Martinez' sterblichen Überreste kümmern … Wir haben oft zusammengearbeitet, wissen Sie …«

Stonewall nickte und bat Beringer in sein Büro, einem winzigen, mit Bücherregalen und einem viel zu großen Schreibtisch vollgestopften Raum, in dem es nach kaltem Kaffee und verbrauchter Luft roch.

»Erzählen Sie mir etwas über Detective Eldritch«, begann Beringer das Gespräch, nachdem er sich gesetzt hatte. Er hatte nicht vor, lange um den heißen Brei herumzureden.

»Fangen wir mit dem Gesundheitszustand an«, sagte Stonewall und schilderte in knappen Medizinersätzen, was Beringer sowieso schon wusste. Gebrochener Arm, gebrochene Rippen, jede Menge Prellungen und eine handfeste, fiebrige Erkältung. Der interessante Teil kam allerdings erst noch. »Mir bereitet sein geistiger Zustand wesentlich größere Sorgen«, sagte Stonewall und sah seinen Kollegen mit einem bedauernden Gesichtsausdruck an.

Typisch Krankenhausarzt, dachte Beringer. »Ich kenne Eldritch als stabilen Menschen, der einiges wegstecken kann.«

Stonewall zuckte kaum merklich mit den Schultern. »Gut möglich, aber jetzt scheint er vollkommen aus der Bahn geraten zu sein. Er redet ziemlich wirres Zeug … Nun, ich will nicht lange herumreden und ich möchte, dass Sie sich ihre eigene, unbeeinflusste Meinung bilden. Sie kennen ihn besser als ich, also schlage ich vor, dass Sie selbst mit ihm reden. Ich brauche eine zweite Meinung über seinen Zustand, bevor ich die weiteren Maßnahmen veranlasse.«

Beringer war einverstanden und kurz darauf betraten sie das Zimmer, in dem Eldritch, umgeben von einem wahren Wust an Gerätschaften, in einem Krankenhausbett lag. Sein eingegipster Arm hing in einer Schlinge. Der Ermittler reagierte nur schwach, als die Ärzte eintraten. Man hatte das Licht in dem Raum gedimmt und die Vorhänge vor den

Fenstern zugezogen. Beringer hörte, wie draußen der Wind pfiff und den Regen gegen die Scheiben drückte. In dem Raum roch es nach Desinfektionsmittel und Bohnerwachs. Er zog einen Stuhl neben das Bett und setzte sich. »Eldritch, was machen Sie denn für Sachen …«

Andrews Atem ging flach. Offensichtlich hatte man ihn ruhiggestellt. Er öffnete die Augen und sah Beringer mit glasigem Blick an. »Be … Beringer. Gut, dass … dass Sie da sind … Sie müssen mir … genau … zuhören, denn ich … ich weiß nicht, wie viel … Zeit mir noch bleibt.«

Beringer nahm seine Hand und nickte. »Deswegen bin ich hier. Sie erzählen und ich höre Ihnen zu, sofern Sie aufhören, von ihrer limitierten Zeit zu sprechen.«

»Sie werden mich für verrückt halten«, begann Andrew. »Doch was ich ihnen erzählen werde, ist die … die reine Wahrheit … Gott steh mir bei … und bitte … unterbrechen Sie mich nicht.«

Was folgte, war eine ausführliche Schilderung der Ereignisse, die sich aus Andrews Sicht in der Ocean Avenue 112 zugetragen hatten. Er ließ nichts aus und beschönigte auch nichts. Seine stockenden Worte spiegelten den Wahnsinn wider, der sich ihm dort offenbart hatte. Schließlich hatte Andrew alles erzählt, starrte die Decke an und schwieg.

Beringer schnaufte schwer. Er musste das alles erst verdauen. Vor allem die Sache mit Martinez' Tod ging ihm ziemlich an die Nieren.

»Das ist wirklich schlimm, was Sie mir da erzählt haben«, sagte er in bemüht vorsichtigem Ton. »Sie sind sich sicher, dass diese … diese Frau … Hörner hatte? Hörner, die denen auf den Zeichnungen ähnelten?«

Andrew nickte bekräftigend. »Ich bin mir absolut sicher. Beringer, Sie … Sie kennen mich nun schon eine … lange Zeit. Sie wissen, dass ich … keinen Unsinn erzähle.«

»Schon gut«, sagte Beringer in versöhnlichem Ton. »Es ist nur so, dass ich es mir schwer vorstellen kann. Es wäre natürlich möglich, dass sie eine Art Helm trug. So könnte es doch gewesen sein. Oder nicht?«

Andrew zuckte mit den Schultern und verzog schmerzhaft das Gesicht, weil sich die Rippen bewegten. »Möglich … ich habe nicht … nicht genauer nachgesehen.«

Beringer nickte zufrieden. »Gut. Dennoch ist es mir ein Rätsel, wie Martinez – und später auch Sie – die Frau auf eine derart kurze Distanz verfehlen konnte. Wie können Sie sich das erklären, waren Sie abgelenkt?«

»Blödsinn«, brauste Andrew auf. »Die Frau war unglaublich schnell, hat sich bewegt wie … hm … wie eine Raubkatze … Als sie bei Martinez war, habe ich … ich sie getroffen, mindestens dreimal, es hat ihr nicht … das Geringste ausgemacht.«

Beringer ging davon aus, dass sich Eldritch eine Illusion aufbaute, um den Verlust von Martinez zu kompensieren. »Sie hat ihm mit der Hand das Herz aus dem Leib gerissen?«

»Nicht mit der Hand. Sie hatte … Krallen! Schwarze, recht lange und … ziemlich scharfe Krallen! … Beringer, Sie müssen mir glauben, dass diese Frau nichts Menschliches an sich hatte … Martinez hatte von Anfang an recht gehabt … Wir haben uns mit Kräften gemessen, gegen die wir nicht die geringste Chance hatten.« Andrews Stimme nahm einen verzweifelten, fast flehenden Klang an. Mit großen Augen, in denen sich vermutlich alles widerspiegelte, was er erlebt hatte, sah er den Gerichtsmediziner an.

Beringer schnaufte schwer und rieb sich mit den Händen über das Gesicht. Die ganze Geschichte, die ihm Eldritch da auftischte, war ein Witz. Es hatte ein Dutzend Tote gegeben. Im Bericht stand, dass alle mit derselben Waffe ermordet worden waren. Beringer dachte nach.

Vor Jahren bekam er fünf Leichen auf den Tisch, die angeblich alle von einer Raubkatze umgebracht worden waren. Das Problem war nur, das es in New York keine freilebenden Raubkatzen von der Größenordnung eines ausgewachsenen Tigers gab. Also hatte Beringer recherchiert. Zeitgleich lief im Museum of History eine kleine Ausstellung über die mongolische Kultur des ausgehenden Mittelalters. Durch Zufall hatte er herausgefunden, dass jemand eine Klauenhand von dort entwendet hatte. Normalerweise benutzte man diese Klauenhand, eine Art Handschuh, an dessen Fingerenden die Krallen eines sibirischen Tigers befestigt waren, um junge Männer durch einen rituellen Prankenhieb in den Stand eines Kriegers zu erheben. Der Dieb hatte den Ritualgegenstand zweckentfremdet und den

Handschuh dazu benutzt, Menschen ins Jenseits zu befördern. Es wäre durchaus denkbar, dass in der Ocean Avenue etwas Ähnliches geschehen war. Und es würde zudem erklären, warum Eldritch behauptete, die Frau hätte Krallen gehabt.

»Was hat es mit dieser Lucy auf sich? Was hat sie dazu veranlasst, mit der gehörnten Frau zu gehen?«, wollte Beringer wissen.

»Lucy … Lucy hat ihre Wahl getroffen … sie hat den Dämon in ihr gewählt und ihrer … ihrer menschlichen Seite abgeschworen. Von nun an steht sie … auf der Seite des Bösen, denn sie hat toleriert, dass diese … Frau meinen Partner … getötet hat.« Andrew schien es schwerzufallen, über Lucy zu sprechen und sich einzugestehen, dass er sie verloren hatte. Die Seifenblase war zerplatzt und ihre gerade erst keimende, zerbrechliche Liebe hatte sich in erbitterte Feindschaft gewandelt.

Er packte Beringers Hand fester. »Sobald ich hier rauskomme, werde ich sie jagen … ich werde diese Brut zur Strecke bringen, koste es, was es wolle. Und ich werde mit Lucy anfangen … sie hat mich … benutzt … hat zugelassen, dass Martinez … tot ist … Beringer, ich habe dieser Frau vertraut und sehen Sie, was sie angerichtet hat.«

Beringer räusperte sich, er hatte genug gehört. »Gut, das reicht mir fürs Erste. Und für Sie gilt: Kommen Sie wieder auf die Beine!«

Beringer stand auf und drückte Andrews Hand. Der Ermittler war in die Kissen gesunken und starrte zur Decke. Beringer sah, wie sich seine Lippen bewegten, als würde er sich mit jemandem unterhalten. Er schüttelte den Kopf und verließ den Raum.

Draußen saß Stonewall auf einem der Stühle an der Wand und sah den betreten dreinschauenden Gerichtsmediziner erwartungsvoll an. »Und?«

Beringer zuckte nur hilflos mit den Schultern. »Und … hm, gute Frage … Eldritch leidet unter einem massiven Schock, so viel ist sicher. Die Geschichte, die er mir da erzählt hat, mit all ihren Details, mit diesem Loch in der Wand und der gehörnten Frau, mit Lucy und dass er sie jagen will, das alles ist mehr als beängstigend. Ich glaube nicht, dass wir ihn in nächster Zeit mit der Polizeimarke auf die Straße lassen können.«

Stonewall nickte. »Da sind wir einer Meinung, Kollege. Ich gehe sogar noch einen Schritt weiter und behaupte, dass er unbedingt unter psychologischer Beobachtung bleiben muss, bis sich sein Zustand erheblich verbessert hat.«

»Sie wollen ihn in eine psychiatrische Einrichtung verlegen?«

»Ich habe keine andere Wahl, Doktor Beringer! … Nur ein Psychologe kann herausfinden, was wirklich in diesem Haus vorgefallen ist und vor allem, ob Eldritch etwas damit zu tun hat. Ich bin mit dem Fall, an dem Eldritch und sein Partner gearbeitet haben, nicht besonders vertraut, und meine Maßnahme klingt vielleicht etwas drastisch, aber ich sehe da wirklich keine andere Möglichkeit.«

Damit war die Katze aus dem Sack. Beringer hatte es von vorneherein ausgeblendet, dass Eldritch in die Sache verwickelt sein könnte, doch es gab einfach zu viele unbeantwortete Fragen. Klar war nur, dass die Ermittler in vielerlei Hinsicht nicht nach Vorschrift gehandelt hatten. Es gab einen ausgebrannten Dienstwagen, ein gestohlenes Motorrad, mit dem die Ermittler unterwegs gewesen waren, und es gab einen Toten in einer Fabrikhalle in Queens, dem das Motorrad gehört hatte und der – welch Zufall – auch noch der Drummer von *Hell's Abyss* gewesen war, der Band, in der diese ominöse Lucy hinter dem Mikrofon stand. Stonewalls Maßnahme war in der Tat drastisch, aber für alle Beteiligten das Beste.

LILITHS WELT-UNTERGANGS-MASCHINE

Roter Rauch wallte über die Bühne. Das *Archeron* war brechend voll. Mit einer groß angelegten Flugblattaktion hatte *Hell's Abyss* angekündigt, dass sie heute Abend ihrem Namen alle Ehre machen würden. Nicht nur die Bühnenshow hatte sich geändert, auch für die Besucher gab es neue Regeln. Es galt ein strikter Dresscode. Lack, Leder oder Latex war Pflicht, um eingelassen zu werden. Wer sich nicht daran hielt, bekam am Eingang sein Geld zurück und wurde nach Hause geschickt. Die Ordner hatten Anweisung, keine Ausnahmen zu machen.

Gleichzeitig ging das Gerücht um, dass sich die Band nach dem letzten Auftritt zerstritten und neu formiert hätte. Niemand wusste etwas Genaues und jeder wusste es besser. Die Band selbst hielt sich bedeckt und ließ sich nicht blicken, selbst im Duffs, der erklärten Stammkneipe von Frontfrau Lucy, wusste niemand, was Sache war. Das war genau der Stoff, der in New York für Aufregung sorgte.

Plötzlich dröhnte laute Musik aus den gigantischen Boxentürmen neben der Bühne. Ein dumpfer, anschwellender Bass, untermalt von einem sich an Intensität ins Unendliche steigernder Elektrosound kündigte den Auftritt von *Hell's Abyss* an. Aufgeregt drängte sich die schwitzende Menschenmenge der Bühne entgegen, man konnte die Spannung förmlich spüren, die die Menschen gepackt hatte.

Im Nebel nahmen die Musiker ihre Positionen ein. Der Bass wurde lauter, treibender, trommelte schmerzhaft in den Ohren der wartenden Menge und erstarb schließlich mit einem lauten Knall. Das war das Signal für Leatherface und Calvin. Zusammen mit den einsetzenden Drums droschen sie auf ihre Gitarren ein und feuerten eine Wand aus harten Riffs in die kreischende Menge. Im Hintergrund trieb ein Keyboardsound, wie man ihn sonst nur von Bands wie KMFDM kannte, den Song nach vorne. Grelle Scheinwerfer flammten auf und schwenkten ins Zentrum der Bühne, wo auf einer Tribüne ein schwarzer Thron stand, flankiert von zwei mächtigen Kreuzen, von denen schwere Ketten und Lederfesseln baumelten. Darüber prangte das altbekannte Logo, der Widderschädel, das Pentagramm und die kryptischen Zeichen.

Lucy stand ganz vorne am Bühnenrand zwischen ihren Gitarristen. Kopf und Lackledermini wippten im Takt der Musik. Die Haare, zu zwei Unschuldszöpfen wie ein Schulmädchen mit schwarzen Bändern zusammengebunden, standen in extremem Kontrast zu dem ledernen, mit Killernieten besetzten Mieder, das ihren Körper wie eine zweite Haut umschloss. Ihren schweren Stiefel auf die Monitorbox gestellt, beugte sie sich weit nach vorne und schrie ihren Song ins Mikro.

Ein Meer von im Takt nickenden Köpfen schob sich zur Bühne, die Hände weit nach oben gereckt. Lucy tobte wie ein Derwisch über die Bühne, von einem Ende zum anderen. Sobald ein Song endete, schossen Stichflammen aus der Bühne und brachten die Luft zum Kochen. Schon nach den ersten Songs tropfte Kondenswasser von der Decke und die Temperatur im Saal glich der in einer Sauna nach dem ersten Aufguss.

Etwa zur Hälfte des Gigs gab es eine kleine Pause, die nur von den Elektrobeats angetrieben wurde. Das war das Zeichen für Ironmask. Er betrat in gewohntem Outfit die Bühne. In seinen Händen lagen schwere Ketten, an denen er zwei äußerst leicht bekleidete Frauen hinter sich herführte. Sie trugen schwarze Augenbinden aus Seide und ebensolche Kleider wie Lucy, als man sie in der Ocean Avenue ans Kreuz gefesselt hatte. Und genau das war der Plan. Ironmask führte sie nach oben zu den Kreuzen und kettete sie als fleischgewordene Hommage an Lucys Erlebnisse fest. Erst jetzt bemerkten die Zuschauer, dass der Thron nicht mehr leer war. Lilith saß in aufrechter, kerzengerader Haltung als ägyptische Königin dort oben und starrte mit regungsloser

Miene auf die Menge herab. Ihren Mund umspielte ein mildes Lächeln. Der Trockeneisnebel kristallisierte und rieselte wie Schnee auf die ekstatisch tanzende Menge nieder.

Lilith schloss die Augen. »Lugal sig-o-bad e inru-a-a ama duma zid-ani-ene ak-ra.«

Die Kristalle schmolzen auf den erhitzten Körpern auf und fanden durch die weit geöffneten Poren ihren Weg durch die Haut. Wie glühende Nadeln rasten sie die Nervenbahnen entlang, um sich in den Köpfen der in Lack und Leder gehüllten Schar die Glut der Hölle zu entfachen. Flüsternde, verführerisch wispernde Stimmen rissen die letzten Schranken nieder und brandeten als heiße Wellen durch die Nerven der wehrlosen Gemüter, durchzuckten ihre Geschlechter und verwandelten die Fans binnen Sekunden in erbarmungslose Fanatiker, die nur ein Ziel kannten: Möglichst schnell den Gipfel der Lust zu erreichen.

Liliths Mund verzog sich zu einem spöttischen Lächeln. Es war noch immer einfach, die Menschen in ihren Bann zu ziehen. Heute Nacht hatte sie ihre ersten Rekruten gewonnen und mit jedem Auftritt von *Hell's Abyss* würden es mehr werden. Der Wechselbalg und die Band erwiesen sich als überaus nützliches Werkzeug. Früher, in Mesopotamien, hatte sich Lilith weit mehr Mühe geben müssen, um Anhänger zu finden. Angst war da immer ein sehr probates Mittel gewesen. Heute genügte ein Konzert wie dieses, eine gute Show mit bunten Lichtern und abgefahrener Musik und natürlich die Aussicht auf schnellen, verantwortungslosen Sex, um die Menge zu begeistern. Die sogenannten Neuen Medien spielten ihr in die Hände, sie verbreiteten die Bilder, die Musik, ihre Botschaft in der ganzen Welt. Es war so einfach, die Saat auszubringen, und es war vor allem nicht mehr aufzuhalten.

Während Lucy ihre Show mit Ironmask unten in der Bühnenmitte abzog und ihn mit der Schleifmaschine bearbeitete, dass die Funken flogen, erhob sich Lilith von ihrem Thron und nahm sich die Frauen an den Kreuzen vor. Sie griff in den dünnen Stoff der Kleider und riss sie ihnen mit einem harten Ruck vom Leib. Nur mit einem winzigen, schwarzen String bekleidet wanden sie sich mit verbundenen Augen in ihren Fesseln. Kreuze aus schwarzem Klebeband verdeckten ihre Brustwarzen. Auf der Haut der Frauen glänzte Feuchtigkeit wie filigraner Tau. Mit geöffneten, bebenden Lippen harrten sie ihres Schicksals.

Auch was die Opfer betraf, war heute alles einfacher. Während man früher in aufwändigen Zeremonien Jungfrauen bestimmen musste, die von der Menge bereitwillig geopfert wurden, weil sie in der Erblinie zu weit hinten oder ihrer Familie einfach nur im Weg standen, genügte heute ein kurzer Wink an der Hintertür des Clubs.

Die zwei schwarzhaarigen Schönheiten zum Beispiel hatte Lucy unter ihren Fans gefunden. Die Türsteher hatten sie bereits abgewiesen, da sie sich nicht an den Dresscode gehalten hatten. Lucy wusste, worauf es ankam. Sie hatte ihnen die Tür zum Backstagebereich geöffnet und den aufgeregten Mädchen die Chance offeriert, nicht nur als Gast, sondern als Teil der Show in dieser Nacht im Rampenlicht zu stehen. Wer konnte da schon ›nein‹ sagen.

Und so hingen sie nun erwartungsvoll an den Kreuzen und ihre Körper erbebten unter Liliths zärtlichen Berührungen. Aus Liliths Fingern erwuchsen Krallen, doch sie nutzte sie nicht. Noch nicht. Lilith wusste, dass die Menschen nicht nur betört, sondern beeindruckt sein wollten. Während sich die Menge in ihrem eigenen Schweiß wälzte, wollte sie unterhalten werden. Sie gierte förmlich danach. Seit den Tagen Sodoms hatte sich daran nichts geändert. Und *Hell's Abyss* hatte ihr den Background dazu geliefert, die perfekte Mischung aus Sex, Drugs and Rock'n'Roll. Was noch fehlte, war die entsprechende Würze aus Gewalt, Blut und letztendlich Tod und dafür würde Lilith höchstpersönlich sorgen.

Niemand sah, woher sie die lange Bullenpeitsche genommen hatte, deren weicher Ledergriff sich in ihre Hand schmiegte, als wäre er dafür gemacht. Das Leder erstreckte sich verjüngend in beachtlicher Länge, als sie es hoch über ihren Kopf schwang und auf die ahnungslosen gefesselten Mädchen an den Kreuzen herabzog. Das dünne Ende wickelte sich um die bebenden Leiber und schnitt ihnen die Haut in Streifen vom Leib. Die erregte Menge johlte voller Freude, gingen sie doch von einer perfekt inszenierten Show aus. Die Schreie der armen Seelen gingen dabei vollkommen unter. Die Peitsche zischte erneut durch die Luft, wand sich wie eine Schlange über Liliths hocherhobenem Haupt und verteilte einen feinen Nebel aus rot schimmernden Blutstropfen.

Im Stroboskoplicht wogte ein Meer aus enthemmten Körpern im ekstatischen Takt der Songs und erzeugte eine Hitze, die ins Unerträgliche uferte. Jedes weitere Konzert würde ihr neue Anhänger bringen. An diesem Abend waren es nur ein paar Hundert, bald würden es Tausende sein, und irgendwann, wenn die Zeit reif war, Millionen. Liliths Weltuntergangsmaschine war gestartet und konnte nicht mehr aufgehalten werden.

Zufrieden mit sich selbst ging sie, die Bullenpeitsche noch immer in der Hand, zu den blutüberströmten Bündeln, die zitternd an den Kreuzen auf ihre Erlösung warteten. Die Haut hing ihnen in Fetzen an den Körpern herab. Fleisch hatte sich unter den brutalen Schlägen gelöst, war aufgefasert wie altes Seil. Lediglich ihre Gesichter hatte Lilith verschont. Lilith mochte die Gesichter der Menschen, die in einzigartiger Weise ihre Gefühle offenbaren. Fast zärtlich nahm sie das erste Mädchen in ihre Arme und drängte sich an sie. Warmes Blut benetzte ihre weiße Haut, rann an ihr hinab. Lilith presste fordernd ihre Lippen auf den verschlossenen Mund des Mädchens, doch die Gebundene zeigte sich überraschend widerspenstig. Erregt von dieser unerwarteten Gegenwehr rammte Lilith ihr den dicken, ledernen Griff der Peitsche zwischen die Beine.

Lucy hatte ihren zwei weiblichen Fans nicht zu viel versprochen, als sie gesagt hatte, dass sie ein Teil der Show werden würden. Sie wurden nicht nur zu einem Teil der Show, sie wurden zum unermesslich geilen Höhepunkt.

Lilith sog die Luft ein, die erfüllt war von den Ausdünstungen der ekstatischen Menge. Das Böse war in dieser neuen Zeit cool und angesagt. Sex und Gewalt waren keine Tabuthemen mehr, sondern allgegenwärtig. Ihr größter und erbittertster Gegner, die katholische Kirche in Rom, kniete von Skandalen zerrüttet am Boden und hatte Mühe, auf die Beine zu kommen. Die neuen Herrscher trugen keine Kronen mehr, sondern teure Anzüge. Sie hatten den Glauben verloren, hörten nicht mehr auf die Ratschläge der heiligen Männer, sie lauschten nur noch dem verführerischen Klang des Mammon. Lilith musste dazu nicht einen Finger rühren. Sie würde leichtes Spiel haben und schon bald würden ihr weitere Vasallen aus dem dunklen Reich ihres Vaters nachfolgen, um sich mit ihr dem Armageddon zu stellen, der großen Schlacht, die über das Schicksal dieser Welt entscheiden würde.

Lilith breitete die Arme aus und lächelte. »Ich spüre, dass ihr mich beobachtet ... ihr seid ganz nah, vielleicht hier in diesem Raum sogar ... Meine Botschaft an euch lautet: Ich bin bereit!«

Doch Lilith hatte recht. Nicht alle Gäste des *Archeron* wurden in Liliths Bann gezogen. Während sich die Menge auf der Fläche vor der Bühne in einer Art altrömischer Orgie ihrer Hemmungen entledigte, die Kaiser Caligula alle Ehre gemacht hätte, beobachtete ein einsames Pärchen an der Bar das Treiben mit gemischten Gefühlen.

Während die weißblonde Frau ein hochgeschlossenes Kleid aus schwarzem Lack trug, das sich eng an ihren wohlgeformten Körper schmiegte, trug er einen Gehrock aus geschmeidigem, glanzlosem Leder.

»Wir sollten auf die Bühne gehen und diesem widerwärtigen Treiben ein Ende bereiten, solange es noch möglich ist«, stellte er mit abfälligem Blick auf die sich windende Menschenmenge fest.

Seine Begleiterin schüttelte den Kopf. »Das dürfen wir nicht. Du weißt, wir sollten nicht hier sein.«

»Dennoch hege ich diesen Gedanken. In all den Jahren, in denen wir auf sie geachtet haben, als wäre sie unsere ... unsere eigene Tochter, sehe ich sie nun unter dem Bann dieses Dämons zerfallen«, sagte er mit einem traurigen Klang in der Stimme. »Ich muss gestehen, es schmerzt mich, das zu sehen.«

»Es ist sein Wille«, sagte sie mit emotionsloser Stimme. »Und unsere neue Aufgabe ist es nun, alles für seine Ankunft vorzubereiten. Alles andere hat uns nicht zu interessieren.«

Er drehte sein Glas zwischen den Fingern und nickte. Rückblickend auf die vergangenen Jahre konnte er nicht mehr sagen, wie oft er Lucy das Leben gerettet hatte. Das

Mädchen hatte wahrlich Pech gehabt. Zuerst die Sache mit ihren Eltern, dann das Dilemma in der Pflegefamilie. Viele wären daran zerbrochen und hätten sich selbst aufgegeben. Viele hätten die Flucht in den selbstgewählten Tod gesucht. Nicht so Lucy, sie ging auf die Bühne und schrie all ihren Zorn, ihre Enttäuschung und ihren Hass auf das Leben hinaus. Auch heute. Er erschrak, als sich die Hand seiner Begleiterin auf seine legte.

»Mach dir doch keine Gedanken. Sie ist es nicht wert. Und jetzt lass uns endlich gehen, ich habe genug gesehen«, flüsterte sie ihm direkt ins Ohr.

Sie ist mehr wert als all die Menschen, die ich bisher kennenlernen durfte, dachte er grimmig. *Sie ist der Schlüssel zur Zukunft der Menschheit. Oder zu ihrem Untergang. Ich werde sie nicht fallenlassen!*

»Ja, wir sollten gehen«, sagte der Mann. Ein düsterer Schatten legte sich über seine Augen. »Ich hoffe nur, dass er nicht zu lange damit wartet, Lilith zu zerschmettern … Sieh dich um, die Menschen haben ihren Glauben an das Licht verloren, Lilith hat allzu leichtes Spiel. Ihre Macht wird schnell wachsen und bald wird sie zu stark für ihn sein.«

<< *New York Citylife News Ticker* >>
Die Goth-Metalband Hell's Abyss *brachte letzte Nacht das Archeron zum Kochen. Die Show entpuppte sich als Hybrid aus fesselnder Musik und einer SM-Show, die alles in den Schatten stellte, was uns bisher in New York City geboten wurde. Genitorturers, zieht euch warm an,* Hell's Abyss *sind in der Stadt!*

Binnen weniger Minuten schaffte es die Band, die tobende Menge in ihren Bann zu ziehen, dem man sich nicht entziehen konnte. Über zwei Stunden entfesselte Hell's Abyss *den brachialen Sound der Hölle. Vor allem die vier neuen, bisher unveröffentlichten Songs hatten es in sich. Die Sängerin stellte darin einen direkten Bezug zu den kürzlich verübten Morden des Pentagrammkillers und ihrer eigenen Person her. Ihre expliziten Schilderungen ließen die begeisterten Fans erschauern. Nach dem Auftritt war nur die Sängerin der Band zu einem kurzen Interview bereit. Uns interessierte natürlich vor allem, was es mit den neuen Songs und der geheimnisvollen Frau im Hintergrund auf sich hat. Die Sängerin der Band, Lucy Fer, gab bekannt, dass ein Mitschnitt des gesamten Archeron-Auftritts auf Youtube in den nächsten Tagen veröffentlicht werden würde. Weiter sagte sie, dass es sich bei der geheimnisvollen Frau um Lilith handeln würde, die Königin der Unterwelt, die aus den düsteren Abgründen aufgestiegen war, um gemeinsam mit* Hell's Abyss *die Hölle auf Erden zu entfesseln. Zu den neuen Songs stellte Lucy Fer nur lakonisch fest, das diesen ersten Opfern bald weitere folgen würden.*

Was für eine düstere Prophezeiung. Diese Newcomer-Band ist Gänsehaut pur, Gothic in seiner reinsten Form, etwas, das die Szene lange vermisst hat. Fakt ist jedenfalls eines: Hinter uns liegt eine unvergessliche Nacht, eine Nacht, in der Hell's Abyss *den Abgrund zur Hölle geöffnet und eine Musik entfesselt hat, die ihresgleichen sucht. Die Hell on Earth-Tour der Band läuft weiter, quer durch die Vereinigten Staaten und wir raten euch, kauft eure Tickets, solange es noch welche gibt. Stay tuned, NYCNT versorgt euch stündlich mit den brandheißen News aus dem Schlund der Hölle!*

WIDMUNG

Ich war selbst viele Jahre ein Kind der schwarzen Szene und bin es noch immer. Wir haben vieles getan, über das man heute den Kopf schütteln würde, doch nichts, was ich heute bereuen würde.

Es war eine verdammt gute Zeit, wir hatten eine Menge Spaß, wir hatten gute Musik und schufen unsere eigene Wirklichkeit.

Ich möchte dieses Buch all jenen widmen, die mit mir diese tolle Zeit erlebt haben, die an meiner Seite Bands hinterhergereist sind und düstere Clubs besucht haben, mit denen ich nachts Friedhöfe besucht und Gläser gerückt habe.

Egal, was wir heute tun, egal, wo oder wie wir heute leben, der Geist der schwarzen Szene lebt in uns weiter, bis zum bitteren Ende!

MEHR »DÄMONEN«

CHRONIK DER HAGZISSA

Als Hanna erfährt, dass sie als Haupterbin ihrer Oma eingesetzt wurde, ahnt sie noch nichts von einem uralten Vermächtnis und der dazugehörenden Chronik. Ihre Nachforschungen führen sie zurück ins Zeitalter der Hexenverbrennungen, in dem ihre Urahnin einst einen Kampf gewonnen und teuer bezahlt hat. Während Hanna Seite um Seite der mysteriösen Chronik entschlüsselt, plant ein alter Erzfeind seinen Rachefeldzug. Für Hanna beginnt ein Wettlauf gegen die Zeit.

CHRONIK DER HAGZISSA

von
Sandra Baumgärtner

ISBN: 9783944544694

und unter
www.papierverzierer.de